图书在版编目（CIP）数据

布鲁克林有棵树 / (美) 贝蒂·史密斯著；王培译.
北京：中国文联出版社, 2025. 6. -- ISBN 978-7-5190-5941-5

Ⅰ. I712.45

中国国家版本馆CIP数据核字第2025P8K393号

著　　者　[美] 贝蒂·史密斯
译　　者　王　培
责任编辑　付劲草
责任校对　李丽思
装帧设计　言　午

出版发行　中国文联出版社有限公司
社　　址　北京市朝阳区农展馆南里 10 号　　　邮编　100125
电　　话　010-85923025（发行部）　　010-85923091（总编室）
经　　销　全国新华书店等
印　　刷　三河市华阳宏泰纸制品有限公司

开　　本　880 毫米 × 1230 毫米　　1/32
印　　张　11.5
字　　数　133 千字
版　　次　2025 年 6 月第 1 版第 1 次印刷
定　　价　58.00 元

目　录

第一部

1

布鲁克林这个地方，用“宁静”来形容真是太合适了，尤其是1912年夏天的布鲁克林。虽然“沉郁”这个词可能更贴切，但用来形容布鲁克林的威廉斯堡就不太合适了。草原可爱，仙那度很美，但这些词却跟布鲁克林完全不搭边。“宁静”才是最适合它的形容词，特别是在那个夏日周六的下午。

那天下午，阳光斜斜地洒在弗兰茜·诺兰家的院子里，苔藓覆盖的地面和破旧的木篱笆都被晒得暖洋洋的。弗兰茜看着阳光，心里有一种说不出的舒服，就像她在学校背诗时的感觉一样。

这是一片原始森林，
松树和铁杉，轻声低语，苔藓为须，绿叶做衣，
在暮色中伫立，身影依稀，
宛若古老的德鲁伊教士。

弗兰茜家院子里的那棵树，既不是松树，也不是铁杉。它的叶子尖尖的，沿着绿色的枝条生长，枝条从四周向树干聚拢，整棵树看起来就像一把撑开的绿伞。人们叫它“天堂树”。不管它的种子落在哪儿，都能长出一棵树，努力向天空伸展。它在木板围起的废墟里生长，在被人遗忘的垃圾堆中冒出头，是唯一能在水泥地里生长的树。它枝繁叶茂，却偏偏喜欢贫民区。

如果你在一个周日的午后散步，来到一个高档社区，透过铁门看到一棵这样的小树，你就会知道，不久后布鲁克林的这片地区会变成廉价公寓区。这种树总是先行一步，然后贫穷的外国人慢慢涌入，安静的老式棕石房子被分割成公寓，羽绒被摊在窗台上晾晒，而“天堂树”则茂盛生长。它就是这样一种树，它喜欢穷人。

弗兰茜家院子里的那棵树就是这种树。它那卷曲的伞状枝叶，环绕在她家三楼的防火梯周围。一个十一岁的女孩坐在这个防火梯上，完全可以想象自己生活在一棵树上。每个夏日的周六下午，弗兰茜都是这么想象的。

布鲁克林的周六，真是个好日子，处处都妙不可言！大家都等着这天发工资，感觉就像是个不用那么拘束的假期。有了钱，大家就能出去买东西，好好享受一顿美食，喝点小酒，约个会，谈谈恋爱，熬夜到很晚；还能唱歌、弹琴、打架、跳舞，因为第二天是休息日。他们可以好好睡个懒觉，只要能赶上做晚祷就行。

到了周日，大多数人都会挤进教堂做十一点钟的弥撒。当然，也有少数人，早上六点就去做了早祷。他们这样做，是因为前一天玩得太晚，回家的时候天都快亮了。所以他们就去做早祷，然后回家，心安理得地睡上一整天。

对弗兰茜来说，周六是从废品站开始的。她和弟弟尼利，跟布鲁克林的其他孩子一样，捡破布、纸片、金属、橡胶和其他废品，把它们藏在上着锁的地下室里，或者塞在床下的盒子里。整个星期，弗兰茜放学回家的路上都会慢慢走，眼睛盯着地上，寻找烟盒或者口香糖包装纸的锡箔，并把锡箔纸放在罐子盖上熔化掉。收废品的人不会收一个没有熔化的锡箔纸团成的球，因为太多孩子会在中间放铁垫圈以增加重量。有时候，尼利能找到汽水瓶。弗兰茜会帮他把盖子敲掉，熔化成铅。收废品的人怕惹上汽水公司的人，所以从来不收完整的瓶盖。汽水瓶盖是个好东西，熔化后值五美分。

每天晚上，弗兰茜和尼利都会到地下室，清空架子上攒了一天的垃圾。他们有这个特权，因为弗兰茜的妈妈是保洁员。他们会从架子上搜刮纸片、破布和空瓶子。纸片不值钱，十磅才值一美分，破布每磅两美分，废铁每磅四美分，废铜就值钱了——每磅足有十美分。有时候弗兰茜会撞上大运，捡到一个废弃的洗衣锅的锅底。她用开罐器把铜片弄下来，折叠、敲打，再折叠、再敲打。

周六早晨，刚过九点，孩子们就像小溪一样从曼哈顿大道旁边的小巷子里涌出来，慢慢地沿着这条主干道往斯科尔斯街走，有的孩子直接把捡到的废品抱在怀里，有的用木头肥皂盒做的小车推着，还有的推着婴儿车——里面被废品填得满满的。

弗兰茜和尼利把捡来的破烂都塞在一个大麻袋里，两个人一人抓着麻袋的一头，就这么拖着走在街上；他们沿着曼哈顿大道走，经过莫杰街、滕艾克街、斯塔格街，一直到斯科尔斯街。这些街道的名字虽然听起来好听，但实际看起来却并不怎么样。每条街巷，都会跑出来好多穿得破破烂烂的小孩，汇入去废品站的人流中。在去卡尼回收站的路上，他们还遇到了一些已经卖完破烂、把钱花光的孩子。这些孩子大摇大摆地往回走，还不忘嘲笑其他正在捡破烂的小孩几句："捡破烂的！捡破烂的！"

弗兰茜听到这些话，脸上火辣辣的。她知道那些嘲笑她的人其实也是捡破烂的，但这并不能让她心里好受。就算她的弟弟和她的小伙伴们也会在卖完破烂之后这么大摇大摆地往回走，也会这样嘲笑别人，她还是觉得很难为情。

卡尼在一个旧马厩里做他的废品收购生意。拐过街角，弗兰茜看到两个门都大开着，好像是在欢迎她。她想象着那个大秤盘的刻度晃来晃去，闪闪发光。她看到了卡尼，棕色的头发，棕色的胡子，那双棕色的眼睛正紧紧盯着秤盘。卡尼特别喜欢女孩子，如果女孩子让他捏捏脸，他就会多给她们一美分。

为了拿到额外的奖励，尼利站在一边，让弗兰茜一个人拖着袋子进了马厩。卡尼动作麻利，把袋子里的东西一股脑儿地倒在了地上，然后把废品往秤上一放，开始称。弗兰茜眨巴着眼睛，适应了昏暗的光线，闻到了一股霉味和湿布散发的臭味。卡尼斜着眼睛瞅了瞅秤，然后吐出两个字——十六——这是他的报价。弗兰茜心里明白，这里可不兴讨价还价。她点了点头，卡尼把废品从秤盘上拿下来，让她等着。他把纸堆在一边，布扔到另一边，把金属挑出来。直到分好类，他才从裤兜里摸出一个用蜡线拴着的旧皮袋，数出几个满是绿锈的旧硬币，看起来也跟废品差不多。弗兰茜小声说了句“谢谢”，卡尼用一种猥琐的眼神打量着她，然后用力捏了捏她的脸。她站得稳稳的，没有躲。他笑了笑，多给了她一美分。接着他的态度突然变了，变得咋咋呼呼、利利索索。

“快点，”他对排在队伍里的下一个孩子喊道，那是一个男孩。“别磨蹭！快把铅块拿出来！”他停顿片刻，等着孩子们笑出来，“我说的可不是废品。”孩子们都笑了，笑声听起来有点像迷路的小羊羔，但卡尼大叔好像挺满意的。

弗兰茜走到外面，跟她的弟弟汇报情况：“他给了我十六美分，捏了下脸额外给了一美分。”

“这一美分是你的。”弟弟说。这是他们定好的规矩。

她把那一美分塞进衣服口袋，剩下的钱都交给了尼利。尼利十岁，比弗兰茜小一岁，但他是男孩，所以管钱。

尼利很认真地分配了起来：“八美分存银行。”这是规矩——不管他们从哪儿挣来的钱，都得放一半在那个钉在壁橱最暗角落里的地板上的存钱罐。“剩下的，你四美分，我四美分。”

弗兰茜把钱紧紧包在手帕里。她看着自己的五美分，心里美滋滋的，想着它们能换成一个五美分的镍币。

尼利卷起麻袋，夹在胳膊下，带着弗兰茜走进了查理的便利店。查理的便利店主营廉价糖果，就开在卡尼大叔的回收站旁边。每到周六快过完的时候，便利店的现金箱里就塞满了绿色的美分。按照一条不成文的规矩，这是一家男孩商店。所以弗兰茜没进去，而是站在门口等着。

那些男孩，年龄从八岁到十四岁不等，穿着破旧的灯笼裤，戴着顶破帽，看起来都差不多。他们站在那里，手插在口袋里，瘦削的肩膀紧张地向前耸着。他们长大后也会这样，在其他地方以同样的姿势站着。唯一的区别是，他们嘴上似乎会永远叼着一支香烟，随着说话的节奏上下摆动。

这会儿，男孩们紧张地转来转去，他们瘦削的脸庞从查理转向彼此，然后又回到查理身上。弗兰茜注意到，有些人已经剪了夏天的发型：头发剪得那么短，甚至能看到头皮上因推子推得太深而留下的痕迹。这些幸运儿把他们的帽子塞进口袋或者推到脑后。那些还未剪发的，头发微微卷曲着，如婴儿的胎毛一般贴在后脖颈上，他们感到羞愧，把帽子拉得很低，连耳朵都遮住了。尽管他们满嘴脏话，却显得有些女孩子气。

查理便利店并不便宜，他的名字也不叫查理。但他随便别人这么叫，而且商店的遮阳棚上也写着这个名字，弗兰茜就相信了。只要花上一美分，查理就会给你一次抽奖机会。柜台后面挂着一块板子，上面有五十个带编号的钩子，每个钩子上都挂着一个奖品。有些奖品还算可以：溜冰鞋、棒球手套、有真发的洋娃娃等。其他钩子上挂的不外乎是便签本、铅笔和其他一美分就能买来的便宜货。弗兰茜看着尼利抽了一次奖。他从破旧的信封里拿出了一张脏兮兮的卡片——二十六号！弗兰茜满怀希望地看着板子，是一块一美分的橡皮擦。

“要奖品还是糖果？”查理问他。

“糖果。不然呢？”

每次都是这样，弗兰茜从没听说过谁中过超过一美分的奖。实际上，那双溜冰鞋的轮子都锈迹斑斑了，洋娃娃的头发上也满是灰尘，好像它们已经等了好久好久，就像小男孩的玩具狗和锡兵一样。弗兰茜暗自下定决心，等她攒够五十美分，就把所有抽奖卡片都买了，把所有奖品都赢回家。她觉得这买卖太划算了：只要五十美分，就能拿到溜冰鞋、棒球手套、洋娃娃，还有其他好多东西。嘿，光是那双溜冰鞋就值四倍的价钱呢！真到了那一天，得把尼利也叫来，因为女孩们很少去查理的店。没错，那个星期六确实有几个女孩在店里边……她们大胆、粗鲁，还有点早熟；她们大声说话，和男孩们打闹——邻居们都说这些女孩将来没好果子吃。

弗兰茜穿街而过，来到了金皮的糖果店。金皮是个瘸子，但他为人和善，对小孩特别好……在那个阳光明媚的下午之前，大家都是这么认为的，直到他把一个小女孩骗进了他那阴暗的后屋。

弗兰茜在想，要不要花一美分，买一个金皮特制的奖品袋。偶尔会跟她一起玩耍的莫迪·多纳文眼下正准备买一个。弗兰茜挤进去，站在莫迪身后，假装自己也要花上一美分。莫迪思来想去，最后用夸张的动作指向展示柜里一个鼓鼓的袋子，弗兰茜屏住了呼吸。换作是弗兰茜，她大概会选一个小点儿的袋子。她从朋友的肩膀上望过去，只见莫迪从袋子里掏出了几块不太新鲜的糖果，认真打量着她的奖品——一块粗糙的棉布手帕。有一次，弗兰茜抽到了一小瓶刺鼻的香水。她在犹豫，到底要不要花一美分买个奖品袋，虽然里边的糖果没法吃，但惊喜一下的感觉还是挺好的。但她又想，刚刚看莫迪抽奖已经够惊喜的了，自己花钱买差不多也是一样的。

弗兰茜沿着曼哈顿大道走着，大声念着她经过的、听起来很好听的街道名：斯科尔斯街、梅瑟罗尔大道、蒙特罗斯大道，然后是约翰逊大道。最后两条大道是意大利人住的地方。从西格尔街开始，一直到摩尔街和麦基本街，再到百老汇大道，是一片被称为犹太城的区域。弗兰茜朝百老汇大道走去。

布鲁克林威廉斯堡的百老汇大道有什么？啥也没有——除了那家全世界最棒的廉价品商店！这家店又大又亮堂，好像全世界的东西都被装在了里面——至少对一个十一岁的小姑娘来说是这样的。弗兰茜手里攥着一枚五美分硬币，感觉自己像个小富翁。那家店里的任何东西她都买得起，只要她想要！那是世界上唯一能让她这么任性的地方。

弗兰茜走进商店，沿着货架溜达，看见喜欢的东西就拿起来摸一摸。她总是拿起一样东西，握在手里，感受它的形状，用手指轻轻滑过它的表面，然后再小心翼翼地放回去，这种感觉真是太棒了！她的五美分硬币给了她这个权利。要是店员问她是不是要买，她可以大声说："买！"给对方一点颜色看。她心想，钱真是个好东西。在尽情享受了摸东西的乐趣之后，她买下了早就想好的小东西——价值五美分的粉白相间的薄荷糖。

她沿着格雷厄姆大道往家走，这是犹太人聚集的街道。她被那些装满货物的手推车吸引了——每辆手推车都是一家小店——耳畔是犹太人讨价还价的声音，鼻子闻到的是这一带独特的气味：烤鱼的香味、刚出炉的酸面包的香味，还有一种闻上去像是煮蜂蜜似的甜味。她看着那些戴着羊驼毛帽子、穿着丝绸外套的长胡子男人，好奇为什么他们的眼睛看起来那么小，眼神却那么锐利。她看着那些小得不能再小的店铺，闻着桌子上乱七八糟地堆放着的布料散发出来的味道。她注意到摊开的羽绒被从窗户里挤出来，五颜六色的衣服挂在防火梯上晾着，光着身子的孩子们在水沟里嬉戏。一位孕妇坐在路边的硬椅子上，在炽热的阳光下耐心地坐着，看着街上的人群，守护着自己肚子里的小生命。

弗兰茜记得妈妈说过，耶稣是犹太人，当时她差点惊掉下巴，因为她一直以为耶稣是天主教徒。妈妈懂得特别多。妈妈说，在犹太人眼里，耶稣只是一个不肯踏踏实实做木匠，不肯安定下来结婚养家，还总惹麻烦的犹太男孩。而且犹太人相信他们的救世主还没来，妈妈还说。想到这些，弗兰茜不由得盯着那位怀孕的犹太妇女看了一会儿。

弗兰茜心里不停地琢磨："或许犹太人就是因为这个才会生那么多孩子吧！她们安安静静地坐着，好像在等什么大事，大概也是因为这个吧。她们那么胖，也不觉得不好意思，大抵是因为犹太女人心里总觉得，自己肚子里揣的没准是个小耶稣呢。所以她们怀孕之后走起路来，才会那么神气。爱尔兰妇女就不一样，总是一副羞答答的样子，好像知道自己生不出耶稣，顶多只能生出个普通的米克。等将来怀了孩子，我也要昂首挺胸、慢慢悠悠地走，即便我不是犹太人。"

弗兰茜回到家，一看钟表，都十二点了。不一会儿，妈妈拿着扫帚和水桶进了屋，哐当一声把它们扔在角落，从那动静就知道，下周一之前，她是不会再动这两样东西的。

妈妈今年二十九岁，一头黑发，眼睛亮晶晶的，手脚麻利，身材也好，是个清洁工，负责打扫三栋楼的卫生。谁能想到，这么苗条漂亮的凯蒂·诺兰，居然要靠出去擦地板养家糊口呢？她总是那么活泼，那么开朗，热情满满。虽然她的手因为擦地板变得通红，裂着口子，但手形还是那么好看，指甲弯弯的，呈椭圆形，特别饱满可爱。大家都说，凯蒂·诺兰这样的美人，居然得去擦地板，真是可惜。不过，大家也说，想想她嫁的老公，她不去擦地板还能干啥呢？他们还说，不管怎么样，乔尼·诺兰比这个街区里的其他男人帅多了，就是爱喝酒。事实也的确如此。

弗兰茜让妈妈看着她把八美分塞进存钱罐，母女俩乐呵呵地计算着银行里大概有多少钱，就这么算了五分钟。弗兰茜觉得差不多得有一百美元了，妈妈摇摇头说，八美元还差不多。

妈妈让弗兰茜去买午饭。"从破杯子里拿八美分，去买四分之一条犹太黑麦面包，记得要新鲜的。再拿五美分，去索威尔因的店里，买五美分的口条。"

"可是，得跟他有点交情才能买到呢。"

“你就跟他说是妈妈让你买的。”凯蒂想了想，又说：“你说咱们是再买五美分的甜面包，还是把这钱存起来？”

“哎呀，妈妈，今天是星期六。你不是说，星期六可以吃甜点的嘛。”

“行吧，那就再买点甜面包吧。”

那家小小的犹太熟食店里，挤满了来买犹太黑麦面包的基督徒。弗兰茜看着店员把四分之一条面包塞进纸袋。面包刚出炉，外酥里软，底部粉白，她觉得这简直是天下最好吃的面包。她不情愿地走进了索威尔因的店铺。有时候他很好打交道，有时候又不好说话。每磅七十五美分的切片口条肉，只有有钱人吃得起。但如果能跟索威尔因先生搞好关系，就可以在口条肉快卖完时，花五美分买下那块几乎没肉的口条根。当然，最后那块几乎没什么口条肉，主要是小骨头和软骨，只有一点点肉味。

那天正碰上索威尔因心情好。“口条肉昨天就卖完了，”他对弗兰茜说，“不过我特意给你留了一块，我知道你妈妈喜欢吃口条，而且我也喜欢你妈妈。你回去记得告诉她。听见了没？”

“好的，先生。”弗兰茜小声答道。她低头看着地板，感觉自己的脸在发烫。她不喜欢索威尔因先生，才不会把他的话告诉妈妈呢。

弗兰茜在面包店挑了四个小圆面包，特意选了糖最多的。在店外面碰到了尼利，他偷瞄了一眼袋子，发现有甜面包后，高兴得跳了起来。虽然他上午已经吃了四美分的糖果，但还是很饿，催着弗兰茜一路小跑着回了家。

爸爸今天没回家吃午饭。他是个打零工的歌唱侍者，也就是说，不是天天有活儿干。他一般会在周六上午去工会总部等活儿。

弗兰茜、尼利和妈妈吃了一顿丰盛的午餐。每人都吃到了厚厚的一片“口条肉”，两片散发着甜香味的黑麦面包，上面涂着无盐黄油，还有一个甜面包，以及一杯热乎乎的浓咖啡，旁边还配着一茶匙甜炼乳。

诺兰家对咖啡情有独钟。咖啡是他们家唯一的小奢侈。妈妈每天早晨都会煮一大壶咖啡，午餐和晚餐时再热一热，咖啡的味道随着时间的推移越来越浓。虽然咖啡壶里水多咖啡少，但妈妈会放一块菊苣进去，咖啡的味道会变得浓烈又苦涩。每个人每天可以喝三杯加了牛奶的咖啡，想喝黑咖啡随时都可以。

有时候，当外面下着雨，你独自待在家里，百无聊赖，就会知道哪怕只是一杯苦涩的黑咖啡，也能给你带来一点安慰，这种感觉真的很好。

尼利和弗兰茜都挺喜欢喝咖啡的，但都喝得不多。今天，尼利和往常一样，把他的咖啡弄得很浓，把炼乳抹在面包上吃。他只是象征性地喝了一小口黑咖啡。妈妈给弗兰茜倒了一杯咖啡，还加了牛奶，虽然她知道这孩子可能不会喝。

弗兰茜喜欢咖啡的香味和那种热气氤氲的感觉。她一边吃面包和肉，一边用手捧着杯子，享受着咖啡的温度。她会时不时地闻一闻那苦涩的甜味，感觉比喝它还要好。吃完饭，咖啡就被倒进了水槽。

妈妈有两个姐妹，茜茜和艾薇，她们经常来家里串门。两个姨妈每次看见妈妈把咖啡倒掉，都会唠叨一番，说这样太浪费了。妈妈总是解释说："弗兰茜和其他人一样，每顿饭都有权利喝一杯咖啡。如果她觉得倒掉比喝掉更开心，那就随她去吧。我觉得我们这样的人偶尔浪费一下也挺好，能趁机体会一下有很多钱不用为生计发愁的感觉。"

这种特别的想法让妈妈感到满足，也让弗兰茜特别开心。这种想法可以给被生活压得喘不过气来的穷人和大手大脚的富人之间建立一种联系。女孩觉得，即使她是威廉斯堡最穷的人，但从某种意义上说，她又觉得自己很富有，因为她有东西可以浪费。她慢慢地吃着她的甜面包，舍不得这么快就吃完，想更长久地享受它的甜味，咖啡却变得凉了。她像女王一样，随意地把咖啡倒进水槽，享受了一把奢侈的感觉。然后，她准备去洛舍尔家，买陈面包，为家里接下来的半周做好食物储备。妈妈告诉她，她可以拿五美分去买一个不太碎的陈派。

洛舍尔面包店给附近的商店供应面包。这些面包没用蜡纸包裹，所以很容易变干。洛舍尔会把那些干掉的面包回收回去，半价卖给穷人。面包店旁边就是直销店，店里有个长长的柜台，两边还放着长条凳。柜台后面有扇大双开门，运面包的车会倒到门口，直接把面包卸在柜台上。店里的面包，两片只要五美分，每次面包一倒出来，大家都会争着去买。面包总是不够卖，有的人得等好几辆车卸完货才能买到。因为价格便宜，所以顾客得自带包装纸来装面包。大多数来买面包的都是小孩子。有的孩子直接把面包夹在胳膊底下，大摇大摆地走回家，好像在向全世界宣告他们家不富裕。但也有的孩子会把面包包起来，有的用旧报纸，有的用干净或者脏的面粉袋。弗兰茜则带了一个大纸袋。

她没有马上去抢购面包，而是坐在凳子上观望。柜台前有十来个孩子挤来挤去，吵吵闹闹。对面的凳子上，四个老人在打瞌睡。这些老人都是家里领救济金的，他们得帮忙买东西，照顾孩子，这是威廉斯堡那些上了年纪、身体不太好的老人唯一还能做的事。他们会尽量多磨蹭一会儿，因为面包店里飘着烤面包的香味，阳光透过窗户照在他们背上，感觉很舒服。他们坐着打瞌睡，时间一点点过去，好像自己的生命变得充实了。等待让他们的生活有了短暂的目标，让他们感觉自己还有点用。

弗兰茜盯着那位最年长的老人，玩起了她喜欢的游戏——猜别人的故事。老人的头发稀稀拉拉的，脸上的胡子也是灰蒙蒙、脏兮兮的，嘴角还有干掉的、结成硬块的口水。他打了个哈欠，露出了没有牙齿的牙床。弗兰茜看着他闭上了嘴巴，嘴唇紧紧地抿在一起，整个嘴巴似乎都不见了，下巴都快贴到鼻子上了。她注意到老人身上穿着一件旧外套，里面的棉花从破掉的袖口露了出来。他的腿松松垮垮地分开来，裤子的扣子周围满是油渍，还掉了一个扣子。他的鞋子破破烂烂的，脚指头都露出来了。一只鞋系着鞋带，另一只鞋则用一根脏兮兮的细绳绑着。她看到两个大大的脏脚趾，上面是灰白色的、皱巴巴的脚指甲。

她想了很多……

“他肯定很老了，至少七十多岁了吧。他出生时，亚伯拉罕·林肯还活着，准备竞选总统呢。那时候威廉斯堡应该还是个小村子，说不定弗拉特布什还住着印第安人呢。那是很久很久以前的事了。”她始终盯着他的脚，“他以前也是个小宝宝。他一定很可爱、很干净，他妈妈肯定亲过他那粉嘟嘟的小脚趾。也许晚上打雷的时候，她会走到他的小床边，帮他盖好被子，轻声告诉他不要害怕，妈妈一直在。然后她会把他抱在怀里，把脸贴在他的头上，说他是她的心肝宝贝。他小时候没准儿也跟我弟弟一样，到处跑来跑去，关起门来砰砰响。他妈妈虽然会说他，但心里肯定想着他将来能成大事。后来他长大了，变成了一个强壮快乐的小伙子。他走在街上，女孩子会冲他笑，回头看他。他也会回以微笑，说不定还会对最漂亮的那个眨眨眼。我想他肯定结过婚，生过孩子。孩子们肯定觉得他是世界上最好的爸爸，因为他工作努力，圣诞节还会给他们买礼物。现在他的孩子们也老了，像他一样，他们也有了自己的家庭，没有人再需要这位老人了，他们都在等他离开人世。但他还不想离开，他想继续活着，尽管已经这么大年纪，已经没有什么能让他高兴的事了。”

这地方静悄悄的。夏天的阳光透过窗户，斜斜地洒进来，在窗户和地面之间照出了一道道尘土飞扬的光柱。一只大绿头苍蝇在光柱里飞来飞去。除了她和几个打瞌睡的老人，这里再没有别人。等着抢面包的孩子们都跑到外面去玩了，他们的尖叫声似乎是从很远的地方传来的。

突然，弗兰茜一下子跳了起来。她的心怦怦直跳，感觉有点害怕。她莫名其妙地想到了一架拉开的风琴，正准备弹出一个饱满的音符。然后她又想到风琴正慢慢合上……合上……合上……一种说不出的恐惧感突然袭来，她意识到世界上许多可爱的宝宝总有一天也会变成这位老人的模样。她害怕极了，必须离开这里，不然这变化就会发生在她身上。她就会突然变成一个没有牙齿、让人讨厌的老太婆。

就在这时，柜台后面的两扇门被猛地推开，一辆送面包的车倒了进来。一个男人走到柜台后面。卡车司机开始冲着他扔面包，他接住面包堆在柜台上。街上的孩子们听到门被推开的声音，都涌了进来，围住已经站在柜台前的弗兰茜。

“我要面包！”弗兰茜大声喊道。一个胖胖的女孩用力推了她一下，想让她明白自己的斤两。“没事！没事！”弗兰茜对她说。“我要六条面包和一个不太碎的派。”她尖叫着。

见她语气坚定，柜台里的男人给了她六条面包和受损最少的派，收了她二十美分。她挤出人群，不小心弄掉了一条面包，捡起来很费劲，根本没有弯腰的空间，所以只好放弃了。

挤出来后，她坐在路边，把面包和派塞进纸袋。一位女士推着婴儿车路过，车里的婴儿在空中挥舞着双脚。弗兰茜看到的不是婴儿的脚，而是一个穿着破旧大鞋的奇怪东西。恐慌再次袭来，她一路跑回了家。

公寓里一个人也没有。妈妈已经打扮好，和茜茜姨妈一起去看日场电影了，是十美分的廉价座位。弗兰茜把面包和派收好，把纸袋整齐地叠起来，以便下次再用。她走进和尼利共用的没有窗户的小卧室，坐在自己的小床上，在黑暗中等待恐慌的浪潮停止涌动。

过了一会儿，尼利进来了，爬到他的床下边，拿出一个破旧的接球手套。“你去哪儿？”她好奇地问。

“去空地打球。”

“我能一起去吗？”她试探着问。

“不行。”他直截了当地说。

她还是跟着他走到了街上。他的三个朋友已经在那儿等着了。一个手里拿着球棒，另一个拿着棒球，还有一个什么都没拿，穿着一条棒球裤。他们一起朝格林点附近的空地走去。尼利看见弗兰茜跟在后面，也没说什么。其中一个男孩拍了拍他，说：

“嘿！你姐姐跟着我们呢。”

“是啊。”尼利点点头。那个男孩转过身来对弗兰茜喊：“滚远点！”

“这是自由国家。”弗兰茜不服气地说。

“这是自由国家。”尼利也对那个男孩说。之后他们没再管弗兰茜。她还是继续跟着他们。反正在社区图书馆开门之前，她也没别的事可做。

他们走得很慢，一路上打打闹闹。男孩们停下来在排水沟里找锡箔，捡烟头，等到下雨天躲在地下室里抽。他们还扣留了一个去教堂的小男孩，逗留了一会儿，商量着怎么捉弄他。那个小男孩微笑着，乖乖等着他们的指令。最后他们把小男孩放了，给他制定了一份下周的具体行为准则。

“以后不许来德沃街！”他们命令道。

“我再也不来了。”他保证。男孩们有点失望，他们原本期待他能反抗一下，其中一个男孩从口袋里掏出粉笔，在人行道上画了一条波浪线，命令道：“连这条线都不准跨过去。”

小男孩恍然大悟，知道自己这么轻易屈服惹他们不高兴了，就决定按照他们的意思来，“我连一只脚踩进排水沟里都不行吗，哥们儿？”

“就连往排水沟里吐口痰都不行。”他被告知。

“好吧。”他假装无奈地叹了口气。

年纪稍大一点的男孩突然有了主意，“离基督教女孩远点，明白吗？”他们说完，扬长而去，只留下小男孩盯着他们的背影。“天呀！”他一边小声嘀咕，一边转着他那双大大的棕色眼珠——那些外邦人居然觉得他已经成熟到会追女孩的程度了。这让他受宠若惊，一边走一边不停地说“天呀！”

男孩们继续慢慢走着，偷偷地瞄着那个提到女孩的大男孩，想知道他会不会说点下流段子。但在这一切开始之前，弗兰茜听到她弟弟说：“我认识那孩子。他是个犹太白人。”尼利以前听爸爸这样评价过一个他喜欢的犹太酒吧服务生。

“世界上哪有什么犹太白人！”大男孩说。

“嗯，要是有犹太白人，”尼利一边点头一边说，他这种既赞同别人，又坚持自己看法的样子，让人觉得他特别可爱，“那他肯定就是了。”

“就算是假设，也不可能有犹太白人，”大男孩摇摇头，“绝对不可能。”

“我们的主就是犹太人。”尼利用妈妈的话反驳道。

“可惜被其他犹太人害死了。”大男孩下了结论。

他们还没来得及深入讨论这个问题，就看见另一个小男孩，手里提着一个篮子，从洪堡街拐到了安斯利街，篮子上盖着一块干净的破布，篮子一角插着一根棍子，上面挂着六个椒盐卷饼，像一面慢慢飘动的小旗子。尼利帮派中的大男孩一挥手，他们就围住了卖椒盐卷饼的小男孩。小男孩站定，张嘴大喊：“妈妈！”二楼的窗户突然打开，一个女人抓着一件薄薄的胸衣，紧紧裹住她那外散的胸部，大声喊道：“放开他，你们这群坏蛋，滚出这条街。”

弗兰茜赶紧捂住耳朵，这样在忏悔时就不用告诉神父她听过的脏话了。

“我们什么都没干，阿姨。”尼利带着那种总能让妈妈开心的讨好笑容说。

“你们最好什么都没干。只要我在，你们休想。”随后，她语气不改，对儿子喊道：“还有你，给我上楼来。看我怎么教训你，敢在我午睡的时候来烦我！”卖椒盐卷饼的小男孩上楼去了，帮派成员继续闲逛。

“那个女人真厉害。”大男孩回头指了指窗户。

“是啊！”其他人纷纷附和。

“我爸爸也很厉害！”一个小男孩说。

"谁在乎这个？"大男孩懒洋洋地说。

"我只是说说嘛。"小男孩赶紧道歉。

"我爸爸不厉害！"尼利说。男孩们都被逗笑了。

他们继续闲逛，时不时停下来深深地吸一口纽敦溪的气味。这条小溪贯穿格兰德街几个街区，在狭窄的河道里逶迤流淌。

"天哪，真臭！"大男孩评论道。

"是啊！"尼利附和道。

"我敢打赌，这是世界上最糟糕的气味！"另一个男孩夸张地说。

"对！"弗兰茜小声附和道。她为这种气味感到自豪，因为这气味让她知道附近有一条水道，尽管很脏，但也能随百川入海。对她来说，这种巨大的恶臭暗示着远航的船只和海上冒险，所以她对这种气味很是满意。

男孩们来到了那片长满杂草的空地，空地上有个破破烂烂的钻石形球场。这时，一只黄色的小蝴蝶从草丛里飞了出来。男孩们一看到它，就忍不住想抓。他们把旧帽子扔出去，想捉住它。尼利动作最快，一把就抓住了小蝴蝶。他们看了一会儿，很快就觉得没意思了，然后就玩起了他们自己发明的四人棒球。

他们玩得很起劲，边玩边说脏话，满头大汗，互相推来推去。有人路过，他们就会拼命卖弄自己的球技。听说布鲁克林队的周六下午，有一百个球探在街头闲逛，看谁打球打得好。布鲁克林的男孩们都梦想着能加入布鲁克林球队，那简直比当美国总统还让他们兴奋。

过了一会儿，弗兰茜看腻了。她知道他们会一直玩到回家吃晚饭的时候。两点了，图书管理员应该已经吃完午饭回来了。弗兰茜满怀期待地往图书馆走去。

2

图书馆虽然旧了点，但弗兰茜觉得它特别漂亮。她每次走进去，都像走进教堂一样，心里暖暖的。她轻轻推开门，走进了图书馆。她喜欢图书馆的墨香，觉得比教堂里烧香的味道还好闻。

弗兰茜觉得，世界上所有的书都在这个图书馆里。她有个大计划，就是要把这里的书全都看一遍。她每天都按字母顺序读一本书，连那些极其枯燥的书也不放过。她记得，她读的第一本书是阿博特（Abbott）写的。现在，她已经读到B开头的书了，读了好多关于蜜蜂（Bee）、水牛（Buffalo）、百慕大度假（Bermuda vacation）和拜占庭建筑（Byzantine architecture）的书。虽然她很喜欢读书，但有时候不得不承认，B开头的书确实挺难懂的。不过，弗兰茜是个超级书虫，她什么书都看，不管是垃圾书、经典名著，还是时刻表和超市价目表。有些书读起来特别棒，比如露易莎·梅·奥尔科特的书。她打算等她把Z开头的书都读完之后，从头把露易莎·梅·奥尔科特的书再读一遍。

星期六是个特别的日子。每周六，她都会奖励自己读一本不按字母顺序排序的书。每到周六，她都会请图书管理员为她推荐一本书。

弗兰茜走进图书馆，轻轻地关上门——每个进入图书馆的人都该这样做。她快速地瞥了一眼图书管理员桌子上的那个棕色小碗。这个碗能告诉我们现在是什么季节：秋天，里面会插几枝白英；圣诞节，里面会插冬青。就算地上还有雪，只要看到碗里的褪色柳，就知道春天快来了。今天，是1912年夏天的一个周六，碗里插的是什么呢？她慢慢把目光从碗口向上移，看到了细长的绿色茎秆和小圆叶，然后……金莲花！红色、黄色、金色和象牙白。

看到这么美的花，她的头突然疼了一下。这一定是她毕生难忘的时刻。

“等我长大了，”她心想，“我也要买一个这样的棕碗，在炎热的八月，插上几枝金莲花。”

她看着书桌上排得整整齐齐、每支都削得尖尖的铅笔，还有清新的绿色吸墨纸，装满奶油色糨糊的白色大肚罐子，按顺序排列整齐的卡片，以及等着被放回书架的书。有一支铅笔很特别，笔尖上印着日期，孤零零地躺在吸墨纸边上。

“等我长大了，有了自己的家，我才不要那些花里胡哨的窗帘和椅子呢，也不要什么橡胶树。我要在客厅里放一张这样的桌子，墙壁刷成白色，每个星期六晚上都要有一沓干净的绿色吸墨纸，一排削尖的亮黄色铅笔，一个金棕色的碗里，不是插着一朵花，就是插着几片叶子，或者摆着一些浆果，还有书……好多好多的书……”

她挑了一本书，作者姓布朗（Brown），准备星期天看。弗兰茜觉得自己好像已经看了好几个月布朗写的书了。她以为自己快看完了，却发现下一个书架上是布朗尼（Browne）的书，然后是布朗宁（Browning）。她叹了口气，心急火燎地想看C开头的书，有一位作者名叫玛丽·科雷利，她偷偷看过她的书，觉得特别激动。她还能读到那本书吗？或许应该每天读两本书，或许……

她在桌子前站了好久，直到图书管理员终于肯看她一眼。

“嗯？”那位女士不耐烦地问。

“这本书，我想要。”弗兰茜把书往前一推，翻开书的封底，小卡片从封底的小纸袋里滑了出来。图书管理员教过孩子们这样借书，这样就不用每天打开几百本书，从几百个小纸袋里抽出几百张卡片了。

图书管理员拿起卡片，盖了章，把它插进了桌子的一个插槽里。然后在弗兰茜的借书卡上盖了章，再还给她。弗兰茜拿起借书卡，但没走。

“怎么？”图书管理员连头都懒得抬了。

“你能推荐一本适合女孩子读的好书吗？”

“多大？”

“她十一岁。”

弗兰茜每周都会提出这个请求，图书管理员每周都会问同样的问题。借书卡上的名字对她来说毫无意义，因为她从不抬头看孩子的脸，所以她从没真正认识过这个每天借一本书，每周六借两本书的小女孩。对弗兰茜来说，一个微笑都意义重大，一句友好的话就能让她特别开心。她爱图书馆，渴望得到那位女士的赞赏。但图书管理员心不在焉，至少不喜欢孩子。

她盯着那位女士把手伸到桌子下面，激动得手都抖了。书一拿出来，她一眼就看到了书名：《如果我是国王》，作者麦卡锡。太棒了！上周和上上周都是《格拉斯特克的贝弗利》。她总共就借过两次麦卡锡的书。图书管理员好像总是推荐这两本书，可能她自己就读过这两本书；或者这两本书在推荐书单上，又或者是她觉得这两本书最适合像她这样的十一岁的女孩。

弗兰茜紧紧地抱着书，几乎是小跑着回到家里，一路上强忍着想坐在第一个台阶上就开始读的冲动。

终于到家了，她一周以来最期待的时刻终于到了：坐在消防梯上的阅读时光。她在消防梯上铺了一块小毯子，从床上拿了个枕头，靠在栏杆上。幸好冰箱里还有冰块。她敲下一小块冰，放进一杯水里。她把早上买的粉白相间的薄荷糖放在了一个小碗里，虽然碎了，但颜色还是很好看。她把玻璃杯、碗和书放在窗台上，然后爬上消防梯。一旦坐在那里，就像是坐在树上一样。楼上、楼下和对面的人都看不见她，但她却可以透过树叶看到一切。

那是一个阳光明媚的下午，一阵慵懒的暖风带来了温暖的海洋气息。树叶在白色枕套上投下瞬息万变的图案。院子里没有人，真是太好了。通常院子总是被那个父亲在一楼租了商店的男孩占据。那个男孩总喜欢玩一种没完没了的墓地游戏。他会挖一个小小的坟墓，把活捉的毛毛虫放进小火柴盒里，用非正式的葬礼埋葬它们，并在小小的土堆上竖起一个小石头墓碑。整个游戏伴随着他的假哭和胸部的起伏。但今天，那个阴郁的男孩去本森赫斯特拜访姑妈去了。知道他不在，弗兰茜简直跟收到生日礼物一样开心。

弗兰茜呼吸着温暖的空气，看着舞动的叶影，吃着糖果，一边读书一边喝着凉开水。

> 如果我是国王，我的爱人，
> 啊，如果我是国王……

每次翻阅弗朗索瓦·维永的故事，她都觉得特别神奇。有时候，她甚至担心万一图书馆弄丢了这本书，那她就再也看不成了。她曾经试着在那种二十美分一本的笔记本上抄写这本书。她太想拥有这本书了，觉得只要抄下来，书就能变成自己的。但是，用铅笔书写的纸张，既没有图书馆里书的样子，也没有那种特别的墨香，所以她放弃了，还告诉自己长大后要努力工作，攒钱买下所有喜欢的书。

她沉浸在书的世界里，享受着独属于一个小女孩的快乐——一本好书，一小碗糖果，独自在家，树影摇曳，下午的时光就这样悄悄地溜走了。大概到了四点钟，对面公寓的邻居们开始忙活起来。透过树叶的缝隙，她看到那些敞开的窗户里，人们急匆匆地拿出酒桶，把冰凉的泡沫啤酒倒满杯子。孩子们跑来跑去，在肉店、杂货店和面包店之间来回奔跑。女人们手里提着大包小包，从当铺带回了男人周日要穿的西装。到了周一，它又要回到当铺，再待上一周。当铺靠每周的利息赚钱，西装被刷得干干净净，挂在放有樟脑防虫的柜子里。周一送进当铺，周六再取出来，给蒂米叔叔十美分的利息。如此循环往复地生活着。

弗兰茜看到那些年轻女孩正准备和男朋友出门。公寓里没有浴室，女孩们只得穿着内衣和衬裙，站在厨房的水槽前梳洗。她们洗腋下的时候，手臂抬过头，线条特别好看。有那么多女孩站在那么多窗户里摆出这样的动作，看起来就像是一场沉默而又充满期待的仪式。

弗拉伯的马车驶进隔壁院子时，她放下了手里的书，因为看那匹漂亮的马几乎和看书一样有趣。隔壁的院子铺着鹅卵石，尽头有一个很漂亮的马厩。一道铁艺双门将院子和街道隔开。在鹅卵石边缘，有一块施了肥的地，上面长着一株美丽的玫瑰和一排鲜红的天竺葵。马厩比附近任何房子都要好，院子也是威廉斯堡最漂亮的。

门闩轻轻一响，门关上了。弗兰茜眼前出现了一匹油亮亮的棕马，鬃毛和尾巴都是黑色的。它拉着一辆小巧的栗色马车，车身上用金字写着“牙医弗拉伯”和诊所地址。这辆马车不拉货，也不载人，整天慢悠悠地在街上溜达，就像一个移动广告牌。

弗兰克，一个脸蛋红扑扑的帅小伙，就像童话书里的王子一样，每天早上都驾着这辆马车出门，下午再回来。他的生活可真舒服，所有的女孩都喜欢和他玩。他只是慢慢地赶着马车，好让人们看清车上的名字和地址。有人牙疼了，就会想起马车上的地址，然后去找弗拉伯医生。

弗兰克慢悠悠地脱下外套，穿上皮围裙，那匹马，鲍勃，耐心地站着，四只马蹄轮流踩地。他解开缰绳和马具，擦干净皮具，把缰绳和马具挂在马厩里。接着，他用一大块黄色湿海绵清洗马身。马儿好像很享受，站在那里，阳光透过树叶洒在它身上。它用蹄子在地上刨啊刨，时而还会擦出火花来。弗兰克一边给马洗澡，一边不停地和它说话：“别动，鲍勃。好孩子。往后退一点。停！”

鲍勃不是弗兰茜生活中唯一的马。艾薇姨妈的丈夫，威利·弗利特曼姨夫，也有一匹马。他的马叫鼓手，拉着一辆送奶的车。威利姨夫和鼓手可不像弗兰克和鲍勃那样要好，他们俩总是互相瞪着对方，好像在琢磨怎么捉弄对方。威利姨夫天天骂鼓手，听他说话，你会觉得那匹马晚上从不睡觉，就在马厩里想着怎么整它的主人。

弗兰茜有个好玩的想象，她觉得人和他们的宠物看起来很像，反过来也一样。在布鲁克林，最受欢迎的宠物是小白贵宾犬。养这种狗的女士通常都个子小小的，身材胖胖的，皮肤白白的，眼睛水汪汪的，跟贵宾犬似的。给妈妈上音乐课的廷莫尔小姐也是如此，她是个小巧玲珑、爱说话的老姑娘，简直跟她挂在厨房的笼子里的金丝雀一模一样。如果弗兰克变成一匹马，肯定跟鲍勃一个样。弗兰茜虽然没见过威利姨夫的马，但她能想象出它长啥样。鼓手肯定跟威利姨夫一样，矮矮的、瘦瘦的、黑黑的，眼神紧张，眼白很多。它还会跟艾薇姨妈的丈夫一样，总爱抱怨。不过，弗兰茜让自己尽量不去想威利姨夫。

街上，一群小男孩挤在铁门边，看附近唯一一匹马洗澡。弗兰茜虽然看不见他们，但能听到他们叽叽喳喳的声音。他们编了好多关于这匹温驯马儿的可怕故事。

“看它多安静，多好相处啊，”一个男孩说，“但那都是装的。它就等着趁弗兰克不注意时，咬他，踢他，把他弄死呢。”

“肯定的，”另一个男孩说，“我昨天见它把一个小宝宝撞倒了。”

第三个男孩突然来了灵感。“我看见它冲着一个坐在路边卖苹果的老婆婆撒尿，还弄到苹果上了。”他好像突然想起来似的补充了一句。

“他们给它戴眼罩，这样它就看不到人有多小了。要是它能看到人有多小，会把所有人都弄死的。”

“它以为人很小吗？”

“小得跟小孩似的。”

“哇！”

每个说话的男孩都知道自己在瞎编，但他们却相信其他男孩说的关于马的事。最后，见鲍勃只是乖乖地站在那里，男孩们看腻了。一个男孩捡起一块石头，朝鲍勃扔去。鲍勃被石头击中的皮肤，抖了一下，男孩们紧张地等着它发狂。

弗兰克抬头，用他那温和的布鲁克林口音对他们说："你们不能这么做。马又没有对你们做什么。"

"哦，没有吗？"一个男孩气愤地喊道。

"没有。"弗兰克回答。

"哼，去你的吧！"最小的男孩说了句最狠的话。

弗兰克给马背上浇了点水，依旧语气温和道："你们是想自己走，还是想等我教训一下你们几个？"

"快看，我给你们露一手！"弗兰克突然冲过来，捡起一块松动的鹅卵石，摆出要扔的架势。那些男孩们吓得直往后退，大声叫骂着。

"这是自由国家，你管不着。"

"对啊，这条街又不是你家的。"

"我要告诉我叔叔，他是警察。"

"赶紧滚。"弗兰克满不在乎地说。他小心翼翼地把鹅卵石放回原位。

那些大男孩渐渐散去，觉得这游戏没意思。但几个小的又悄悄回来了。想看弗兰克怎么给鲍勃喂马料。

弗兰克洗完马，把它牵到树下乘凉。他把一个装满饲料的袋子挂在了马脖子上，然后开始清洗马车，还吹起了口哨，"让我叫你甜心吧！"这口哨仿佛是一个信号，住在诺兰家楼下的弗洛西·加迪斯把头伸出了窗外。

"你好啊！"她活泼地叫道。

弗兰克知道是谁在说话。他等了很久，才回了句"你好"，但没有抬头。

他走到马车的另一边，弗洛西虽然看不见他，但坚持不懈地用语言交流着。

"今天忙完了吗？"她愉快地问。

"快了。"

"我猜你今晚要出去玩，因为今天是周六。"无人回答。

"别跟我说像你这样英俊的小伙子没有女朋友。"无人回答。

"今晚在三叶草俱乐部有个聚会。"

“是吗？”他听起来并不感兴趣。

“是的。我有一张双人入场券。”

“抱歉。我还有事。”

“在家陪你老妈？”

“也许。”

“哦，去你的吧！”她砰的一声关上窗户，弗兰克松了口气。终于结束了。

弗兰茜为弗洛西感到难过。无论她多少次被弗兰克拒绝，却从不放弃希望。弗洛西总是在追求男人，而他们总是在躲着她。弗兰茜的姨妈茜茜也喜欢追求男人，但不知怎么，他们总是半路就迎上来。

区别在于弗洛西·加迪斯对男人饥不择食，而茜茜对他们有所选择。态度不同，结果也是天壤之别。

3

爸爸五点下班回家。这时，马车已经锁在弗拉伯的马厩里，弗兰茜也读完了书，吃完了糖果，她注意到，傍晚的阳光照在磨损的篱笆板上，那么苍白。她把被太阳晒暖、被风吹凉的枕头在脸上贴了一会儿，才放回了自己的小床上。爸爸哼着他最喜欢的民谣《莫莉·马龙》走进来，他总是一边上楼一边唱，这样每个人都知道他回家了。

在美丽的都柏林，
女孩们如此迷人，
在那里我第一次遇见了……

在爸爸唱下一句之前，弗兰茜就开心地笑着打开了门。

“妈妈呢？”他问。他每次进门都会这么问。

“她和茜茜姨妈一起去看戏了。”

“哦！”他听起来有点失望。如果凯蒂不在家，他总是会感到失望。

"我今晚去克洛默干活，那儿有个大型婚礼派对。"他用外套袖子擦了擦礼帽，随后把帽子挂了起来。

"是做服务生还是唱歌？"弗兰茜问。

"都做。我有干净的服务生围裙吗，弗兰茜？"

"有一条干净的，但是没熨。我给您熨一下。"

她把熨衣板架在两把椅子上，加热熨斗。她拿出一块起皱的有亚麻带子的厚布料，在上面洒上水。她一边等熨斗变热，一边加热咖啡，给爸爸倒了一杯。他喝了咖啡，吃了他们为他留的糖面包。他很高兴，因为今晚有活干，而且天气很好。

"今天这样的日子，就像有人给你送了礼物一样好。"他说。

"是的，爸爸。"

"热咖啡难道不是很棒的东西吗？在它被发明之前，人们是怎么过来的？"

"我喜欢它的味道。"

"你在哪儿买的这些面包？"

"温克勒家。怎么了？"

"他家的面包越做越好了。"

"还有点犹太面包，一小片。"

"太好了！"他拿起那片面包，翻了过来。面包背面有工会的贴纸。"好面包，工会面包师精心制作。"他把贴纸撕下来，突然想到，"我的围裙上也有工会标签！"

"就在这儿，缝在缝里。我会熨平的。"

"那个标签就像个装饰品，"他解释说，"就像你戴着一朵玫瑰花。看看我的服务生工会徽章。"那枚绿白相间的徽章别在他的衣领上。他用袖子擦了擦，"在加入工会之前，老板们想给多少就给多少。有时候他们一美分也不给，说小费是我的。有些地方甚至要我付费工作。他们说小费那么多，他们可以把服务生的职位卖掉挣钱。然后我加入了工会。你妈妈不应该吝啬这点会费。工会帮我找工作，老板必须付给我一定的工资，不管小费如何。所有的行业都应该成立工会。"

"是的，爸爸。"这时，弗兰茜正在熨衣服。她喜欢听爸爸说话。

弗兰茜想起了工会总部。有一次，她去那里给爸爸送围裙和车费。她看到爸爸和一些男人坐在一起。他总是穿着他的燕尾服，那是他唯一一套西装。他正在抽着雪茄，黑色礼帽俏皮地扣在头上。看到弗兰茜进来，他赶忙摘下帽子，扔掉雪茄。

"我的女儿。"他自豪地说。服务生们看了看这个穿着破旧衣服的瘦瘦小小的女孩，互相交换着眼神。他们和乔尼·诺兰不同。他们在非周末有固定的服务生工作，周六晚上出来赚点外快。乔尼没有固定工作，他在各处的夜店打零工。

"我想告诉你们，"他说，"我家里有两个好孩子和一个漂亮的妻子。我还想告诉你们，我还不够好，配不上他们。"

"放松。"一个朋友边说边拍了拍他的肩膀。

弗兰茜无意中听到两个男人背后谈论她的父亲。矮个子男人说："你快听听这个家伙在说他的老婆孩子，他可真滑稽！他把工资带回家给老婆，把小费留给自己买酒。他和麦加里蒂酒吧有个搞笑的约定，他把所有小费都交给麦加里蒂，让人家供给他酒水。不知道是麦加里蒂欠他钱，还是他欠麦加里蒂钱。不过，这个约定对他来说稳赚不赔，他总是醉醺醺的。"两个男人走开了。

弗兰茜有点心疼，但当她看到站在父亲周围的那些人是多么喜欢他，他们时而露出微笑，时而哈哈大笑，如饥似渴地听着他说话时，她的疼痛减轻了。只有那两个男人不喜欢她的爸爸，其他人都喜欢她的爸爸。

大家的确都很喜欢乔尼·诺兰。他唱歌很好听，尤其擅长甜蜜情歌。不管是以前还是现在，人们，特别是爱尔兰人，都很喜欢人群中会唱歌的那个。他那些服务生兄弟都很喜欢他。他的老板们也很欣赏他。他的老婆和孩子也爱他。他外向开朗、年轻帅气。老婆对他没什么怨言，孩子们也不懂为什么要为他感到羞耻。

弗兰茜收回去工会总部那天的思绪，继续听爸爸说话。爸爸正在回忆过去。

"就说我吧，就是个无名之辈。"他点了一根五美分的雪茄，语气平静，"我爸妈是土豆收成不好那年从爱尔兰来这儿的。有个开轮船公司的人说能带我爸去美国，那边有工作等着他。他说船票钱可以从工资里扣，所以我爸妈就来了。”

“我爸跟我一样——没干过长工。”他停了停，抽了口烟。

弗兰茜静静地熨着衣服。她知道爸爸只是在自言自语。他不是真指望她能懂，只是想找个人听他说说话。他几乎每个星期六都会说差不多的话。其他日子，他要是喝了酒回家，根本不怎么说话。但今天是星期六，是他说话的日子。

“我爸妈没读过书。我自己也只上到小学六年级——我爸去世后我就辍学了。你们这些孩子真幸运。我保证你们都能读完书。”

“嗯，爸爸。”

“当时我才十二岁。我在酒吧里给醉汉唱歌，他们就朝我扔硬币。后来我开始在酒吧和餐馆打工……给客人端盘子……”他若有所思。

“我一直想当一个真正的歌手，就是那种穿着礼服上台的歌手。但我没受过正规教育，不知道怎样才能当个舞台歌手。我妈告诉我要珍惜工作。她说你有份工作多幸运啊。所以我就这么稀里糊涂地做了唱歌服务生。这份工作不太稳定。我如果只是一个普通服务生，可能过得更好些。这就是我喝酒的原因。”他没头没脑地结束了话题。

她抬头看着他，好像想问点什么。但她什么也没说。

“我喝酒是因为知道自己没戏了，我认命了。我不像别人那样能开大卡车，因为身体原因也当不了警察。我得卖啤酒还得唱歌，其实我只想唱歌。我喝酒是因为我有应付不来的责任。”他沉默了好一会儿，然后轻声说，“我高兴不起来。我有老婆，有孩子，可我偏偏不是一个勤劳的人。我从没想过要成家。”

弗兰茜的心又开始痛了。爸爸是不想要她还是尼利？

“像我这样的人要家庭干什么？但我爱上了凯蒂·罗梅利。哦，我可不是在怪你妈妈，”他急忙说。“如果不是她，也会是希尔迪·奥戴尔。你知不知道，你妈妈到现在还吃她的醋呢。但当我遇到凯蒂时，我对希尔迪说，‘你走你的路，我走我的’。然后我娶了你妈妈，我们有了孩子，你妈妈是个好女人，弗兰茜，永远别忘了这一点。”

弗兰茜知道妈妈是个好女人，爸爸也这么说，可她为什么更喜欢爸爸而不是妈妈呢？为什么？爸爸自己都说他不好，但她就是更喜欢爸爸。

“是的，你妈妈工作很努力。我爱我老婆，我也爱我的孩子们。”弗兰茜又高兴了起来。“但一个男人，不应该有更好的生活吗？也许有一天，工会既会给人安排工作，也会给人留下时间让他们做自己的事。但我恐怕是赶不上了。现在，要么一直努力工作，要么就当个懒汉……没有中间地带。我死以后，没人会记得我太久。没有人会说，‘他是一个热爱家庭、相信工会的男人。’他们只会说，‘他怎么看都是个酒鬼，真可惜。’是的，他们肯定会这么说。”

房间里非常安静。乔尼·诺兰万分苦涩地把他抽了一半的雪茄扔出了没有纱窗的窗户。他有一种预感，自己的生命消耗得太快了。他看着女儿安静地低着头熨着衣服，孩子瘦削的脸上那柔和的悲伤刺痛了他。

“听着！”他走到她身边，搂住她瘦弱的肩膀，“要是今晚我能得到很多小费，我会把钱押在一匹马上，它星期一要比赛。我在它身上下几美元，赢十美元。然后再把这十美元押在另一匹马上，赢一百美元。我要是动动脑子，再有点运气，就能拿到五百美元。”

他心里想着，这不过是白日做梦，虽然他还在给她描绘自己的中奖画面。但是他想，要是能美梦成真，该多好啊！他继续说着：“你知道我接下来要做什么吗，我的小歌后？”弗兰茜开心地笑了，她很高兴他用昵称叫她。当时她还是个婴儿，他发誓说她的哭声优美且多变，就像歌剧演唱家的音域一样宽广。

“不知道。你要做什么？”

“我要带你去旅行。就我们两个，我的小歌后。我们一起去南方，去棉花盛开的地方。”他对自己说的这句话十分满意，于是又重复了一遍，“去棉花盛开的地方。”然后他想起来，这句话是一首歌里的歌词。他把手插进口袋，吹起口哨，像帕特·鲁尼那样跳起了华尔兹。接着唱起了这首歌：

> ……在一片洁白的田野上，
> 听黑人低声歌唱。
> 我渴望去那里，因为有人在等我，在棉花盛开的地方。

弗兰茜轻轻吻了吻他的脸颊。“哦，爸爸，我太爱您了。”她低声说。

他紧紧抱着她，那种刺痛感又一次袭来。“哦，上帝！哦，上帝！”在不堪忍受的痛苦时刻，他不断重复着。“我真是个糟糕的父亲。”但当他再次对她说话时，语气已经彻底平静了。

“这么长时间还没帮我熨好围裙？”

“熨好了，爸爸。”她把它仔细地叠成了一个方块。

“家里有零钱吗，宝贝？”

她看了看架子上的裂口杯子：“一枚五美分硬币和几个一美分硬币。”

“你能拿七美分出去给我买个假领和纸领吗？”

弗兰茜去杂货店给她父亲买周六晚上要用的东西。假领是用硬挺的淀粉浆过的棉布做成的衬衫前片。用领扣系好，挂在脖子上，再用马甲固定住。它能代替衬衫，但穿一次就得扔掉。纸领并不是真的用纸做的，它之所以叫这个名字，是为了和穷人穿的纤维素衣领区分开来，纤维素衣领可以用湿布擦洗。纸领是用细棉纱过浆做成的，也只能用一次。

弗兰茜回到家，发现爸爸已经刮了胡子，他的头发湿漉漉的，鞋子擦得锃亮，还换上了一件汗衫。虽然这件汗衫有点皱，背后有个洞，但闻起来干净清爽。爸爸站在椅子上，从柜子最上面拿下来一个小盒子。盒子里装着妈妈送给他的珍珠纽扣，那是他的结婚礼物，妈妈足足花了一个月的工资。爸爸对这些纽扣特别珍惜，就算家里再穷，也从没拿去当过。

弗兰茜帮他把纽扣别在领子上。他用一个金色领扣把领子系住，这是希尔迪·奥戴尔在他和妈妈订婚前送他的礼物。爸爸也很珍惜。他拿起厚厚的黑色丝绸领带熟练地打了个漂亮的蝴蝶结。其他服务生可能会用现成的松紧带蝴蝶结，但爸爸不会。别的服务生可能会穿脏兮兮、皱巴巴的衬衫，还有塑料领子，但爸爸不会。他的假领，就算是一次性的，也总是干干净净的。

爸爸终于打扮好了。他那波浪般的金发闪闪发光，洗过澡刮过胡子后，整个人闻起来特别清爽。他穿上外套，随意地扣上扣子。晚礼服的缎面领子虽然有点磨损，但谁会注意这点小问题呢？这套衣服穿在他身上那么合身，就连裤子的折痕都那么完美。弗兰茜看着他擦得锃亮的黑皮鞋，注意到裤腿在鞋跟处垂下，在脚背上形成一个漂亮的折痕。没有哪个爸爸的裤子能穿出这样的折痕。弗兰茜为爸爸感到骄傲。她小心翼翼地把熨过的围裙用一块干净的包装纸包了起来。

她陪爸爸走到电车站。路上的阿姨都朝他微笑，直到看见紧紧牵着他手的小女孩，才收起笑容。爸爸看起来就像一个英俊潇洒、无忧无虑的爱尔兰男孩，一点也不像女清洁工的丈夫，也不像是两个饿肚子的孩子的爸爸。

他们经过加布里埃尔五金店，停下来看橱窗里的溜冰鞋。妈妈从来没有时间陪她看，爸爸却有。看爸爸说话的样子，好像有一天会为她买一双似的。他们走到街角。一辆电车从格雷厄姆大道驶来，他随着电车减速的节奏跳上了平台。当电车再次启动时，他站在后平台上，抓着栏杆，斜着身子，向弗兰茜挥手。在弗兰茜眼里，没有哪个男人比她的爸爸看起来更英俊，更有风度！

4

爸爸走后，弗兰茜跑上楼，想看看弗洛西·加迪斯为今晚的舞会准备了什么衣服。

弗洛西在一家儿童手套厂打工——翻手套，就是把手套的缝线从外面翻到里面，这样手套就能戴了。她经常把活儿带回家，晚上加班干。她得挣钱养家，因为她弟弟得了肺结核，干不了活。

弗兰茜听说亨利·加迪斯快不行了，但她不信。亨利看起来挺好的，皮肤透亮，脸颊上还有好看的红晕，眼睛又大又亮，像两盏小灯一样。但亨利自己心里有数。他才十九岁，对生活充满渴望，不明白为什么自己的生命已到尽头。加迪斯太太看到弗兰茜来了，很是高兴。有人能陪亨利聊聊天，他就不会老想着自己的病了。

“亨利，弗兰茜来了。”她高兴地叫道。

“你好，弗兰茜。”

“你好，亨利。”

“你不觉得他看起来很精神吗，弗兰茜？快告诉他。”

“你看起来很精神，亨利。”

亨利自言自语道：“她跟一个快死的人说他看起来很精神。”

“我说的是实话。”

“不，不是。你只是随便说说。”

“你说的什么话，亨利。看看我，我这么瘦，可我从没想过死。”

“你不会死的，弗兰茜。你是那种能战胜困难的人。”

“不过，我真想要你那样的红脸蛋。”

“不，你不会想要的。你要是知道这是怎么回事，就不会想要了。”

“亨利，你该多去屋顶上坐坐。”他妈妈说。

“她跟一个快死的人说多去屋顶上坐坐。”亨利又喃喃自语道。

“你需要新鲜的空气，还有阳光。”

“让我一个人待会儿，妈妈。”

“这是为你好。”

“妈妈，妈妈，让我一个人待会儿！让我一个人待会儿！”

突然，他把头埋在胳膊里，嗓子里发出痛苦的呜咽，还有咳嗽。弗洛西和他妈妈对视一眼，默契地没再说话。她们留他在厨房里咳嗽、呜咽，然后去前厅带弗兰茜看衣服。

弗洛西每周都有三项固定任务：做手套、做衣服、忙活弗兰克的事。每周六晚上，她都会去参加化装舞会，而且每次都穿不一样的衣服。这些衣服都是为了遮住她那只不太正常的右胳膊而特别设计的。小时候，她不小心掉进了厨房地板上放着的滚烫的洗衣锅里，右胳膊被烫得很严重，长大后皮肤变得皱巴巴的，颜色也怪怪的。她总是穿长袖衣服。

化装舞会上，衣服都是袒胸露背的。所以她设计了一种露背装，前面剪裁得恰到好处，既能展现她丰满的胸部，又有一个长袖子遮住右胳膊。评委们都觉得那飘逸的袖子有什么特殊含义。所以，她每次都拿第一名。

弗洛西换上她当晚要穿的衣服，有点像克朗代克舞厅的舞女，很是时髦，那是一件紫缎紧身服，里面是多层深红色的塔尔顿衬裙。衣服左胸处，别着一只黑色的亮片蝴蝶。那唯一的袖子是用豆绿色的雪纺做的。弗兰茜很喜欢这套衣服。弗洛西的妈妈打开衣柜门，弗兰茜看到了一排五颜六色的衣服。

弗洛西有六种不同颜色的紧身衣和六条塔尔顿衬裙，还有至少二十只不同颜色的雪纺袖子，你能想到的颜色她都有。每周，弗洛西都会换着花样搭配，搭出一套新衣服。下周，深红色的衬裙可能会从天蓝色的紧身衣下面露出来，配上一只黑色的雪纺袖子。如此这般，循环往复。衣柜里有两打卷得紧紧的丝绸伞，都是她赢来的奖品。弗洛西像运动员收集奖杯一样收集这些伞。弗兰茜看着这些伞，心里很高兴。囤积大量物品总是让穷人特别兴奋。

弗兰茜欣赏这些衣服时，突然感到有点不安。看着那彩虹般的颜色——深红、橙色、亮蓝、红色和黄色，她觉得这些衣服背后好像藏着什么东西。那是一种裹在长长的暗沉沉的斗篷里，双手只剩白骨、咧嘴笑着的骷髅似的东西。它正躲在这些鲜艳的颜色背后，等着亨利。

5

妈妈六点就带着茜茜姨妈回来了。弗兰茜一看到茜茜姨妈，眼睛都亮了。茜茜姨妈是她最喜欢的人，她对茜茜姨妈的一切都感到好奇。茜茜姨妈的生活可精彩了，她今年三十五岁，结过三次婚，生过十个孩子，可惜孩子们全都夭折了。茜茜姨妈总说，弗兰茜就像是她的第十一个孩子。

茜茜姨妈在橡胶厂上班，对待男人，野性十足。她有一双会说话的大眼睛，一头油亮的黑色卷发，皮肤白里透红。她喜欢在头发上绑个樱桃色的蝴蝶结，特别可爱。妈妈今天戴了顶翡翠绿的帽子，衬得皮肤特别白。她的手虽然好看，但因为干活太多，有点粗糙，不过被一双白色棉手套遮住了。她们俩边走边说，笑声不断，谈论着看演出时听到的笑话。

茜茜姨妈给弗兰茜带了礼物，是个玉米芯做的烟斗。只要一吹，烟斗顶就会弹出一只小母鸡，越吹越大。这是茜茜姨妈所在的厂里生产的。厂子生产这种橡胶玩具是为了掩人耳目，能让厂子赚得盆满钵满的，是人们私下偷偷购买的其他橡胶制品。

弗兰茜真希望茜茜姨妈能留下来吃晚饭。有茜茜姨妈在的地方，总是特别温馨。她觉得茜茜姨妈特别懂小女孩的心思。别人都觉得小孩子就是小麻烦，但茜茜姨妈却把他们当大人看。不过，尽管妈妈再三邀请，茜茜姨妈还是走了。她说得回家看看她老公还爱不爱她。这话把妈妈逗笑了，弗兰茜也跟着笑了，虽然她不太懂茜茜姨妈的意思。茜茜姨妈临走时说，月初会带杂志来。她的现任老公在一家杂志社工作，每个月都能拿到好多杂志：爱情故事、西部冒险故事、侦探小说、鬼故事，应有尽有。杂志封面五颜六色，出库时用崭新的黄麻绳捆得整整齐齐。茜茜姨妈一拿到杂志，就会给弗兰茜送来。弗兰茜看得津津有味，看完之后就半价卖给附近的文具店，赚的钱都存进了妈妈的存钱罐。

茜茜姨妈走后，弗兰茜跟妈妈说起了洛舍面包店里那个老人，还有他脏兮兮的脚。

“别瞎说，”妈妈笑着说，“变老有什么悲惨的？要是他是世界上唯一的老人，那才惨呢。但他有一群老伙伴陪着呢。老年人并不是不开心，他们只是不追求我们想要的那些东西。他们只想穿得暖和和的，吃点软乎乎的，聊聊过去的事。别傻傻地乱想了，人终有一天会老，早点接受这个现实吧。”

弗兰茜知道妈妈说得对。不过，当妈妈开始聊别的话题时，她还是偷偷松了口气。她和妈妈开始计划下周如何用陈面包做各种美食。

诺兰家几乎全靠那些陈面包和凯蒂的巧手过日子！她会拿出一块陈面包，用开水泡软，揉成糊糊，加上盐、胡椒粉、百里香、洋葱碎和鸡蛋（如果鸡蛋便宜的话），然后放进烤箱里烤。烤到面包金黄酥脆，她会用半杯番茄酱、两杯开水、调料、一点浓咖啡和面粉调成汁，浇在烤好的面包上。热腾腾的，十分美味，还特别顶饱。剩下的面包会被切成薄片，用热培根油煎。

妈妈还会用剩下的面包片、糖、肉桂和一美分的苹果薄片做成超级好吃的面包布丁。待面包烤到金黄，把糖融化后浇在上面。有时候，她还会做一种被称为 WegGeschnissen 的东西，勉强可以翻译成“用通常会扔掉的面包碎做成食物”。把面包碎蘸上面粉、水、盐和鸡蛋调成的面糊，然后在热油里炸。每当这时，弗兰茜就会跑到糖果店买一美分的黄冰糖，把冰糖用擀面杖压碎，吃之前撒在炸好的面包碎上。冰糖尚未完全融化，吃起来特别棒。

周六的晚餐是一顿节日大餐。诺兰家有炸肉吃！把一块剩陈面包放进开水中打成浆，加入十美分加了洋葱的碎肉，再加点盐和十美分的欧芹碎调味。将上述材料混合均匀，做成小球，过油炸好，配上热番茄酱。这些肉丸有个名字，叫 Fricadellen，是弗兰茜和尼利的名字各取一半而来，特别好吃。

他们家主要靠陈面包、炼乳、咖啡、洋葱和土豆过日子，偶尔还会花一美分买点儿调味料。有时候，他们能吃到香蕉，但弗兰茜特别想吃橙子和菠萝，尤其想吃柑橘，但只有圣诞节才吃得到。

有时候，如果弗兰茜手头有多余的一美分，她会买些碎饼干。杂货店老板会把一小片纸卷成喇叭状，装不能整块卖出的碎饼干。妈妈总是说：如果你有一美分，别买糖果或蛋糕，买个苹果吃。但弗兰茜觉得生土豆的味道也不错，还不用花钱。

不过，有时候，特别是在漫长、寒冷、黑暗的冬天即将结束的时候，不管弗兰茜有多饿，都胃口不佳。那就是想吃大泡菜的时候到了。她会拿一美分，走到摩尔街的一家店里，那家店里除了在浓香料盐水里泡着的胖胖的犹太泡菜，什么都没有。店里有个留着长白胡子、戴着黑色头巾、只有牙床没有牙的老头，手拿大木叉，站在泡菜缸旁边。弗兰茜和其他孩子一样，也会点菜。

"给我来一美分的犹太泡菜。"

那个犹太人用他那双红眼圈的、看起来有点苦涩的小眼睛，凶巴巴地盯着这个爱尔兰孩子。

"外邦人！外邦人！"他朝她啐了一口，好像很讨厌"犹太"这个词。

弗兰茜其实没什么恶意，她真的不懂这个词的意思。对她来说，这个词就是指那种陌生但又让人喜欢的东西。当然，犹太人是不知道的。弗兰茜听说，他有一个泡菜缸，只卖给非犹太人。还有人说，他每天会在那个缸里吐痰或者做更糟糕的事，作为对外邦人的报复。但这从来没被证实过，弗兰茜也不相信。

他用木叉子搅动泡菜，满嘴脏话全都喷到了那沾满污渍的白胡子上，弗兰茜想要缸底的一个泡菜，惹得他怒气冲冲，又是翻白眼，又是抓胡子。最后，一根又肥又绿、两头硬邦邦的泡菜被捞了出来，放在一张棕色纸上。

犹太人还在嘟嘟囔囔地骂着，用他那被醋渍伤的手掌接过她的一美分，退到柜台后面，坐在那里。他的脾气在点头打盹中慢慢平静下来，梦里是家园故国的美好往昔。

弗兰茜一整天都在想泡菜。她时不时地舔一舔，啃一啃，但并没有真的把它吃掉。她只是喜欢拥有它的感觉。家里餐桌上只有面包和土豆的时候，弗兰茜就会分外想念酸溜溜的泡菜。她也说不清为什么，但只要泡菜在手，那些单调的面包和土豆似乎会变得好吃些。没错，吃泡菜的日子总是让人期待。

6

尼利和弗兰茜一回到家，妈妈就给他们布置了任务：买周末吃的肉。这可是家里的大事，妈妈必须千叮咛万嘱咐："去哈斯勒家买五十美分熬汤的骨头。肉馅别在那儿买，去韦纳家。记得买十美分的牛后腿肉，别让他从盘子里拿。再带个洋葱。"

姐弟俩在肉铺前站了好一会儿，屠夫才注意到他们。

"要啥？"他问。

弗兰茜开始讨价还价："十美分的牛后腿肉。"

"绞碎的行吗？"

"不行。"

"刚才有个女的买了二十五美分绞碎的牛后腿肉，我多绞了一些，剩下的放在盘子里，刚好是十美分的。真的，我刚绞好的。"

这正是妈妈千叮咛万嘱咐的地方。不管屠夫怎么说，都不能要盘子里的。

"不行，妈妈说要十美分的牛后腿肉。"

屠夫气呼呼地切了一块肉，称了重，扔在纸上，正要包起来，弗兰茜突然用颤抖的声音说："哦，我忘了，妈妈说要绞碎的。"

"真该死！"他把肉扔进绞肉机。又被耍了，他心里暗骂道。肉绞出来，红通通的。他接住肉，正要扔在纸上……

“妈妈说还要把这个洋葱切碎放进去。”她怯生生地把从家里带来的剥好皮的洋葱递过去。尼利站在一边，什么也没说，他的任务就是壮胆。

“天哪！”屠夫忍不住抱怨。但他还是一手拿起一把菜刀，把洋葱剁进了肉里。弗兰茜看着，觉得剁肉的声音还挺好听。屠夫再次收起肉，扔在纸上，瞪着弗兰茜，她咽了口唾沫，最后一道指令是最难的。屠夫预感到接下来会发生什么。他站在那里，心里直打鼓。弗兰茜鼓足勇气，说："还要一块板油，用来煎。”

“该死的混蛋！”屠夫愤愤地低声说。他切下一块白板油，气鼓鼓地扔在地上，捡起来，砸在肉堆上。他义愤填膺地把肉包起来，抓起那十美分，转身交给老板结账，暗自咒骂命运，自己怎么就成了屠夫。

买完肉馅后，姐弟俩去哈斯勒的店买骨头。哈斯勒家的骨头品质很好，但肉馅就差远了，因为他总是关起门来绞肉，谁知道他卖的是什么肉呢。尼利拿着刚买的肉馅在外面等，要是让哈斯勒看到你在别的地方买了肉，就会高傲地让你去你买肉的地方买骨头。

弗兰茜挑了一根带肉的骨头，周日用来熬汤，花了五美分。哈斯勒让她等一等，讲了个老掉牙的笑话：有个男人买了两美分的肉喂狗，哈斯勒问他是打包还是在店里吃。弗兰茜难为情地笑了笑。屠夫心满意足地走进冷藏室，拿出一根亮白的骨头，里面是奶油色的骨髓，骨头两头还挂着红肉丝，给弗兰茜好好展示了一番。

“等你妈妈煮完汤，”他说，“告诉她把骨髓挖出来，涂在面包上，撒点盐和胡椒粉，给你做个美味的三明治。”

“我会告诉妈妈的。”

“你吃了这个，身上也能长点肉，哈哈。”

骨头包好收了钱，他又切了一大块肝肠给她。弗兰茜心里有点过意不去，因为她在别处买了肉。只可惜妈妈不放心他卖的肉馅。

天还没黑，街灯还没亮。但是，那个卖辣根的老太太已经在哈斯勒门前磨她的辣根了。弗兰茜拿出从家里带来的杯子，老太太给她装了半杯，收了两美分。完成买肉使命，弗兰茜又在蔬菜店买了两美分的菜。她买了一根软趴趴的胡萝卜、一棵蔫了的芹菜、一个软软的番茄和一根新鲜的欧芹。这些菜会和骨头一起下锅，做成一碗漂着肉末的浓汤。妈妈还会在汤里放点自制面条。骨汤，配上涂了骨髓的面包，就是一顿丰盛的周日大餐。

吃完炸肉饼、土豆、碎派和咖啡组成的晚餐后，尼利下楼去街上找朋友们玩。虽然没有信号召唤也没有事先约定，但男孩们总是在晚饭后聚在街角，站在那儿，手插口袋，肩膀前耸，说说笑笑、打打闹闹，还会随着口哨踩节拍。

莫迪·多纳文来约弗兰茜一起去教堂忏悔。莫迪是个孤儿，和两个没结婚、在家做工的姨妈住在一起。她们给棺材店做女士寿衣，按打算钱。她们做的寿衣是缎面的，白色的给去世的未婚姑娘穿，淡紫色的给年轻的已婚妇女穿，紫色的给中年妇女穿，黑色的给老年妇女穿。莫迪带了些布料的边角料，她觉得弗兰茜可能会用它们做点小玩意儿。弗兰茜假装很高兴，但当她把那些闪亮的碎布片收起来时，还是忍不住打了个哆嗦。

教堂里烟雾腾腾，蜡烛滴泪。修女们在祭坛上摆好鲜花。圣母马利亚祭坛上的花最漂亮。她比耶稣和约瑟夫更受修女们的喜爱。人们在告解室外排起了长队。少男少女只想尽快把忏悔的事搞定，好去约会。奥弗林神父的告解室前队伍最长。他年轻、善良、宽容，向他忏悔，心理负担比较小。

轮到弗兰茜了。她拉开沉重的帘子，跪在告解室里。神父拉开小门，隔着格栅窗画十字，那种古老的神秘感就来了。他闭上眼睛，用拉丁语快速而单调地低声念叨。她闻到了香火、蜡烛、鲜花，还有神父的黑袍和剃须液的混合气味。

“请保佑我，神父，因为我犯了罪……”

她很快就忏悔完，并得到了赦免。她低着头，紧握双手走了出来。她在祭坛前屈膝，然后跪在栏杆旁。她用珍珠母念珠来数忏悔祷告的次数。莫迪的生活比较简单，忏悔的罪过也少，所以她先出来了。弗兰茜出来时，她正坐在外面的台阶上等。

她们像布鲁克林的所有女孩一样，手挽着手在街上走。莫迪有一美分。

她买了一个冰淇淋三明治，让弗兰茜尝了一口。一会儿莫迪就得回家了。她的姨妈不许她在晚上八点以后在街上闲逛。两个女孩约好下周六再一起忏悔，就分开了。

“别忘了！”莫迪边往后退边对弗兰茜喊，“这次是我来叫你的，下次轮到你来叫我了。”

“我不会忘的。”弗兰茜答应道。

弗兰茜一到家，就发现家里来了客人。原来是艾薇姨妈和她的丈夫威利·弗利特曼。弗兰茜喜欢艾薇姨妈，她跟妈妈长得很像，总是乐呵呵的，说起话来总能把人逗得哈哈大笑，就像电视里的主持人一样，还会模仿各种各样的人。

弗利特曼姨夫带着吉他，正在那儿弹着，大家都跟着唱。他瘦瘦黑黑，一头黑发，留着一撇光滑的小胡子。别看他右手中指少了一截，但吉他弹得很不赖。要是碰到需要用到中指的音符，他就用力拍一下吉他，代替弹奏。所以，他的歌多了一种特别的节奏感。弗兰茜回来时，所有曲目即将弹完，她正好赶上了最后一首。

音乐一停，弗利特曼姨夫就出去拿了一壶啤酒。艾薇姨妈给他们带了一大块黑麦面包和一些林堡奶酪，大家就着啤酒吃了三明治。几杯啤酒下肚，弗利特曼姨夫变得话多了起来。

“凯蒂，你看我，”他对弗兰茜的妈妈说，“你看到的是一个失败者。”艾薇姨妈翻了个白眼，叹了口气，咬着嘴唇。“我的孩子们都不拿我当回事，”他接着说，“我老婆也看不上我，就连我那匹运奶的马也跟我过不去。你知道前几天它是怎么对我的吗？”

他身子往前一倾，弗兰茜看到他的眼里闪着泪光。

“我在马厩里给它洗澡，洗到它肚子下面的时候，它竟然尿了我一身。”凯蒂和艾薇交换了个眼神，眼里都藏着笑意。凯蒂突然看向弗兰茜，眼里还带着笑意，但嘴巴却很严肃。弗兰茜低下头，皱着眉头，心里却还在偷笑。

“它就是这么干的。马厩里的所有人都笑话我。所有人都笑话我。”他又喝了一杯啤酒。

“别这么说，威尔。”他的妻子说。

“艾薇不爱我了。”他对妈妈说。

“我爱你，威尔。”艾薇用柔和的声音向他保证，那声音原本就是一种安抚。

“你嫁给我的时候是爱我的，但现在不爱了，对吧？”他问。艾薇没有说话。“你看，她不爱我了。”他对妈妈说。

“我们该回去了。”艾薇说。

睡前，弗兰西和尼利得读一页《圣经》和一页莎士比亚的书。这是家规。

妈妈以前每晚都给他们读这两页书，直到他们长大，能自己读了。为了节约时间，尼利读《圣经》，弗兰西读莎士比亚。他们已经坚持了六年，现在《圣经》读了一半，莎士比亚的书读到了《麦克白》。他们读得飞快，到了十一点，除了还在忙活的乔尼，诺兰家的人都上床了。

周六晚上，弗兰西可以睡在前屋。她把两把椅子并排放在窗边当床，这样就能看街上的行人了。躺在那儿，她能听到各种声音。有人拖着沉重的脚步进进出出，有人步履轻快地上楼梯，有人绊了一下，嘴里埋怨着走廊上的破油毡。一个小宝宝在哭。楼下有个醉汉在数落老婆怎么不好。

凌晨两点，弗兰西听到爸爸轻轻唱着歌上楼。

……甜美的莫莉·马龙，
推着她的小车，
穿过宽宽窄窄的街道，
叫卖声不停……

妈妈在他唱到最后一个字的时候开了门。这是爸爸和家人之间的一个游戏：要是家人能在他唱完这一段之前开门，他们就赢了。要是他能在走廊里唱完，他就赢了。

弗兰西和尼利从床上爬起来，围着桌子坐下。爸爸掏出三美元放在桌上，给孩子一人一个五美分的硬币，妈妈让他们把钱放进存钱罐，说他们今天已经拿了捡垃圾挣到的钱。爸爸从婚礼上带了一袋食物回来，因为有些客人没来，新娘把没动过的食物分给了服务生。袋子里有半只冷掉的烤龙虾、五个冷掉的炸牡蛎、一罐鱼子酱和一块洛克福奶酪。孩子们不爱吃龙虾，冷牡蛎没味儿，鱼子酱太咸。但他们太饿了，把桌上的东西都吃完了，连夜消化了。要是指甲能充饥，他们连指甲都能消化。

吃完饭，弗兰茜才意识到，自己不小心破了斋戒，因为从半夜到第二天做完礼拜之前，是不能吃东西的。这下好了，她没法领圣餐了。下礼拜，她得找个时间跟神父坦白。

尼利已经回到床上，再次进入了梦乡。弗兰茜走进黑漆漆的前厅，坐在窗边，睡意全无。爸爸妈妈还在厨房里坐着，他们会一直坐着聊天聊到天亮。爸爸正在讲晚上上班的事：遇到的人，长什么样，说话是什么调调儿。诺兰家的人对生活总是充满热情。他们自己的日子已经过得挺充实了，但这还不够。他们还想了解每一个他们认识的人，还有那些人的生活。

乔尼和凯蒂就这样聊着天，他们的声音在夜深人静的时候此起彼伏，让人感到既安心又舒服。凌晨三点，街上静悄悄的。弗兰茜看见对面公寓的一个女孩和她男朋友从舞会回来，站在门口，紧紧相拥，默然无语。直到女孩子不小心往后一仰，不小心碰响了门铃。她的爸爸闻声穿着睡衣睡裤下了楼，压低声音但十分气愤地让小伙子滚。女孩子跑上楼去，咯咯大笑，她的男朋友则沿着街道走了，嘴里哼着歌，“今晚当我独自一人时”。

当铺老板托莫尼先生坐着马车从他的纽约狂欢夜回到了家。他从来没进过他继承的那家当铺的门，因为那里有个能干的经理。没人知道托莫尼先生为什么要住在店铺上面的小房间里——他明明那么有钱。他在威廉斯堡的贫民区过着纽约贵族般的生活。有个去过他房间的泥瓦匠说，他的屋里摆满了雕像、油画，还有白色的毛皮地毯。托莫尼先生是个单身汉。一周都没人见过他，也没人见他周六晚上出去过。只有弗兰茜和巡逻警察看见他回家了。弗兰茜望着他，感觉自己宛如剧院包厢里的观众。

他歪歪扭扭地戴着一顶高帽子，帽子斜斜地盖着一只耳朵。夹在胳膊底下的手杖，在路灯的照射下，闪着银光。他抖了抖身上的白色绸缎斗篷，伸手掏钱。马车夫接过钱，用鞭子轻轻碰了碰帽檐，一抖缰绳，离开了。托莫尼先生目送马车远去，好似那马车带走了他珍贵的回忆。然后，他转身上楼，回到了他的豪华公寓。

他应该经常去那些传奇的地方，比如赖森韦伯和华尔道夫。弗兰茜暗下决心，有一天她也要去看看。终有一天，她会走过不远的威廉斯堡大桥，找到去纽约的路，去那些高雅的地方，好好欣赏一番。这样她就能更了解托莫尼先生了。

一阵清新的海风吹向布鲁克林。北边，意大利人住的地方，传来了一只公鸡的打鸣声——那的人在院子里养鸡。远处犬吠相和，那匹名叫鲍勃的马，在马厩里舒服地躺着，此时也发出了好奇的嘶鸣声。

弗兰茜喜欢星期六，不想就这么睡过去。对下周的恐惧让她感到不安。她要把这个周六的记忆牢牢记在心里。这一天很完美，除了那个等面包的老人。

除了周六，其他晚上她都得躺在她的小床上。她能从通风井里听到住在其他公寓里的模糊动静，像孩子一样的新娘和她那像猿猴一样的卡车司机丈夫。新娘的声音温柔中带着恳求，丈夫则粗鲁中带着命令。然后会有短暂的沉默。接着是丈夫的呼噜声，还有妻子悲伤的哭泣声，直到天亮。

想起新娘的哭泣声，弗兰茜打了个寒战，本能地用手捂住耳朵。然后她想起来今天是周六，她睡在前厅，听不到通风井的声音。是的，现在还是周六，真是太棒了。周一还远着呢。中间还有宁静的周日，她可以用这段时间思考棕碗里的金莲花，还有马在阳光树荫下洗澡的样子。她困了，恍然听见凯蒂和乔尼在厨房里聊天，追忆往昔。

“我遇见你的时候才十七岁，”凯蒂说，“当时还在城堡编织厂工作。”

“那年我十九岁，”乔尼回忆道，“正和你的闺蜜希尔迪·奥戴尔谈恋爱。”

“哦，是她啊。”凯蒂不以为然地哼了一声。

香甜的暖风轻轻拂过弗兰茜的头发。她把脸贴在搭在窗台上的胳膊上面。

一抬头就能看到天上的星星在屋顶上闪闪发光。不一会儿，她就睡着了。

第二部

7

那是布鲁克林1900年的夏天，乔尼·诺兰第一次遇见凯蒂·罗梅利。乔尼十九岁，凯蒂十七岁。凯蒂在城堡编织厂上班，她最好的朋友希尔迪·奥戴尔也在那里工作。希尔迪是爱尔兰人，而凯蒂的父母来自奥地利，不过她们俩关系特别好。凯蒂长得更漂亮，希尔迪则更大胆。希尔迪有一头闪亮的金发，脖子上系着石榴红的雪纺蝴蝶结，嚼着口香糖，她知道所有最流行的歌曲，舞也跳得很棒。

希尔迪的男朋友，就是乔尼·诺兰，每个周六晚上都会带她去跳舞。有时候，乔尼会在工厂外面等希尔迪，还会带几个朋友一起。他们站在街角，说说笑笑。

有一天，希尔迪跟乔尼说，下次他们去跳舞的时候，能不能给凯蒂也找个舞伴儿。乔尼答应了。于是，他们四个人一起坐电车去了卡纳西。男孩们戴着草帽，帽子的系带，一头系在帽檐上，一头系在外套的翻领上。海风很大，头顶的帽子被吹跑了，男孩们用绳子把帽子拉回来，大家都笑得很开心。

乔尼和希尔迪跳舞，凯蒂却拒绝了为她安排的舞伴，因为他说话空洞粗俗且无聊，凯蒂从洗手间回来时，他居然说："我以为你掉进马桶了。"不过，她还是欣然接受了他给她买的一杯啤酒。凯蒂坐在桌边，看着乔尼和希尔迪跳舞，心想：这个世界上再没有乔尼这样的人了。

乔尼的脚又长又细，鞋子擦得锃亮。他跳舞的时候脚尖向内，脚跟配合脚尖摇摆，节奏感很好。跳舞跳得发热，乔尼就把外套搭在椅背上。他的裤子很合身，白色衬衫从腰带上垂下来。他穿一件高硬领衬衣，戴一条和帽带很配的波点领带，手腕套着淡蓝的缎面袖箍，凯蒂想这一定是希尔迪给他做的。她嫉妒得要命，以至于后来一直都不喜欢那种颜色。

凯蒂的眼睛总是不自觉地落在乔尼身上。他那么年轻，身材修长，一头金色卷发在阳光下闪闪发亮，一双深邃的蓝眼睛好像会说话似的。他鼻子直挺，肩膀宽阔，给人一种很可靠的感觉。旁边桌的女孩们小声议论着他的穿着，说他打扮得真帅气。她们的男舞伴也夸他舞跳得好。虽然他当时不属于凯蒂，但她心里却暗暗为他自豪。

乐队开始演奏《甜蜜的罗茜・奥格雷迪》，乔尼很有礼貌地邀请凯蒂跳舞。当他的手臂环绕着凯蒂时，她不自觉地调整了自己的舞步，跟上了他的节奏。那一刻，凯蒂清楚地知道，她想要的就是这个男人。她愿意用一辈子的时间来看着他，听他说话。就在那一刻，她下定决心，只要能和他一起，她愿意付出一切代价。

也许这是一个错误决定。如果她能再等等，等到一个愿意为她付出一切的人，那她的孩子们就不会饿肚子了，她也不用为了生活去擦地板了，她的记忆里永远都是他最美好的样子。但她就想得到乔尼・诺兰，别的谁都不想要，于是她开始努力接近他。

她是从接下来的周一开始实施抢人计划的。工厂的下班哨声响起，凯蒂第一个冲出来，先于希尔迪跑到街角，大声喊道：

“嘿，乔尼・诺兰。”

“嘿，亲爱的凯蒂。”他笑着回答。

从那以后，凯蒂每天都会找机会和他聊上几句。乔尼也发现自己开始期待每天在街角的几句寒暄。

有一天，凯蒂找了个借口，告诉领班她来例假了，身体不太舒服，提前十五分钟下了班。乔尼和朋友们正在街角等，用口哨吹着《安妮・鲁尼》打发时间。乔尼歪戴着帽子，双手插在口袋里，在人行道上跳起了华尔兹。路人纷纷驻足观看，就连巡逻的警察都忍不住说：“你这是在浪费时间啊，小伙子。你应该去舞台上表演。”

乔尼看到凯蒂走过来，就停止了表演，对她咧嘴一笑。她穿着一套紧身灰色西装套裙，裙子上缝着工厂生产的黑色穗状边饰，看起来特别好看。

那些边饰缝得很巧妙，就是为了更加突出她那被两排缝在胸衣上的褶皱衬托得丰满的胸部。她斜戴着一顶樱桃色的帽子，脚上穿着维琪牌的马蹄跟牛皮高筒靴。她那棕色的眼眸闪闪发光，脸颊因为兴奋和害羞泛着红光，她觉得追求这样的小伙子，就该这样容光焕发。

乔尼跟她打招呼，其他男孩渐渐散开。凯蒂和乔尼那天说了些什么，他们后来都记不清了。反正在他们漫无目的的闲谈中，他们感觉到了彼此深深的爱意。

工厂的下班哨响了，女孩们从城堡编织厂涌了出来。希尔迪穿着一套棕色西装裙，头戴一顶黑色水手帽，帽子上别着一根长长的帽针，固定在乱蓬蓬的金色卷发上。看到乔尼，她露出了得意的微笑。但当她看到凯蒂和他在一起时，微笑僵在了脸上，痛苦、害怕和愤怒全都涌上了心头。她向他们冲去，从水手帽上拔下她那长长的帽针。

“他是我男朋友，凯蒂·罗梅利，”她尖叫道，“你不能横刀夺爱。”

“希尔迪，希尔迪！”乔尼用他温柔的声音不急不慢地叫着她的名字。

“我想这是一个自由的国家。”凯蒂甩了甩头说。

“自由不是你做小偷的借口！”希尔迪边喊边拿着帽针向凯蒂扑去。

乔尼站在两个女孩中间，脸颊被划了一道口子。这时，一群城堡编织厂的女工围了过来，饶有兴致地看着他们。乔尼一手抓住一个女孩的胳膊，拉着她们来到拐角，挤进一个门廊，用胳膊挡住她们的去路，跟她们说话。

“希尔迪，”他说，“都是我不好。我不该误导你，因为我现在明白了，我不能和你结婚。”

“都是她的错。”希尔迪哭着说。

“是我的错，”乔尼毫不掩饰地承认，“直到遇到凯蒂，我才知道什么是真爱。”

“但她是我最好的朋友。”希尔迪可怜巴巴地说，好像乔尼犯了什么大罪一样。

“她现在是我的女朋友，这件事没什么好说的了。”

希尔迪哭得稀里哗啦，还跟乔尼吵了起来。乔尼耐心地劝解她，并向她解释了他和凯蒂之间的事。最后，他用一句话结束了谈话：“希尔迪，你走你的路，我走我的。”他觉得自己说的话挺有范儿的，于是又重复了一遍，好像在享受那一刻的戏剧效果。

“所以，你走你的路，我走我的。”

“你的意思是，我走我的路，你走她的路吧。”希尔迪苦笑着说。

最后，希尔迪还是一个人走了。她耷拉着肩，沿着街道慢慢地走。乔尼追上去，在街边轻轻抱住她，温柔地亲了亲她。

“真希望我们的结局能不一样。”他难过地说。

“你才不是这么想的。”希尔迪反驳道，“如果你真的这么想——”她又哭了起来，“你就会跟她了断，跟我和好。”

凯蒂也在哭。毕竟，希尔迪·奥戴尔是她最好的朋友。她也亲了亲希尔迪。当她看到希尔迪眼泪汪汪、满是怨恨的眼睛近距离盯着自己时，赶忙把头转开了。

最后，希尔迪一个人走了她的路，乔尼走上了凯蒂的路。

他们谈了一小段时间恋爱，就订婚了，1901 年元旦，他们在凯蒂的教堂举行了婚礼。他们从认识到结婚，不足四个月。

托马斯·罗梅利一直没有原谅他的女儿。实际上，他从来没有原谅过任何一个女儿结婚。他对孩子们的想法很简单，也很实用：坚决不做赔本的买卖。生他们的时候享受乐趣，尽量少花钱和精力去养他们，等到他们十几岁就让他们工作，赚钱养父亲。凯蒂十七岁就结婚了，才工作了四年。他觉得女儿欠他钱。

罗梅利外公是个怪人，他好像对谁都不满意，对什么事都看不顺眼。大家都搞不懂他为什么这样。他长得高大帅气，头发卷卷的，像狮子一样。他不想被抓去当兵，就和奶奶从奥地利逃了过来。他不喜欢奥地利，也顽固不化地拒绝喜欢美国。他只要愿意，是能听懂并会说英语的，但他禁止家人用英语跟他交流。他的女儿们几乎不会说德语，因为奶奶坚持让她们在家只说英语。她觉得这样女儿们就不会知道爸爸有多凶了。所以，四个女儿长大的过程中，几乎没跟爸爸说过话。爸爸也不跟她们说话，除非是骂她们。他的口头禅是“该死的”，这就相当于是在打招呼或说再见。他要是特别生气，就会叫对方“俄国佬”，他觉得这是最难听的脏话。他讨厌奥地利，讨厌美国，但最恨的是俄国，虽然他从没去过俄国，也没见过俄国人。大家都不懂他为什么这么讨厌一个他根本不了解的国家以及这个国家的人。这就是弗兰茜的外公，她跟姨妈们一样，也不喜欢他。

他的妻子玛丽，也就是弗兰茜的外婆，是个好人。她没上过学，连自己的名字都不会写，但她脑子里装满了故事和传说。有的是她自己编的，有的是她的妈妈和外婆讲给她的。她还会唱好多祖国乡村歌曲，知道很多谚语。

她是一个虔诚的教徒，知道很多天主教圣人的故事。她相信鬼魂、仙女和一切超自然的东西。她还懂草药，能配药或者做符咒——只要你不是想用符咒干坏事。在奥地利的时候，大家都很尊敬她，经常找她出主意。她是个纯洁无瑕的女人，但她也能理解那些做错事的人。她严于律己，宽以待人；敬畏上帝，热爱耶稣，但也理解为什么会有人背离上帝和耶稣。

她结婚的时候是个纯洁的姑娘，默默地忍受丈夫的粗鲁。他的粗鲁早早地把她心里那些小小的期待都给打碎了。不过，她明白，狂热的爱欲会让女孩走上邪路——大家都这么说。她还明白，一个因为做错事而被赶出村子的男孩，心可能还是好的。她理解人们为什么会撒谎、偷东西、互相伤害。她懂得所有可怜的人的弱点，也知道各种残酷的力量。

可惜，她不识字。

她的眼睛是柔和的棕色，清澈得像小鹿一样。她的头发是闪亮的棕色，从中间分开，垂在耳朵旁边。她的皮肤白得透亮，嘴唇软软的。她说话的声音很低，很柔和，很温暖，听着很舒服，能让人内心平静。她的所有女儿和外孙女都遗传了她这种好听的声音。

玛丽相信，一定是因为自己在生活中不小心犯了错，所以才会和魔鬼结了婚。她真的这么觉得，因为老公经常对她说："我就是魔鬼。"

她常常看着他——他的脑袋两边各有一撮竖起来的头发，眼睛灰暗冰冷，眼角往上翘，她叹着气喃喃自语："对，他就是魔鬼。"

他有时候会直直地看着她干净的脸庞，用一种假装温柔的语气说耶稣做了不好的事情。这总是让她很害怕，她会从门后的钉子上拿下披肩，盖在头上，跑到街上，不停地走，要不是担心孩子，她根本不愿意回家。

她去了三个女儿就读的公立学校，用不太流利的英语告诉老师，必须鼓励孩子们只说英语，永远不许她们用德语说话。她这样做是为了避免孩子们受爸爸的影响。孩子们六年级毕业后不得不离开学校出去工作时，她万分伤心。孩子们嫁给不中用的男人时，她也万分伤心。当她的女儿生下女儿时，她哭了，因为她知道，女人一生都要过谦卑、辛苦的日子。

每次弗兰西祈祷："万福马利亚，你充满圣宠，主与你同在"时，外婆的样子就会浮现在她的眼前。

茜茜是罗梅利家的长女，出生在爸妈来美国三个月后。茜茜没上过学，因为妈妈不知道他们家这种情况可以免费上学。虽然法律规定孩子要接受义务教育，但没人会主动来找这些无知的家长，让他们送孩子上学。等茜茜的妹妹们到了上学的年纪，妈妈才知道这件事情，可茜茜已经太大了，不能和六岁的小孩一起上学，所以只好留在家里帮妈妈干活。

茜茜十岁时，就已经长成了大人模样，好多男孩子都喜欢她，她也喜欢他们。到了十二岁，她和一个二十岁的小伙子好上了。爸爸发现后，狠狠揍了那个小伙子一顿，于是，他们的关系便无疾而终了。十四岁时，茜茜和一个二十五岁的消防员谈起了恋爱。这次，消防员打败了爸爸，于是俩人便结婚了。

他们去了市政厅，茜茜坚称自己已经十八岁了，于是工作人员给他们办理了结婚手续。邻居们都惊呆了，但妈妈觉得结婚对茜茜来说是最好的选择，因为她太活泼了。

消防员吉姆是个好人，他读完了中学，算是受过教育。他挣得不少，不常在家，是个理想的丈夫。他们过得很幸福。茜茜对吉姆没什么要求，只喜欢和他亲热，这让吉姆很满意。有时候他会因为茜茜不识字感到尴尬，但茜茜聪明机智，还是个热心肠，他们的生活过得有滋有味。时间一长，吉姆也就不在意茜茜识不识字了。茜茜对妈妈和妹妹们很好，吉姆给她的家用钱不少，她精打细算，经常能剩下一些给妈妈。

结婚后一个月，茜茜就怀孕了。虽然她已为人妇，但到底是个十四岁的顽皮孩子。邻居们见她在街上和别的孩子一起跳绳，完全不顾自己日益变大的肚子，都觉得不可思议。

茜茜在忙着做饭、打扫、跳绳，还有跟男孩们玩棒球的空当，也为肚子里的宝宝做了点儿打算。她想，如果是个女孩，就叫玛丽，沿用妈妈的名字；要是男孩呢，就叫约翰。不知为何，她就是喜欢约翰这个名字。她开始管吉姆叫约翰，说想用宝宝的名字叫他。一开始，这是个甜蜜的小名，但没过多久，大家都跟着这么叫，好多人还以为约翰是他的真名呢。

宝宝出生了，是个女孩。街区的接生婆来了，一切顺利。茜茜生得很快，只用了二十五分钟，简直让人难以置信。不幸的是，宝宝生下来就死了。巧的是，宝宝出生和离开那天，正好是茜茜十五岁的生日。

茜茜伤心了好一阵子，之后像变了个人一样。她开始更用心地打扫房间，对妈妈也更体贴了。她不再像个疯丫头，她觉得是跳绳害了宝宝。她变得安静了，看起来更小，更像个孩子了。

到二十岁，茜茜一共生过四个孩子，但都是一出生就没了。最后，她觉得问题出在吉姆身上。这不是她的错，她不是在第一个孩子出生后就不跳绳了吗？她告诉吉姆，他们亲热的结果只有死亡和悲伤，她不爱他了，让他走。他稍稍争取了一下，但还是走了。一开始，他还时不时给她寄点钱。有时候，茜茜想男人了，就会到消防站外边逛荡。吉姆就坐在外面靠着砖墙的椅子上，她会微笑着走过去，轻轻晃着腰。吉姆就会偷偷开小差，跑回公寓，和她温存半小时。

茜茜后来又遇到了一个想娶她的男人，不过大家都不知道他的真名，因为茜茜从一开始就叫他约翰。第二次结婚很简单，因为离婚太麻烦，还得花好多钱，加之茜茜是天主教徒，觉得离婚不好。她和吉姆是在市政厅结的婚，不是在教堂，她觉得那不算真正的结婚，所以不想让这事儿成为自己人生的绊脚石。所以，她用了结婚后的姓，对之前的婚姻只字未提，又在市政厅找另一位工作人员办了一次结婚手续。

茜茜没在教堂结婚，妈妈玛丽有点不开心。茜茜的第二次婚姻给了托马斯一个新借口来折磨她，他总威胁茜茜，说要报警，告她重婚，让警察把她抓起来。不过，托马斯还没来得及报警，茜茜和第二个约翰的婚姻就终结了。两人结婚四年，生了四个孩子，但都没能成活。茜茜觉得第二个约翰也不是她的真命天子。

她跟第二个约翰说，既然天主教会不承认她的婚姻，那她也不承认，茜茜就这么快刀斩乱麻地结束了这段婚姻，宣布自己自由了。第二个约翰也没反对。他挺喜欢茜茜的，跟她在一起也挺开心，但茜茜就像水银一样瞬息万变。虽然她直率得让人害怕，天真得让人难以置信，但他对她几乎一无所知，他已经厌倦了和一个谜一样的人生活在一起。所以分开时，他并没有太难过。

茜茜二十四岁的时候已经生了八个孩子，但都没能成活。她觉得，或许是上帝不想让她结婚。她在一家橡胶厂找了份工作，告诉所有人她是个老姑娘（虽然没人信），和妈妈一起住。在第二次和第三次婚姻之间，她有过好几个男朋友，并且都叫他们约翰。

每次生孩子都没能留住，茜茜对孩子的爱越发深沉了。她有时会很沮丧，觉得如果没有一个孩子让她来爱，她就会疯掉。她把自己没能付出的母爱都给了她喜欢的男人，还有两个妹妹艾薇、凯蒂以及她们的孩子。弗兰茜特别崇拜茜茜。虽然她听说过茜茜的一些坏话，但她还是很爱她。艾薇和凯蒂想跟这个总是犯错的姐姐生气，但根本做不到，因为茜茜对她们太好了。

弗兰茜十一岁那年，茜茜又结婚了，这是她的第三段婚姻。她的新丈夫约翰在杂志社工作，所以弗兰茜每个月都能拿到那些漂亮的新杂志。弗兰茜很喜欢这些杂志，一心盼着姨妈这段婚姻能长久。

玛丽和托马斯的二女儿伊丽莎，长得没有其他三个姐妹漂亮，也没有她们活泼。她看起来普普通通，对什么事都不太上心。玛丽外婆想送一个女儿去教会，觉得伊丽莎最合适。伊丽莎十六岁那年进了修道院，选了一个特别严格的修女类型，除非爸妈去世，否则不得离开修道院。她给自己取了个新名字，叫乌苏拉。在弗兰茜心里，修女乌苏拉就像个不真实的传说。

弗兰茜只在托马斯·罗梅利的葬礼上见过乌苏拉姨妈一次。当时弗兰茜才九岁，刚领完第一次圣餐，对教会特别虔诚，甚至想过自己长大了可能也会当修女。

她特别期待修女乌苏拉的到来。想想看，有个修女姨妈，多光荣啊。可是当修女乌苏拉弯腰亲她的时候，弗兰茜看到她上嘴唇和下巴上有些细细的毛。弗兰茜吓着了，不由得想是不是所有年轻时进修道院的修女脸上都会长毛。从那以后，弗兰茜就打消了当修女的念头。

艾薇是罗梅利家的三女儿，她也很早就结婚了。她的丈夫叫威利·弗利特曼，长相帅气，留着小胡子，眼神像意大利人一样迷人。弗兰茜觉得他的名字特别好玩，每次想起来都会偷偷笑。

弗利特曼先生不出挑，也算不上糟糕，就是有点软弱，总爱抱怨，但他会弹吉他。罗梅利家的女人对有创造力或者表演天赋的男人没什么抵抗力。不管是音乐、艺术还是讲故事的天赋，在她们看来都特别迷人，她们似乎觉得自己有责任去培养并保护这些才能。

艾薇是家里最讲究的。她住在一个高档社区边缘的地下公寓里，学着怎么融入上流社会。

她梦想着成为一个有头有脸的人物，希望她的孩子们能享受她自己从未享受过的好条件。她有三个宝贝：一个儿子，沿用爸爸的名字；一个女儿，名叫布洛瑟姆；还有一个儿子，名叫保罗·琼斯。她改变命运的第一步，就是把孩子们从天主教的主日学校转到圣公会的主日学校。她深信，新教徒比天主教徒更高雅。

艾薇虽然喜欢音乐，但自己却没什么音乐天赋，所以特别希望孩子们能有点音乐细胞。她想让布洛瑟姆爱上唱歌，保罗·琼斯爱上拉小提琴，小威利爱上弹钢琴。可是，孩子们好像也没什么音乐天赋。艾薇决定迎难而上，不管孩子们愿不愿意，她都要让他们爱上音乐。即便他们没有音乐天赋，也可以通过一小时又一小时的音乐课强行培养。她给保罗·琼斯买了一把二手小提琴，还跟一位自称是阿莱格雷托教授的人讨价还价，让对方以每小时五十美分的价格给保罗上课。他教给小弗利特曼一些基本的指法技巧，到了年底，孩子终于学会了一首名叫《幽默曲》的曲子。艾薇觉得保罗能拉出一首曲子，简直太棒了，总比一直练习音阶要好……嗯，稍微好一点也是进步嘛。然后，艾薇的野心更大了。

"亲爱的，"她对丈夫说，"既然给保罗·琼斯买了小提琴，干吗不让小布洛瑟姆也一起上课呢？他们俩可以共用一把小提琴练习。"

"希望时间上没有冲突。"丈夫酸溜溜地回答道。

"你什么意思？"她有点生气地反问道。

于是，她们每周又得多挤出五十美分，交到布洛瑟姆手中，让她也去上小提琴课。

巧的是，阿莱格雷托教授对女学生有一个小怪癖。他要求她们脱掉鞋袜，赤脚站在他的绿地毯上练习。一个小时的课堂上，他不打拍子，也没有纠正她们的指法，而是呆呆地盯着她们的脚看。

有一天，布洛瑟姆准备去上课。艾薇注意到孩子脱下鞋袜，认认真真地洗了洗脚。艾薇觉得虽然洗脚讲卫生值得表扬，但有点奇怪。

“你为什么这个时候洗脚？”

“因为要上小提琴课啊。”

“拉琴用的是手，又不是脚。”

“一双脏脚站在教授面前，我会觉得不好意思。”

“难不成他能透过你的鞋子看到你的脚？”

“当然看不到，但他总是让我脱掉鞋袜。”

艾薇听到这话，一下子跳了起来。她对弗洛伊德一窍不通，她那点可怜的性知识里，可不包括什么性癖好。但直觉告诉她，阿莱格雷托教授一小时收五十美分，还不好好教课，肯定不对。于是，布洛瑟姆的音乐课到此结束了。

保罗·琼斯被问到这件事的时候，说上课时，老师只要求他摘掉帽子，从没让他脱过其他东西。所以，他得以继续上课。五年后，他拉小提琴的水平总算赶上了他爸爸弹吉他的水平，只是他爸爸从未上过一天吉他课。

除了热爱音乐，弗利特曼姨夫是个挺无聊的人。在家里，他总喜欢说那匹马，讲鼓手是怎么捉弄他的。弗利特曼和那匹马斗了五年了，艾薇真希望他们俩能早点做个了断。

虽然艾薇喜欢模仿老公，但她是真心爱他的。她会站在诺兰家的厨房里，假装自己是那匹叫鼓手的马，然后模仿弗利特曼给马套饲料袋的样子。

“马就站在马路边上，”艾薇弯下腰，头都快碰到膝盖了，“威尔拿着饲料袋走过来。他正要套上去，马头就抬起来了。”这时候，艾薇会猛地抬起头来，像马一样叫。“威尔等啊等，马头又垂下去了。你会觉得它永远也不会抬起头来了。那匹马好像没骨头一样。”艾薇晃动着耷拉着的脑袋，“威尔拿着饲料袋走过来，马头又突然抬起来了。”

“那后来呢？”弗兰茜问。

“我走过去，把饲料袋套在了马脖子上。就这样。”

“它让你套？”

“它让我套？这话问的，”艾薇跟凯蒂说，然后转向弗兰茜。“它甚至跑到人行道上迎接我，我还没来得及举起饲料袋，它就把头伸进去了。你还问它让不让我套？”她有点不高兴地小声道，说完转向凯蒂：“你知道吗，凯蒂，有时候我觉得，鼓手这么喜欢我，我老公会吃醋。”

凯蒂张着嘴看了她一会儿，然后笑了。艾薇也笑了，弗兰茜也跟着笑了。两个罗梅利家的女儿和有半个罗梅利家血统的弗兰茜站在那里，笑着分享一个男人的小秘密。

罗梅利家的女人们就是这样：老妈妈玛丽，女儿艾薇、茜茜和凯蒂。哦，还有弗兰茜，她虽然姓诺兰，但长大后，她也会是罗梅利家的女人们中一员。她们看起来都很柔弱，眼睛里总是闪烁着好奇的光芒，说话轻声细语，好像风一吹就会飘走。

但别被外表骗了，她们其实是隐形薄钢做成的钢铁女人。

8

罗梅利家的女人们都很坚强，诺兰家的男人们则软弱却有才华。乔尼家的人丁越来越少。诺兰家的男人们，一代比一代帅气，但也一代比一代弱，一代比一代有魅力。他们是情场高手，但说到结婚，就躲得远远的，这就是他们家的人越来越少的原因。

露丝·诺兰和她帅气的老公结婚没多久，就从爱尔兰来到了美国。他们连生了四个儿子，一年一个。米奇三十岁就去世了，露丝独自把孩子们拉扯大。她让孩子们都至少读到了六年级。男孩满了十二岁，就不得不离开学校，打工挣点儿小钱。

男孩们长大后，个个英俊潇洒，还会吹拉弹唱和跳舞，女孩子们被他们迷得神魂颠倒。虽然诺兰家住在爱尔兰镇最破的房子里，但男孩们却是这一带最时髦的。诺兰家的厨房里总是放着熨衣板，总有人忙着熨裤子，熨领带，熨衬衫。高大英俊、金发碧眼的诺兰家男孩，是贫民区的骄傲。他们的鞋子总是擦得锃光发亮，裤子穿得笔挺有型，帽子戴得俏皮可爱。但他们都活不过三十五岁——四个人中，只有乔尼留下了孩子。

安迪年纪最大，也是最帅的。他有一头金红色的波浪卷发，五官非常精致。

但他得了肺结核。他和一个叫弗兰茜·梅拉尼的女孩订了婚。他们的婚期一推再推，想等他身体康复再结婚，但他的病一直没好。

诺兰家的男孩们都是唱歌的侍者。他们组成了诺兰四重唱，后来安迪病得太重，没法工作，他们就变成了诺兰三重唱。他们挣的钱不多，大部分都花在了喝酒和赌马上。

安迪最后一次卧床期间，兄弟们花七美元给他买了一个真正的天鹅绒枕头，希望他能在去世前享受一下。安迪特别喜欢这个枕头，只是刚枕了两天，就大吐血，把崭新的天鹅绒枕头染成了锈棕色。安迪去世了，妈妈在他的尸体旁哭了三天。弗兰茜·梅拉尼发誓永不结婚。剩下三兄弟则发誓永远不会离开母亲。

六个月后，乔尼娶了凯蒂。露丝不喜欢凯蒂，她希望儿子们都能陪在她的身边，直到他们或者她离开这个世界。在此之前，她没有一个儿子结婚。可是那个凯蒂·罗梅利，她竟然做到了！露丝觉得乔尼肯跟她结婚，一定是被她骗了。

乔治和弗兰基倒是挺喜欢凯蒂的，但他们觉得乔尼的做法不太地道——把照顾妈妈的责任丢给了他们俩，自己跑了。不过，他们还是接受了这个事实。他们到处找结婚礼物，最后决定把之前买给安迪的那个漂亮枕头送给凯蒂，毕竟安迪用了没两天。妈妈缝了新枕套，盖住了安迪弄上去的血渍。这个枕头就这样传给了乔尼和凯蒂。大家都觉得这个枕头太高级了，平时用太可惜了，所以只有在家人生病的时候才会拿出来用。弗兰茜管它叫"病号枕"。凯蒂和弗兰茜都不知道，这个枕头其实是安迪的"死亡枕"。

乔尼结婚大概一年后，弗兰基——好多人都说他比安迪还帅，有天晚上喝完酒回家，不小心绊倒在了布鲁克林某个热爱田园生活的人家门口的草地上。那草地用铁网围着，铁网用尖尖的小棍支撑着。弗兰基绊倒时，一根棍子刺进了他的肚子。他不知道怎么挣扎着站起来回了家。当晚，他就去世了。他走的时候身边没有人，也没有神父来为他做最后的祈祷。从那以后，他妈妈每个月都会为他做一场弥撒，祈祷他的灵魂早日安息，她知道弗兰基的灵魂还在炼狱里徘徊。

一年多的时间，露丝·诺兰接连失去了三个儿子：两个去世，一个结婚成家。

她为三个儿子悲伤不已。乔治，一直陪在她身边，三年后他也去世了，当时他才二十八岁。于是，二十三岁的乔尼成了诺兰家唯一在世的儿子。

这就是诺兰家的男孩们。他们都逃不过英年早逝的命运，全是突然离世，或是因为意外，或是因为不良的生活方式。乔尼是唯一一个活过三十岁的。

弗兰茜·诺兰有点特别，她身上几乎集合了罗梅利家和诺兰家的全部特点：她有诺兰家那种强烈的感情以及对美好事物的追求。她像外婆罗梅利一样，有点神秘，会讲故事，信念坚定，同情弱小，还有外公罗梅利身上那种坚强的意志。她有点艾薇姨妈的模仿天赋，也有点露丝·诺兰的那种占有欲，还有茜茜姨妈那种对生活、对孩子的热情，还有点爸爸乔尼那种多愁善感的性格，只是没有遗传爸爸的英俊长相，以及妈妈凯蒂那种温柔，但她的坚强意志只有凯蒂的一半。

不只这些，她还被她在图书馆里读过的书所塑造。她就像棕碗里的花，同时也被院子里那些自由生长的树影响着。她和弟弟之间的争吵，也是她生命的一部分。她记得妈妈偷偷哭泣的样子，也忘不了爸爸喝醉后，摇摇晃晃回家的身影。

她是由所有这些事情，以及更多罗梅利家和诺兰家的人身上没有的特质共同组成的。她的生活就是阅读、观察、一天天过日子。这些特质是命中注定的，只属于她，和家里其他成员都不一样。这是上天或者任何像上天一样的神灵，赋予每个有生命的灵魂的独一无二的特质，就如世上没有两个完全一样的指纹。

9

乔尼和凯蒂结婚了，他们搬到了威廉斯堡一条安静的小街——博加特街。乔尼选这条街，是因为它的名字听起来既神秘又刺激。婚后的第一年，他们在那里过得特别开心。

凯蒂嫁给乔尼，是因为喜欢听他唱歌，看他跳舞，欣赏他的穿衣风格。结婚后，她跟很多女人一样，开始改造丈夫。她劝他放弃唱歌侍者的工作。他同意了，因为他爱她，想让她开心。他们一起找了一份看管公立学校的工作。两人都很喜欢这份工作。当别人上床睡觉后，他们的工作才开始。晚饭后，凯蒂穿上她的黑色大衣，大衣上有大大的羊腿袖，上面装饰着丰富的穗带——这是她从工厂顺回来的最后一批战利品，往头上裹一块樱桃色的羊毛披肩（她叫它“新手”），就和乔尼一起出发上班了。

学校又老又小，却很温暖。他们很期待在那里过夜。他们手拉手走着，他穿着漆皮鞋，她穿着高筒系带小牛皮靴。有时候，夜晚寒冷，繁星满天，他们会小跑几步，跳几下，开心大笑。拥有进入学校的专属钥匙，让他们觉得自己很重要。晚上，学校就是他们独有的世界。

他们总是边工作边玩。乔尼坐在课桌前，凯蒂假扮老师。他们在黑板上给对方留言，拉下像百叶窗一样卷起的地图，用教鞭的橡胶头指外国。他们对异国他乡和未知的语言充满好奇。那一年，他十九岁，她十七岁。

他们最喜欢打扫会议室。乔尼擦钢琴，一边擦一边用手指触碰琴键，弹出一些和弦。凯蒂坐在前排，让他唱歌。他为她唱当时流行的伤感情歌：《她或许见过更好的日子》或《我为你憔悴了我的心》。歌声会将附近的人从睡梦中唤醒，他们躺在温暖的床上，昏昏欲睡地听着，彼此低语：“那个唱歌的家伙，也不知道是谁，简直是在浪费时间。是的，他在浪费时间，他应该登台演出。”

有时候，乔尼会在小平台上跳舞，把那儿当成他的舞台。他舞姿优雅，英俊潇洒，对生活充满了热爱。凯蒂看着他，觉得自己幸福极了！

两点钟，他们走进教师食堂，那里有煤气炉，可以煮咖啡。橱柜里放着一罐炼乳。他们享受着滚烫的咖啡，满屋都是咖啡香。他们的黑麦面包和博洛尼亚香肠三明治很是美味。有时，吃过夜宵，他们会去教师休息室，那里有一张印花布沙发，他们会互相拥抱着，在上面躺一会儿。

最后，他们倒空垃圾桶，凯蒂会捡起那些被丢弃的不是很短的粉笔头和铅笔，带回家，放进一个盒子里。后来，弗兰茜慢慢长大，一度觉得自己很富有，因为她有这么多的粉笔和铅笔可用。

黎明时分，他们把学校打扫得干净整洁，然后离开学校，把战场交给白班清洁工。他们步行回家，看着星星逐渐消失。他们经过面包店，新鲜出炉的面包香味从地下室的烘焙室飘了上来。乔尼跑下去，花五美分买一个刚出炉的热面包圈。回到家，他们把热乎乎的咖啡和甜面包当作早餐。然后，乔尼会跑出去买一份《美国报》，读新闻和评论给打扫房间的凯蒂听。中午，他们会吃上一顿热腾腾的炖肉和面条之类的美味佳肴。晚饭后，他们会睡一会儿，然后去上班。

他们每月挣五十美元，对于他们那个阶层的人而言，这个收入很不错！他们过得很舒适，很美好……生活幸福，还有各种小冒险。

他们如此年轻，又深爱着彼此。

几个月后，凯蒂发现自己怀孕了，她又惊喜又忐忑。她把这个消息告诉乔尼，乔尼起初有点懵，不太想让她继续在学校干活。凯蒂跟他说，其实她早就有感觉了，只是一直没确定，而且她一直干着活，也没觉得哪里不舒服。她跟乔尼说，工作对她来说很重要，他也就同意她继续工作了。凯蒂一直坚持工作，直到肚子越来越大，没法再钻到桌子底下打扫。没多久，她能做的就只有陪伴了，她躺在那张他们曾经用来亲热的沙发上，乔尼则负责全部的工作。凌晨两点，他手忙脚乱地给她做三明治，煮咖啡。他们的日子仍旧幸福美好，只是乔尼越来越担心了。

十二月一个冷飕飕的晚上，凯蒂的肚子开始阵痛。她躺在沙发上，忍着疼，想在乔尼忙完工作之后再告诉他。回家的路上，她疼得厉害，实在忍不住了。她痛苦地呻吟着，乔尼一听就知道小宝宝要出生了。他赶紧把她带回家，让她躺在床上，给她盖好被子，急匆匆地跑到街对面去找接生婆金德勒太太，求她快点过来。那位好心的太太慢悠悠地准备着东西，等得他心急如焚。

她得把几十个卷发棒从头发上取下来，她找不到假牙，没有它们她就不干活。乔尼帮她找，终于在窗台外边的一杯水里找到了。水都结冰了，假牙也冻住了，他们得先化冻才能让她戴上。忙完这些，她还要做个护身符。用的是从教堂里拿的一片受过祝福的棕榈叶，再加一枚圣母马利亚纪念章，一根小蓝鸟的羽毛，一个断了的小刀片，还有一株草药。她把这些东西用一根从一个只用十分钟就生出了双胞胎的女人的紧身衣上取下来的脏绳子绑在一起，弄了点水洒在了护身符上，说这水是从耶稣曾经喝过的耶路撒冷的一口井里取来的。她跟焦急的乔尼说，这个护身符能减轻痛苦，保证他有个健康的宝宝。最后，她拿起她的鳄鱼皮包——这个包在这一带很有名，所有年轻人都相信他们就是从这个包里被取出来送到妈妈手里的。终于，她准备出发了。

他们到家时，凯蒂正疼得直叫。屋子里挤满了邻居阿姨，她们站在边上祈祷，回忆自己的生产经历。

“我生文森特的时候，”一个阿姨说，“我……”

“我当时比她还小呢，”另一个阿姨说，“那时候……”

“他们以为我撑不住，”第三个阿姨自豪地说，“但是……”

她们把接生婆迎进来，把乔尼赶了出去。他坐在门廊上，凯蒂每叫一声，他就抖一下。他有点蒙，事情发生得太突然了。早上七点，虽然窗户关着，但她的叫声还是不停地传进他的耳朵。上班的男人们路过，看看发出叫声的窗户，再看看坐在走廊的乔尼，一脸担忧。

凯蒂疼了一整天，乔尼什么都做不了——真的什么都做不了。到了晚上，他实在受不了了，跑到妈妈家寻求安慰。妈妈听说凯蒂正在生孩子的消息，差点哭出来。

“现在她把你套牢了，”她哭诉道，“你再也不能回到我身边了。”怎么都平静不下来。

乔尼找到哥哥乔治，乔治正在舞会上帮忙。他要等乔治忙完，就坐下来喝了点酒，结果忘了自己在学校的差事。乔治忙完后，他们去了几个通宵酒吧，在每家都喝了一两杯，还跟大家讲了乔尼的遭遇。男人们听了都万分同情，给乔尼买了酒，说大家都是这么熬过来的。

天快亮的时候，兄弟俩去了妈妈家，乔尼就在那儿睡着了，睡得不太安稳。早上九点，他醒了，感觉大事不妙。他想起了凯蒂，也想起了学校的差事，但为时已晚。他匆匆洗漱换衣服往家走，路过一个水果摊，见上面摆着鳄梨，就给凯蒂买了两个。

他不知道的是，那天晚上，他的老婆凯蒂饱受疼痛折磨二十四小时，才生下了一个小女婴。小女婴出生时，唯一特别之处就是带着胎膜，据说这样的孩子将来必会有一番作为。接生婆偷偷拿走了胎膜，卖给了一个水手，收了两美元。听说，随身戴着胎膜的人不会被淹死。那个水手把胎膜放在一个小布袋里，挂在了脖子上。

乔尼喝酒睡觉那晚，天气变冷，学校里本应由他照看的炉火灭了，水管也爆了，地下室和一楼都被水淹了。

他回到家，看见凯蒂躺在黑漆漆的卧室里，枕着安迪的枕头，小女婴就躺在她身旁。邻居阿姨们把屋子打扫得干干净净，屋里有股淡淡的消毒水混合滑石粉的味道。接生婆走的时候说："收费五美元，你老公知道我的住处。"

接生婆走后，凯蒂转过脸对着墙，努力克制不让自己哭出来。那天晚上，她以为乔尼在学校干活，指望他能用吃饭的时间回家看看。到了第二天上午，她觉得他该回家了，也许他晚上干完活去他妈妈家小睡了一下。她劝自己，不管乔尼做了什么都无所谓，只要他给出解释，她就能放心。

接生婆走了不一会儿，艾薇就来了。邻居家的小男孩跑去叫的她。艾薇带来了甜黄油、一包脆脆的苏打饼干，还给凯蒂泡了茶。凯蒂觉得这茶的味道真是棒极了。艾薇看了看小宝宝，觉得宝宝有点瘦弱，但没跟凯蒂说。

乔尼回到家，艾薇原本打算教育他一番，可看到他苍白的脸色，害怕的眼神，想到他才二十岁，不由得心里一软，亲了亲他的脸，劝他别担心，还给他煮了杯咖啡。

乔尼几乎没看小宝宝。他手里紧紧握着鳄梨，跪在凯蒂床边，哭着说他好害怕。凯蒂也跟着哭了起来。整整一晚，她多希望他能陪在自己身边呀。现在，她又希望能一个人去别处，悄悄把孩子生下来，等生完了再回来告诉他一切都好。她已经吃够了苦，那感觉就像跳进了滚烫的油锅里，求生不得，求死不能。她已经受够了，上帝啊！这还不够吗？为什么还要让他受苦？他生来就受不了苦，但她可以。她才生下孩子两个小时，身体虚弱，连头都抬不起来，却在安慰他，告诉他别担心，说她会照顾好他的。

乔尼感觉好多了，他告诉凯蒂，没什么大不了的，他知道很多丈夫都得过"这一关"。

"现在，我也过'这一关'了，"他说，"现在我是个真正的男人了。"

然后他开始逗小宝宝玩。在他的建议下，凯蒂同意给女儿取名叫弗兰茜，纪念哥哥安迪的未婚妻弗兰茜·梅莱尼。他们觉得，如果让她做教母，可能能抚慰她受伤的心。如果安迪还在世，梅莱尼婚后应该会和孩子拥有相同的名字：弗兰茜·诺兰。

他用油和醋把鳄梨拌好，做了一份沙拉给凯蒂吃。她对那味道有点失望。乔尼说你得习惯它，它就跟橄榄差不多。为了他，为了他对自己的这份爱，凯蒂吃了沙拉。艾薇也受邀尝了尝，说自己宁愿吃番茄。

乔尼在厨房喝咖啡的时候，有个小男孩从学校给他带来了一张字条，是校长写的。字条上说，乔尼因为擅离职守被解雇了。字条上还说，让他过去一趟领剩余的工资，最后还提醒他，别想着要推荐信了。乔尼看完字条，脸都白了。他给了那个小男孩五美分作为跑腿费，说自己会去处理的。他把字条撕了，一个字也没跟凯蒂提。

乔尼去找校长，想好好解释一下。校长对他说，既然知道孩子快出生了，工作时就该更认真、更小心。校长人不错，对乔尼说，水管爆裂造成的损失不用他赔，教育局会善后。乔尼很是感激。签了保证书，保证下个月工资由校长代领后，校长就从自己口袋里先掏钱垫付了工资。校长尽力按他的想法处理了这件事。

乔尼付了接生婆的钱，又给房东交了下个月的房租。想到现在有了孩子，凯蒂得休息好一阵子干不了活，而且他们都没了工作，乔尼不免有点担忧。不过他最后自我安慰般地劝自己，房租已经交了，至少能安心待上三十天。到时候，总会想到办法的。

下午，他去向玛丽·罗梅利报喜。半路，他去了橡胶厂，找到茜茜的上司，请那人转告茜茜孩子出生的事，并拜托她下班后过来一趟。上司答应了，还眨眨眼，拍着乔尼的肩膀说："恭喜啊，兄弟。"乔尼笑了，拿出十美分塞到他手里，说："买根好雪茄，我请客。"

"好的，兄弟。"上司一边答应一边握了握乔尼的手，保证会转告茜茜。

玛丽·罗梅利听到这个消息，流下泪来。"可怜的孩子！可怜的小家伙，"她哀叹道，"来到这个悲惨的世界，生下来就得吃苦受难。唉，虽然有一点点快乐，但更多的是辛苦。唉，唉。"

乔尼想把喜讯告诉托马斯·罗梅利，但玛丽让他先别说。托马斯不喜欢乔尼·诺兰，因为乔尼是爱尔兰人。他看谁都不顺眼，德国人、美国人、俄国人，他都不喜欢，但最受不了的就是爱尔兰人。虽然他对自己的种族充满恨意，但却是个极端的种族主义者，认为不同种族结婚生出的后代都是杂种。

“让金丝雀和乌鸦交配，会生出来什么好东西？”他总这样说。

乔尼把岳母接到自己家，就出门找工作去了。

凯蒂看见妈妈，别提多高兴了。只是她还是忘不了生孩子的疼，现在她知道妈妈生她的时候有多疼了。她想到妈妈生了七个孩子，辛辛苦苦把孩子拉扯大，其中三个早夭，剩下几个也注定要挨饿受苦。想到自己的孩子将来也会这样，她不由得心慌起来。

“我能教她什么呢？”凯蒂问妈妈，“我自己都没什么见识。我和乔尼这么穷，孩子长大了也会很穷。我们未来的日子不会比现在更好。有时候我真觉得，过去一年是我们最好的一年。一年又一年，我和乔尼越来越老，情况只会更糟。到那个时候，我们连现在这点维生的力气都没了。”

然后，她突然意识到了什么。“我是说，”她想，“我可以工作，不能指望乔尼。我得照顾他。哦，上帝，别再让我生孩子了，不然我连乔尼都照顾不了，我必须照顾乔尼。他根本照顾不了自己。”她的思绪被妈妈打断了。

“我们在老家有什么？”玛丽说，“我们什么都没有。我们是农民，只有挨饿的份儿。然后我们就到这儿来了。情况也没好多少，但至少你爸爸没被抓去当兵。除了这一点，这儿的生活比在老家更艰难。我想念家乡，想那些树，那些田野，熟悉的生活，还有老朋友。”

“既然你觉得在这儿的生活不比在老家好，那还来美国干什么呢？”

“为了我的孩子们，我希望他们能生活在一个自由的国度。”

“你的孩子们不怎么争气，妈妈。”凯蒂苦笑道。

“这里啊，有咱们国家没有的东西。虽然生活艰难，也挺陌生的，但这里——有希望。在咱们祖国，一个人再努力，最多也就混到自己爹那个水平。要是他爹是个木匠，他大抵也是个木匠，成不了老师，也做不了牧师。他能往上爬，但也就能爬到他爹那个位置。在咱们祖国，一个人被过去绑得死死的。可在这儿，人能拥抱未来。在这片土地上，一个人只要心地善良，干活儿实在，就能成为他想成为的人。”

“那也未必。你的孩子们也没比你强。”

玛丽·罗梅利叹了口气，“可能是我做得不好。我就知道我们祖祖辈辈几百年来都在领主的地盘上干活，别的什么也不懂。我没让我的大女儿上学。我那时候不懂，不知道咱们这样人家的孩子能在这个国家免费上学。所以茜茜没有机会超过我。但其他三个……你们都上过学。”

“我只上到了六年级，要是那也能算受过教育的话。”

“你的约尼，”她发不出“j”的音，总把“乔尼”叫成“约尼”，“也上过学，你不明白吗？”她的声音里满是激动，“已经开始变好了。”她抱起小宝宝，把她举得高高的，“这孩子的爸妈都识字，”她轻声说，“对我来说，这就是个奇迹。”

“妈妈，我还年轻。妈妈，我才十八岁。我身体好，会努力干活挣钱，妈妈。可我不想这孩子长大以后只能靠体力干活维生。我该怎么做，妈妈，我该怎么做才能给她一个不一样的人生？我该从哪儿开始？”

“秘诀就是读书识字。你识字，得每天给孩子读一页好书。每天都得读，直到孩子自己能读了为止。然后，让她坚持天天读书，这就是我知道的秘诀。”

“我会给她读的，”凯蒂保证道，“可什么是好书呢？”

“有两种了不起的好书。莎士比亚的书就是其中一种。我听说，他的书里有生命的全部奇迹，人类对美的所有了解，人所掌握的全部智慧和生活道理，他的书里都有。听说这些故事全都排成了戏在舞台上演出。我从来没跟看过这本了不起的书的人说过话。但我听咱们奥地利的地主说过，书里有些内容就像歌一样，可以唱。”

“莎士比亚写的是德文书吗？”

“是英文书。我听地主大人给他小儿子讲过这本书，那是很久以前，他正要去海德堡大学念书。”

“那另一种伟大的书是什么？”

“新教徒读的《圣经》。”

“我们有自己的《圣经》，天主教的。”

玛丽偷偷环顾了一下房间。“作为一名虔诚的天主教徒，这么说不太合适，但我觉得，新教的《圣经》把这个世界以及上面那个世界的最伟大的故事讲得更加生动。一个很要好的新教朋友曾经给我读过她的《圣经》，所以我才会这么说。”

“这本书，还有莎士比亚的书，你必须每天给孩子读一页，就算你自己不理解上面写的是什么，也不知道正确发音。你必须这样做。这样孩子长大后才会知道什么是伟大的作品，才会知道世界上并不只有威廉斯堡的这些公寓这么大。”

“新教的《圣经》和莎士比亚的书。”

“你必须给孩子讲我给你讲过的传说故事，我妈妈给我讲过，她的妈妈也给她讲过。你还要讲咱们祖国的童话故事，讲那些不属于凡间但却永远活在人们心中的天使、精灵、小矮人……你还得给她讲困扰你父亲家族的幽灵，还有你姑姑中邪之后的邪恶眼睛。你还要教孩子识别我们家族的女性在面临麻烦和死亡时出现的那些征兆。这孩子必须相信上帝和上帝唯一的儿子耶稣。”她画了个十字。

“哦，还有圣诞老人。孩子六岁前必须相信世界上有圣诞老人。”

“妈妈，我知道世上没有鬼魂，也没有天使。我要教孩子愚蠢的谎言吗？”

玛丽一脸严肃道：“你根本不知道世上有没有鬼魂，天堂有没有天使。”

“我知道没有圣诞老人。”

“但你必须把这些教给孩子。”

“为什么？我自己都不信。”

“因为，”玛丽·罗梅利淡然道，“孩子们得有一样宝贝，那就是想象力。他们得有个秘密基地，里面住着些他们从没见过的东西。他们得相信这些，相信这世上没有的东西。这样，等这个世界变得太糟糕，甚至无法忍受的时候，他们就能躲进自己的想象里。我自己，哪怕到了现在这个年纪，有时也需要想想那些圣人的神奇故事，以及世间发生过的伟大奇迹。只有把这些牢记于心，我才能挺过这宿命般的日子。”

“孩子长大了，自己会知道真相。知道我在说谎，她会失望的。”

“这就是所谓的开窍。自己开窍是好事。一开始全心全意地相信，后来不再相信，也是好事。这样人的情感会变得更丰富，更绵长。当她成为一个真正的女人，在生活中遇到挫折，她就不会扛不住，因为她已经尝过失望的滋味了。教育孩子时，别忘了，受点苦也是好事。它能让人的性格更丰富。”

“要是真像您说的这样，”凯蒂略带讽刺道，“那咱们罗梅利家的人早该富得流油了。”

“没错，我们是穷，我们吃苦受难。但我们也因此变得更好了，因为我们懂得我刚才说的那些道理。我不识字，但我把从生活中学到的所有道理都告诉你了。你也得告诉你的孩子，还要把你随着年龄增长学到的东西教给她。”

“我还得教孩子些什么呢？”

“你得让孩子相信有天堂。不是那种满是飞来飞去的天使和有高坐宝座的上帝的天堂”，玛丽尽力表达自己的想法，一会儿说德语，一会儿说英语，“而是一个人们可以美梦成真的奇妙地方。可能是另一种宗教。我说不清楚。”

“还有什么呢？”

“在你离开这个世界之前，你得有一小块地——上面最好还有一个房子，你的孩子或者孩子们可以继承。”

凯蒂笑了：“我有一块地？一个房子？我们能交得起房租就算走运了。”

“就算现实如此吧。”玛丽语气坚定地说，“但你得听我的。咱们在祖国，祖祖辈辈都是给别人种地的农民。现在咱们到了这儿，在工厂里干活，每天至少还有一点属于自己的时间。这已经很不错了。不过，要是能拥有一块属于自己的土地，就更好了；哪怕只是一小块，能传给后代……这样咱们就算在这个世上站稳脚跟了。”

“咱们怎么可能买得起地？我和乔尼挣得那么少，有时交完房租和保险，剩下的钱连饭都吃不饱，怎么可能有钱买地？”

“你得找一个空炼乳罐，洗干净。”

“罐子……”

“整齐地切掉罐子顶，把罐身剪出手指长短的条，每条都剪成两寸宽，”她边说边用手比了一下尺寸，“然后把条子向后折，这时罐子看起来就像颗粗糙的星星。在顶部开个细长口，用钉子把罐子钉进你衣柜最里面，每条上都要钉上钉子。每天往罐子里放五美分，三年后，你就有五十美元了，可以拿这笔钱去乡下买一块地。一定得拿到地契，证明那块地是你的。这样你就变成地主了。一旦有了土地，就再也不会变回农奴身份了。”

“每天五美分，听起来不多。但这钱从哪儿来呢？现在钱都不够花，还要多养一个孩子……”

“你得这么做：去菜市场，问一捆胡萝卜多少钱。老板说三美分。然后你四处看看，找一捆不那么新鲜，也不那么大的，对老板说：‘这捆不新鲜，两美分吧！’语气要坚定，这样只花两美分就能拿下一捆胡萝卜。这样你就有一美分存进存钱罐了。如果是冬天，打个比方，你准备花二十五美分买煤。天气很冷，你想在炉子里生火。但先等等！再等一个小时，忍一个小时的冷。给自己披条毯子，告诉自己，我冷是因为我要攒钱买地。一个小时能省下三美分的煤，存钱罐又能多三美分。晚上一个人在家，别开灯，坐在黑暗里想一会儿。算算省了多少油钱，把它换成美分存进存钱罐。钱会慢慢变多。总有一天，你会存够五十美元，就能用钱在岛上买一块地了。”

“这种存钱的方法能行吗？”

“我发誓，肯定能行。”

“那你为什么一直没攒够呢？”

“我攒够过。刚来美国，我就弄了个存钱罐，攒了十年才攒够五十美元。我拿着钱找了一个卖地的人，他用德语跟我说那块地是我的了，我就把钱给他了。他还给了我一张纸，可惜我不认识字。后来有人在那块地上盖房子，我拿出纸来给那些人看，才知道他根本无权卖那块地。这叫什么，用英语怎么说来着？”

“诈骗？”

“对，我被诈骗了。我们这些新来的人，经常因为不识字被骗。可你识字，你得先看看纸上写的是什么，确定地是你的，再付钱。”

“妈妈，你后来就没再攒过钱吗？”

“攒过，从头再来。第二次更难，因为孩子多了。我攒了很久，搬家时你爸爸发现了存钱罐，把钱拿走了。他不想用那钱买地，他喜欢养鸡，就用那些钱买了一只公鸡和很多母鸡，放在后院养。”

“我好像记得那些鸡，”凯蒂说，“那是很久以前的事了。”

“他说鸡蛋能卖很多钱。唉，男人就喜欢做白日梦！当天晚上，二十只饿猫跳过篱笆，吃了很多鸡。第二天晚上，意大利人翻过篱笆，偷走了很多鸡。第三天，警察来了，说在布鲁克林私自养鸡是违法的。为了不让你爸爸被带去警局，我们不得不给了警察五美元。你爸爸把剩下的鸡卖了，买了只金丝雀，这样就不用担心警察找上门了。我的第二笔积蓄就这样没了。但我还在攒钱，也许有一天……”她沉默了一会儿，站起身来，披上披肩。

“天黑了，你爸爸快下班回家了。愿圣母保佑你和孩子。”

茜茜一下班就急匆匆地赶了过来，连头发上沾的灰色橡胶粉都没顾上擦。

她看到宝宝，激动得差点喘不上气，直说这是她见过的最漂亮的宝宝。乔尼将信将疑，他觉得宝宝看起来脸色发青，皮肤发皱，肯定有什么问题。茜茜给宝宝洗了澡（宝宝第一天可能洗了十几次澡），跑到熟食店，说服店主先赊账，等周六发工资再付钱，买了两美元的美味佳肴：切片的口条、烟熏三文鱼、奶油色的烟熏鲟鱼片和脆卷。她还买了一袋木炭，把火烧得特别旺。她给凯蒂端上了晚餐托盘，然后和乔尼一起在厨房吃饭。屋子里很温暖，弥漫着美食和脂粉的香味，还有一股强烈的糖果味，这气味来自茜茜脖子上挂着的仿银镂空心形吊坠里那个硬硬白白的小圆球。

饭后，乔尼抽着雪茄，观察着茜茜。他很好奇，人们是依据什么标准给同胞贴上“好”或“坏”的标签的。就拿茜茜来说吧，在男女关系方面她是个坏女孩，但她也是个好人，因为她到哪儿就会把美好、温柔、风趣、热情的生活气息带到哪儿。他希望自己刚出生的女儿能像茜茜一样。

当茜茜宣布要留下来过夜时，凯蒂很是为难，说家里只有一张床，她得和乔尼睡在一起。茜茜宣称，如果乔尼能保证给她一个像弗兰茜这样的好宝宝，她就愿意和他一起睡。凯蒂皱了皱眉头。她当然知道茜茜是在开玩笑，不过，茜茜说的实在是太露骨了，于是她就教训起了茜茜。最后，乔尼说他必须去学校，才得以脱身。

他不敢告诉凯蒂丢工作的事。他找到哥哥乔治，那晚他有工作。幸运的是，乔治工作的地方正需要一个服务生并在中间串场。乔尼得到了这份工作，对方承诺下周还可以安排工作。他重新回到了唱歌服务生的行业，从那时起，他再也没有做过其他工作。

茜茜和凯蒂躺在一张床上，聊了整整一晚。凯蒂说她担心乔尼，害怕未来。她们还聊到了玛丽·罗梅利，对艾薇、茜茜和凯蒂来说，她是一位很棒的妈妈。她们也谈到了父亲托马斯·罗梅利。茜茜说他是个老顽固，凯蒂让茜茜放尊重点。茜茜不以为然地说："得了吧！"凯蒂忍不住笑了。

凯蒂跟茜茜说了她那天和妈妈聊天的事。茜茜对存钱罐特别感兴趣，甚至半夜爬起来，把一罐牛奶倒进碗里，立马做了个存钱罐。她想爬进那个又小又窄的壁橱把罐子钉好，但被身上那件宽大的睡袍缠住了。她干脆脱了睡袍，光着身子爬进了壁橱。她没法把整个身体挤进去，只得跪在地上敲敲打打，任由光溜溜的大屁股露在外面。凯蒂见状笑得肚子都疼了，担心自己会不会大出血。凌晨三点的敲击声把邻居吵醒了，楼下的敲起了天花板，楼上的敲起了地板。茜茜在壁橱里嘟囔着，说这些租户真是胆大包天，明知道家里有生病的女人，还敢这么闹腾。"这还叫人怎么睡？"她边说边狠狠地钉下了最后一枚钉子。

钉好存钱罐，茜茜穿上睡衣，放进去一枚五美分的硬币，作为买地账户的第一笔钱，然后回到了床上，兴奋地听凯蒂讲那两本书。她答应凯蒂，一定会弄到那两本书，送给小宝宝当洗礼礼物。

小宝宝弗兰茜出生后的第一个晚上，舒舒服服地睡在妈妈和茜茜姨妈中间。

第二天，茜茜开始找那两本书。她来到公共图书馆，问图书管理员怎么才能弄到莎士比亚的书和《圣经》。图书管理员说《圣经》他帮不上忙，不过有本莎士比亚的旧书，太破了正要扔掉，茜茜可以拿走。茜茜花二十五美分把它买了下来。这本书很破旧，里面有莎士比亚的全部剧本和十四行诗，还有分析作家用心的复杂脚注和详细解释，以及作者传记和肖像，还给每部戏都配了钢刻版画插图。小字印刷，每页两栏，纸张很薄。

《圣经》虽然不那么容易找，但却更便宜。实际上，茜茜一美分没花就弄到手了。书的封面上写着一个名字——吉迪恩。

买下那本莎士比亚作品集后没几天，茜茜和她的情人在一家安静的家庭旅馆共度良宵。早上醒来，她推了推身边的情人。

“约翰，”虽然他的真名叫查理，但她喜欢叫他约翰，“梳妆台上是本什么书呀？”

“《圣经》。”

“是新教的《圣经》吗？”

“是。”

“我要把它带走。”

“带走吧，它放在这里就是让人看的。”

“真的吗？”

“当然！人们把它拿走，认真阅读，然后改过自新，真心忏悔，再把书还回来，然后自己买一本。这样别人就能把书拿走，读一读，改过自新，真心忏悔了。发行书的公司根本不会亏本。”

“好吧，这本可不会被还回来。”她用旅馆的毛巾把书包起来，打算一起拿走。

“如果！”一阵寒意笼罩在她的约翰心头，“如果你读了它，想要改过自新，我就得回我老婆身边去了。”他打了个寒战，紧紧抱住她，“答应我，你不会改过自新的。”

“我不会的。”

“你怎么知道你不会？”

“我从不听别人跟我说什么，我也不识字。我做判断全凭感觉，要是我感觉不好，那事情就是错的；要是我感觉好，那事情就是对的。跟你在一起，我感觉很好。”她把手搭在他的胸口，轻轻在他耳边亲了一下。

“真希望咱俩能结婚，茜茜。”

“我也是，约翰。我知道咱俩肯定能处好，最起码能维持一段时间。”她诚实地补充道。

“可我结婚了，天主教就是这点不好，不能离婚。”

“反正我也不相信离婚有什么好处。”茜茜离过很多次婚，从未得到过任何好处。

“你知道吗，茜茜？”

“什么？”

“你有一颗金子般的心。”

“真的吗？”

“真的。”他看着她把透明的莱尔丝袜套在她的美腿上，吧嗒一声扣上红色丝绸吊袜带扣。“再给我一个吻。”他突然恳求道。

“我们还有时间吗？”她问得很现实，但还是把袜子脱了下来。弗兰茜·诺兰的第一批书就这样到手了。

10

弗兰茜小时候身体不太好，瘦得皮包骨头，脸白如纸，没什么生命力。凯蒂坚持给她喂奶，虽然邻居们都说，她那点奶水对孩子没啥好处。

弗兰茜三个月就开始用奶瓶了，因为凯蒂突然没了奶水。凯蒂急坏了，赶忙去问妈妈玛丽·罗梅利。玛丽看了她一眼，叹了口气，什么也没说。凯蒂又去找接生婆。接生婆问了她一个奇怪的问题。

“你星期五在哪儿买的鱼？”

“帕迪市场啊。怎么了？”

“有个老女人在那儿给她的猫买鳕鱼头，你看到了吗？”

“看到了，我每周都碰到她。”

“就是她搞的鬼！她把你的奶水弄没了。”

“啊，不会吧！”

“她给你下咒了。”

“为什么啊？”

“她嫉妒你，你和那个帅气的爱尔兰小伙子太甜蜜了。”

“嫉妒？她那样的老女人还会嫉妒这个？”

“她是个巫婆。我在老家就知道她。她不是和我一起坐船来的吗？她年轻的时候爱上了一个狂野的凯里郡小伙。她被搞大了肚子，她爸爸去找那个小伙，小伙却不肯和她去教堂结婚。小伙连夜坐船逃到了美国。她的孩子一出生就死了。然后她就把自己的灵魂卖给了魔鬼，魔鬼给了她能吸干奶牛、山羊和年轻产妇奶水的法术。”

“我记得她看我的眼神怪怪的。”

“那就是在给你下咒。”

“怎么才能让我的奶水回来呢？”

“听我说，等到月圆时，你用自己的头发、指甲和一块洒了圣水的布做个小娃娃，就叫它内莉·格罗根吧，那个巫婆就叫这个名，然后在它身上扎三根生锈的针。这样就能破了她的咒，你的奶水肯定能像香农河一样源源不断地流回来。给我二十五美分就行。”

凯蒂付了钱。等到月圆那天，她做了个小娃娃，用针扎了又扎，但奶水还是没回来。弗兰茜用奶瓶喝奶，结果生病了。凯蒂没办法，只好向茜茜求助。茜茜听了巫婆的事，不屑地说：“巫婆？别逗了。她根本没给你下咒，都是乔尼干的好事。”

凯蒂知道自己又要当妈妈了。乔尼听到这个消息，心又开始慌了。他重新干起唱歌服务生后，工作稳定，过得不错，不怎么喝酒，大部分工资都拿回家。可是，一想到家里又要添一口人，他就觉得喘不过来气。他才二十岁，凯蒂才十八岁，两个人都觉得压力很大。乔尼一听到这个消息，就跑出去大喝了一顿。

后来，接生婆来家里，想看看之前那个符咒有没有效果。凯蒂告诉她，符咒无效，因为她又怀孕了，这事儿跟那个女巫根本没关系。接生婆撩起裙子，从衬裙的大口袋里掏出一瓶看起来挺吓人的深棕色药水。

“别担心，”接生婆说，“一天喝两次，连喝三天，你就没事了。”

凯蒂坚定地摇了摇头。“你是怕神父吗？”

“不是，我只是不想杀生。”

“这不算杀人。你还没感觉到生命，怎么能算杀生呢？你还没感觉到它动吧？”

“没有。”

“那不就结了！”接生婆得意地在桌子上敲了一下，“这瓶药我只收你一美元。”

“谢谢，我不需要。”

“别傻了。你还是个小丫头，有一个孩子就够你操心的了。你男人虽然长得帅，但也不是靠得住的人呀。”

“我男人怎么样是我的事，我的孩子一点也不麻烦。”

“我是在帮你。”

“谢谢，再见。”

接生婆把瓶子放回衬裙口袋，起身要走。“需要的时候，记得来找我。”走到门口，她又补充了一句：“要是不停地上下楼，说不定会流产。”

那年秋天，布鲁克林的天气暖洋洋的，凯蒂坐在门廊上，怀里抱着那个身体不太好的小宝宝，肚子又大了起来。邻居们看到弗兰茜，都是一脸怜悯。

“你养不大那个孩子的，”他们对她说，“她脸色不好。要是上帝能把她带走，也是好事。一个身体不好的孩子，生在咱们这种穷家庭，能有什么好结果？这世上的孩子太多了，根本容不下那些弱孩子。”

“别这么说，”凯蒂紧紧搂着怀里的小宝贝。“死亡可不是解决问题的办法。谁愿意去死呢？你看，每个生命都在努力活着。就像那棵树，它从铁栅栏里长出来，没有阳光，只靠雨水浇灌。它从贫瘠的土地里长出来，却那么茁壮。我的孩子们也会像这棵树一样茁壮成长。”

“哎呀，那棵树真丑，真该砍掉。”

“如果世上只有这么一棵树，你肯定会觉得它很美，”凯蒂说，“但是因为有太多树，你就看不到它的美了。你看那些孩子，”她指着一群在水沟里玩耍的脏兮兮的孩子。“随便从里边挑一个，给他洗个澡，换上干净衣服，让他坐在金碧辉煌的房子里，你就会觉得他很好看。”

“你的想法很好，但是凯蒂，你的宝宝生病了。”他们对她说。

“我的宝宝会好起来的，”凯蒂坚定地说，“我会让她好起来的。”

弗兰茜活了下来，在头一年里，她总是呛着、抽噎着。

弗兰茜过完一岁生日的一个礼拜后，弟弟就出生了。

这一次，阵痛开始时，凯蒂没有再干活儿。她咬着嘴唇，没再痛苦尖叫。即使再痛，她也没有出声，因为她要为之后的分娩保存体力。

一个强壮健康的男婴出生了，他响亮的哭声似乎是在诉说被产道挤压的愤怒。当孩子被抱到凯蒂胸前时，她油然而生一种狂热的温柔。此时，躺在摇篮里的另一个孩子弗兰茜，呜咽了起来。在新出生的英俊儿子的衬托下，凯蒂突然有点蔑视这个一年前生下的弱小的孩子。不过，她很快就为此感到羞愧，因为她知道这不是小女孩的错。“我必须得时刻注意，”她想，“比起那个女孩我更爱这个男孩，但我永远不能让她知道。我知道身为父母不该偏心，但我实在控制不了。”

茜茜求她给男孩起名叫乔尼，但凯蒂坚持认为男孩有权拥有自己的名字。茜茜非常生气，骂了凯蒂两句。最后，凯蒂愤怒地指责茜茜爱上了乔尼。茜茜回答说，“也许吧！”凯蒂没再说话。她有点害怕，担心再争吵下去，会发现茜茜真的爱上了乔尼。

凯蒂给小宝贝起名叫科尼利厄斯，这是她看的戏里一个帅气演员的名字，那个演员扮演的是个高贵帅气的角色。小男孩慢慢长大，布鲁克林的街坊邻居都叫他尼利。

尼利成了凯蒂生活的全部，她爱他，不需要什么复杂的理由。乔尼和弗兰茜都得靠边站了。凯蒂觉得尼利完全属于她，他长得跟乔尼一模一样。她打算把尼利培养成乔尼本该成为的那种人。她会鼓励尼利发扬乔尼的全部优点，同时当他身上出现乔尼的缺点时，她会坚决纠正。尼利会长大，会成为她的骄傲，会照顾她终老。他是她要全心全意照顾的人。弗兰茜和乔尼随便应付一下就行，但她不会让尼利冒一点险。她要用心栽培尼利，保证他出人头地。

孩子们一天天长大，凯蒂的温柔也慢慢消耗殆尽了，不过她变得更能干了，意志更坚强，也更有远见。她还是很爱乔尼，但那种狂热的迷恋已经消失了。她也爱女儿，因为总觉得对女儿有所亏欠，她对女儿的感情更多的是同情和责任，而不是爱。

乔尼和弗兰茜都感觉到了凯蒂的变化。尼利越来越强壮，越来越帅，乔尼却越来越虚弱，情况越来越糟糕。弗兰茜觉察到了妈妈的想法。她对妈妈的心肠也变得硬了。说来奇怪，这种硬心肠却让她们更亲近了，因为这让她们惺惺相惜。

尼利一岁时，凯蒂已经不依靠乔尼了。乔尼总是酗酒。他偶尔打打零工，工资带回家，但小费全都拿去喝酒。于乔尼而言，人生苦短。他还没到能投票的年纪就有了老婆和两个孩子，他的生活还没开始就已经结束了，他是注定要失败的，这一点，他比任何人都心知肚明。

凯蒂和乔尼面临的困境完全一样，她比他还要小两岁，当时才十九岁。可以说，她也注定要失败，她的人生也在开始之前就结束了，但这是他俩唯一的相似之处。乔尼知道自己注定失败，便接受了这个事实。凯蒂却不认命，她在跌倒的地方爬起来，开始了崭新的生活。

她用温柔换取力量。她放下梦想，勇敢地面对生活的挑战。

凯蒂有着强烈的生存欲望，所以变得像战士一样坚强。乔尼渴望声望，结果却成了一个只会做白日梦的空想家。他们深爱着彼此，却又如此不同。

11

到法定投票年龄的那个生日，乔尼连着三天都喝得醉醺醺的。回家之后，凯蒂把他关进卧室，没让他再喝一滴酒。可他不但没清醒，反而开始胡言乱语。他哭哭啼啼地讨酒喝，说自己难受极了。凯蒂告诉他，难受是好事，难受能让他变得更坚强，可以让他长长记性，以后不再酗酒。但可怜的乔尼根本坚强不起来，他变得更加瘫软，宛若一个女妖，不停地哀号、尖叫。

邻居们敲响凯蒂家的门，让她帮帮那个可怜的男人。凯蒂把嘴唇抿得紧紧的，冷冷地告诉他们别多管闲事。但即使她驳了邻居们的面子，她也知道，月底前，他们必须搬走。乔尼这么丢人，他们不能再在这儿住下去了。

傍晚，乔尼还在痛哭流涕，凯蒂心里很是不安。她把两个孩子塞进婴儿车，来到工厂，请求茜茜的上司让她暂时脱岗出来一下。她给茜茜说了乔尼的情况，茜茜说自己一有空就来收拾他。

茜茜就乔尼的情况咨询了一位男性朋友。朋友给了她一些建议。于是，她买了半瓶上好的威士忌，藏在丰满的胸间，系上胸衣，扣好衣服。

她来到凯蒂家，告诉凯蒂如果能让她单独和乔尼在一起，就能帮他摆脱困境。凯蒂把茜茜和乔尼一起锁在卧室里，她回到厨房，坐在桌子旁，头枕着胳膊，等了一夜。

乔尼看到茜茜，他那混乱的大脑清醒了一分钟，他抓住她的胳膊："你是我的朋友，茜茜。你是我的姐姐。看在上帝的份儿上，给我一杯酒。"

“别急，乔尼，”她用柔和的声音安慰道，“我给你带了酒。”

她解开腰间的扣子，露出一片泡沫般的白色绣花褶皱和深粉色的丝带。屋子里都是她身上香囊散发的温暖浓烈的甜美香味。乔尼盯着她解开一个复杂的蝴蝶结，松开紧身胸衣。这个可怜的家伙想到她的名声，误会了她的意思。

“不，别这样，茜茜。求你了！”他呻吟着。

“别傻了，乔尼。凡事都讲天时地利，现在不是干那事的时候。”她拿出酒瓶。他一把抢过来，抱在怀里。酒瓶上有她的温度，她让他喝了一大口，然后从他紧握的手中把瓶子夺了过来。喝完酒，他安静下来，眼皮开始打架，求她别走。她答应了，也懒得系上丝带、扣上腰带，就那么躺在他身旁。她把胳膊放在他的肩膀下面，他把脸贴在她温暖的、散发着香味的胸口。他睡着了，滚烫的眼泪从他紧闭的眼睛里流了出来，落在他那冰冷的脸上。

她醒着，抱着他，凝视着眼前的黑暗。她对他就像对自己的孩子，她觉得要是自己的孩子还活着，她对他们的爱是一样的。她轻轻抚摸着他卷曲的头发和脸颊。他在睡梦中发出呻吟，她用对孩子的语气安慰他。她的胳膊有点酸了，想动一动。他醒了一会儿，紧紧抓着她，求她不要走，他一开口就叫她妈妈。

每次他醒来感到害怕时，她就会让他喝一小口威士忌。快到早上时，他醒了，头脑清醒了一些，但还是头疼。他呻吟着从她身边挣脱。

“回到妈妈这里来。”她用温柔而颤抖的声音说。

她张开双臂，他又一次钻进她的怀抱，把脸贴在她丰满的胸口。他无声哭泣，诉说自己的恐惧、忧虑和对世事无常的担心。她由他说，由他哭。她抱着他，就像母亲抱着儿子一样（她之前从未这样做过）。有时候，茜茜也会和他一起掉眼泪。等他说完，她把剩下的威士忌给了他，最后他沉沉地睡着了。

她躺了很久，不想让他感到她要离开。天快亮时，他松开了她的手，神色也平静下来，跟个孩子似的。茜茜把他的头放到枕头上，熟练地帮他脱下衣服，盖上被子，把空威士忌瓶子扔进了通风井。她想，凯蒂不知道这儿的事就不会烦恼。她随意地系上胸衣上的粉红色丝带，调整了一下腰带，轻轻关上门，走了出来。

茜茜这个人，有两大优点。她对人特别温柔，是个超级棒的妈妈。她热情善良，总想着把自己有的东西奉献给需要帮助的人，不管是金钱、时间，还是衣服、同情、理解、友情、陪伴和爱。她对每个人都像妈妈一样好。她爱男人，确实。她也爱女人，爱老人，尤其爱小孩子。她对小孩子的爱，简直无法用语言形容。她关爱生活不如意的人，希望每个人都能开心。她甚至想对那个偶尔听她忏悔的神父好一点，因为她觉得他一辈子单身，没体会过世间最大的快乐。

她连街上那些到处找东西吃的流浪狗都喜欢，看到那些瘦瘦弱弱在布鲁克林街角走来走去找地方生宝宝的流浪猫，她会流泪。她觉得那些身上沾满煤灰的麻雀也很可爱，觉得空地上长出来的草也很漂亮。她在空地上摘白色的三叶草，觉得那是上帝创造的最美的花。有一次，她在家里发现一只老鼠，第二天晚上，她就特意准备了一个小盒子，在里面放了点奶酪碎屑。是的，她总是倾听别人的烦恼，但没人听她说她的烦恼。不过这根本没关系，因为茜茜乐于付出，不求回报。

茜茜走进厨房，凯蒂用她那双肿眼睛盯着茜茜乱糟糟的衣裳，满眼都是怀疑。

“我不会忘记的，”她带着可怜的尊严说，“你是我的姐姐，我希望你也不要忘记。”

“别傻了。”茜茜知道凯蒂在想什么，但她盯着凯蒂的眼睛笑了。凯蒂心里突然就踏实了。

“乔尼怎么样了？”

“醒了就好了。不过看在上帝的分儿上，等他醒了别数落他。别数落他，凯蒂。”

“可他得知道……”

“要是让我听说你数落他，我就把他从你身边抢走。我发誓，即便我是你姐姐。”

凯蒂知道茜茜是认真的，有点害怕。

“我不数落他，”她小声说，“这次不数落。”

“这才像个女人样。”茜茜亲了亲凯蒂的脸颊，宽慰道。她既为乔尼难过，也为凯蒂难过。

凯蒂还是没忍住，崩溃地大哭起来。她讨厌自己哭，但又控制不住，所以声音特别难听。茜茜只能听着，重新听一遍她和乔尼的事，只不过这次是凯蒂视角。茜茜对待两人的方式不一样。她对乔尼很温柔，像妈妈一样，因为他需要这样。茜茜知道凯蒂内心坚强，听凯蒂讲完她的事，茜茜对这个判断更坚信了。

“茜茜，你现在都知道了，乔尼是个酒鬼。”

“说句实在话，每个人都有缺点。每个人身上都有标签。就说我吧，我一辈子没喝过酒。但你知道吗？”她很真诚地说，一脸天真，“有人说我是坏女人，你能想象吗？我承认我偶尔会抽一支甜卡罗尔烟，但坏……”

“得了吧，茜茜。人家说的是你和男人的关系……”

“凯蒂！别啰唆了！我们该是什么样就是什么样，每个人都过着命中注定要过的生活。你嫁了个好男人，凯蒂。”

“但他酗酒。”

“他会一直喝到死，你必须接受这一点，接受他的全部，无论好坏。”

“全部？你是说他没有工作，整夜不回家，跟狐朋狗友鬼混？”

“你嫁给了他，他身上肯定有什么东西打动了你的心。多想想这些，把其他的忘了。”

“有时候，我真不知道自己为什么要嫁给他。”

“你撒谎！你知道为什么嫁给他。你嫁给他是因为你想和他上床，可你太虔诚了，不敢不去教堂结婚。”

“为什么这样说？其实当时是我把他从别人那儿抢过来的。”

“那还不是因为你想和他上床嘛。两个人在一起睡得好婚姻就好，睡得不好婚姻就不幸。”

“不，还有其他事情。”

“还有什么其他事情？嗯，也许还有其他事情，”茜茜承认，“非说有什么其他好事，也算是意外惊喜了。”

“你错了。那事可能对你来说很重要，但……”

“那事对每个人都很重要，或者说应该很重要，那样所有的婚姻都会幸福。”

"嗯，我承认我喜欢他跳舞的样子，他唱歌的样子……他的模样……"

"我就是这个意思，你只是用自己的话说了出来。"

凯蒂心里琢磨着："想争过茜茜，怎么可能呢？茜茜总是有自己的想法，把事情看得透透的。可能她是对的吧，我也说不准。她是我的亲姐姐，可大家都在背后议论她，说她是个坏女孩，这事儿没法否认。要是她比我先死，她的灵魂大概会一直在炼狱中飘荡。我跟她说起这个，她总说，在那儿飘荡的肯定不单是她一个。要是茜茜真的走在我前头，我得给她做弥撒，让她安息。也许过些年，她就能从炼狱里解脱出来，因为就算有人说她是坏人，但她始终以善意对待她认识的所有人。上帝肯定会想到这一点的。"

凯蒂突然斜过身子，轻轻地在茜茜的脸上亲了一下。茜茜愣住了，不知道凯蒂为什么这么做。

"茜茜，也许你说得对，也许不对。但对我来说，最重要的是，我爱乔尼的一切，除了酗酒，我会尽我所能对他好。我会尽量忽略……"凯蒂没再说下去。她心里清楚自己不是那种能随便迁就别人的人。

小弗兰茜躺在厨房炉子边的洗衣篮里，吮着大拇指，听着大人们的对话。

不过她才两岁，什么都听不懂。

12

乔尼闹过这一出，凯蒂觉得没法再在这条街上待下去了。虽然街坊家的男人们没几个比乔尼强的，但凯蒂不想拿他们当榜样。她希望诺兰家能更上一层楼，而不是同流合污。再说，还有钱的问题。他们本来就没什么钱，现在又添了两个孩子。凯蒂到处找活儿干，希望能用劳动换房租，这样最起码还能有个遮风挡雨的地方。

她找到一套房子，只要负责打扫整栋楼的卫生，就能免费住。乔尼发誓他不让妻子当保洁员。凯蒂用她那干脆利落的语气告诉他，要么做保洁员，要么流落街头，因为每个月的房租越来越难凑齐了。乔尼只得答应了，他说会把打扫卫生的工作承担下来，等找到稳定工作就搬家。

凯蒂开始打包他们那点可怜的家当：一张双人床，一个婴儿摇篮，一辆破旧的婴儿车，一套绿色长毛绒沙发，一张粉色玫瑰图案的地毯，一副蕾丝客厅窗帘，一盆橡胶植物和一盆玫瑰天竺葵，一只关在镀金笼子里的黄色金丝雀，一本漂亮的相册，一张厨房桌子和几把椅子，一盒盘子和锅碗瓢盆，一个底座带音乐盒的上发条就会播放《圣母颂》的镀金十字架，还有一个母亲给她的普通木质十字架，一个装满衣服的洗衣篮，一卷床上用品，一堆乔尼的乐谱和两本书——《圣经》和《莎士比亚全集》。

东西少得可怜，送冰人的马车就能装下。送冰人赶着那匹毛茸茸的马，轻轻松松地拉着诺兰一家四口和他们的全部家当朝新家驶去。

旧家搬空后，凯蒂像个摘下眼镜的近视眼一样，做了最后一件事——取出了那个存钱罐。里面有三美元八十美分。她得拿出一美元给送冰人当搬家费，心里很舍不得。

到了新家，乔尼和送冰人一起搬家具，凯蒂做的第一件事就是把存钱罐钉到壁橱里。她先把那两美元八十美分放了进去，又从破钱包里拿出来十美分放了进去——本该给送冰人，但她不舍得。

在威廉斯堡，有个不成文的规矩，搬家工人忙活完，得请他们喝杯啤酒。不过凯蒂心想："我们以后估计也碰不着面了。再说，给一美元就够多了。想想看，他得卖多少冰块才能挣到一美元啊。"

凯蒂正忙着挂蕾丝窗帘，玛丽·罗梅利来了，她拿着圣水在每个房间都洒了一遍，要把那些可能躲在角落里的小恶魔全都赶跑。谁知道这房子原先住的是什么人呢？可能是新教徒，也有可能是没得到教会宽恕就死在这儿的天主教徒。圣水能让这个家得到净化，这样上帝想来就能随时来了。

小弗兰茜看到外婆举起盛着圣水的玻璃瓶，阳光透过瓶子，在对面墙上映出了一道宽宽的彩虹，高兴得咯咯直笑。玛丽也朝孩子微笑，晃动玻璃瓶让彩虹跳起舞来。

"真漂亮！真漂亮！"她说。

"真丢人！真丢人！"弗兰茜学着外婆的音调说着，还伸出两只小手模仿外婆的动作。

玛丽把半满的玻璃瓶塞给弗兰茜，自己去帮凯蒂。弗兰茜有点失望，因为彩虹不见了。她觉得彩虹一定藏在瓶子里，就把圣水倒在腿上，希望彩虹能从瓶子里溜出来。凯蒂发现她裤子湿了，轻轻拍了她几下，告诉她长大了不该尿裤子。玛丽说那是圣水。

"唉，这孩子给自己祝福，却换来了一顿打。"

凯蒂笑了。弗兰茜也笑了，因为妈妈不再生气了。尼利也咯咯笑着，还露出了三颗小牙。玛丽朝所有人微笑，说在新家开始生活，有笑声是好兆头。

晚饭前，她们收拾好了。乔尼带孩子，凯蒂则去杂货店赊账。她对店主说她刚搬到附近，想先赊点杂货，等周六发工资再还。店主同意了。给了她一袋杂货和一个小本子，上面记着她的欠款，还告诉她每次来赊账都要带上这个本子。有了这个小本子，凯蒂一家就能在下次发工资前吃饱饭了。

晚饭后，凯蒂给孩子们读书，直到他们入睡。她先是读了一页《莎士比亚全集》的序言，然后又读了一页《圣经》的家谱。她目前就读到了这个内容，两个孩子和凯蒂都有点摸不着头脑。凯蒂读得犯困，但还是坚持读完了两页。她轻轻地给孩子们盖好被子，就和乔尼去休息了。虽然才八点，但搬家把他们累得够呛。

诺兰一家在洛里默街的新家安顿了下来，这里也属于威廉斯堡，不过已经快到格林点的边上了。

13

洛里默街比博加特街高级多了。这儿住着邮递员、消防员，还有店铺老板，他们很有钱，不在店里的后屋住。

他们家有个浴室，浴缸是个长方形的大木箱子，里面贴着一层亮闪闪的锌皮。浴缸里装满水的时候，弗兰茜觉得太神奇了，那是她见过的最大的水池。在她小小的眼睛里，它简直是一片大海。

他们很喜欢这个新家。凯蒂和乔尼把地下室、走廊、屋顶和门前的人行道打扫得干干净净，用劳动抵房租。这里没有散发臭味的通风井。每个房间都有窗户，厨房和客厅各有三扇大窗户。他们在这里过的第一个秋天特别舒适，阳光整天都能照进来。第一个冬天也很暖和，乔尼工作相对稳定，不怎么喝酒，买得起煤。

夏天一到，孩子们大部分时间都在外面的门廊上玩。他们是这栋楼里仅有的两个小孩，所以门廊上总是有他们的地方。快四岁的弗兰茜得照看快三岁的弟弟尼利。她坐在台阶上，用瘦瘦的胳膊抱着瘦瘦的腿，直直的棕色头发在带着海腥味儿的微风中飘啊飘——她从没见过大海，虽然大海就在不远处。她看着尼利在台阶上爬上爬下。她坐在那儿，前后摇晃，想了好多事：风是怎么吹的？草是什么做的？为什么尼利是男孩，不和她一样是女孩？

有时候，弗兰茜和尼利会特别认真地互相盯着彼此。他俩的眼睛长得一样，又大又深邃，但尼利的眼睛是明亮的蓝色，弗兰茜的眼睛是幽暗的灰色。两个孩子总有说不完的话，尼利不怎么开口，弗兰茜话很多。有时她叽叽喳喳说个不停，直到那个可爱的小男孩坐在台阶上靠着铁栏杆睡着。

那年夏天，弗兰茜开始学刺绣。妈妈花一美分给她买了一块布，大小跟女士手帕差不多，布上已经画好了图案：一只坐着的纽芬兰犬，舌头耷拉在外面。妈妈又花一美分买了一小卷红色绣线，花两美分买了一对小绣圈。外婆教她怎么穿针引线，小女孩很快就上手了。路过的阿姨们会停下来，用同情和赞赏的眼神看着这个小女孩在绷得紧紧的布料上飞针走线，她眉头紧皱，右眉内侧已经出现了一道深深的纹路。尼利凑到她的身旁，看着闪亮的银针像变魔术一样消失在布料里，又神奇地从布的另一面冒出来。茜茜给了她一个胖乎乎的小布草莓，用来擦针。尼利觉得无聊时，弗兰茜会让他把针头穿过草莓玩上一会儿。绣上一百多块这样的布料，把它们缝在一起，才能做成一条床罩。弗兰茜听说有些阿姨真的用这种方法做成了床罩，于是就有了做床罩的伟大梦想。不过，尽管她整个夏天都在断断续续地绣这块布，待到秋天，也才绣了一半。做床罩的梦想只能留待将来了。

寒来暑往，春去秋来。弗兰茜和尼利一天天长大，凯蒂工作得越来越辛苦，而乔尼的活却越干越少，酒却越喝越多。阅读还在继续。有时候凯蒂晚上累了，会跳过一页，但大多数时候她都会坚持。他们现在读到了《尤利乌斯·恺撒》，剧本中的“警报”一词让凯蒂感到困惑。她以为这和消防车有关，每次读到这个词，就会大喊“叮当叮当”，孩子们觉得特别有趣。

存钱罐里的硬币越积越多。有一次，生锈的钉子扎进了弗兰茜的膝盖，他们不得不打开存钱罐，拿出两美元付给药剂师。还有十几次，用小刀撬开存钱罐的一角，取出五美分，让乔尼付车费上班。但家里的规矩是，他必须从他的小费中拿出十美分放回存钱罐。所以，存钱罐里的钱反而多了。

在阳光明媚的日子里，弗兰茜总是一个人在街头巷尾或是家门口玩耍。她可想有个玩伴了，但却不知道怎么跟别的小女孩搭话。别的孩子都躲着她，因为她说话太古怪。凯蒂每晚都给她读书，所以弗兰茜说起话来的确有点与众不同。

有一次，有个小孩笑话她，她不服气地回嘴说：“哎哟，你都不知道自己在说什么。你只是一个聒噪不堪却无足轻重的人罢了。”

还有一回，她想和一个小女孩交朋友，就对人家说：“你在此处等候，待我归去得一跳绳，你我二人一同玩耍。”

“你的意思是你去拿你的跳绳吧。”小女孩纠正她说。

“不，我是去得我的跳绳。不是‘拿’东西，而是‘得’东西。”

“‘得’是什么？”年仅五岁的小女孩好奇地问。

“得就是拥有，就像夏娃得了该隐。”

“你疯了吧。女人不拿拐杖，只有走路不稳的男人才拿拐杖。”

“夏娃就是‘得’了。她还得了亚伯。”

“她得了还是没得，你怎么知道？”

“知道什么？”

“你说话的时候真像意大利人。”

“我说话才不像意大利人呢，”弗兰茜大声说，“我说话就像……就像……上帝。”

“你这么说会被上帝怪罪的。”

“才不会。”

“你是不是脑子有病。”小女孩敲了敲自己的额头。

“你才有病。”

“那你说话怎么这么奇怪？”

“我妈妈给我读那些书就是这么说的。”

“那就是你妈妈脑子有病。”小女孩说。

“才不是，我妈妈才不像你妈妈那么脏那么懒呢。”这是弗兰茜能想到的唯一反击的话。

这种话小女孩听得多了，她很识时务，不想就此跟弗兰茜争辩。“好吧，我宁愿有个懒妈妈，也不愿有个疯妈妈。我宁愿没有爸爸，也不愿有个醉鬼爸爸。”

“懒鬼！懒鬼！懒鬼！”弗兰茜激动地大喊。

“疯子，疯子，疯子！”小女孩叫喊着。

“脏鬼！又脏又懒的鬼！”弗兰茜无力地叫着、哭着。

小女孩蹦蹦跳跳地走了，浓密的卷发在阳光下一弹一弹的，用清脆响亮的声音唱道：“棍棒石头能伤人，恶言恶语不伤身。如若哪天命归西，你会因我而哭泣。”

弗兰茜确实哭了，不是因为别人骂她，而是因为孤独，因为没人愿意跟她一起玩。调皮的孩子觉得弗兰茜太过文静，乖孩子好像都躲着她。弗兰茜心里明白，这也不能全怪她自己。这可能跟经常来家里的茜茜姨妈有关，跟茜茜的打扮，还有茜茜路过时男人们看她的眼神有关。这可能也跟爸爸有关，有时他走起路来摇摇晃晃，根本走不直。这也可能跟邻居阿姨们有关，她们经常问她关于爸爸、妈妈和茜茜的情况，只是面对她们那些弯弯绕绕的问题，弗兰茜从不上当。妈妈提醒过她：“别让邻居欺负你。”

因此，在暖洋洋的夏天，这个孤独的小孩时常坐在门廊上，装出一副对在人行道上玩耍的孩子不感兴趣的模样。弗兰茜和想象中的朋友一起玩耍，假装他们比现实中的玩伴更棒。但是，看着现实中的孩子们手拉手围成圈唱歌，她的心也会随着那悲伤的旋律跳动：

野花啊，野花，

长得真高大。
我们都是小淑女，
总有一天会离去。
莉齐·韦纳是例外，
花中仙子最美丽。
娇羞腼腆无处躲，
转身离去不要急，
说出情郎姓名谁。

女孩们停了下来，直到被选中的女孩在大家的催促下小声说出一个男孩的名字。弗兰茜在想，如果她们和她一起玩，她会说出谁的名字。如果她小声说出乔尼·诺兰，她们会笑话她吗？

莉齐小声说出了一个男孩的名字，小女孩们起了会儿哄。她们又一次手拉手围成圈，用那个男孩的名字开心地唱了起来：

赫尔米·巴赫迈耶是个好小伙，
手拿礼帽门前站。
姑娘身穿绫罗缎，
翩翩下楼来相见。
明天就是良辰日，
男才女貌成姻缘。

女孩们停下来，高兴地拍着手。然后，大家玩腻了，情绪不再高涨。女孩们还在绕圈走着，只是走得慢了，头也低了下来。

妈妈，妈妈，我病了，
快点找个好医生。
快点，快点，再快点！
医生，医生，我问你，
我会不会丢了命？

是的，是的，亲爱的，
不久的将来，
人人都会死。
有多少辆送葬车？
足够你和家人坐。

在其他社区，这首歌的歌词可能不尽相同，但玩法都差不多，这是布鲁克林最常见的游戏。没人知道这些歌词是怎么来的。小女孩们都是跟别的小女孩学的。

除此之外，还有很多其他好玩的游戏。比如“抓子儿”，通常是两个小姑娘坐在台阶上一起玩。弗兰茜独自玩的时候，会一人分饰两角，一会儿当弗兰茜，一会儿当对手。她还会跟想象中的对手聊天。“我抓三个，你抓两个。”她经常这么说。

“压罐子”的游戏，往往男孩先玩，女孩后玩。几个男孩会把一个锡罐放在电车轨道上，然后坐在路边，眼睛一眨不眨地看着电车把罐子轧扁。他们会把轧扁的锡罐对折，再放回轨道上，待罐头再次被轧扁，再对折，再轧扁。用不了多久，锡罐就会变成一个扁扁的、重重的金属块。在人行道上画好格子，女孩子们就会单脚跳着，把金属块从一个格子踢到另一个格子。用最少跳跃次数跳完全部格子的人是获胜方。

弗兰茜也玩过这个游戏。她把一个锡罐放在轨道上，蹙着眉，一脸专注地看着电车轧过去。听到罐子被轧扁的声音，她又兴奋又害怕，身体都抖了起来。她心里想，要是电车司机知道他的车被这样利用，会不会不高兴？她在人行道上画好格子，却只会写 1 和 7 这两个数字。她兴高采烈地跳着，盼着有人能和她一起玩。她觉得自己肯定能赢，因为她用的步数比任何一个小女孩都少。

有时候，街上会有音乐表演。这种乐趣无须玩伴，弗兰茜一个人就能享受。一个三重奏乐队每周都会来一次。他们穿着普通的西装，戴着滑稽的帽子，那帽子跟司机戴的帽子有点像，只是帽子顶是扁的。每当弗兰茜听到孩子们喊“贝特尔布伯来了”，她就会跑到街上，有时候还会拉着尼利一起去。

乐队里有小提琴手、鼓手和小号手。这些大叔演奏的是老掉牙的维也纳曲子，他们或许弹得不怎么样，但至少声音足够大。暖洋洋的夏日，小姑娘们互相拉着手跳华尔兹，在人行道上转圈圈。总有那么两个调皮的男孩，会模仿小姑娘们跳舞，故意撞她们。见女孩们真动了气，男孩们就会夸张地鞠个躬（确保他们的屁股撞到另一对跳舞的小姑娘），然后油腔滑调地道歉。

弗兰西梦想着成为那些勇敢的孩子中的一员，他们不跳舞，而是站在号手旁边，大声嘬着滴着汁水的大泡菜。号手被弄得口水流进号角里，气得直跳脚。他气不过时，就会用德语叽里咕噜地骂上一通，最后总以“该死的犹太佬”结束。布鲁克林的德国人有个习惯，把惹他们生气的人通通称作犹太佬。

弗兰西最感兴趣的是乐队收钱环节。两首曲子演奏完毕，小提琴手和号手继续演奏，鼓手拿着帽子走进人群，心安理得地收着大家给的零钱。他先在街上转一圈，然后站在路边，抬头看着楼上的窗户。女人们用一小片报纸包着两美分扔下来。赏钱必须用报纸包住，不然就会成为孩子们的战利品，他们会争先恐后地把硬币捡起来扬长而去，惹得乐手气呼呼地追着他们跑。但包着的钱，他们却从来不碰。有时他们会把钱捡起来，交给乐手，这好像是他们之间的一种默契。

如果乐手们挣够了赏钱，就会额外再演奏一首。如果挣得不多，他们就会换个地方，希望能走好运。弗兰西经常拉着尼利，跟着乐手们从一个点位转移到另一个点位，从一条街转移到另一条街，直到天黑乐手离开为止。弗兰西只是跟着乐队的孩子们中的一个，不少女孩都跟她一样，拉着弟弟妹妹，有的用自制的小推车，有的用破旧的婴儿车。音乐有一种魔力，让他们忘了回家，忘了吃饭。小宝宝们哭了，尿了裤子，睡着了，醒了又哭，又尿了裤子，又睡着了。《蓝色多瑙河》却演奏了一遍又一遍。

弗兰西觉得乐手的生活太棒了。她心中暗暗盼着尼利快点长大，他会拉号号（尼利对手风琴的叫法），她可以敲铃鼓，人们会给他们赏钱，他们要是发了财，妈妈就不用干活了。

虽说弗兰西跟着乐队四处跑，但她爱的还是风琴手。一个男人时不时会带着一架小风琴走来，风琴上坐着一只猴子。猴子身穿一件带金色穗带的红夹克，头戴一顶红色小圆帽，帽带系在下巴上。红裤子上有个小洞，它的尾巴刚好可以伸出来。弗兰茜喜欢那只猴子，她会把自己买糖果的钱给它，只为看它向自己脱帽致敬。如果妈妈也在，她会拿出本应存进存钱罐的一美分，交给那个男人，一脸严肃地嘱咐他不许虐待猴子；如果他虐待猴子被她知道，她就去告发他。那个意大利人一个字也听不懂，但总是摘下帽子，谦卑地屈膝鞠躬，急切地喊道："是，是。"

大风琴则完全不同。它一奏响，就像过节一样。风琴手是一位头发卷曲、牙齿洁白的男人。他穿着绿色天鹅绒裤子，棕色灯芯绒夹克，口袋里塞着一条红色手帕，耳朵上戴着一只耳环。他的女助手下身穿着红色大摆裙，上身穿着黄衬衫，耳朵上戴着一对大耳环。

音乐声叮当作响，是《卡门》或《游吟诗人》中的一首曲子。女人摇着一个脏兮兮、装饰着丝带的小手鼓，合着节拍，用胳膊肘懒洋洋地敲打着。一首歌结束时，她会突然转个圈，露出套在两条粗腿上的白色脏棉袜和五彩缤纷的衬裙。

弗兰茜从未留心过那女人的脏污和倦怠。她听到了音乐，看到了一闪而过的色彩，感受到了一种异国情调的魅力。凯蒂提醒过她永远不要跟着大风琴，说那些打扮得花枝招展的风琴手是西西里人。全世界都知道西西里人全是黑手党，他们总是绑架小孩，勒索赎金。他们绑走孩子，留下摁着黑手印的字条，要求孩子家人放一百美元在墓地。这就是凯蒂对那些风琴手的看法。

风琴手离开后的几天里，弗兰茜扮演起了风琴手。她凭记忆哼着威尔第曲子，把旧馅饼盘当成手鼓，用胳膊肘敲着。她在纸上画出手的轮廓，再用黑色蜡笔填充，以此宣告游戏结束。

有时候，弗兰茜会犹豫，琢磨着长大了是该加入乐队，还是该做个风琴手。

要是她和尼利能拥有一架风琴，再配上一只可爱的小猴子，那就太棒了。他们可以整天陪着小猴子玩，到处演奏，看它点头敬礼。观众会给他们好多硬币，小猴子还能跟他们一起吃饭，说不定晚上还能睡在她的床上。这个想法太吸引人了，弗兰茜忍不住跟妈妈提起，但凯蒂直接给她泼了一盆冷水，告诉她别犯傻；猴子身上有跳蚤，她才不会让猴子睡在自家干净的床上。

弗兰茜也想过去敲手鼓，但那样的话，她就得变成西西里人那样，还得绑架小孩，她才不想干那种缺德事呢。不过，画黑手还挺好玩的。

在那些遥远的夏日里，布鲁克林的大街上歌舞升平，日子本该充满欢笑，但那些夏天却有点忧伤，孩子们也有点忧伤，他们身子瘦瘦的，脸上稚气未脱，围在一起唱着忧伤的调子。他们才四五岁，却不得不担忧起了生计问题，真让人心疼。乐队演奏的《蓝色多瑙河》，听上去既忧伤又糟糕。小猴子那顶鲜红的帽子下，藏着一双忧伤的眼睛。手摇风琴的旋律虽然欢快，但也带着一丝忧伤。

就连那些到后院卖唱的游吟歌手，唱的歌也让人感到忧伤：

如果我有回天术，
你将永远不会老。

他们也是忧伤的。他们四处流浪，食不果腹，没有音乐才华。他们唯一有的就是手拿帽子站在后院，大声唱歌的勇气。让人难过的是，在这个世界上，他们的勇气不会有结果，他们会迷惘，就像布鲁克林的人们在一天即将结束时都会迷惘一样。即使阳光依旧明亮，但光线稀薄，照在身上，毫无暖意。

14

洛里默街的生活很惬意，要不是茜茜姨妈好心办坏事，诺兰家本来可以一直在这里生活下去的。茜茜惹出的三轮车和气球事件，让诺兰家颜面尽失。

有一天，茜茜丢了工作，打算趁着凯蒂上班的空当去照顾两个孩子。她走到离诺兰家还有一个街区的位置，被一辆三轮车闪闪发光的黄铜把手给迷住了。这种三轮车并不多见，有个能坐两个孩子的宽敞皮座，后面有靠背，一根铁质方向杆连着前面的小轮子，后面是两个大轮子，杆子顶上是实心黄铜把手。踏板在座位前面，孩子们可以舒舒服服地坐在座椅上靠着靠背踩踏板，用把手控制方向。

茜茜见那辆三轮车停在一个台阶前，没人看管，就直接把三轮车拉到诺兰家门口，带孩子们在外边骑车玩。

弗兰茜觉得太棒了！她和尼利坐在座椅上，茜茜拉着他们绕着街区转。皮质座椅被太阳晒得暖暖的，散发出一种浓烈又高级的香味。阳光在黄铜把手上跳动，宛如燃烧的火焰。弗兰茜想，要是她碰一下铜把手，肯定会把手烫坏。然后，就出事了。

一群人冲过来，带头的是个异常激动的女人和一个哭哭啼啼的男孩。那女人冲着茜茜大喊“小偷”，抓住把手使劲拽。茜茜也紧抓着把手不肯放。弗兰茜差点被甩出去。巡逻的警察跑了过来。

“怎么回事？怎么回事？”巡逻的警察控制住了局面。

“这个女人是小偷，”那女人说，“偷了我儿子的三轮车。”

“我没偷，警官，”茜茜用她温柔甜美的声音解释道，“三轮车就放在那里，所以我才借来给孩子们坐一坐。他们从来没坐过这么漂亮的三轮车。你知道坐这样的三轮车孩子们有多开心，简直是天堂般的享受。”警察看着座位上默不作声的孩子。弗兰茜吓得直哆嗦，但还是勉强对警察笑了笑。“我只是想带他们绕着街区转一圈，然后就还回去。真的，警官。”

警察的目光落在茜茜那匀称的胸部上，紧身衣也没能掩盖她姣好的身材。随后，他转向那个焦急的母亲。

“太太，别这么小气嘛！”他笑着说，“让她带着孩子在街上逛一圈，对您又没什么影响。”（其实他想说的是“损失”，不过没说出口，旁边的小朋友都偷偷笑了。）“让她带俩孩子去兜兜风，我保证会把车完好无损地还给您。”

他是警察，他的话就是法律。那位女士能怎么办？警察给了哭鼻子的小朋友五美分，让他别哭了。他三下五除二就把围观的人赶走了，还警告他们，再不走，就要叫警车来，把他们全带到警察局去。

围观的人散了。警察挥舞着警棍，像个英雄一样护送着茜茜和孩子们在街上转了一圈。茜茜抬头看着他，眼里满是笑意。于是他把警棍别在腰间，非要帮茜茜推车。茜茜穿着小高跟鞋，轻快地走在他旁边，用温柔又有点颤抖的声音跟他聊天，把他迷得神魂颠倒。他们绕着街区转了三圈，人们见全副武装的警察这样尽心地帮人推车，忍不住笑出声来。警察只当看不见，继续热情地和茜茜聊天。他大部分时间都在说他的妻子是个好人，但大家都知道，那并没有什么用。

茜茜姨妈说她都懂。

三轮车事件之后，大家议论纷纷。他们原本就喜欢背后嚼舌根，说乔尼动不动就喝醉了回家，男人们总是色眯眯地盯着茜茜。现在他们又有了新八卦。凯蒂想要搬家。这里越来越像博加特街了，邻居们对诺兰家的情况了如指掌。正当凯蒂考虑搬家时，又出了另一件事，导致他们不得不立刻搬家。让他们离开洛里默街的最后一击是赤裸裸的性。不过换个角度看，这事其实很单纯。

一个周六的下午，凯蒂在威廉斯堡的一家名叫戈尔林的大型百货商店做临时工。她煮了咖啡，做了三明治——老板给的，权当加班费——作为周六的晚餐。乔尼在工会总部等工作的机会。茜茜那天没上班，她知道孩子们会被锁在房间里，就决定过来陪他们。

她轻轻敲了敲门，大声说自己是茜茜姨妈。弗兰茜透过门缝确认是茜茜姨妈后才开门让她进来。俩孩子一拥而上，紧紧抱住茜茜，他们特别爱她。在他们眼里，茜茜非常漂亮，身上总是香香的，穿的衣服也好看，还经常给他们带来各种惊喜礼物。

今天，她带来一个香香的雪松木雪茄盒、几张或红或白的纸巾，还有一罐胶水。他们围坐在餐桌旁，开始装饰盒子。茜茜用硬币在纸上画圆圈，弗兰茜把它们剪下来。茜茜教她把圆纸片围着铅笔头捏一捏，做成小纸杯。他们折了好多小纸杯，茜茜在盒子盖上画个心形，在每个红色纸杯的底部涂上胶水，粘在画好的心形上。最后，整个心形都被红色纸杯填满了，他们又在空余处粘上白色纸杯。做完后，盒子盖看起来就像一朵盛放的白色康乃馨，中间是颗红心。盒子的侧面也用白色纸杯装饰，里面用红色纸巾铺好。他们花了大半个下午的时间，把雪茄盒装饰得漂亮极了，根本看不出原来的样子。

茜茜五点钟有个约会，她要走的时候，弗兰茜紧紧抓住她，求她别走。茜茜于心不忍，但也不想错过约会。她在手提包里翻了半天，想给孩子们找点东西，在她走后玩。俩孩子站在她身边，帮她一起找。弗兰茜发现了一盒香烟，把它拿了出来。盒子上画着一个男人躺在沙发上，跷着二郎腿抽烟，头顶上飘着个大烟圈。烟圈里是个披头散发、袒胸露乳的姑娘。盒子上写的是“美国梦”。这是茜茜厂里的产品。

俩孩子抢着要那个盒子。茜茜不情不愿地给了他们，告诉他们盒子里装的是香烟，只能拿着看，绝对不能打开，封口也绝不能碰。

她走后，俩孩子盯着盒子上的画看了一会儿。他们摇了摇盒子，盒子里发出了低沉又神秘的唰唰声。

“盒子里装的不是香烟，是蛇。”尼利猜。

“不对，”弗兰茜纠正他，“是虫子，活虫子。”

俩孩子争吵起来，弗兰茜说盒子太小，装不下蛇，尼利坚持说里面是蛇，只是像罐头里的鲱鱼一样卷起来了。好奇心让他们忘了茜茜的警告。封口并不牢固，轻轻一拉就掉了。弗兰茜打开盒子，里面是一层软软的东西，外边裹着锡箔纸。弗兰茜小心翼翼地揭开锡箔纸，尼利则准备一有动静就钻到桌子底下。但盒子里既没有蛇，也没有虫子，更没有香烟，而是特别无聊的东西。姐弟俩玩了几个简单的游戏，但很快就对那东西没了兴趣，于是给它们吹上气，笨手笨脚地绑在一根绳子上，丢出窗户，最后关上窗户把绳子固定住。然后他们轮流在空盒子上蹦跳，专心致志地把它踩碎，把窗外挂着的绳子忘了个干净。

乔尼慢悠悠地回家拿新买的假衬衫和领子，为晚上的工作做准备，遇到了一个天大的惊喜。他只看了那东西一眼，脸就臊得发烫。凯蒂一回家，他赶忙把事情跟她说了。

凯蒂仔细问了弗兰茜，了解了前因后果。茜茜受到了严重批评。当晚，孩子们上床睡了觉，乔尼出去工作后，凯蒂坐在黑暗的厨房里，脸上一阵阵发烫。乔尼带着沉重的心情工作了一晚。

晚上晚些时候，艾薇来了，和凯蒂讨论了茜茜的事。

“就这样吧，凯蒂，”艾薇说，“到此为止吧。茜茜想做什么是她自己的事，但今天的事就是她的恶果。我有一个正在发育的女儿，你也有，我们不能再让茜茜来我们的家了。她品行不良，这是无法回避的事实。”

“她在很多方面都很好。”凯蒂试图替茜茜说几句好话。

“见识了她今天的所作所为，你还这么说？”

“嗯……我觉得你说的对。只是别告诉妈妈。她不知道茜茜是怎么生活的，茜茜是她的心肝宝贝。”

乔尼回家后，凯蒂告诉他再也不许茜茜来家里了。乔尼叹了口气说，也只能这样了。乔尼和凯蒂聊了一整晚，到了早上，他们已经做好了月底搬家的准备。

凯蒂在威廉斯堡的格兰德街找到了一份保洁工作。搬家时，她带上了那个装满硬币的存钱罐，里面差不多有八美元。给了搬家工人两美元，剩下的钱又放回存钱罐，再把存钱罐钉在新家的橱子里。玛丽·罗梅利又给新家洒了一遍圣水。收拾好东西，凯蒂又在附近的商店赊了账。

新公寓不像洛里默街的旧家那么让人满意。他们住在顶楼，而非一楼。一楼也没有门廊，而是一家商店。公寓没有浴室，厕所在走廊里，得和另一家人共用。

唯一的好处是屋顶归他们用。住在顶楼的人使用屋顶，住在一楼的人使用院子，是约定俗成的。另一个好处是，他们头顶上没有人住，所以就不会有人在上面走来走去，把天花板上的煤气灯罩弄碎。

凯蒂和搬家工人讨价还价时，乔尼带着弗兰茜上了屋顶。她看到了一个全新的世界。不远处是线条优美的威廉斯堡大桥。东河对岸，高楼大厦清晰可见，宛若童话里的城市。再远一点是布鲁克林大桥，和近处的那座桥遥相呼应。

“真美啊，”弗兰茜说，“跟乡村风景画一样美。”

“我有时候上班会从那座桥上过。”乔尼说。

弗兰茜惊讶地看着他。他走过那座神奇的桥，说话还跟平常一样说话，没什么变化。她想不通，伸手摸了摸他的胳膊。过桥的美好经历，肯定会让他摸起来不一样了吧。可是她失望了，因为他的胳膊摸起来还是老样子。

在孩子的触摸下，乔尼搂住了她，微笑着低头看着她问：“你多大了，小歌后？”

“六岁，快七岁了。”

“哦，那你九月份就要上学了。”

“不，妈妈说得等明年，等尼利岁数到了，我们一起去。”

“为什么？”

“这样我们可以互相照应，要是有大孩子欺负我们，我们就能一起对付他们了！”

“你妈妈想得真周到。”

弗兰西转过身，朝四周的屋顶看去。不远处的屋顶上，有个鸽子窝。鸽子们乖乖地待在里面。可是，养鸽子的小伙子，一个十七岁的少年，站在屋顶边上，手里拿着一根长长的竹竿。竹竿顶端绑着一块布，他正挥舞着竹竿转圈。天上有一群飞来飞去的鸽子，其中一只鸽子离开了队伍，去追那块飞舞的布。少年慢慢地把竹竿往下放，那只傻乎乎的鸽子也跟着布条飞了下来。少年一把将它抓住，塞回了鸽子窝。弗兰西心里有点不是滋味。

“那男孩偷了一只鸽子。”弗兰西说。

“明天也会有人偷他的东西。”乔尼说。

“可是那只可怜的鸽子和家人分开了。说不定它还有小宝宝呢。”她的眼里泛起了泪光。

“别哭，”乔尼说，“或许那只鸽子也想离开家人呢。如果它不喜欢新家，等笼子一打开，它就会飞回老窝的。”弗兰西听了这话，心里好受了一些。

父女俩好一会儿没说话，手拉着手站在屋顶边缘，望着河对岸的纽约。过了一会儿，乔尼像是在自言自语：“七年了。”

“什么，爸爸？”

“我和你妈妈结婚七年了。”

“你结婚的时候我在吗？”

“不在。”

“但尼利出生的时候我在。”

“没错。”乔尼又自言自语起来，“结婚七年，我们搬了三次家。希望这是我最后一个家。”

弗兰西没注意到他说的是“我最后一个家”，而不是“我们最后一个家”。

第三部

15

新家有四个房间，像电车车厢一样连在一起。厨房又高又窄，窗户对着院子。院子中间是块几乎什么植物都长不出来的硬邦邦、水泥似的酸土地，四周铺着石板路。

但是，院子里偏偏有棵树。

弗兰茜第一次瞧见它的时候，它才长到二楼那么高。她趴在窗户边就能看到它。那棵树看起来就像一群高矮不一的人，撑着伞站在雨里。

院子后面竖着一根长长的晾衣竿，上面挂着六根晾衣绳，每根绳子都和一个厨房的窗户相连。要是晾衣绳从滑轮上掉下来，附近的男孩们就会爬上杆子帮忙装好，挣点小钱。大人们都说，这些男孩会在晚上偷偷爬上杆子，把绳子从滑轮上弄下来，好让自己第二天能挣到十美分。

在阳光灿烂、微风习习的日子，晾衣绳上会挂满衣服，白色的床单迎风飘扬，就像故事书里的帆船。红的、绿的、黄的衣服被木夹子紧紧夹住，飘来飘去，好像有了生命。

晾衣竿挨着一堵没有窗户的砖墙，是附近学校的围墙。弗兰茜发现，墙上没有两块完全一样的砖。砖块靠白色砂浆粘在一起，在一条条脆弱的细线间垒上去，看上去很舒服。太阳一照，砖块就闪闪发光。她把脸贴在墙上，能闻到一股温暖的味道，还可以感受到墙面的凹凸。雨天，砖墙最先接触雨露，随之散发出潮湿的泥土味，宛若生命的味道。冬天第一场雪降临，雪太小，无法留在人行道上，却能粘在粗糙的砖面上，看起来宛如仙女的蕾丝。

学校操场一角正对着弗兰茜家的院子，中间隔着一道铁丝网。院子总被住在一楼的男孩霸占，他在的时候不允许别人在院子里玩。弗兰茜偶尔去院子里玩几次，都是赶在学校课间休息的时候。她看着一群孩子在操场上玩耍。课间休息其实就是把几百个孩子赶进这个小小的、铺着石板的围栏里，然后再把他们赶出去。可孩子们一旦全部进入操场，就没地方玩了。孩子们气呼呼地到处走，发出持续不断的、单调的尖叫声。五分钟后，上课铃响起，尖叫声就像被锋利的刀切断了一样戛然而止。铃声过后，有一瞬间的安静和静止。紧接着，走动变成了推搡。孩子们急切地想进去，和刚才急切地想出来一样。往回挤的过程中，他们高亢的尖叫变成了低沉的哀号。

一天下午，弗兰茜在院子里玩，看到一个小女孩独自走进操场，认真地拍打着两块黑板擦，以去除上面的粉笔灰。这是弗兰茜见过的最迷人的劳动。妈妈对她说，这是老师们的宠儿才能干的活儿。对弗兰茜来说，宠儿就是猫、狗和鸟。她发誓，等她上学时，会尽可能地喵喵叫、汪汪叫、啾啾叫，这样她就能成为可以拍打黑板擦的“宠儿”了。

那天下午，她满眼羡慕地看着那个女孩。女孩觉察到了弗兰茜的羡慕，便开始卖弄。她在砖墙上、石板路上拍打黑板擦，最后还背对着墙拍打。她问弗兰茜：“想近距离看看吗？”

弗兰茜害羞地点了点头。女孩把一块黑板擦伸到铁丝网边上。弗兰茜伸出手指穿过网眼去触摸那沾满粉笔灰的彩毛毡层。就在她即将碰到那柔软美丽的毡毛时，小女孩突然将它收回，对着弗兰茜的脸吐了一口唾沫。弗兰茜紧紧闭上眼，以免痛苦的泪水夺眶而出。那女孩好奇地站在原处，等着看她流泪。发现她居然没有流泪，女孩挑衅地说：“你怎么不大哭一场，小可怜？是不是想让我再往你脸上吐一口唾沫？”

弗兰茜转过身，走进地下室。她在黑暗里坐了很久，直到心里不再那么难受。这是她长大过程中第一次感到失望，她开始变得越来越敏感。从那以后，她再也不喜欢黑板擦了。

厨房既是做饭的地方，也充当客厅和餐厅。一面墙上有两扇细长的窗户，另一面墙边放着一个铁煤炉。炉子上面有个小壁龛，是用珊瑚色的砖头和乳白色的石膏砌成的。壁龛里有个石头架子，还有一块石板，弗兰茜可以用粉笔在上面画画。炉子边上有个热水锅炉，炉火烧起来后，它会变得很热。冷飕飕的日子里，弗兰茜从外面跑进来，冻得直哆嗦。她会抱着锅炉，把冰凉的脸蛋贴在温暖的银色锅炉上。

锅炉旁边是一对石头做的洗衣盆，上面有个可以翻起来的木头盖子。把两个盆子之间的隔板拿掉，就能拼成一个浴缸，但这浴缸可不怎么样。有时候弗兰茜坐在里面洗澡，盖子会突然掉下来，砸到她的头上。浴缸底部也不平整，她本想好好洗个澡，却因为坐在那潮湿的粗糙石头面上，弄得浑身不舒服。最要命的是还有四个水龙头，不管她怎么努力记住它们的位置，还是会在起身时不小心撞上去，留下一道让她恼怒的伤痕。

厨房后面是两间卧室，一间挨着一间。卧室里有个通风井，像个棺材。窗户很小，灰蒙蒙的。要想把窗户打开，可能需要用到凿子和锤子。可就算你打开了，也只能收获一股冷飕飕的潮湿空气。通风井顶上有个小小的斜顶天窗，厚厚的、不透明的、皱丝玻璃上罩着铁丝网，以免被砸碎。侧面是波纹铁板，这样设计原本是为了给卧室带来光线和空气，但是厚厚的玻璃、罩在外边的铁栅栏和多年累积的灰尘把光线全挡住了。两侧的开口也被灰尘、煤烟和蜘蛛网堵住了。新鲜空气进不来，但雨雪却能进来。在刮风下雨的日子里，通风井的木底总是湿漉漉的，冒着烟，散发出坟墓的气味。

天井真是个糟糕的设计。就算窗户关得紧紧的，它还是像个扩音器，让大家把每个人说的悄悄话都听得清清楚楚。底下总有老鼠跑来跑去，并且时刻存在火灾风险。如果一个喝醉酒的车夫把要丢进院子或街上的火柴不小心扔进了天井，转瞬间整栋楼就能烧起来。天井底下有各种脏东西，因为过于狭窄（窗户太小，人过不去），这里就成了所有人丢掉自己不想要的东西的可怕场所。生锈的剃须刀片、沾血的衣裳，都算是好的。有一次，弗兰茜往天井底下一看，立马想起了神父口中的炼狱，只是没有炼狱那么大罢了。弗兰茜穿过卧室走进客厅时，总是浑身哆嗦，还闭着眼。

客厅，或者说前厅，两扇又高又窄的窗户正对着那条热闹的街道。三楼的高度刚好，街道的喧闹声到此就没了刺耳的威力，变得柔和。这是家里的正屋，有直通走廊的门。客人可以不必经过厨房和卧室，直接来到正屋。

墙上贴着深色壁纸，深棕色的底色上带着金色条纹。窗户里面装着可以拉成一条窄缝的木质百叶窗。弗兰西喜欢把那些带铰链的百叶窗拉开，看着它们在她轻轻一碰后折叠回去。这是个永远玩不腻的魔术：百叶窗放下来能遮住整个窗户，挡住光线，收起来能乖乖缩进它的小盒子里，给眼睛看一个清清爽爽的平板正面。

客厅里摆着一个黑色的大理石壁炉，里面藏着一个小巧的暖炉。炉子只露出前半截，看起来像是个切开的大西瓜，圆滚滚的一面朝外。它由许多云母薄片拼成，框架是细细的雕花铁条。圣诞节是凯蒂一年里唯一舍得在客厅生火取暖的时候，小窗闪闪发亮，弗兰西坐在暖炉边上，浑身暖乎乎的，看着小窗里的火焰从玫瑰红变成琥珀色，任由夜色流转，心里别提多高兴了。可是，凯蒂进来总会点上煤气，小窗上的阴影随之消失，炉子的光线也随之黯淡，就像做了什么错事似的。

客厅里最神奇的物件是那架钢琴。这可是一个人祈祷一辈子都未必能得到的宝贝，但它就这么出现在了诺兰家的客厅里。一个真正的奇迹，就这么出现了，不用许愿，也不用祈祷。钢琴是上一个房客留下的，他们付不起搬运费。

当时，搬钢琴是个大工程。钢琴不可能从又窄又陡的楼梯上搬下来，只能包得严严实实的，用绳子绑好，再在屋顶安上大滑轮，把钢琴从窗户吊出去。在这个过程中，头戴铜帽的搬运工头得大声吆喝，挥动手臂指挥。还得用绳子把街道拦住，警察出动把看热闹的人群挡开。孩子们为了看热闹，必定会逃学。最激动人心的是那个包得严严实实的大家伙被从窗户吊出来的时刻，只见它在半空中打着转，然后缓缓稳下来。接着就是缓慢但令人提心吊胆的下降，孩子们见状，会兴奋地尖叫。

这活儿得花十五美元，是搬其他家具的三倍价钱。所以钢琴主人问凯蒂能否先把它留在这儿，请凯蒂代为照看。凯蒂一口答应下来。那位女士恋恋不舍地嘱咐凯蒂别让钢琴受潮受冻，冬天要开着卧室门，以便厨房的热气透进来，防止钢琴变形。

“你会弹吗？”凯蒂问她。

“不会，”那位女士难过地说，“我们家没人会弹。要是我会弹就好了。”

“那你干吗要买它呢？”

“它原来的主人很有钱，要把它出手，要价很低。我特别想要。是的，我的确不会弹，但它实在太美了……只要放在那儿，就能蓬荜生辉。”

凯蒂答应会好好保养这架钢琴，直到那位女士有足够的钱把它搬走。可是那位女士一直没来，这架漂亮的钢琴就这么留在了诺兰家。

这架钢琴小巧精致，用黑色抛光木材制作而成，看起来特别有质感。薄薄的贴面上镂刻着漂亮的图案，背面衬着一块深玫瑰色的丝绸。它的盖子不像其他立式钢琴那样分成几部分折叠，而是直接向后翻，靠在设计精美的木壳上，就像一个可爱闪亮的黑色贝壳。钢琴两边各有一个烛台，你可以在上面放上白色蜡烛，弹琴时，烛光会在乳白色的象牙键盘上投射出梦幻般的倒影，黑色的琴盖又反射出琴键的投影。

诺兰一家第一次来看房，这架钢琴是弗兰茜走进前厅时唯一注意到的东西。她想用双臂环抱钢琴，无奈钢琴太大，她只好抱了抱那个浅玫瑰色的锦缎凳子。

凯蒂看着钢琴，两眼放光。她注意到下面的平板窗户上有一张白色卡片，上面写着“钢琴课”，凯蒂有了一个主意。

乔尼坐在那个神奇的琴凳上——它可以根据你的身高体型左右转动、上下升降——开始弹奏。当然，他不会弹，因为他根本不识谱，但他知道几个和弦。他唱着歌，偶尔弹出一个和弦，听起来就像在自弹自唱。他弹了一个小调和弦，看着女儿的眼睛，露出一个坏笑。弗兰茜回以微笑，心中充满期待。他又弹了一遍那个小调和弦，按住琴键，在它柔和的回声中，用他清晰真实的声音唱道：

> 麦克斯韦顿的山峦多么美丽，
> 晨露未晞，熠熠闪亮。
> （和弦）
> 就是在那里，
> 安妮·劳丽对我许下诺言。
> （和弦）

弗兰茜转过头，不想让爸爸看到她的眼泪。她害怕他会问她为什么流泪，而她却不知如何回答。她爱他，也爱这架钢琴。她找不到自己轻易流泪的理由。凯蒂开口了，这是近一年来，她语调最温柔的一次：“是爱尔兰民歌吗，乔尼？”

“是苏格兰民歌。”

“我以前从未听你唱过。”

“对，我没唱过，但会唱。我工作的那种场合，没人想听这种歌，他们更喜欢听《下雨的午后来看我》；等他们真喝醉了，就只能唱《甜蜜的阿德琳》。”

他们很快就在新家安顿了下来。熟悉的老家具看起来有点陌生。弗兰茜坐在椅子上，惊讶地发现椅子虽然没变，但坐上去的感觉却和在洛里默街完全不同。这到底是怎么回事呢？

客厅在爸爸妈妈的布置下变得赏心悦目：地上铺着一块鲜绿色的地毯，上面印着大朵的粉红色玫瑰。窗户上挂着浆洗过的奶油色蕾丝窗帘，房间中央摆着一张大理石桌子，还有一套绿色的长毛绒沙发。角落里的竹架上放着一个长毛绒封面的相册，里面有罗梅利姐妹婴儿时期的照片。其中一张是她们躺在毛皮地毯上，姨婆们颇有耐心地站在椅子旁，她们那留着大胡子的丈夫则坐在椅子上。小架子上摆着几个小纪念杯，有粉红色的，有蓝色的，上面是蓝色勿忘我图案和红色玫瑰图案，用金字写着“记住我”和“真挚友谊”之类的字样。这些小杯子和茶碟是凯蒂的老朋友们送的，凯蒂从不允许弗兰茜用它们玩过家家。

最底层的架子上放着一个骨白色的波纹海螺壳，壳里是精致的玫瑰色。孩子们非常喜欢它，给它起了一个亲切的名字：小脚丫。弗兰茜把它放在耳边，它会唱大海的歌。有时，为了逗孩子们高兴，乔尼会拿起贝壳听一听，然后用夸张的动作把它举起来，含情脉脉地看着它，唱道：

> 我在岸边捡到一个贝壳，
> 把它放在耳边认真听着。
> 我高兴地听着它唱，
> 一首甜美的海洋赞歌。

后来，乔尼带他们去卡纳西，弗兰茜第一次看到了大海。大海最激动人心之处，就是它的声音听起来就像小脚丫——那个小海螺壳发出的甜美呼啸。

16

街区里的小店，对城里的孩子来说，是个宝地。小店供应各类生活必需品，摆着孩子们心向往之的美好物品以及他们梦寐以求却可望不可及的一切。

最让弗兰茜着迷的是当铺——不是因为那些堆在铁窗里的宝贝，也不是那些裹着披肩的女人们偷偷摸摸地从侧门溜进去的神秘感，而是因为那三个挂在店门口的大金球。在阳光下，金球闪闪发光；风一吹，它们就懒洋洋地晃来晃去，宛如沉甸甸的金苹果。

当铺旁边是一家面包店，里面卖的是装饰着红色糖渍樱桃的夏洛特奶油蛋糕，那可是只有有钱人才能享受的美味。

当铺另一边是戈伦德油漆店。店门口有个台子，上面挂着一个盘子，盘子上有条修补过的裂缝，底端有个洞，洞里穿着一根铁链，下边吊着一块重重的石头。这是个活广告，展示了水泥的质量。有人说那盘子其实是铁做的，只是涂了颜色，才看起来像破碎的瓷器。不过弗兰茜更愿意相信，那真的是个碎了的瓷盘，后来被神奇的水泥给修好了。

有一家特别好玩的小店，藏在一间老棚屋里，早在印第安人还在威廉斯堡晃悠的时候，这间老棚屋就在。它有着小小的格子窗、木头墙和斜屋顶，周围尽是高楼大厦，更显得它特别。小店窗户后面的桌子旁坐着一个很严肃的大叔，手里忙着做雪茄——就是那种细细长长的深棕色雪茄，四支才卖五美分。他仔细地挑选烟叶，将不同颜色的烟草碎片一点点填进去，卷出来的雪茄又紧又长，两头方方正正，特别好看。他是个老手艺人，对创新毫无兴趣。他连煤气灯都不愿意装。有时候，天黑得早，他还有很多雪茄要卷，就点上蜡烛继续干。店外面有个木头做的印第安人，站在一块木头上，一手拿斧头，一手拿烟草，一脸凶相。

他脚蹬罗马凉鞋，鞋带一直绑到膝盖；身穿羽毛裙子，头戴羽毛头饰，全身涂着鲜亮的红、蓝、黄色。雪茄大叔每年都会给这个印第安人上四次漆，下雨的时候还会把他搬进店里。附近的小孩都称这个印第安人"梅米阿姨"。

弗兰茜喜欢的另一家店，只卖茶叶、咖啡和香料。那地方可神奇了，摆着一排排漆得亮亮的箱子，散发着奇特、浪漫的香味，很有异国情调。十几个鲜红的咖啡箱，上面用黑墨水写着一些新奇的地名：巴西、阿根廷、土耳其、爪哇。茶叶装在更小的箱子里，是那种带斜盖的漂亮箱子，上面写着：乌龙茶、福尔摩沙茶、橙白毫红茶、黑茶、杏仁茶、茉莉花茶、爱尔兰茶。香料放在柜台后面的小箱子里。它们在架子上排成一列，分别为：肉桂、丁香、姜、多香果、肉豆蔻、咖喱、胡椒粒、鼠尾草、百里香、马郁兰。有人买胡椒，店主就会用小巧的胡椒磨把胡椒粒现磨成粉。

店里还有个大一点的手摇咖啡磨。先把咖啡豆放进闪亮的黄铜漏斗里，然后用手转动大轮子，香香的咖啡粉就会吧嗒吧嗒地掉进一个像勺子一样的红盒子里。

诺兰家自己磨咖啡豆。弗兰茜最爱看妈妈在厨房里磨咖啡，她把咖啡磨夹在两腿中间，一边转动左腕，一边和爸爸开心地聊天，不一会儿，屋子里就会充满现磨咖啡的浓香。

茶叶店老板有一个特别漂亮的天平，天平上有两个金色秤盘，老板擦了二十五年，现在又薄又亮，看起来就像抛光的金子一样。弗兰茜买咖啡或者胡椒时，老板会拿出一个亮晶晶的、标着重量的银砝码放在秤盘上，再用银勺把咖啡或香料轻轻舀到另一个秤盘里。弗兰茜屏住呼吸，眼睛一眨不眨地盯着勺子，看里面的东西再抖落几粒，或者从秤盘上舀回一点。直到两个金色的秤盘恰好平衡，不再浮动，那一刻是美和平静的极致享受。要是世间万物都能这般平衡，那世上大概就不会有什么坏事发生了。

对弗兰茜来说，最神秘的要数那个只有一个窗户的中国商店。那个中国人把辫子盘在头上。妈妈说，留着辫子他还有回国的可能，要是把辫子剪了，中国人就不会再接受他了。他穿着黑色毛拖鞋，在店里默默地走来走去，耐心地听顾客讲洗衣要求。弗兰茜跟他说话时，他会交叉双手，放在棉褂的宽袖子里，盯着地面。弗兰茜觉得他聪明、深沉、听得认真。但他其实压根不懂英语，几乎听不懂弗兰茜的话。他只知道“字条”和“衬衫”。

弗兰茜把爸爸的脏衬衫拿到他那儿，他接过衬衫，塞到柜台下面，拿出一张神秘的纸，拿起毛笔蘸上墨水，在纸上画上几笔，递给弗兰茜。真是一种奇妙的交换。

店里头飘着一股清新、温暖、似有若无的味道，就像暖和的屋子里摆着好看却没有香味的花。他必定是深更半夜在一个神秘的地方洗衣服，因为从早上七点到晚上十点，他都在店里忙活，在干净的熨衣板上，推着一个沉甸甸的黑色熨斗不停地熨衣服。熨斗里面肯定有个小炉子之类的保温装置。弗兰茜不懂这个，在她看来，不用在炉子上加热熨斗就能熨衣服，是他那个民族的神秘之处。她隐约觉得，他大概是在衣服上放了什么能产热的东西，而非上浆的东西。

弗兰茜拿着一张字条和十美分硬币，把它们推过柜台，他把包好的衬衫递给她，还赠送两颗荔枝。弗兰茜喜欢荔枝。外面是脆脆的、容易剥开的壳，里面是软软甜甜的果肉。果肉里有一个硬核，没有哪个孩子能把它撬开。据说这个核里有一个更小的核，更小的核里还有一个更小的核，就这样一直延续。据说里边的核变得越来越小，只能用放大镜才能看到，那些更小的核，用肉眼压根看不到，但它们就是这么一个包着一个，没有尽头。这是弗兰茜第一次感受到无穷的概念。

最好玩的是他找零钱的时候。他拿出一个小木框，上面挂着细杆，杆上串着蓝色、红色、黄色和绿色的珠子。他一边沿着杆子拨弄珠子，一边快速思考，再把珠子都拨回原位，然后宣布“三十九美分”。这些珠子能告诉他该收多少钱，该找多少钱。

哦，要是能做中国人就好了，弗兰茜想，那她就能有这样一个漂亮的计数玩具了。还能想吃多少荔枝就吃多少荔枝，还能知道那个永远热着却从未放在炉子上加热的熨斗的秘密。哦，要是能做中国人，她就可以拿一支毛笔，手腕快速转动，在纸上画出清晰的符号。那清晰的黑色印记，宛如蝴蝶翅膀一样纤弱美丽！这就是布鲁克林的东方奥秘。

17

钢琴课！听起来就像魔法一样神奇！诺兰家刚搬进新家，凯蒂就迫不及待地拜访了卡片上教钢琴课的女士。原来，廷莫尔家有两姐妹，莉齐小姐教钢琴，玛吉小姐教唱歌。每节课收费二十五美分。凯蒂想了个办法，提出帮廷莫尔家打扫一小时卫生，换一节钢琴课。莉齐小姐起初有点犹豫，觉得自己的时间比凯蒂的更值钱。但凯蒂坚持说时间就是时间，没有高低贵贱之分，最后莉齐小姐同意了。

终于到了上第一节课的日子。凯蒂叮嘱弗兰茜和尼利，上课时要乖乖坐在前厅，支棱起耳朵、睁大眼睛，认真听课。家里还特意为老师准备了一把椅子。孩子们并排坐在钢琴旁边，凯蒂紧张地调整着座位，然后三个人坐在那里，等老师来。

五点整，廷莫尔小姐来了。虽然只是从楼下上来，但她穿得很正式，脸上还戴着一层紧绷的斑点面纱。她的帽子上有一只红鸟做装饰，但只有胸部和翅膀，被两根帽针残忍穿过。弗兰茜一直盯着那顶帽子，妈妈把她拉到一边，小声说那不是真鸟，只是一些粘在一起的羽毛，让她别老盯着看。弗兰茜虽然相信妈妈的话，但她还是不自觉地往那顶帽子上瞟。

除了钢琴，廷莫尔小姐带了很多教具：一个廉价闹钟和一个旧旧的节拍器。她把闹钟定到六点，放在钢琴上，磨磨蹭蹭地脱下手套，吹吹手指，小心翼翼地把手套叠好，放在钢琴上。她解开面纱，把它放在帽子上。她活动了一下手指，看了看闹钟，觉得自己不能再磨蹭下去了，就启动节拍器，坐下来，开始上课。

弗兰茜盯节拍器盯得入了迷，连廷莫尔小姐的话都没听进去，也没注意看她怎么教凯蒂弹琴。她听着节拍器单调的“咔嗒”声，脑海中编织着各种美梦。尼利那双圆圆的蓝眼睛跟着节拍器的小摆杆转来转去，最后竟然睡着了。他张着嘴，金色的头发耷拉在肩膀上，呼噜呼噜地冒着鼻子泡。凯蒂不敢叫醒他，生怕廷莫尔小姐发现她其实只挣一份学费却要教三个学生的秘密。

节拍器“咔嗒咔嗒”地响着，时钟“嘀嗒嘀嗒”地走着，好像在问：“时间都去哪儿了？”廷莫尔小姐好像不太相信节拍器，一直亲自数拍子：“一、二、三；一、二、三。”凯蒂那因为干活变得粗糙的手指，努力地弹着第一个音阶。天色渐渐暗了下来，房间里也黑了。突然，闹钟丁零零地响了起来，弗兰茜吓了一跳，尼利也从椅子上掉了下来。第一节课结束了。凯蒂激动地说：“我以前没学过，还能跟上您教的内容，您真是个了不起的老师。”

廷莫尔小姐听了这番夸奖心里乐开了花，但还是告诉凯蒂：“我不会因为多教几个孩子就额外收钱。但我还是想让你知道，你这点小聪明可骗不了我。”凯蒂红了脸，孩子们也低下了头——被人当众戳穿，实在难为情。“不过，孩子们可以留在屋里。”

凯蒂连忙道谢。廷莫尔小姐站起身，好像在等什么。凯蒂赶忙确认了一下去她家做保洁的时间，廷莫尔小姐还是没走。凯蒂觉得她好像有别的要求，就问：“请问，还有别的事吗？”

廷莫尔小姐脸上泛起一丝淡淡的红晕，傲气地说：“其他女士们……就是我教课的地方……嗯……课后都会请我喝杯茶。”她把手放在胸口，含糊地说，“那楼梯……可不好爬……”

“喝咖啡行吗？”凯蒂问，“我们家没有茶。”

“当然可以！”廷莫尔小姐松了口气，坐了下来。

凯蒂赶紧跑到厨房，加热炉子上的咖啡，并把一块糖面包和一把勺子放在了圆形的锡托盘上。

这时尼利已经在沙发上睡着了。廷莫尔小姐和弗兰茜坐着，面面相觑。最后，廷莫尔小姐问：“小姑娘，你在想什么呢？”

“没想什么。我只是在给自己讲故事。”

廷莫尔老师认真地看着她，说：“小姑娘，你长大了一定要当作家。”这话听起来像是在下命令。

“好的，老师。”弗兰茜礼貌地点点头。

凯蒂端着盘子走进来，说：“可能没您平时吃的那么讲究，但我们家只有这些。”

“这很好。”廷莫尔老师优雅地回答，然后她尽量细嚼慢咽地吃起来。

其实，廷莫尔家两姐妹靠给学生上课挣的“茶钱”过日子，她们每天上几节课，每节课收一点点钱，日子过得紧巴巴的。交完房租，剩下的钱买吃的都不够。大多数时候，上完课后，人家会给一杯茶和几块饼干，但没人会再提供一顿饭。所以廷莫尔老师特别期待到诺兰家上课。那里有咖啡，还有面包圈或香肠三明治，能让她吃饱。

每节课结束后，凯蒂都会把她学到的东西教给孩子们。她让孩子们每天练习半小时。最后，他们三个都学会了弹钢琴。

乔尼听说玛吉·廷莫尔老师教唱歌，觉得自己不比凯蒂差，也想以工换课。他提出帮廷莫尔家修窗绳，换弗兰茜上两节唱歌课。乔尼这辈子都没见过怎么修窗绳，他拿着锤子和螺丝刀，把整个窗框都拆了下来。眼巴巴地看着那根断掉的绳子，不知如何下手。他弄弄这儿，摸摸那儿，但一点用都没有。他想把它修好，却力不从心。为了挡住冷风和冬雨，他想把窗框装回去，一不小心打碎了一块玻璃。这笔交易泡汤了。廷莫尔家只好请了个专业修理工来修窗户。作为赔偿，凯蒂只好免费帮人家做了两次保洁。弗兰茜的唱歌课就这么没了。

18

弗兰茜一心盼着开学。她觉得学校能给她一切想要的东西。她是个孤单的孩子，特别想和其他小朋友一起玩。她想在学校的饮水机喝水，那水龙头是倒着的，她觉得里面流出来的是汽水，不是普通水。她听爸爸妈妈说过教室里的事。她想看看那张能像窗帘一样拉上拉下的地图。她最想要的是“学习用品”：一个笔记本，一个便签本，一个带滑盖的铅笔盒，里面装着新铅笔、一块橡皮、一个大炮样子的锡制卷笔刀、一个笔擦，还有一个六英寸长、软木材质的黄尺子。

上学前得打疫苗，这是规定。但大家都很害怕。卫生部门跟那些又穷又不识字的家长解释，说打疫苗就是往孩子身体里注射一点无害小病毒，好增强孩子对厉害病毒的抵抗力。家长们根本不信。他们只听到，要把细菌打进一个健康孩子的身体里。有些移民来的家长，就是不让孩子打疫苗。所以孩子没法上学。可法律还得追究他们不让孩子上学的责任。这是一个自由的国家吗？他们不由得质问，人应该能活很久，可法律逼你让孩子接受教育，然后孩子上学就得冒生命危险，这算什么自由国家？哭哭啼啼的妈妈带着哇哇大哭的孩子来到卫生中心打疫苗，一副把无辜孩子送去屠宰场的样子。孩子们一看到针头就吓得尖叫，等在外面的妈妈们用披肩蒙着头，跟孩子一起大哭，就像是在哭丧。

弗兰茜七岁，尼利六岁。凯蒂让弗兰茜晚一年上学，这样两个孩子就能一起上学，互相照应，不被大孩子欺负了。在八月的一个吓人的周六，凯蒂在上班前，到卧室跟两个孩子说话。她叫醒孩子，对他们说："起床后，记得好好洗个澡，等到十一点，就去拐角的公共卫生中心，告诉他们你们九月份入学，要打疫苗。"

弗兰茜开始发抖。尼利突然哭了起来。

"妈妈，你陪我们一起去吧！"弗兰茜央求道。

"妈妈得去上班，不然谁帮妈妈干活呢？"凯蒂假装生气，借此掩盖自己的内疚。

弗兰茜没再说什么。凯蒂知道自己让孩子们失望了，但她真的没办法，她心里也很难受。她本该陪他们去的，给他们鼓鼓劲，但她知道自己受不了那种场面。可他们必须去打疫苗。她在不在，这事儿都得做。既然如此，那为什么不能少一个人去受罪呢？她安慰自己，这世界很残酷，他们得学会坚强，学会自己照顾自己。

"爸爸会陪我们去的，对吧？"弗兰茜满怀期待地问。

"爸爸得去工会等活儿，今天不回家。你们已经长大了，可以自己去。而且，打针也不疼。"

尼利哭得更厉害了。凯蒂心里也不好受，她太爱这个小家伙了。她不陪他们去，主要是因为不忍心看他受罪……哪怕只是被针头扎一下。她差点就决定陪他们去了。可是不行，她得工作，不然周日还得加班。而且，她去了肯定会难受。她不在场，他们就会自己想办法克服。于是，她急匆匆地上班去了。

有些大孩子吓唬尼利说，卫生中心会把小孩的胳膊砍下来，尼利吓坏了。

弗兰茜为了转移弟弟的注意力，就带他到院子里，一起捏泥饼玩。姐弟俩玩得很开心，完全忘了按照妈妈提醒的那样把自己洗干净。

他们玩得入了迷，差点忘了时间。手上、胳膊上都是泥，脏兮兮的。

快到十一点时，加迪斯太太从窗户探出头来，大声提醒他们。尼利捏完最后一个泥饼，眼泪汪汪的。弗兰西拉着他的手，两个孩子慢吞吞地绕过了街角。

他们坐在长椅上。旁边有个犹太妈妈，紧紧搂着一个六岁的小男孩，她一直抹眼泪，时而轻轻亲亲他的额头。其他坐在那儿的妈妈也都是愁容满面。磨砂玻璃门后面，可怕的注射正在进行，传出阵阵哭声，偶尔还有尖锐的叫声。哭声再次响起，一个脸色苍白的孩子走了出来，左臂上缠着一条纯白的纱布。他的妈妈冲过去抱住他，嘴里用外语咒骂着，对着磨砂玻璃门挥了挥拳头，急匆匆地带着他离开了这个让人难受的地方。

弗兰西哆里哆嗦地走了进去。在她短短的人生中，还没见过医生或护士呢。那些穿白大褂的人，还有那些冰冷闪亮放在铺着餐巾的托盘上的器械，消毒剂的味道，还有那个印着血红色十字架的消毒器，都让她感到害怕。

护士把她的袖子卷起来，在她的左胳膊上擦出一块干净地方。弗兰西看到穿白大褂的医生拿着针头向她走来。他越走越近，最后似乎变成了一根巨大的针头。她闭上眼睛，等着那一刻的到来。但是什么也没发生，她什么感觉也没有。她缓缓睁开眼，几乎不敢相信一切都结束了。她痛苦地发现，医生还在，针头也还在。他正嫌厌地盯着她的胳膊。弗兰西也看到自己脏兮兮的深棕色胳膊上有一块小白点，听到医生对护士说："脏，真脏，太脏了，一天到晚都是这样的脏小孩。我知道他们穷，但总可以洗一下吧。水是免费的，肥皂也不贵。护士，瞧瞧那只胳膊。"

护士看了一眼，倒吸一口凉气。弗兰西站在那儿，脸上火辣辣的。医生是哈佛毕业的，在社区医院实习，每周都得来这种诊所义务工作几小时。等到实习结束，他就要到波士顿的一家高级诊所工作了。他的未婚妻在波士顿，是位上流人士，他在给她的信里，把在布鲁克林的实习经历描述成了炼狱。

护士是个威廉斯堡女孩，听口音就知道。她家很穷，父母都是波兰移民，但她很有志气，白天在工厂干活，晚上去上课，好不容易当上了护士。

她梦想将来能嫁给医生，不想让人知道她家来自贫民窟。

见医生发脾气，弗兰茜只得蔫头耷脑地站着。医生嫌她脏，他还压低声音，问护士这样的人怎么能活下来；还说要是他们都没了生育能力，不再生孩子，世界会更美好。弗兰茜心想，他是不是希望她死？会不会因为她的手上、胳膊上都是泥巴，就对她做出让她死的事？

她看着护士。对弗兰茜来说，所有的女人都像妈妈一样，就像她自己的妈妈、茜茜姨妈和艾薇姨妈一样。她以为护士会说："可能这小女孩的妈妈早上太忙，没来得及给她洗洗"，或者，"医生，你知道的，小孩子都喜欢玩泥巴"。但护士说的却是，"我知道啊，真是太糟糕了。我理解你，医生。这些人把自己弄得这么脏，真是不应该"。

一个人靠自己努力，从社会底层走出来后，往往有两种选择：选择忘掉不堪的过往，或者，超越过往，永不忘本，并发自内心地对那些在残酷上升过程中落败的人保持同情和理解。护士选择了忘掉过往。可是，她站在那里，心里很清楚，多年后，她会因为那个面黄肌瘦的小女孩脸上的悲伤而感到难过，她会后悔当时没有说些安慰的话，没有做些挽救她灵魂的事。她知道自己渺小，没有勇气去做第二种人。

针头扎进弗兰茜的胳膊，她一点感觉都没有。医生的话让她心痛，完全遮盖了其他痛感。护士熟练地往她的胳膊上缠纱布，医生把针头放进消毒器里，拿出一根新针，弗兰茜开口了："下一个是我弟弟。他的胳膊和我的一样脏，请别大惊小怪，也不必告诉他。您已经跟我说过了。"他们看着这个突然变得能说会道的小家伙，弗兰茜因为哭泣，声音有点哽咽，"您不用跟他说，而且，跟他说也没用。他是男孩子，根本不在乎自己脏不脏。"她转过身，略微趔趄了一下，走了出去。门关上时，她听到医生惊讶的声音："没想到，她能听懂我说话。"她听到护士叹了口气，说："哦，好吧。"

凯蒂在家吃午饭时，孩子们回来了。她看着两个孩子缠着纱布的胳膊，眼里满是痛苦。弗兰茜激动地问："妈妈，为什么？为什么他们要……要……说那些话，还要在我胳膊上扎一针？"

"因为打疫苗，"凯蒂见木已成舟，语气坚定地说，"是一件大好事。能让你分清左右手。你上学的时候要用右手写字，要是写字的胳膊疼，就是在提醒你，哎呀，不该用这只手，得用另一只手。"

弗兰茜对这个解释很满意，因为她从没分清过左手和右手。她用左手吃饭、画画。凯蒂总是纠正她，把粉笔或针线从她的左手换到右手。妈妈这番解释，让弗兰茜觉得打疫苗也许是件了不起的事。既然它能解决这样一个让人分清左右手的大问题，那么这点代价就太微不足道了。接种疫苗后，弗兰茜开始用右手写字画画，之后再没弄错过。

当晚，弗兰茜发烧了，针孔周围痒得难受。妈妈知道后，非常担心，一脸严肃地说："不管多痒都不能抓。"

"为什么不能抓？"

"因为你要是抓了，整条胳膊都会肿起来，变黑，然后直接掉下来。所以千万不能抓。"

凯蒂并非刻意吓唬孩子，她自己也吓坏了。她相信要是抓了胳膊，会引发血液中毒。她想让孩子心有忌惮，才不会乱挠。

弗兰茜强忍着不去挠那个痒得要命的地方。第二天，她的手臂开始一阵阵地疼。晚上准备睡觉时，她解开纱布看了看，吓了一跳。她发现打针的地方肿得高高的，颜色深绿，还带着黄黄的脓。弗兰茜心里清楚，自己绝对没挠过！她敢打包票。但是，等等！也许她昨晚做梦的时候不小心挠过。对，肯定是。她不敢告诉妈妈，因为妈妈肯定会说："我早就跟你说过，你就是不听，现在好了吧。"

那是个周日晚上，爸爸出去干活了，她翻来覆去睡不着。她从床上爬起来，走到客厅，坐在窗边，把头靠在胳膊上，心里想着自己会不会就这样死去。

凌晨三点，她听到格雷厄姆大道上的电车在街角停了下来。她探出头一看，是爸爸。他在街上走着，脚步轻快得像个舞者，嘴里还哼着《我的爱人是月亮上的男人》。他身穿燕尾服，头戴礼帽，胳膊下夹着卷起来的侍者围裙。对弗兰茜来说，爸爸就是她的一切。爸爸走到门口，弗兰茜喊了一声。他抬起头，优雅地抬了抬帽子。她赶紧去厨房给爸爸开门。

"这么晚了你怎么还不睡，小歌后？"爸爸问，"今天可不是周六。"

"我坐在窗边，"她小声说，"等着我的胳膊断掉。"

爸爸强忍着笑，听她讲了胳膊的事。他关上卧室的门，打开煤气灯，解开纱布，看到女儿肿得高高的、化脓的胳膊，不由得一阵恶心，但没让她看出来，也永远不会让她知道。

“哎呀，宝贝，这没什么大不了的。你应该看看我小时候打疫苗的胳膊，肿得比你厉害多了，而且有红白蓝三种颜色，不像你只有绿色和黄色。可你看，我的胳膊多结实啊。”爸爸撒了个谎，其实他根本没打过疫苗。

他往盆里倒了些温水，滴了几滴石碳酸，一遍又一遍地为她清洗那个难看的伤口。伤口刺痛，她皱起了眉，但爸爸说刺痛是好事，说明伤口在愈合。他一边洗，一边轻声哼着一首老歌：

他从不想离开自己的家。

他从不想四处漂泊……

他想找一块干净的布当绷带，可怎么也找不着，于是就脱下身上的外套和衬衫假领子，把里面的内衣从头上拽下来，然后粗鲁地撕下了一块布。

“这可是你那件好内衣。”弗兰茜有点心疼。

“哎呀，反正它已经破洞了。”

他把她的胳膊包扎好。那块布上带着乔尼的味道，暖暖的，夹杂着一丝雪茄的味道。但这对孩子来说，是保护、安慰和爱的味道。

“好了！这下好了，小歌后。你怎么会认为胳膊会掉下来呢？”

“妈妈说我要是挠它，它就会掉下来。我不是故意挠的，但我猜我睡觉时可能挠过。”

“可能是吧。”他亲了亲她瘦瘦的小脸，“赶紧回去睡觉吧。”她回到床上，安然入睡。到了早上，胳膊不疼了，没几天胳膊就恢复正常了。

弗兰茜上床后，乔尼又抽了一支雪茄。然后他慢慢脱掉衣服，上了凯蒂的床。她迷迷糊糊地感觉到他来了，罕见地露出了亲热之意，把胳膊搭在他的胸口。他轻轻挪开她的胳膊，尽可能往边上靠。他紧贴墙壁躺着，双手交叉放在脑后，整晚都凝视着黑夜。

19

弗兰茜对学校充满了期待。自从打了疫苗，她就能分清左右了，她觉得学校肯定还能教给她更多神奇的东西。她幻想着第一天放学回家，就能读书写字了。可现实却是，她只带回了流鼻血的经历。她去学校的水龙头处喝水——那水龙头流出的不是汽水，被一个大孩子碰到头，鼻子磕到了水槽边缘。

弗兰茜很失望，因为她得和另一个女孩挤着合用一张单人书桌。她本来希望能有自己的桌子呢。早上，她无比自豪地接过班长发的铅笔，可是到了下午三点，却不得不把铅笔交给另一个班长。

入学不足半天，弗兰茜就明白了，自己永远也不可能成为老师眼中的宠儿。这个特权，是留给那些头发卷卷的、穿着干净利索的裙子、扎着新丝绸发带的女孩的。她们是附近有钱店主的女儿。弗兰茜注意到，布丽格斯老师总是对她们笑眯眯的，还把她们安排在靠前的好座位上。这些宠儿不用和别人挤一张桌子。布丽格斯老师和这些宠儿说话时，声音总是那么温柔，可对那些看起来脏兮兮的孩子说话时，声音却很尖刻。

弗兰茜和跟她处境相似的孩子挤在一起，在开学第一天，就学到了意想不到的东西。她明白了，在这个号称民主的国家，也有等级之分。她对老师的态度感到困惑和伤心。老师显然不喜欢她，也不喜欢跟她处境相似的孩子，只因她们的出身，再无其他缘由。老师好像觉得他们这样的孩子根本不配来上学，可她又不得不接受他们。她教给他们那么一点点知识，显得那么不情愿。就像卫生中心的医生一样，她好像也觉得他们根本不配活着。

按理说，不受待见的孩子应该团结起来，一起反对老师的不公正待遇。但事实却恰恰相反，他们对彼此的敌意居然和老师对他们的敌意一样深。他们跟彼此说话时，也会像老师一样，凶巴巴的。

在学校，总有那么一个倒霉蛋，被老师揪出来当出气筒。这个可怜的孩子被苛责谩骂、百般刁难，沦落为老师发泄怨气的对象。一旦哪个孩子被不幸选中，其他孩子也会模仿老师的样子，攻击他、欺负他。而且，他们还会去拍那些老师宠儿的马屁。也许他们觉得这样就能更加接近权力中心吧。

这所破旧又残酷的学校挤了三千人，而它的设施只能容纳一千人。学生之间流传着一些不光彩的故事。其中一个是关于金发碧眼的菲弗老师的。她笑声尖细，常常让班长负责管理班级，声称自己要“去趟办公室”。每每这时，就是去地下室和助理门房乱搞。另一个故事则是由那些曾经受过惩罚的小男孩传出来的，说那位身材魁梧、爱穿缀满亮片的裙子、身上总是散发着生杜松子酒味的中年女校长，会把调皮的男孩叫到她的办公室，命令他们脱下裤子，然后用藤条抽他们的屁股。要是女生调皮，她就隔着衣服打。

学校当然严禁体罚。但外面的人怎么会知道呢？谁又会说出去呢？那些挨打的孩子是不会说的。这个社区有一个传统，如果一个孩子跟父母说自己在学校挨了打，那么父母会觉得是他在学校表现不好，只会再打他一顿。所以，挨打的孩子总是默默地独自承受。

这些故事最丑陋的地方在于，它们虽肮脏，却是赤裸裸的事实。

1908 年到 1909 年，这一地区的公立学校，真叫人一言难尽。威廉斯堡那片区域，压根儿没人听说过儿童心理学。当老师的门槛很低，高中毕业，再上两年教师培训学校即可。真正喜欢教书的老师，可谓凤毛麟角。她们之所以选择这行，是因为工作机会少得可怜，教师工资比工厂高，暑假能休息好几个月，退休后能拿到养老金。还有一个原因，没人愿意娶她们。当时，已婚妇女是不能教书的，所以大多数女老师都因为缺乏爱情的滋润，变得神经兮兮的。这些感情受挫的女老师，就喜欢拿其他女人的孩子出气。

最狠的老师，往往是那些家里穷得叮当响的。好像折磨那些可怜的小不点，能帮助她们忘掉自己不堪回首的过往似的。

当然，也不是所有老师都那么差劲。学校偶尔也会有几个好老师，她们同情学生，尽心尽力向他们提供帮助。但这些好老师往往干不了多久，要么很快嫁人，不再当老师；要么被同事挤对，不得不辞职。

上厕所也挺让人头疼的。老师要求学生早上出门前在家里搞定，然后一直忍到中午吃饭那会儿。课间休息时原本有去厕所的时间，但大部分孩子都挤不进去。人太多了，厕所门口总排长队。就算好不容易挤了进去——全校五百个孩子只有十个坑位——坑位也早被学校里最霸道的几个家伙占住了。他们堵在门口，不让别人进去。那些同学苦苦哀求，他们充耳不闻。有的孩子会拿出来一美分求个方便，但大多数孩子根本掏不起。这些“厕所霸主”一直守着，直到上课铃声响起，才肯罢休，也不知道他们能从这种恶作剧里得到什么乐趣。他们从来没被惩罚过，因为老师压根不会进学生厕所。而且，也没人敢去告状，再小的孩子都知道告状的后果。要是胆敢告状，一定会被狠狠报复，所以这种恶作剧就这么一直持续着。

按说，如果学生举手，老师应该允许他们离开。在学校，有一套委婉的手势：举起一根手指，表示要小解，需要离开一小会儿；举起两根手指，表示要大解，需要离开更长时间。但老师们却冷酷无情地达成了一致，认为这不过是孩子们想溜出教室的借口。他们觉得课间休息和午饭时间，学生有的是工夫上厕所，所以就一刀切地拒绝了此类请求。

弗兰茜发现，那些宠儿，坐在前排、衣着干净、模样乖巧、备受照顾的学生，随时都能出去，她们受到的待遇的确不一样。

至于其余学生，有一半学会了看老师脸色调整自己的生理需求，另一半就只能尿裤子了。

是茜茜姨妈帮弗兰茜解决了这个问题。自从凯蒂和乔尼严禁她登门之后，她就再也没见过两个孩子。她很记挂他们，想知道他们在学校过得怎么样。

十一月，厂里没什么活儿，茜茜丢了工作。她趁着放学的工夫在校外溜达，想着如果孩子们看到她，可以装成偶遇。她一眼就看到了尼利。一个比他大的男孩抢了他的帽子，扔在地上踩了一脚，然后跑了。尼利转头找了个比他更小的男孩，如法炮制。茜茜拉住尼利的胳膊，但他哭喊着挣脱，跑走了。茜茜心里有点难过，她意识到尼利正在慢慢长大。

弗兰茜看见茜茜，立刻跑上去抱住她，亲吻她。茜茜带她去了一家小糖果店，花一美分给她买了一杯巧克力苏打水。她让弗兰茜坐在台阶上，讲讲学校的事。弗兰茜给她看了她的启蒙课本和写着字母的作业本。茜茜内心五味杂陈，盯着孩子瘦削的脸庞，注意到她在发抖。看到孩子在十月的寒风中，只穿着一件破旧的棉布裙、一件破烂的小毛衣和一双薄棉袜，她将弗兰茜拥入怀中，想用自己的身体温暖她。

“弗兰茜，宝贝，你抖得像树叶一样。”

弗兰茜从没听过这种说法，若有所思地看着从房子旁边的水泥地里长出来的小树，树上挂着几片干枯的叶子，其中一片树叶在风中沙沙作响。“抖得像树叶一样。”她用心记住这种说法。抖……

“怎么了？”茜茜问，“你冷得跟冰一样。”

弗兰茜一开始不愿意说。但茜茜连哄带骗，她才把羞红的脸埋在茜茜姨妈的脖颈间，小声说了些什么。

“哦，我的天哪，”茜茜说，“怪不得你这么冷。你怎么不要求……”

“我们举手，老师从来不看。”

“哦，好吧。别担心。这种事谁都可能遇到。英格兰女王小时候也遇到过。”

但女王也会这般羞愧敏感吗？弗兰茜无声抽噎着，流下了又羞又愧又怕的泪水。她没胆子回家，害怕妈妈在尼利面前骂她。

“妈妈不会骂你的……所有小女孩都可能碰上这种事。你妈妈和你姥姥小时候都尿过裤子——可别说是我告诉你的。在这个世界上，这点事根本不算什么，你也不是第一个遇到这种事的人。”

“可我已经长大了。小孩才会那样。妈妈肯定会当着尼利的面笑话我的。”

“在她自己发现之前主动告诉她，并且保证以后再也不会发生这种事。这样她就不会笑话你了。”

“我保证不了，因为老师不让我们出教室。”

“从今往后，你什么时候想去厕所，你的老师都会让你去的。你相信茜茜姨妈，好吗？”

“嗯。但该怎么实现呢？”

“我会在教堂里点一支蜡烛，为这件事许愿。”

这个承诺极大地安慰了弗兰茜。回家后，凯蒂还是稍微责备了她几句，但她并不介意，因为茜茜姨妈跟她说，尿裤子是件代代相传的事。

第二天早上，还差十分钟上课，茜茜站在教室里和老师对话。

“你班上有个叫弗兰茜·诺兰的小女孩。”她直截了当地说。

“弗朗西斯·诺兰。”布丽格斯老师纠正道。

“她聪明吗？”

“嗯。”

“她是好学生吗？”

“她最好是。”

茜茜把脸凑近布丽格斯老师，声音比之前低了一个度，语气也更加柔和，但不知为何，布丽格斯老师却往后退了一下：“我只是问你，她是个好学生吗？”

“是，是。”老师急忙说。

“我是她母亲。”茜茜撒了个谎。

“不会吧？”

“是真的！”

“你想了解孩子哪方面的情况？诺兰太太……”

“你知不知道，”茜茜又撒了个谎，“弗兰茜肾脏不好？”

“肾脏怎么不好？”

“医生说，如果她想去厕所的时候去不了，可能会因为肾脏负担过重猝死。”

“你说的未免太夸张了吧。”

“你希望她死在这间教室里吗？”

“当然不是，可……”

“你希望被带到警局，当着医生和法官的面，说你不许她去厕所吗？”

茜茜是不是在唬人？布丽格斯老师分辨不出来。最不可思议的是，这位女士用她听过的最平静、最柔和的语调说出了这些耸人听闻的话。就在这时，茜茜碰巧往窗外看去，只见一个身材魁梧的警察走过。她指了指：“看到那个警察了没？”

布丽格斯老师点点头：“那是我丈夫。”

“弗朗西斯的父亲？”

“不然呢？”茜茜打开窗户，大喊，“喂，乔尼。”

警察抬起头，一脸惊讶。茜茜冲着他就是一个飞吻。警察起初以为是哪个欲求不满的老师突然发了疯。但很快，他那点可怜的虚荣心告诉他，肯定是哪个年轻老师暗恋他许久，终于鼓起勇气表白了。于是，他也回了个飞吻，夸张地抬了抬帽子，吹着口哨《恶魔的舞会》，继续巡逻去了。他心里美滋滋地想："我可真有女人缘啊，虽说家里有六个小宝贝，但我肯定是女人眼中的大帅哥。"

布丽格斯老师惊呆了，眼睛瞪得圆圆的。那警察的确长相帅气，身体强壮。这时，一个小女孩拿着一盒绑着丝带的糖果走进来，送给老师。布丽格斯老师笑开了花，亲了亲小女孩那光滑粉嫩的脸蛋。茜茜的眼睛就像新磨的剃刀一样锋利，一眼就看穿了老师的心思，知道对方不喜欢弗兰茜这样的穷孩子。

"瞧，"茜茜说，"你大概觉得我们没啥钱。"

"我从没这么想过……"

"我们可不是那种爱炫耀的人。眼看就到圣诞节了……"她神秘兮兮地说。

"可能，"布丽格斯老师退让了，"弗兰茜举手时，我不是每次都能看见。"

"她坐在哪儿？你怎么会看不见呢？"

老师冲着后排一个昏暗的角落指了指："要是她往前坐坐，你就能看清了。"

"座位都是固定的。"

"眼看就到圣诞节了。"茜茜狡黠地提醒道。

"我想想办法。"

"想想，你是得好好想想。"茜茜走到门口，转过身来，"不光圣诞节快到了，别忘了，我丈夫是警察，你要是对他女儿不好，他可是会来找你算账的。"

从那以后，弗兰茜在学校再也没遇到麻烦。不管她举手举得多胆小，布丽格斯老师总能"刚好"看到。她甚至让她坐到了第一排最显眼的位置。但圣诞节到了，布丽格斯老师没有收到昂贵的圣诞礼物，弗兰茜又被安排回了后排昏暗的角落。

弗兰茜和凯蒂都不知道茜茜去过学校。此后，虽然布丽格斯老师仍旧没有对弗兰茜表示出善意，但也没再羞辱过她，所以弗兰茜没再觉得羞愧过。布丽格斯老师当然知道茜茜的话纯属胡扯，但是，何必为此冒险呢？虽说她不喜欢小孩，但也不是个纯粹的恶人，更不想看到哪个孩子死在她眼前。

几周后，茜茜让同车间的一个小姑娘帮她给凯蒂写了张明信片，希望妹妹能不计前嫌，让她偶尔去家里看看俩孩子。可是凯蒂压根没理睬。

玛丽·罗梅利来做说客，问凯蒂："你和你姐姐之间有什么过不去的仇呢？"

"这个我不能跟你说。"凯蒂回答。

"宽恕，"玛丽·罗梅利说，"是一份很宝贵的礼物，而且一美分都不用花。"

"我有我自己的处事原则。"凯蒂说。

"唉。"老母亲深深叹了口气，没再说什么。

凯蒂虽然嘴硬，但心里其实很想茜茜。她想念茜茜那种不管不顾、直接干脆地解决问题的方式。艾薇来看凯蒂的时候，从来不提茜茜，玛丽·罗梅利劝和遇挫后，也没再提过茜茜的名字。

凯蒂只能通过全家都认可的家庭通讯员，即家族的保险代理人，了解姐姐的情况。罗梅利家的人都在同一家公司买保险，同一个代理人每周都会从三姐妹手里收点零碎的保险费。他就像是个传声筒，传递家族八卦和各种小道消息。有一天，他带来了一个消息，茜茜又生孩子了，但孩子只活了两个小时，都没来得及买保险。凯蒂觉得自己对可怜的茜茜太刻薄了，心里有点过意不去。

"下次你见到我姐姐，"她对保险代理人说，"跟她说别见外。"代理人把原谅的话带给了茜茜，茜茜又能登诺兰家的门了。

20

凯蒂从孩子们上学的第一天，就开始了一场和病虫害的斗争。这场战斗虽然短暂，但很激烈，而且她取得了最后的胜利。

孩子们在学校里挤在一起，不知不觉就长了虱子，满头都是，互相传染。

这不是他们的错，但他们却得经历最尴尬的治疗过程。

每周，学校护士都会站在窗边，让小女孩们排好队。轮到谁了，谁就转过身，撩起辫子弯下腰。护士用一根细细的棍子检查她们的头发，要是在谁的脑袋上发现了虱子，那个女孩就得站到一边。全部检查完，那些出列的孩子就得站在全班面前，听护士说她们有多脏，让大家离她们远点。然后，这些孩子就被赶回家，被要求去药店买"蓝药膏"回家抹。她们返回学校后，同学们也会欺负戏弄她们。每个被查出有虱子的孩子后面都会跟一群孩子，被尾随回家，被唱歌嘲讽："邋遢鬼，长虱子！老师说你长虱子。回家去，回家去，夹着尾巴回家去，因为你长虱子。"

下次检查，有些之前长虱子的孩子顺利过关。这时候，她们就会去欺负那些新发现有虱子的孩子，完全忘了自己被欺负时的惨状。他们不能从自己的苦难中学会同情，所以，他们只是白白遭受了苦难。

凯蒂很忙，没空操心也接受不了这些额外的麻烦。弗兰茜第一天放学回家，说坐在她旁边的女孩头上有虱子，凯蒂立刻就采取了行动。她用一块粗糙的黄色肥皂，使劲擦洗弗兰茜的头，弄得她头皮都疼了。第二天早上，她用梳子蘸了点煤油，用力梳弗兰茜的头发，然后编成紧紧的辫子，紧得弗兰茜太阳穴上的青筋都鼓起来了。凯蒂告诉弗兰茜离煤气灶远点，就送她去学校了。

教室里满是弗兰茜头上的气味，她的同桌使劲往旁边挤。老师给她家写了张字条，不让凯蒂往弗兰茜头上抹煤油。凯蒂说这是自由的国度，根本不理会那张字条。她每周都用黄色肥皂给弗兰茜洗头，每天都把煤油抹在她的头上。

学校里流行腮腺炎，凯蒂立马开始想办法应对。她做了两个法兰绒小袋子，每个袋子里都缝进一头大蒜，然后用干净的紧身衣带绑好，让孩子们挂在脖子上，放在衣服里面。

弗兰茜来到学校，身上散发着大蒜和煤油的味道。大家都躲着她。即使在人满为患的操场上，她周围也有一圈空地；在拥挤的电车里，人们也会离诺兰家两个孩子远远的。

不过，这招还真管用！不管是大蒜有神奇的魔力，还是那股强烈的气味把细菌都杀死了，还是因为得病的孩子都离弗兰茜很远，或者是她和尼利天生身体好，根本无从求证。但事实是，凯蒂的两个孩子上学这些年，从来没有生过病，连感冒都没得过，也没长过虱子。

当然，因为身上的怪味，弗兰茜成了大家眼中的“怪人”。但她已经习惯了独自一人，习惯了一个人走路，习惯了被认为“与众不同”。她并没有觉得很难过。

21

虽然在学校会受欺负，会遭到不公正对待，会遇到好多不开心的事，但弗兰茜还是喜欢学校。好多小朋友聚在一起做一样的事，这种循规蹈矩的生活让她觉得踏实。她觉得自己好像是某个团体中的一员，大家都听一个带头人的指挥。诺兰家的人都很有个性，他们只求生存下去，其他的一概不理会。他们按照自己的方式过日子，不属于任何社会群体。这当然有利于培养个性，但有时候难免会让小孩子感到困惑。所以，弗兰茜在学校里能找到一种安全感。虽然校规严格，管理残酷，但目标明确，条理清晰。

学校生活并非全然冰冷无情。每周，莫顿老师来给弗兰茜所在的班级上音乐课的半小时，是她最珍视的金色时光。莫顿老师是专业的音乐老师，在本区几个学校轮流授课。他来的时候，就像过节一样。他穿着燕尾服，打着领结，整个人看起来特别有活力、特别开心、特别热爱生活。他就像是天使，特别勇敢、特别有激情。他理解孩子，也喜欢孩子，孩子们和老师们都特别喜欢他、崇拜他。他来上课那天，教室里的气氛就像是在过狂欢节一样。老师会穿上她最漂亮的衣服，说话也不像平时那么刻薄。有时候她还会做个新发型，喷点香水。莫顿先生就是这么有魅力。

他每次都像风一样翩然而至，门突然被推开，他冲进教室，衣角都飘了起来。他跳上讲台，环视一圈，欢快地说：“不错，不错。”孩子们高兴极了，笑得合不拢嘴，老师也跟着笑个不停。

他在黑板上画音符时，会给音符画上小腿，看上去就像它们要从五线谱上跑出来一样。他画的平音符就像个小胖子，锐音符就像个甜菜根，又像是一个瘦长的鼻子。他还会像小鸟一样，突然唱起歌来。有时候他太开心了，欢乐洋溢而出，不由得化作一段舞蹈。

他润物细无声地让孩子们明白何为好音乐。他给古典音乐填词，取个简单易懂的名字，诸如《摇篮曲》《小夜曲》《街头之歌》《阳光之歌》。孩子们用稚嫩的声音唱着老师教的《圣歌》，其实是亨德尔的《广板》。小男孩玩弹珠时，会吹着德沃夏克的《新世界交响曲》的调子，如果有人问起，他们会说："哦，我们吹的是《回家》。"他们跳房子时，会哼唱《浮士德》里的《士兵合唱》，并管它叫《荣耀》。

每周来一次的美术老师伯恩斯通小姐，虽然不像莫顿先生那么受欢迎，但也同样受人尊敬。她好像来自另一个世界，穿着柔和的绿色或红色的漂亮衣裳，又温柔，又甜美。她和莫顿先生一样，更喜欢那些没人照顾、没人关心的孩子。老师们不太喜欢她，当着她的面，老师们净说好话；背着她的时候，老师们就会怒目圆睁。她们嫉妒她的魅力、她的甜美和她的异性缘。她温暖热情，光彩照人，极有女性韵味。她们知道，她在晚上不会像她们一样独守空房。

她的声音柔和清晰，就像唱歌一样。她的手漂亮灵活，只要拿起一截粉笔或者炭棒，就能画出图案。她拿起蜡笔，手腕轻轻一转，就能画出一个苹果；再转两下，苹果就捧在了一个小孩的手里。下雨天，她不教新内容，而是拿出一张纸和一根炭棒，给全班最穷、最糟糕的孩子画素描。她的笔下，没有肮脏和丑陋，只有纯真善良，以及一个过早成熟的孩子的辛酸。哦，伯恩斯通老师真是太了不起了。

学校生活枯燥乏味，老师要求学生们一连数小时直直地坐着，双手交叉放在背后，而她则把小说放在膝盖上偷看。这样的生活，就像置身于泥泞的大河之上，而两位兼课老师就像是河上闪烁的金色和银色的光芒。要是所有老师都像伯恩斯通小姐和莫顿先生那样，弗兰茜就会清楚地知道天堂是什么样。但这样也不错，没有泥泞脏污的河水，如何能衬托出阳光的闪耀辉煌呢！

22

哇，真是太神奇了！一个孩子第一次发现自己能看懂书上的字，那感觉真是太棒了！

弗兰茜一直都是逐个字母去读，然后把字母拼在一起读成一个单词。有一天，她看着书上的“老鼠”一词，立马理解了它的含义，脑子里出现了一只灰色的小老鼠。她继续往下看，看到“马”这个单词，好像听到了哒哒的马蹄声，还看到了阳光照在马儿光滑的皮毛上。她看到“跑”这个词，突然觉得自己在奔跑，呼吸都变急促了。于是，字母和单词意思之间的屏障就这么消失了，她只要看一看，就能理解单词的意思了。她飞快地读了几页，兴奋得不得了，就差跳起来了。她真想大声告诉全世界：我识字了！我能读书了！

从那以后，书就成了她的好朋友。她再也不会感到孤单，也不会因没有朋友而失落了。不管心情如何，总有一本书陪着她。当她需要安静时，就读诗歌；当她想要冒险时，就读故事；进入青春期，就读爱情小说；想要了解别人的生活，就读传记。能自主阅读的第一天，她就发誓，只要还活着，就每天读一本书。

她不仅喜欢读书，还喜欢数字和算术。她想出了一个游戏，把每个数字都想象成一个家庭成员，“答案”就是这个家庭组合的故事。0是一个刚出生的小宝宝，很乖，不会惹麻烦。1是一个刚学会走路的小女孩，很可爱，也很好照顾。2是一个小男孩，会走路也会说话，很容易就能融入家庭生活（即做加法）。3是一个上幼儿园的男孩，需要多加看管。4是一个和弗兰茜同龄的女孩，和2一样容易对付。5是妈妈，温柔善良，碰到复杂的算术题，她总能帮忙摆平。6是爸爸，虽然有点难，但是很公正。7是个小气的爷爷，脾气不太好。8是奶奶，虽然有点难，但比7要好理解。最难的是9，他虽然是家庭成员，但要把他融入家庭生活可不太容易！

弗兰茜有个好玩的习惯，每次算数，都会编个小故事来解释结果。比如算出来的结果是924，就表示“其他人都出门了，家里只有9陪着小男孩和小女孩”。要是算出来是1024，那就是“院子里有一群小孩在玩耍”。62代表“爸爸带着小男孩散步”，50代表“妈妈推着婴儿车带宝宝出去透透气”，78代表“冬天晚上，爷爷奶奶坐在火炉旁”。每个数字组合，都能变成家里的温馨场景，而且每个故事都不一样。

弗兰茜还把这个习惯用到了学代数上。她把X想象成男孩的女朋友，她一加入，家里的情况就变复杂了。Y则是那个爱捣乱的男朋友。所以对弗兰茜来说，算术不是冷冰的数字，它温暖，有人情味，陪她度过了很多孤单的时光。

23

学校的日子一天天过去。有的日子尽是些恶劣、粗鲁、让人难过的事；有的日子因为伯恩斯通老师和莫顿老师的到来，变得亮堂堂、美滋滋的。而且，学习新知识的魔力一直都在。

十月的一个周六，弗兰茜出门溜达，意外地发现了一个她从未涉足过的街区。这里没有对外出租的廉价公寓，也没有嘈杂破旧的小店。这里有一些历史悠久的老房子，早在华盛顿在长岛指挥军队时就已存在。这些房子虽旧，但周围都围着尖桩护栏。弗兰茜真想推门进去。前院开满了五颜六色的秋花，路边的枫树上挂着红叶和黄叶。在周六阳光的照耀下，这个街区显得古老、宁静、平和。这个街区有一种让人沉思的魔力，一种安静、深沉、永恒的和谐之感。弗兰茜就像爱丽丝一样，仿佛穿过了一面魔镜，走进了一个迷人的仙境。

她继续往前走，来到一所历史悠久的小学。傍晚时分，学校的旧砖墙在夕阳余晖下闪着红宝石般的光芒。学校周围没有栅栏，校园里是绿油油的草地，而非硬邦邦的水泥地。学校对面是一片开阔的草地，长满了金菊、野紫菀和三叶草。

弗兰茜激动万分。就是这儿！这就是她梦寐以求的学校。但她怎么才能到这儿就读呢？当时有一条严格的规定：学龄儿童只能在居住区域上学。如果她想去那所学校上学，她的父母就得搬到那个街区。弗兰茜知道，妈妈不会因为她想转学就搬家。她想着这个问题，慢慢往家走。

那天晚上，她一直等到了爸爸下班回家。乔尼吹着口哨上楼回家，带回了龙虾、鱼子酱和肝肠。大家享受完美味，妈妈和尼利就去睡觉了。弗兰茜一直陪着爸爸，等他抽完最后一支雪茄，她小声在他耳边讲了那所学校的事。爸爸看着她，点点头，说："咱们明天去看看。"

"你是说咱们可以把家搬到那所学校旁边？"

"不，但肯定有别的办法。咱们明天一起去看看有没有好办法。"

弗兰茜太兴奋了，整晚都没睡着，早上七点就起床了，但乔尼还在呼呼大睡。她焦急地等待着，满脸是汗。他每每在睡梦中叹口气，她都会跑进去看看他是不是醒了。

正午时分，爸爸终于醒了。诺兰一家坐在一起吃午饭。弗兰茜没心思吃饭，一直盯着爸爸，心里七上八下的：他是不是忘了？他真忘了？不过，妈妈倒咖啡时，爸爸随口说了一句："我打算一会儿和小歌后出去散个步。"

弗兰茜的心一下子提到了嗓子眼儿。他没忘，他没忘！她等着妈妈的回答。

妈妈可能不同意，可能会问为什么，也可能说想一起去，但妈妈只是轻描淡写地说了句："好的。"

吃完饭，弗兰茜忙着洗碗，然后去糖果店买周日的报纸，再去雪茄店给爸爸买五美分的科罗纳雪茄。乔尼得看报纸，而且是一字不落地看，连他不感兴趣的社会新闻也要看。更糟糕的是，他每读完一则新闻，还要冲着妈妈评论几句。他会转过头对凯蒂说："现在的报纸上净是稀罕事，你看这个……"弗兰茜都快急哭了。

下午四点，爸爸的雪茄早就抽完了，报纸也被丢在地板上。凯蒂听腻了乔尼的新闻评论，带着尼利去玛丽·罗梅利家串门了。

弗兰茜和爸爸手牵手出了门。爸爸穿着他唯一一套燕尾服，头戴礼帽，看起来帅气十足。那是个阳光明媚的日子，清新的微风吹来了大海的味道，到处都充满了生机。他们走过几个街区，拐了个弯，就到了那个社区。只有在布鲁克林这种地方，不同社区才会区别如此之大。这里住的都是第五代、第六代美国人，而在诺兰家一带，要是能证明自己出生于美国，那可不得了，简直跟五月花号上的乘客一样尊贵。

实际上，弗兰茜是班上唯一一个父母都在美国出生的孩子。开学那会，老师点名，问过每个孩子的祖籍。答案五花八门：

“我是波兰裔美国人，我爸是在华沙出生的。”

“我是爱尔兰裔美国人，我爸妈都出生在科克郡。”

轮到诺兰家，弗兰茜骄傲地说：“我是美国人。”

“我知道你是美国人，”老师有点不耐烦，“我问的是你的祖籍。”

“美国！”弗兰茜更加自豪地重复了一遍。

“你是告诉我你爸妈是哪里人，还是让我把你送到校长那儿去？”

“我爸妈是美国人，在布鲁克林出生。”

所有孩子都转过头来，盯着这个父母出生在美国的小女孩看。老师说了一句：“布鲁克林？嗯，还真是美国人。”弗兰茜听了，心里美滋滋的，骄傲极了。她心想，布鲁克林可真是个神奇的地方，只要在那里出生，就能成为美国人！

爸爸给她讲了讲这个特别的社区：住在这儿的家庭来美国超过一百年了，他们大多是苏格兰、英格兰和威尔士人的后代。男人们擅长精细木工，会做橱柜，也擅长金、银、铜之类的金属活儿。

他答应，有时间了就带弗兰茜去布鲁克林的西班牙人聚集区。那里的男人会做雪茄，经常在干活时每人凑上几美分的份子，雇人给他们读书，读的都是很优秀的文学作品。

父女俩走在周日安静的街道上。弗兰茜看见一片叶子从树上飘落，赶忙跑到前面去接。那是一片绯红的叶子，边缘是金色的。她盯着它，觉得这是她有生以来见过的最美的东西。一个女人从街角走过来，浓妆艳抹，披着羽毛围巾。她笑着对乔尼说：“先生，要人陪吗？”

乔尼看了她两眼，柔声道：“不用。”

“真的吗？”她挑逗地问。

“真的。”他平静地回答。

她走了。弗兰茜蹦蹦跳跳跑回来，拉起爸爸的手。

“她是个坏女人吗，爸爸？”她好奇地问。

“不是。”

“可她看起来很坏。”

“世上坏人不多，很多人只是运气不好。”

“可她口红涂得那么浓……”

“她是见过世面的人。”他喜欢这个说法，“没错，她可能见过不少世面。”他若有所思。弗兰茜继续蹦跳着捡树叶去了。

他们走到学校，弗兰茜骄傲地指给爸爸看。夕阳余晖洒在色彩柔和的砖块上，小格窗仿若在阳光下翩翩起舞一般。乔尼看了许久，然后说：“是的，就是这所学校。就是它。”

然后，就像每次深受感动或者心情激动时那样，他唱起了歌。他把磨损的礼帽捂在心口，站直身子，仰望着学校，唱道：

> 难以忘记校园生活，
> 学会规矩，学会爱，
> 读书、写字、做算术……

对于路过的陌生人而言，这场景的确有点搞笑——乔尼穿着他那件略显褪色的燕尾服，牵着一个瘦瘦小小、衣服破旧的孩子，在大街上毫无顾忌地唱着那首普通的歌。但对弗兰茜而言，一切都那么自然，那么美好。

他们穿过街道，漫步在一片被叫作“空地”的草地上。弗兰茜摘了一束金菊和野紫菀带回家。乔尼说，这里以前是印第安人的墓地，他小时候常来这里找箭头。弗兰茜提议他们也找找看。父女俩找了半小时，却什么也没找到。乔尼回忆起自己小时候也总是空手而归。弗兰茜觉得很有趣，笑了起来。乔尼承认，也许这里根本不是印第安人的墓地，也许那只是编出来的故事。乔尼说得没错，因为整个故事都是他自己编的。

很快，回家的时间到了，弗兰茜眼里闪着泪光，因为爸爸根本没提让她转校的事。乔尼看到了她的眼泪，立刻想出了一个主意。

“宝贝，听爸爸说咱们该怎么做。咱俩四处走走，找一栋漂亮房子，记下门牌号。我写信给你的校长，说你搬家了，申请转到这个学校。”

他们找到了一栋房子——一栋白色斜顶单层房子，院子里种着晚开的菊花。乔尼仔细抄下了地址。

“你知不知道，咱们做的事其实不对？”

"是吗，爸爸？"

"但我们这么做，是为了更好的结果。"

"就像一个善意的谎言？"

"一个能帮助人的谎言。所以你以后要加倍努力，弥补这个错误。坚决不能做坏事，不能迟到，不能旷课，不能做任何让学校给家里寄信的事。"

"要是我能去这所学校学习，我一定会好好表现的，爸爸。"

"好。现在，爸爸要告诉你一条穿过小公园就能到学校的近路。我知道这条路在哪儿。是的，知道得很清楚。"

乔尼带弗兰西去了公园，告诉她怎么斜穿过公园去学校。

"这下高兴了吧。来去路上可以看到季节的变化。你觉得怎么样？"

弗兰西想起妈妈曾经给她读过的一句话，就引用来说："我的福杯溢出来了。"她真的很满足。

凯蒂听说这个计划，耸了耸肩，说："随便你们，但我可不掺和。要是警察因此来抓你，我肯定实话实说，这事跟我一点关系都没有。学校嘛，能有多好，又能有多坏。我真搞不懂她为什么想转校。不管去哪上学，还不都是一样写作业。"

"那就这么定了，"乔尼说，"弗兰西，拿着这一美分，去糖果店买信纸和信封。"

弗兰西像风一样跑下楼，又像风一样跑回来。乔尼写了张便条，说弗兰西要跟亲戚住，地址是某某地，特此申请转校。他还加了一句，尼利住在家里，不用转校。他签上自己的名字，在下面画了一道线，以示郑重。

第二天一早，弗兰西哆里哆嗦地把便条交给校长。校长读完，哼了一声，当即开了转学证明，把成绩单交给她，告诉她可以走了，反正学校早就人满为患了。

弗兰西带着文件来到新学校的校长面前。校长和她握了握手，说希望她在新学校过得快乐。一个工作人员带她去教室。老师停止讲课，向全班同学介绍了她。弗兰西看着一排排小女生，她们虽然衣服破旧，但大都干净整洁。老师给她安排了一个座位，她开开心心地融入了新学校的生活。

这里的老师和学生都不像旧学校那般粗暴。的确，这里也有坏学生，但那是因为孩童的天性，绝非故意为之。老师们也会不耐烦，也会生气，但从不恶毒地责骂，也从不体罚。家长们都是美国人，很清楚宪法赋予他们的权利，绝不会对不公正待遇逆来顺受。他们可不会像移民和第二代美国人那样被随意欺辱践踏。

弗兰茜发现，这所学校最大的不同主要来自看门人。他是个面色红润的白发老头，连校长都尊称他为詹森先生。他儿孙满堂，对他们宠爱有加。他如慈父般关爱所有学生。下雨天，孩子们来到学校，身上湿漉漉的，他坚持让他们去锅炉房烘干衣裳。他让他们脱下湿鞋子，把湿袜子挂在绳子上晾干。学生们破旧的小鞋子，整齐地排在锅炉前。

锅炉房里可真舒服。四面墙刷得雪白，大红锅炉看着就让人心里发暖。窗户开得老高，弗兰茜就爱坐在那儿，一边取暖，一边看着橙色和蓝色的火苗在黑炭堆上跳来跳去。(下雨天，詹森先生会把炉门敞开，帮孩子们烘干衣服。)下雨天，弗兰茜会刻意提早出门，慢悠悠地走到学校，让自己淋个透湿，享受在锅炉房里烘干衣服的特殊待遇。

詹森先生让学生们逃课烘干衣服，显然违反校规，可大家都喜欢他、尊敬他，所以也没人说什么。弗兰茜在学校听说了不少詹森先生的故事。听说他读过大学，懂得比校长还多。还听说他结婚生子之后，觉得当校工比当老师挣得多，就改行了。不管传言是真是假，他的确人缘好，受尊敬。有一次，弗兰茜看见他在校长办公室，穿着整洁的条纹工作服，跷着二郎腿，和校长聊政治。弗兰茜还听说，校长经常去詹森先生的锅炉房聊天、抽烟。

要是哪个男生调皮捣蛋，不会被送到校长办公室挨训，而是会被叫到锅炉房谈心。詹森先生从不骂人，他会跟男生聊聊他在布鲁克林棒球队做投手的小儿子，还会聊聊什么是民主、怎么做好公民，他总说，人人都努力，世界更美好。跟詹森先生聊过的男生，几乎没有再闯祸的。

毕业典礼上，学生们出于对校长的尊敬，会请他在签名簿的第一页签名。不过，他们心里更看重詹森先生的签名，所以总让他签在第二页。校长签名匆忙，往往一挥而就。詹森先生不同，他把签名看成一件大事。他会拿着签名簿，走到自己的大办公桌前，打开台灯，坐下来，认真擦净眼镜，挑一支笔，蘸上墨水，眯着眼睛仔细检查，擦净笔尖，再蘸一次墨水，然后一笔一画地签上自己的名字，再小心翼翼地吸干墨迹。他的签名总是最美观的。如果你胆子够大，他会如你所愿，把册子带回家，让他在道奇队的儿子也签上名。男孩们求之不得，女孩们则不太在乎。

詹森先生的字写得特别棒，所以学校的毕业证书都由他亲手书写。

莫顿先生和伯恩斯通小姐也会来这所学校上课。他们上课时，詹森先生经常走进教室，坐在最后一排，跟着一起听课。天冷的时候，他还会请莫顿先生和伯恩斯通小姐去他的锅炉房，喝杯热咖啡再走。他有张小桌子，上面放着煤气炉和咖啡壶。他用厚厚的杯子装上浓浓的、热乎乎的黑咖啡，招待客座老师。两位老师都对他心存感激。

弗兰茜在这所学校过得特别开心。她十分谨慎，尽力做个好学生。每天经过那座谎称自己搬进去的房子时，她都会投去感激和爱慕的目光。刮风时，门前纸片乱飞，她会捡起来，扔进下水道。遇到垃圾清运工清理垃圾时粗心地把空袋子扔在人行道上，而非院子里的时候，弗兰茜会把袋子捡起来，挂到栅栏上，住在房子里的人觉得这个文静的孩子特别爱干净。

弗兰茜很喜欢这所学校。虽然每天得走四十八个街区，但她很喜欢这段路。她比弟弟尼利出门早回家晚，但她一点都不介意，只是午餐时间有点紧张。回家和返校都要走十二个街区，中午休息时间却只有一个小时，所以她几乎没有时间吃饭。妈妈不准她带午餐，给出的解释是："照这样下去，用不了多久她就不要这个家了。更何况，是小孩就得有小孩的样子，就得跟其他孩子一样回家吃饭。她要跑那么远去上学，难道是我的错吗？不是她自己选的吗？"

"可是凯蒂，"爸爸辩解说，"那个学校真的很不错。"

"那就让她自己承担后果吧——无论好坏，都得受着。"

午餐的事就这么定了下来。弗兰茜的午餐时间只有五分钟——刚好够她回家拿个三明治，边走边吃回到学校。她从不觉得委屈。她在新学校过得特别开心，心甘情愿为这份快乐付出代价。

于她而言，转进这所学校是天大的好事。她明白了，世界很大，除了她出生的地方，还有别的地方，而且那些地方并没有那么遥不可及。

24

弗兰茜不是按日历上的天数或月份算日子，而是用节日来算的。她的一年从七月四日开始，因为那是暑假后的第一个节日。节日前一周，她就开始攒钱买小鞭炮，然后把它们藏在床底下的盒子里。她每天都要把盒子拿出来至少十次，重新摆弄那些鞭炮，盯着那些淡红色的外皮纸和白色引线，好奇它们是怎么制作出来的。她还喜欢闻火捻的味道，买鞭炮时店主都会免费赠送，点燃后能持续好几个小时。

到了节日那天，她却舍不得放鞭炮。对她来说，拥有比使用更开心。有一年，家里特别穷，连一美分都没攒下，弗兰茜和尼利就收集纸袋，节日当天，把袋子装满水，拧紧袋口，从屋顶扔到街上。装水的袋子掉在地上发出“扑通”的声音，听起来就像放鞭炮一样。路人被吓了一跳，也只是抬头看看，对穷孩子用这种方式庆祝节日无可奈何。

下一个节日是万圣节。尼利用烟灰把脸涂黑，反戴帽子，反穿外套。他找出妈妈的一条黑色长筒袜，往里装满炉灰，和小伙伴们在街上溜达，挥舞着黑乎乎的自制“大棒”，时不时大叫几声。

弗兰茜手里拿着一截白粉笔，和其他小女孩一起在街上闲逛。她走来走去，在碰到的人的外套背后画一个大十字。孩子们这么做其实没什么意义，只是模仿大人。这个符号可能是从中世纪传下来的，当时人们用这种方式标记染上瘟疫的人和地。也许那时候的坏人也曾这样标记无辜的人，这种做法一直流传至今，变成了万圣节上没什么实际意义的恶作剧。

对弗兰茜来说，选举日是最特别的节日。相比于其他节日，选举日更能让整个社区的人参与进来。或许其他地方的人也投票选举，但都不会像布鲁克林这般声势浩大，至少弗兰茜是这么想的。

乔尼带弗兰茜去了斯科尔斯街的一家牡蛎店。这家店可有年头了，一百多年前，大酋长坦慕尼带着他的勇士们在此偷偷摸摸活动时，这家店的炸牡蛎就已闻名全州了。不过，这家店更有名的地方在于，它是那些政客们的秘密集会地。政党大佬经常在私人包间里秘密聚会，一边吃着美味的牡蛎，一边商量让谁当选，把谁淘汰。

弗兰茜每次路过这家店，都会好奇地看上几眼，心里特别激动。这家店的门上没有招牌，窗户里除了一盆蕨类植物和半幅挂在铜杆上的棕色亚麻布窗帘，什么都没有。有一次，弗兰茜看见门开了，有人走进去。她偷偷往里瞧了瞧，只看见一个昏暗的房间，红色灯罩，灯光幽暗，屋子里烟雾缭绕，弥漫着雪茄的味道。

弗兰茜和邻居的孩子们一样，也参加过几次选举活动，但她并不明白这些活动的发起原因和实际意义。选举之夜，她跟着队伍，手搭在前面孩子的肩膀上，像一条长蛇一样穿过街道，边走边唱：

坦慕尼啊坦慕尼，
大酋长坐在帐篷里，
预祝勇士们得胜归，
坦慕尼啊坦慕尼。

她是爸爸妈妈讨论政党优缺点时的热心听众。爸爸是民主党的拥趸，妈妈却不关心政党之争，她批评民主党，还跟乔尼说他的选票投得不值。

“别这么说，凯蒂，”他抗议道，“总体来看，民主党为人民做了不少好事。”

“我只能靠想象知道。”妈妈轻蔑地说。

“他们只想让家里的男人投上一票，看看自己的付出能得到多少回报。”

“他们付出了什么，说一个听听。”

“嗯，要是需要法律咨询，不必去请律师，只要问问你的议员就行。”

“真是瞎子给瞎子带路。”

“你别不信。虽说他们在很多方面都不怎么样，但对纽约的法规的确很了解。”

“你去起诉市政府，看看坦慕尼怎么帮你。”

“就拿公务员考试来说吧，”乔尼换了个话题，“他们知道警察、消防员和邮递员考试在什么时间举行。要是选民感兴趣，他们总能及时提醒。”

“拉维太太的丈夫三年前参加了邮递员考试，可现在还开卡车呢。”

“哇！那是因为他是共和党人。他要是民主党人，他们肯定把他的名字排在名单最前面。我听说有个老师想转校任职，就是坦慕尼帮忙办的。”

“凭什么呢？除非她长得特别好看。”

“这不重要。重要的是，这个举措很精明。老师培养的是未来的选民。就说这个老师吧，她有机会肯定会跟学生说坦慕尼的好话的。男孩们长大以后都得投票，你知道的。”

“为什么？”

“因为这是一项权利。”

“权利！嘻！”凯蒂不屑地说。

“再打个比方吧，假如你有只贵宾犬，它死了，你会怎么做？”

“我怎么可能养贵宾犬？”

“假如，假如你有只贵宾犬死了，不行吗？”

“好好好，我的贵宾犬死了。然后怎么着？”

“你去总部，那的人会帮你处理。假如弗兰茜想办工作证，但年纪太小。”

“我猜，他们会帮她搞定的。”

“当然。”

“你觉得让这么小的孩子去工厂干活是对的？”

“那个，假如你有个调皮的孩子，他旷课逃学，在街上闲逛，但他又没到法定工作年龄。要是能给他弄个假工作证，不好吗？”

“这还差不多。”凯蒂认可了。

“看看他们为选民提供的工作。”

“你知道他们是怎么找到这些工作机会的吗？他们检查工厂，明知工厂违反规定，却睁一只眼闭一只眼。老板当然明白，所以会在招工时把机会留给他们。坦慕尼帮人安排工作，这就是他们的功劳。”

“还有，某人在祖国有亲戚，但因为烦琐的手续没法把他们带到这里来。坦慕尼也可以帮忙搞定。”

“当然，他们帮那些外国人移民，帮他们办理入籍手续，告诉他们必须把票投给民主党，不然就得哪儿来的回哪儿去。”

“不管怎么说，坦慕尼对穷人是有好处的。假如一个人生病，付不起房租。你觉得组织会让房东把他赶出去吗？肯定不会，只要他是民主党的人。”

“我猜房东肯定都是共和党的人。”凯蒂说。

“不是的。组织会照顾双方的利益。假如房东碰上了无赖租客，不仅不掏房租，还给了房东一拳。你猜怎么着？组织会帮房东把他赶出去。”

“坦慕尼给百姓一点恩惠，就会成倍拿走。等着吧，等我们女人能投票的时候。”乔尼的笑声打断了她的话，“你不信我们会有那一天？那一天总会来的。记住我的话，我们会把所有不诚实的政客都送进监狱。”

“如果真有那一天，女人能投票，你会和我一起去投票站——手拉手、肩并肩，按我的想法投票。”他伸手搂住她，飞速抱了一下。

凯蒂抬头对他笑了笑。弗兰茜无意间看到妈妈侧头微笑，就像学校礼堂那幅画上的叫蒙娜丽莎的女人一样。

坦慕尼之所以这么有势力，是因为他从孩子小时候就按照民主党的方式培养他们。哪怕是最笨的成员都知道，时间总在往前走，今天的小学生就是明天的选民。他们赢得了男孩的心，也赢得了女孩的心。那时候，虽然女人还没有投票权，但政客们知道布鲁克林的女人对她们的男人有很大影响。如果一个女孩是在民主党的教育下长大，那么她婚后一定会让她的丈夫为民主党投票。为了吸引孩子，马蒂·马洪协会每年夏天都会组织一次远足，让孩子及其父母一起参加。虽然凯蒂对这个组织不感兴趣，但她觉得这是个能出门的好机会。弗兰茜听说家人要一起旅行，跟所有从没坐过船的十岁孩子一样，兴奋极了。

乔尼不想去，也不明白凯蒂为什么要去。

“我去是因为我热爱生活。”她的回答略显古怪。

“如果那种吵闹就是生活，那我宁愿不要。”他说。

但他还是去了。他觉得船上旅行能让孩子们学到点东西，想让俩孩子长长见识。那天闷热难耐。甲板上挤满了激动万分的孩子，他们跑来跑去，差点掉进哈德逊河。弗兰茜盯着流动的水看个不停，然后经历了平生第一次头痛。乔尼对俩孩子说，很久以前，亨德里克·哈德逊就是沿着这条河航行的。弗兰茜想知道，哈德逊先生是不是也像她一样晕船。凯蒂坐在甲板上，戴着翡翠绿草帽，穿着从艾薇那里借来的黄色波点瑞士连衣裙，看起来十分漂亮。周围的人都在笑。凯蒂能说会道，大家都喜欢听她说话。

午后，船在州北部一个树木茂密的峡谷边停了下来，民主党的人下了船，开始活动。孩子们跑来跑去，把他们的购物券都用光了。上周，每个孩子都拿到了十张购物券，上面写着“热狗”“汽水”“旋转木马”等。弗兰茜和尼利也各自拿到了十张购物券，但是弗兰茜上了几个狡猾的男孩的当，用券玩了弹珠游戏。他们告诉她，她有机会赢五十张券，这样她就能在郊游中玩得十分尽兴。可弗兰茜技术不行，很快就把购物券输光了。尼利运气不错，赢了二十张券。弗兰茜问妈妈能不能拿尼利十张券。妈妈趁机给她上了一堂关于赌博的课：“你本来有券，但你自作聪明，想得到本不属于你的东西。人在赌博的时候，只想赢，从来不考虑输。记住：总得有人输，而输的那个人很可能就是你。输十张购物券就能让你买到这个教训，学费算是很便宜了。”

妈妈是对的。弗兰茜知道她是对的，但她高兴不起来。她想像其他孩子一样去坐旋转木马，她想喝汽水。她闷闷不乐地站在热狗摊旁，看着其他孩子大吃特吃。这时，一个穿着带有很多金色装饰的警察制服的男人停下来跟她说话。

“小姑娘，你没有购物券吗？”他问。

“我忘带了。”弗兰茜撒了谎。

“说实话，我小时候玩弹珠也玩得不好。”他从口袋里掏出三十张购物券，“我们每年都会预留一些备用券，给输了的小朋友。但很少有女孩子输。她们总是紧紧抓住她们拥有的东西，哪怕只有一点也不放弃。”弗兰茜接过购物券，向对方致谢，正要走开时，那人问：“那边戴着绿帽子的女士是你妈妈吗？”

“是。”她等着他再次开口，但他什么都没说，她只得问，“怎么了？”

“你每天晚上都祈祷吧，祈祷长大后能像你妈妈一样漂亮，现在就去。”

“妈妈旁边那个就是我爸爸。”弗兰茜等着他说爸爸也很帅。可那人盯着乔尼看了一会儿，没再说话。弗兰茜跑开了。

妈妈要求弗兰茜每隔半小时到她跟前报到一次。弗兰茜这次回来报到时，乔尼正在免费啤酒桶那边。妈妈逗她："你跟你茜茜姨妈一样——总爱跟穿制服的人聊天。"

"他又给了我几张购物券。"

"我瞅见了。"凯蒂语气轻松道，"他跟你说什么了？"

"他问你是不是我妈妈。"弗兰茜没说那人夸妈妈长得美的话。

"嗯，我猜他就是在问这个。"凯蒂盯着自己的手。这双手又粗又红，满是伤痕——都是长时间泡在清洁剂中的缘故。她从包里掏出一双带补丁的棉手套。虽然天很热，但她还是戴上了手套。她叹了口气，说："我干活太卖力，有时甚至忘了自己是个女人。"

弗兰茜很吃惊。这是她头一回从妈妈嘴里听到类似抱怨的话。她不明白妈妈怎么突然这么在意自己的手。她蹦蹦跳跳地走开时，听见妈妈问旁边的阿姨："那边那个穿着制服往这边看的人是谁啊？"

"迈克尔·麦克沙恩警官。你居然不认识他，他就管你们那片，真是奇怪。"

快乐的一天还在继续。每张长桌的尽头都放着一桶啤酒，所有民主党的人都可以免费喝。弗兰茜被这热闹的气氛所吸引，四处跑着，叫着，跟其他孩子一起打打闹闹。啤酒像布鲁克林雨后的排水沟一样流个不停。一支铜管乐队卖力演奏着，先是《凯里舞者》《爱尔兰人笑了》《哈里根，那就是我》，再到《香农河》和《纽约的人行道》这两首纽约当地民歌。

每首曲子开始前，指挥都会报幕："马蒂·马奥尼乐队将为您演奏……"每首曲子结束后，乐队成员都会一起喊："为马蒂·马奥尼加油。"每杯啤酒倒出来，服务生都会说："马蒂·马奥尼敬赠。"每个活动都冠以马奥尼之名："马奥尼赛跑""马奥尼花生比赛"，等等。一天还没过完，弗兰茜已经确信马蒂·马奥尼是个大好人了。

下午晚些时候，弗兰茜觉得她得找到马奥尼先生，亲自感谢他给了她这么开心的一天。她到处找，到处问，居然没人认识马蒂·马奥尼，也没人见过他——真是太奇怪了。他肯定没出来游玩。虽然他没来，但他的名字却随处可见。有人跟弗兰茜说，或许马蒂·马奥尼这个人根本不存在，这只是他们给组织者起的代号。

“四十年了，我一直给民主党投票，”他说，“候选人好像一直是同一个人，马蒂·马奥尼；要不就是换了人，但名字没变。我不认识这个人，小姑娘。我只知道我一直在给民主党投票。”

回家途中，月光洒在哈德逊河上，唯一值得一提的是，男人们不时吵嚷打斗。孩子大都病恹恹的，被晒得通红，烦躁不安。尼利伏在妈妈腿上睡着了。弗兰茜坐在甲板上，听爸爸妈妈说话。

“你认识麦克沙恩警官吗？”凯蒂问。

“我知道他。他们叫他‘正直警察’。民主党在密切关注他，他要是被提名为议员，我一点都不惊讶。”

坐在旁边的男人探过身来，拍了拍乔尼的胳膊：“老兄，还是提名警察局长更合理。”

“他的个人经历怎么样？”凯蒂问。

“就像一部励志小说。二十五年前，他从爱尔兰来到美国，除了一个背在背上的小箱子，什么都没有。他白天在码头当搬运工，晚上学习，后来进了警局。他继续学习，参加考试，最后成了警察。”乔尼说。

“我猜他的老婆肯定知书达理，能帮上他的忙。”

“真不是。他刚到美国时，一个爱尔兰家庭收留了他，直到他站稳了脚。那家的女儿嫁给了一个浑蛋，蜜月一结束那个浑蛋就跑了，后来在一场打斗中丧了命。那个女孩已经怀了孩子，街坊却根本不相信她结过婚。眼看着这家人就要沦为笑柄了，麦克沙恩站出来娶了那家的女儿，让孩子随他姓，以此报答那家的恩情。这样的婚姻肯定不是因为爱情，但听说他对她特别好。”

“他们有没有孩子？”

“我听说有十四个。”

“十四个?!”

“嗯，不过只活了四个，其他的都夭折了。他们生下来就有肺结核，是从母亲那儿遗传来的，她从小就有这个病。”

“他遇到的麻烦事可太多了，”乔尼若有所思道，“他是个好人。”

“我猜他爱人还在世。”

“嗯，但病得很重。说是活不了多久了。”

“哦，病秧子往往活得久。”

“凯蒂！”乔尼被妻子的话吓了一跳。

“怎么了？我不怪她嫁给一个浑蛋，还生下了他的孩子——那是她的自由。但我怪她，为什么该吃药的时候不吃药？为什么要把自己的麻烦强加给一个好人？”

“你怎么能这么说话。”

“我真希望她早点死。”

“凯蒂，嘘。”

“嘘什么嘘，我就是希望她死。这样她的老公就能再找个老婆——找个健康快乐的女人，给他生一堆健健康康的孩子。好男人都该有这个机会。”

乔尼没吭声。弗兰茜听妈妈这么说，心里有点害怕。她站起来，走到爸爸身边，紧紧握住他的手。月光下，乔尼的眼睛瞪得很大。他把女儿拉到自己怀里，紧紧抱着。可他只是说了一句：“看，月亮在水面上跳舞呢。”

外出后没多久，大家就开始忙活选举日的事了。他们给社区的孩子们发了好多印着马蒂头像的闪亮的白色徽章。弗兰茜也拿到了一些，盯着那张脸看了好久。马蒂在她心里越发神秘起来，比神灵还神秘——他从没露过面，但却无处不在。徽章上的男人留着大背头，八字胡，看起来就是个普通的小政客。弗兰茜真想亲眼见见他——哪怕只见一面。

这些徽章让孩子们极其兴奋。他们拿它做交易，玩游戏，当钱使。尼利用一个陀螺换回了十个徽章。糖果店的老板给弗兰茜一美分的糖果，收了她十五个徽章。（他和组织有协议，可以用徽章换钱。）弗兰茜到处找马蒂，发现他无处不在。她看见男孩们玩的投球游戏里有他的头像，看见他的头像被放在铁轨上压扁，做成跳房子用的小铁块。尼利口袋里的一堆零碎里有他的头像。弗兰茜往下水道里一看，发现他的头像浮在脏水上。栅栏底下的酸土里也有他的头像。在教堂，她看见坐在旁边的朋克·珀金斯把两个徽章扔进盘子里，代替了他妈妈给他的两美分。她看见他走出教堂来到糖果店，用省下来的两美分买了四支甜卡牌香烟。马蒂的头像随处可见，但她从未见过马蒂本人。

选举前一周，她和尼利还有其他男孩到处收集“选举柴”。选举之夜，他们要用被称为“选举柴”的柴火点燃篝火，她的任务是帮忙把选举柴搬到地下室。

选举日一大早，一个男人来敲门。乔尼去开门，那人问：“是诺兰先生吗？”

“对，是我。”乔尼回答。

“十一点去投票站。”他看了看名单，核对好乔尼的名字，递给他一支雪茄。“马蒂·马奥尼敬赠。”然后，他就去找下一位民主党支持者了。

“就算没人提醒，你也会去投票的，对吧？”弗兰茜好奇地问。

“当然，但他们给排好时间了，这样错峰投票，就不会乱糟糟的……你知道的，不能全都挤在一起去。”

“为什么？”弗兰茜刨根问底。

“这个嘛……”乔尼含糊其词。

“我来告诉你为什么，”妈妈接过话茬，“他们想看看谁去投票，投给了谁。他们知道每个人去投票站的时间，如果那人不投给马蒂，那就等着瞧吧。”

“女人对政治一窍不通。”乔尼点燃马蒂赠送的雪茄。

选举之夜，弗兰茜帮着尼利把选举柴拖了出来，他们所在的街区篝火最旺，姐弟俩功不可没。弗兰茜和其他孩子们排着队，围着篝火跳起了印第安舞，唱着“塔曼尼”。火堆烧成灰烬后，男孩们去犹太商人的手推车里偷土豆，放到灰烬里烤。他们管烤熟的土豆叫“小老鼠”。土豆不够分，弗兰茜没吃到。

她站在街头，等选举结果。有人在街角房子的两个窗户间扯了一条床单，街对面的投影仪把数字投到床单上。每当有新的选举结果传来，弗兰茜就和其他孩子一起欢呼：“又一个区出结果了。”

马蒂的照片时不时出现在“屏幕”上，人们大声欢呼，嗓子都喊哑了。那一年，民主党当选总统，纽约州的民主党州长也再次当选，但弗兰茜只知道马蒂·马奥尼又当选了。

选举过后，政客们忘记了当初的承诺，尽情享受应得的假期，直到新的一年来临，开始为下一次选举做准备。一月二日是民主党总部的妇女日。在那天，也只有那一天，女士们才有机会进入这个男性领地，品尝雪利酒和果仁小蛋糕。一整天，前来的女士络绎不绝，马蒂的手下彬彬有礼地接待。马蒂本人从没露过面。女士们离开时，会把写有自己名字的精美小卡片留在大厅桌子上的雕花玻璃盘中。

凯蒂虽然不喜欢政客，但每年都会造访民主党总部。她身穿洗得干干净净、熨得平平整整的挂着穗带的灰色套装，头戴一顶斜斜遮住右眼的翠绿色天鹅绒帽子。她给门口摆摊的写字人十美分，让他帮忙做了一张卡片。卡片上写着“乔尼·诺兰太太”，大写字母延伸而出，画着花朵和天使。这十美分原本是要放进存钱罐的，但凯蒂觉得一年奢侈一次，也没什么大不了的。

家里人都在等她回来，想听听她造访总部的情况。

“今年怎么样？”乔尼好奇地问。

“跟以前一样。还是那帮人。很多女人都穿着新衣服，我猜她们都是专门买的。当然了，还是妓女穿得最花哨。”凯蒂直言不讳地说，“和以前一样，妓女人数比良家妇女多一倍。”

25

乔尼爱钻牛角尖。有时候，他觉得生活压力太大，就开始借酒浇愁。弗兰茜发现，爸爸的酒越喝越多，他每次喝多之后，回家走路时都小心翼翼的，但身子却稍微有点歪斜。他喝醉之后，就不爱说话了，既不吵闹，也不唱歌，更不会发酒疯，反而变得更加喜欢思考，更加沉默。他不喝酒时，总是活力满满、激情四射，不了解他的人可能会以为他喝醉了。等他真喝醉了，陌生人倒会觉得他安静沉稳、喜欢思考，从不多管闲事。

弗兰茜害怕爸爸喝多——不是因为道德层面的问题，而是因为爸爸酒后会变得陌生。他不和她说话，也不和其他人说话。他看她的眼神就像看陌生人一样。妈妈和他说话，他就把头转过去，不理不睬。

酒醒了，他会立志做个好爸爸，觉得自己有责任教育孩子。他会隔一段时间不喝酒，下定决心好好工作，把所有的空闲时间都用来陪弗兰茜和尼利。他对教育的看法和岳母玛丽·罗梅利一样，想把自己知道的所有东西都教给孩子们，这样等他们到了十四五岁，就能有他三十岁时的见识了。孩子们只要不断学习，按照他的估计，等孩子们长到三十岁，肯定能比他三十岁时聪明一倍。

在他的认知范围内，他觉得孩子们需要学习地理、公民学和社会学。于是，他带着俩孩子来到了布什维克大道。

布什维克大道是老布鲁克林的一条时尚的林荫大道，路面宽阔，绿树成荫。两旁的房子都是用大块花岗岩砌成，都有长长的石台阶，看起来相当豪华。房子里住的都是政界大佬、富裕的酿酒家族，以及坐着头等舱而非三等舱移民美国的有钱人。这些移民带着他们的钱、雕像和看起来很严肃的油画来到美国，在布鲁克林安了家。

这时，已经有汽车了，但这些家庭大部分还是偏爱用他们漂亮的马匹和华丽的马车出行。爸爸一边指给弗兰茜看，一边讲着各类马车。她看着那些马车驶过，心中满是敬畏。

有种小巧玲珑的漆身马车，周围挂着白绸子，上面还撑着一把带流苏的大伞，是给穿着讲究的上流女士乘坐的。还有一种可爱的柳条马车，两边各有一条长凳，小孩子们坐在上面，靠矮矮胖胖的设得兰小马拉着走。陪在孩子们身边的是能干的家庭女教师——她们好似来自另一个世界，身穿斗篷，头戴硬帽，侧身坐在座位上，驾着小马。

弗兰茜看到了一种实用的黑色双座马车，由一匹高头大马拉着，车夫是一位戴着翻边小山羊皮手套的时髦小伙。

她还看到了那种稳重的家庭马车，由看上去可靠的马队拉着。这种马车对弗兰茜没什么吸引力，因为威廉斯堡的每个殡仪馆门口都停着一排这样的马车。

弗兰茜最喜欢的是双轮双座马车。它有两个轮子，还有一个有趣的车门，乘客一坐上去，门就会自动关闭！（天真的弗兰茜以为这门是为了避免马粪溅到乘客身上。）我要是个男孩，弗兰茜想，我就干这个，驾驶双轮马车。坐在高高的后座上，手里威风凛凛地拿着一根鞭子。穿一件那样的大外套，上面有大大的纽扣和天鹅绒领子；戴一顶高礼帽，帽子上系着缎带蝴蝶结！哦，膝盖上还要放这样一条价值不菲的毯子！弗兰茜小声模仿着车夫的吆喝。

“克里奇，先生，去克里奇吗？”

“任何人，”乔尼沉浸在民主梦中，“只要有钱，都可以坐双轮马车。所以，咱们国家多自由啊。”

“还得花钱，算什么自由？”弗兰茜问。

“我说的自由是指：只要你有钱，不管你是谁，都可以去坐马车。在咱们原来的国家，有的人即便再有钱，也不能坐马车。”

“要是能免费乘坐，不是更自由吗？”弗兰茜坚持说。

“不是的。”

“怎么？”

“因为那就成了社会主义。”乔尼得意地说。

听说纽约的下一位市长很可能出自布鲁克林的布什维克大道。这让乔尼异常兴奋。“好好看看这条街吧，弗兰茜，告诉爸爸，我们未来的市长住在哪儿。”

弗兰茜环顾四周，然后低下头，小声说：“爸爸，我不知道。”

“那边！”乔尼得意扬扬地宣布道，就像刚刚赢得了一场比赛，“总有一天，那家门前会竖起两根灯柱。不管你在纽约的哪个角落，”他激动地说，“只要看到有两根灯柱的房子，你就会知道，我们伟大城市的市长就住在里边。”

“为什么要两根灯柱呢？”弗兰茜好奇地问。

“因为这是美国，在这里，”乔尼含糊地说，但声音里满是自豪，“你知道，我们的国家是民治、民享、民有的国家，这样的国家和咱们原先的国家不一样，绝不会灭亡。”他开始轻声哼唱。很快，他情不自禁地朗声唱起来。弗兰茜也跟着唱：

> 你是一面伟大的旗帜，
> 你是一面高高飘扬的旗帜，
> 愿你永远在和平中飘扬……

路人好奇地打量着乔尼，一位好心的女士给了他一美分。

弗兰茜对布什维克大道还有另一段记忆。那里总是飘着玫瑰的香味。

大道上都是玫瑰……玫瑰……街上没有车，人行道上挤满了人，警察把他们拦在后面。到处都是玫瑰的香味。车队来了：骑警开路，接着是一辆敞篷车，车里坐着一个和蔼的男人，脖子上戴着一个玫瑰花环。有些人看到他，激动地流下了眼泪。弗兰茜紧紧抓住爸爸的手。她听到周围的人在议论：

“想想看！他也曾是布鲁克林人。”

“曾是？你这个傻瓜，他现在还住在布鲁克林呢。”

“真的吗？”

“当然。他就住在布什维克大道。”

“看人家！看人家！”一个女人喊道，“他做了这么了不起的事，还这么平易近人，就跟我老公似的，只是更帅一些。”

“车上一定很冷。”一个男人说。

“我想知道他那玩意会不会冻坏。”一个小混混儿样的男孩说。

一个骨瘦如柴的男人拍了拍乔尼的肩膀，“哥们儿，”他说，“你真的相信世界之巅竖着一根杆子吗？”

“当然，”乔尼说，“他不是上去转了一圈，把美国国旗挂上去了吗？”

就在这时，一个小男孩喊道：“他来了！”

“哇——哇——哇——哇！”

汽车驶过他们站立之处，人们的欢呼声不绝于耳，弗兰茜深受感染，兴奋得尖叫起来：“为库克博士鼓掌！布鲁克林万岁！”

26

对“一战”前在布鲁克林长大的孩子来说，感恩节是个特别的日子。这天，他们会打扮成“小乞丐”，戴上一美分买来的面具，挨家挨户“砸门讨赏”。

弗兰茜挑面具时特别用心。她选了个黄色的中国面具，上面还挂着用粗糙的绳子做成的胡子。尼利挑了一个苍白的骷髅面具，面具咧嘴笑着，露出黑色的牙齿。爸爸在最后关头给姐弟俩一人买了一个一美分的锡喇叭，弗兰茜的是红色的，尼利的是绿色的。

弗兰茜特别喜欢看尼利换装！他套上了妈妈的一件旧裙子，前面剪短到脚踝，方便走路。没剪的后摆拖在地上，沾满了灰尘。他往衣服里塞了很多揉皱的报纸，变成了巨胸。他那双破旧的鞋子的鞋尖从裙摆下边露了出来。他不想挨冻，就在这套衣服外边套了一件破毛衣。他脸上戴着骷髅面具，头上斜扣着爸爸的一顶旧礼帽。只是帽子太大，戴不正，只能搭在耳朵上。

弗兰茜穿了妈妈的一件黄上衣，一条亮蓝色裙子，系着一条红腰带。她用一条红头巾把中国面具固定住，在下巴下边打了个结。天气太冷，妈妈又让她戴上了她的“青春痘帽”(凯蒂给羊绒线帽起的名字)。弗兰茜往去年用的复活节篮子里放了两个核桃，应应景。接着，孩子们出发了。

街上挤满了戴着面具、穿着奇装异服的孩子，他们用一美分的锡喇叭制造出震耳欲聋的噪声。有些孩子太穷了，连一美分的面具都负担不起，就用烧焦的软木炭涂黑了脸。家境较好的孩子则穿着商店里买的服装：粗糙的印第安服、牛仔服和粗布制成的荷兰少女裙。还有一些孩子，随便在身上披了块脏床单，就到街上来了。

弗兰茜被人群推着走，跟着他们一起游逛。有些店主把门上了锁，但大多数店主都给孩子们准备了东西。糖果店老板把攒了好几周的碎糖果分装在小袋子里，分发给来要糖的孩子。他不得不这么做，因为他靠这些孩子的零钱维生，可不敢得罪他们。面包店老板则烤了一批软饼干，免费分发给孩子们，孩子们是这一带的重要消费者，只会光顾那些对他们友善的商店，面包店老板很清楚这一点。蔬菜水果店则提供了一些熟过头的香蕉和半烂的苹果。有些商店不做孩子生意，所以既不锁门也不给孩子们任何东西，只是狠狠教育他们一顿，讲乞讨有多不好。孩子们会以一次又一次猛烈地敲打他们的门作为反击，这也是“砸门讨赏”的来历。

待到中午，一切结束。弗兰茜讨厌极了她那套笨重的装扮，面具早就皱了。(面具原材料是廉价纱布，用淀粉浆过，晾干后固定而成。)一个男孩抢了她的锡喇叭，膝盖一顶，折成了两半。她看见尼利的鼻子在流血，原来有个男孩想要他的篮子，他跟人打了一架。尼利不肯说谁胜谁负，但他手里除了自己的篮子，还拿着另一个男孩的篮子。他们回到家，吃了一顿丰盛的感恩节晚餐，有炖肉和自制面条。下午，姐弟俩听爸爸回忆他小时候过感恩节的事。

感恩节时，弗兰茜撒了她人生中的第一个谎，被老师发现后，她决心当一名作家。

感恩节前一天，弗兰茜所在班级举行活动。四个被选中的女孩每人要背诵一首与感恩节有关的诗歌，手里要拿一个能象征感恩节的东西。一个女孩拿着一根干瘪的玉米；一个女孩拿着一只火鸡腿，代表整只火鸡；第三个女孩拿着一篮子苹果；第四个女孩拿着一个价值五美分、碟子大小的南瓜派。

活动结束后，火鸡腿和玉米都进了垃圾桶。老师把苹果收起来，打算带回家。她问有没有人想要那个小南瓜派。三十个孩子全都馋得直流口水，三十只手都想举起来，但没有人动。有的学生家里穷，有的学生肚子饿，但大家都要面子，不愿意接受别人给的食物。老师见没人吭声，就下令把派扔掉。

弗兰茜心里很着急，那么好看的一个派就这么扔了，她还没尝过南瓜派的味道呢！在她眼里，那可是乘坐豪华马车的人和印第安战士才能吃到的美味。她真想尝尝它是什么味道。她灵机一动，计上心头，举起手来。

"太好了，有人想要。"老师说。

"我不是给自己要的，"弗兰茜故意装出骄傲的样子，撒谎说，"我知道有一家人特别穷，我想给他们。"

"真棒！"老师说，"这才是感恩节的真正意义。"

那天下午，弗兰茜在回家的路上就吃掉了那个派。不知是良心不安，还是不适应那种味道，总之她不喜欢这个派，觉得吃起来像肥皂一样。下周一上课前，老师在走廊里看见她，问她那个穷人家庭喜不喜欢那个派。

"他们特别喜欢，"弗兰茜说。见老师颇有兴趣的样子，她又添油加醋地说："这家有两个小女孩，长着满头金色卷发和大大的蓝眼睛。"

"然后呢？"老师问。

"然后……然后……她们是双胞胎。"

"真有意思。"

弗兰茜来了灵感："她们一个叫帕梅拉，一个叫卡米拉。"（这些是她以前给她那些不存在的洋娃娃起的名字。）

“她们特别特别穷。”老师提醒道。

“对，她们特别穷，三天没吃东西了。医生说，要是我不把那个派给她们，她们就饿死了。”

“那个派那么小，”老师温柔地说，“居然救了两条命。”

弗兰茜知道自己编得太离谱了。她讨厌自己不由自主地编出了这种谎话。

老师弯下腰，抱住弗兰茜。弗兰茜看到她眼里闪着泪光。弗兰茜崩溃了，悔恨如潮水般涌上心头。

“我撒谎了，”她坦言道，“那个派是我自己吃的。”

“我知道。”

“请您别给我家寄信，”弗兰茜想到那个地址不是自己家，便恳求道，“我每天放学都留下来……”

“我不会因为你有想象力而惩罚你。”

老师耐心地给她解释了说谎和讲故事的不同之处：“说谎是故意说假话，可能是因为心眼儿坏，或者胆子小。讲故事呢，是根据可能发生的事编出来的。只是你没有按照实际情况讲，而是按照想象的情况讲的。”

老师这么一说，弗兰茜如释重负。最近，她总是言过其实，不原原本本地说事情，而是给它们添枝加叶，讲得又刺激又曲折。凯蒂为此很是头疼，一直提醒弗兰茜要老老实实地说真话，不要编故事。但弗兰茜就是做不到，她总喜欢夸大其词。

实际上，凯蒂也有这种给事情添枝加叶的本事，乔尼也活在一个半梦半醒的世界里，但他们并不想让孩子这样。他们或许有他们的道理。或许他们知道自己的想象力只是美化了生活中的贫穷和残酷，让他们能继续忍受下去。或许凯蒂觉得，要是他们没有这种想象力，头脑就能更清楚，更清楚地认清现实——认清现实，厌恶现实，进而想办法改变现实。

弗兰茜一直记得那位和善的老师跟她说的话。“你知道，弗兰茜，好多人会觉得你编的这些故事是谎话，因为它们的确不是事实。从今往后，事情发生后，你要原原本本地讲它是怎么发生的，但你可以把你认为它应该如何发展写下来。说真话，写故事，这样你就不会把现实和想象搞混了。”

这是弗兰茜得到的最棒的建议。现实和想象在她脑海中混乱得一塌糊涂——每个孤单的孩子都是这样的——她压根分不清现实和想象。但老师的解释让她恍然大悟。从那以后，她把自己看到的、感受到的和做的事情，全都写成了一个个小故事。时间一长，她总算能陈述事实了，只会稍微加点源自本能的修饰。

弗兰茜十岁那年，第一次找到了写作这个宣泄口。写什么并不打紧，要紧的是，写故事让她分清了现实和想象之间的界限。

要是没找到写作这个宣泄口，她很可能会变成一个超级大骗子。

27

布鲁克林的圣诞节总是带着一股神奇的魔力。节日还没到，这股魔力就早早地飘荡在了空气中。最先带来圣诞氛围的是莫顿老师，他奔走于各个学校上课，教大家唱圣诞歌。不过，圣诞节到来的最明显信号还是商店的橱窗。

只有小孩子才能感受到，摆满洋娃娃、雪橇和其他玩具的商店橱窗有多迷人。对弗兰茜来说，这种美妙的体验是不用花钱的。透过玻璃窗看这些玩具，和真的拥有它们一样让人兴奋。

哇，弗兰茜拐过街角，看到另一家装饰得漂漂亮亮的商店，心里是多么激动啊！看那干净闪亮的橱窗，上面放着闪亮的棉絮，好像铺了一层软软的地毯！里面有金发碧眼的洋娃娃，还有弗兰茜更喜欢的、发色像加了牛奶的咖啡的娃娃。洋娃娃的脸画得那么好看，穿着弗兰茜从没见过的衣服。洋娃娃们站在薄薄的纸板盒里，靠一点点胶带和盒子后面的小孔支撑着。长长的睫毛包围着深邃的蓝眼睛，直勾勾地盯着小女孩，那完美的小手伸出来，好像在央求："你愿意当我的妈妈吗？"弗兰茜只有一个两英寸大的洋娃娃，是花五美分买的。

还有雪橇！（威廉斯堡的孩子们总叫它雪橇车。）简直是孩子们梦寐以求的天堂！一辆崭新的雪橇，上面画着梦想中的花——深蓝色的花朵，鲜绿色的叶子——乌木黑的涂漆滑板，光滑的硬木转向杆，上面涂着闪亮的清漆！所有的雪橇上都写着名字："玫瑰花蕾""木兰花""雪之王""飞行者"。弗兰茜想："如果我能拥有其中一个，这辈子都不会再向上帝祈求其他东西了。"

还有闪亮的镍制旱冰鞋，由上好的棕色皮革带和随时待命的银色轮子组成，好像只要轻轻一吹，轮子就能转动。旱冰鞋叠放着，躺在像云朵一样的棉絮上，上面撒着雪花般的云母。

还有好多奇妙的宝贝，弗兰茜目不暇接。她边走边看橱窗里的玩具，边根据玩具编故事，不一会儿就眼花缭乱了。

圣诞节快到了，社区里到处都能看到云杉树。这些树的枝条被绑得紧紧的，可能是为了让它们看起来更整齐，也更方便搬运。小贩们在路边摆摊，在两根杆子间绑一根绳子，把树靠上去。他们整天在这条飘着松香的大街上走来走去，手冻得通红，却还是满怀希望地看着那些停下来的顾客。有人会为圣诞节买一棵树，有人只是停下来问问价，摸摸树，闻闻那清新的松香味。虽然大多数人只是来感受一下节日气氛，但空气中那股松树和橘子的香味，让这条普通的街道变得特别迷人。

这一带有个残酷的传统。圣诞节前夜，如果还有树没卖出去，就会被免费送人。真的是直接扔给你。

耶稣诞辰前夜，孩子们聚在那些还没售出的树旁。卖树人会按照从大到小的顺序，一棵一棵地把树扔出去。孩子们争先恐后地去接。要是接住了，那棵树就归他了；要是没接住，那就没机会了。只有最勇敢的孩子和一些大人敢接那些大家伙。其他人就聪明多了，会等一棵自己能接得住的树。最小的孩子等着那些最小的树，一旦接到，就会兴奋地尖叫起来。

那年平安夜，弗兰茜十岁，尼利九岁，妈妈第一次同意让他们去楼下接树。弗兰茜早就看中了一棵树，整个下午和晚上都守在那棵树旁，心里默默祈祷不要有人把它买走。到了午夜，她的愿望成真了，那棵树还在。那是社区里最大的一棵树，高十英尺，枝条被白色的新绳子绑着，树尖清晰纯净。

卖树人把树搬了出来。弗兰茜还没来得及开口，一个名叫潘基·珀金斯的十八岁坏小子就走了过来，让卖树人把树扔给他。卖树人不喜欢他那副嚣张样，便四下看了看，问："还有谁想试试运气吗？"

弗兰茜走上前去:“我想试试,先生。”

卖树人轻蔑地笑了笑,孩子们偷偷地笑了,几个大人也笑了。

“算了吧,你太小了。”卖树人说。

“我和我弟弟加起来就不小了。”

她把尼利拉了过来。那个人看着他俩——一个瘦小面黄肌瘦的十岁女孩,也就下巴还圆润点。再看那个金发碧眼的小男孩——尼利·诺兰,一脸天真和自信。

“两个人一块,不公平。”潘基喊道。

“闭上你的臭嘴。”掌握着最终解释权的卖树人说,“这俩孩子够勇敢!其他人都让开,看这两个孩子的。”

其他人让出了一条路。弗兰茜和尼利站在一头,那个拿着大树的壮汉站在另一头。周围的看客围成人字形,弗兰茜和弟弟站在窄小的一端。卖树人伸了伸他粗壮的胳膊,准备把那棵大树扔出去。他注意到通道尽头的两个孩子看上去那么弱小。一瞬间,扔树人感到了一种痛苦。

“哦,耶稣,”他的内心备受煎熬,“我为什么不直接把树送给他们,道一句圣诞快乐,让他们走呢?这棵树在我这儿还有什么用?反正今年卖不出去,明年也不可能再卖。”孩子们看着他一脸严肃地站在那儿思考。“可是,”他想,“我要是这么做,其他人肯定都想让我免费送,那明年不就没人从我这里买树了。他们都会等着我免费送的。我没那么伟大,不能把这棵树免费送掉。是的,我不够伟大,没能力做那样的事。我得为自己和我的孩子着想。”他终于拿定了主意。“唉,就这么着吧!这俩孩子活在这世界,就得习惯这世道。得学会给予,也得学会接受惩罚。而且,耶稣啊,这世道哪有什么给予啊,全都是索取、索取、索取,这糟糕的世界。”他用尽全力把那棵树扔出去,内心在哀号,“这是一个糟糕的不能再糟糕的世界!”

弗兰茜看着那棵树从卖树人手里飞出去。那一刻,时间好像停止了,周围的一切都静止了。一个黑乎乎的大东西,从空中向她飞来。那棵树朝她飞去,好似抹去了她的全部记忆。她只能看到一团黑黑的东西朝自己飞来,而且越来越大。树撞到他们身上时,她差点摔倒。尼利被撞得跪在地上,但在他倒地之前,她拼命将他拉了起来。大树轰然倒下,发出巨大的沙沙声。四周黑乎乎、绿油油的,还有点扎人。她感到脑袋一侧好疼,那是树干撞到的地方，她还感到尼利在发抖。

几个大一点的男孩把树拉开，发现弗兰茜和弟弟手拉手站着。尼利的脸上有划痕，流着鲜血。他看上去像个小宝宝，蓝眼睛中满是迷茫。在鲜血的映衬下，他的皮肤更显白皙。但他们两个都面带笑容，因为他们赢下了社区最大的一棵树。男孩们高喊："万岁！"有的大人鼓起了掌。卖树人尖声叫着："赶紧带着你们的树滚回家去吧，两个小杂种。"

弗兰茜从小就听惯了骂人的话。在那些人的世界里，脏话和粗话没什么特别的意义。只是那些不太会说话的人，用有限的词汇表达感情的一种方式，可以说，脏话、粗话是他们的一种方言。说话的表情和语气不同，话的意思就不同。所以，当弗兰茜听到他叫她"小杂种"时，她害羞地对那个好心的男人笑了笑。她知道他其实想说："再见，上帝保佑你们。"

把那棵树拖回家并不容易，姐弟俩得一点一点地往回拉。有个男孩在旁边起哄，喊着："免费乘车！大家都来！"他跳上去，让他们拖着他一起走。

后来他玩腻了，就走了。

姐弟俩费了好大劲才把树拖回家，这延长了他们胜利的喜悦。听到一位女士赞叹："我从没见过这么大的圣诞树！"弗兰茜心里乐开了花。一个人在他们身后开玩笑说："这俩孩子肯定是发了大财，买这么大一棵树。"街角的警察拦住他们，看了看树，然后半认真半开玩笑地说："要是你们能把树送到我家，我愿意出十美分。"虽然知道警察叔叔是在逗他们玩，弗兰茜还是高兴得不得了。她说，就算给一美元，她也不会卖。警察叔叔摇摇头，说这么好的机会都抓不住，真是太傻了。他甚至出到了二十五美分，但弗兰茜只是笑着摇头拒绝。

这就像是圣诞剧表演，场景是街角，时间是一个寒冷的平安夜，角色是一位和蔼的警察叔叔，还有她和弟弟。弗兰茜知道全部台词。警察叔叔准确地说出了他的台词，弗兰茜愉快地接过话茬，舞台指导就是台词之间的微笑。

他们不得不请爸爸帮忙把树搬上狭窄的楼梯。爸爸跑下来，步伐稳当，没有歪斜，弗兰茜松了一口气——爸爸没喝醉。

看见这么大一棵树，爸爸十分惊讶，弗兰茜很是得意。他假装不相信那是他们的树。弗兰茜知道爸爸在故意开玩笑，但她还是很开心，并努力说服他。爸爸在前面拉，弗兰茜和尼利在后面推，终于把那棵大树弄上了狭窄的三层楼梯。乔尼十分兴奋，不顾天色已晚，唱起歌来。他唱的是《平安夜》。狭窄的墙壁吸收了他清亮甜美的声音，停顿片刻，回响出加倍的甜美。邻居纷纷把门打开，聚在楼道里，享受着生活中的意外惊喜。

弗兰茜看到廷莫尔姐妹站在门口，灰色头发卷在卷发器里，皱巴巴、硬挺挺的睡衣在宽松的外衣下若隐若现。她们加入了乔尼的歌唱，声音尖细感人。弗洛西·加迪斯、她的妈妈和她那饱受肺结核折磨的弟弟亨利也站在门口，亨利在哭，乔尼见状，连忙调低了歌声。他想，也许这歌声会让亨利伤心。

弗洛西穿着一身礼服，等着人带她去参加午夜后的化装舞会。她打扮得像克朗代克舞厅的女郎，穿着黑色长筒丝袜，脚蹬螺旋形鞋跟的高跟鞋，膝盖下面绑着一条红色吊袜带，手里还晃着一个黑色面具。她笑着对乔尼眨眨眼。她把手放在腰上，斜靠着门框，想让自己看起来更加妩媚——至少她自己是这么认为的。乔尼看着她，笑着说："弗洛西，圣诞树顶上少了个天使，你来帮忙装饰一下怎么样？"

弗洛西本来想开句玩笑，说要是她爬那么高，风一吹，内裤都得飞了。但她没这么说。这棵庞然大物正被拖进来，显得特别低调谦卑；孩子们脸上都挂着开心的笑容；邻居们难得这么友好，走廊里的灯光也十分柔和，让她为自己没说出口的玩笑感到羞愧。最后，她笑着说："哎呀，乔尼·诺兰，你可真会开玩笑。"

凯蒂独自站在楼梯的最后一段，双手抱在胸前。她听着歌声，低头看着众人慢慢爬上楼梯，一副若有所思的样子。

她心想："他们觉得这样挺好。他们觉得这样挺好——一美分没花就得到了一棵树，乔尼也讨好他们，还唱着歌，邻居们也挺高兴。他们觉得自己活在世上很幸运，又要过圣诞节。他们看不到我们住在一个脏乱不堪的街道上的一个脏兮兮的房子里，周围的人都过得不怎么样。乔尼和俩孩子看不到，我们的邻居不得不在这样的污浊中苟且过活。我的孩子们必须离开这儿！他们必须过得比我和乔尼好，比周围的人都好。可怎么才能实现呢？每天读一页书，往存钱罐里存几个硬币，根本不够！钱！钱能让他们过得更好吗？没错，钱能让日子过得轻松。但只有钱还不够。麦加里蒂有一家酒吧，就在街角，他有很多钱。他老婆戴着钻石耳环，但他的孩子却不如我的孩子聪明善良。他们为人小气又贪婪，仗着自己有钱，嘲笑穷人家的孩子。我见过他家女儿在街上拿着一袋子糖果吃，眼睁睁看着一群饿肚子的孩子围着她看。看那些孩子的样子，心里肯定在哭。她再也吃不下时，宁肯把剩下的糖果扔进下水道，也不分给那些孩子。啊，不，不光是钱的问题。麦加里蒂家的女儿每天戴不同的发带，每个都要五十美分，那钱足够我们一家四口一天的伙食费。但她淡红的头发那么细。我的尼利虽然帽子严重变形，上面还有个大洞，但他满头金色卷发，浓密得很。

我的弗兰茜没有发带，但她的头发又长又亮。这些是钱能买来的吗？显然不是。这就说明，一定有比钱更重要的东西。杰克逊小姐在社区服务中心教书，她为慈善组织工作，没什么钱。她住在顶楼的一个小房间里。她只有一条裙子，但总是洗得干干净净，熨得平平整整。你和她说话时，她会用眼睛直视着你。听她说话，就像久旱逢甘霖，让你觉得十分治愈。杰克逊小姐通情达理。她住在一个脏兮兮的社区里，却能洁身自好，就像剧中的女演员，可远观不可亵玩。这就是她和麦加里蒂太太的不同之处，后者虽然很有钱，但身材肥胖，还和送啤酒的卡车司机不清不楚。所以，她和这位没钱的杰克逊小姐到底差在哪儿呢？”

凯蒂突然眼前一亮，答案竟然这么简单，简单到她有点吃惊。教育！没错！教育才是关键！教育能让他们摆脱脏乱和贫穷。证据呢？杰克逊小姐受过教育，而麦加里蒂太太没有。啊！这就是玛丽·罗梅利，她的母亲，多年来一直告诉她的道理，只是她没明确说出教育这个词！

看着孩子们吃力地爬上楼梯，听着他们稚嫩的声音，她思考起了教育问题。

“弗兰茜很聪明，”她想，“她得上高中，也许还要继续上大学。她是学习的料，将来肯定有出息。但她受了教育，就会离我越来越远。唉，她现在不就在离我远去嘛！她不像儿子那么爱我。我感觉到她在逐渐疏远我。她不理解我，只想着我不理解她。等她受了教育，没准会为我感到羞耻，为我的说话方式感到羞耻。但她的修养不会让她表现出来。相反，她会试图改变我。她会来看我，试图让我过上更好的生活。我对她有点刻薄，因为我知道她比我强。随着年龄的增长，她会明白很多事；明白得越多，就越不幸福。她会意识到我爱儿子远胜于她，这是我无法改变的事实，但她不会理解，有时我觉得她现在就明白这一点。她已经开始疏远我，很快就会努力摆脱我。转到那所遥远的学校是她摆脱我的第一步。但尼利永远不会离开我，这就是为什么我最爱他。他依恋我，理解我。我希望他成为一名医生，他必须成为医生。也许他还可以拉小提琴，他有音乐天赋，这是从他父亲身上继承来的，他在钢琴上的造诣远超我和弗兰茜。是的，他父亲有音乐天赋，但这对他没有任何好处，反而把他毁了。

如果他不会唱歌，那些人就不会留他在身边伺候，还请他喝酒了。他唱得再好，对我们有什么好处呢？儿子的情况就不一样了，他会受教育。我必须想个办法。我们不会和乔尼在一起太久了。亲爱的上帝，我曾经非常爱他——有时我仍然爱他。但他毫无价值……毫无价值。我发现了这一点，请上帝原谅。

父子三人爬楼梯时，凯蒂想明白了很多事。大家看着她，只看到她光滑、漂亮、充满活力的脸，却猜不到她内心的挣扎和决定。

他们在前厅铺了块床单，避免松针掉落弄脏那块粉色玫瑰图案的地毯。圣诞树放在一个大铁桶里，周围塞满碎砖头，让树保持直立。剪开绳子，树枝散开来，把整间屋子都填满了。树枝搭在钢琴上，椅子摆在树枝中间。他们家没钱买装饰品和彩灯，但那棵大树本身就很美。屋子里很冷，那年家里穷，连烧炉子的煤都买不起。房间里弥漫着清冷的气息和树木的香味。那一周，弗兰茜每天都穿着毛衣，戴着帽子，坐在树下。她喜欢闻那棵树的气味，喜欢看它深绿的颜色。

哦，一棵神秘的大树，被关在贫民窟前厅的铁皮洗衣桶里！

虽然那一年家里很穷，但那个圣诞节过得很好，孩子们都收到了礼物。妈妈给他们每人一条羊毛内裤，解开扣子就能露出屁股那种，还有一件穿起来有点扎人的长袖羊毛衫。艾薇姨妈送给姐弟俩一盒多米诺骨牌。爸爸教他们玩。尼利不喜欢这个游戏，所以爸爸就和弗兰茜一起玩，每次输了，他都会假装很生气。

玛丽·罗梅利外婆带来了一些她亲手做的礼物，每人一件马甲。她剪了两块小小的椭圆形的鲜红羊毛料，一块上面用亮蓝色的线绣了一个十字架，另一块上面绣了一颗金色的心，心上面绣着一个棕色荆棘冠。一把黑色小刀穿过那颗心，两滴深红色的血从刀尖滴下来。十字架和心都很小，针脚十分细密。她用一根紧身衣带将两块椭圆缝在一起。玛丽·罗梅利在把马甲带过来之前，已经让神父祝福过了。她给弗兰茜套马甲时，说了句“神圣的圣诞节”。然后又说，“愿天使与你同在。”

茜茜姨妈给弗兰茜送了个小包裹，弗兰茜打开一看，是个精致的火柴盒，用紫藤花纹样的皱纹纸包着。弗兰茜小心翼翼地打开盒子，里面是十个分别用粉色纸巾包着的亮闪闪的金色硬币。茜茜说，她买了些金粉，加了几滴香蕉油，给每个硬币都镀了层金。弗兰茜特别喜欢这份礼物，收到后不到一小时，她就反反复复打开了十几次。看着盒子里面的钴蓝色纸和薄如纸的木片慢慢露出来，她感到十分开心。包在粉色纸巾里的金色硬币，就像是一个百看不厌的奇迹。大家都觉得这些硬币太漂亮了，花掉实在可惜。白天，弗兰茜不小心弄丢了两枚硬币，妈妈建议她把硬币放到存钱罐里，因为那里最安全。她答应，打开存钱罐时，弗兰茜可以取回硬币。弗兰茜相信妈妈，但想到那些金色硬币要被丢进黑暗里，她还是有点于心不忍。爸爸给弗兰茜准备了一份特别的礼物，是一张明信片。明信片上有一个教堂，屋顶上粘着粉末状的明胶，比真雪还要亮。教堂的窗户是用小块闪亮的橙色纸做的。这张明信片很神奇，弗兰茜把它举起来，光线透过纸窗，照在闪闪发光的雪地上，投下金色的阴影，美轮美奂。妈妈说，明信片上没写字，弗兰茜可以留着明年寄给别人。

“不要！”弗兰茜说完，双手紧紧捂住明信片，抱在胸前。

妈妈笑了：“你得开得起玩笑，弗兰茜，不然以后的日子可不好过。”

“圣诞节不是说教的日子。”爸爸说。

“但是喝酒的日子，对吧？”妈妈很生气。

“我只喝了两杯，凯蒂，”乔尼恳求道，“圣诞节有人请我喝的。”

弗兰茜走进卧室，关上门，不忍心听妈妈责怪爸爸。

晚饭前，弗兰茜拿出了她精心准备的礼物。她给妈妈做了个帽针架，原材料是花一美分从药店买的试管。她用一条带褶皱边的蓝色缎带把试管包起来，在顶部缝了一段婴儿丝带，以便挂在梳妆台边上，方便妈妈盛帽针。

她给爸爸做了一根表链。在一个线轴上钉了四颗钉子，再用两根鞋带绕着钉子编，编成了一条宽宽的表链。虽然乔尼没有手表，但他找来一个铁水龙头垫圈，把表链系在上面当作怀表，塞进了背心口袋。

弗兰茜给尼利的礼物特别棒：一颗五美分的弹珠，看起来像超大的猫眼石，闪闪发光。尼利有一盒子的“小不点”，都是些用黏土做的小小的棕色或蓝色弹珠，一美分能买二十个。他一直想要一颗好弹珠，参加“重要比赛”。

弗兰茜看着弟弟熟练地用食指和拇指玩弄弹珠，心里美滋滋的，觉得自己选对了礼物。

尼利把弹珠装进口袋，说他也有礼物要送。他跑进卧室，从床底下掏出一个黏糊糊的袋子。他把袋子递给妈妈，让她分发。妈妈打开袋子，里面是尼利为大家准备的条纹棒棒糖，人人都有。妈妈高兴极了，说这是她收到的最漂亮的礼物，还亲了尼利三次。弗兰茜努力克制着内心的嫉妒——妈妈偏心尼利，更喜欢他的礼物。

就在那周，弗兰茜还撒了个谎。艾薇姨妈拿来了两张票，说是有个新教组织要为不同信仰的穷人举办一场庆祝活动。舞台上有装饰好的圣诞树，还会演圣诞剧、唱圣诞颂歌，去的孩子都能得到一个礼物。凯蒂觉得不合适——天主教的孩子怎么能参加新教的活动呢。但艾薇姨妈劝妈妈要宽容。最后，妈妈妥协了，答应让弗兰茜和尼利去参加活动。

那是一个宽敞的大礼堂，男孩们坐在一边，女孩们坐在另一边。庆祝活动很精彩，只是那出戏是宗教题材的，略显枯燥。演出结束，教会的女士们沿着过道走来，给每个孩子分发礼物。女孩们的礼物是跳棋盘，男孩们的礼物是彩票游戏。在又唱了几首歌后，一位女士走上舞台，说要揭晓一个特别惊喜。

一个衣着精致的可爱的小女孩，从侧翼走上舞台，手里抱着一个漂亮的洋娃娃。这个洋娃娃有一英尺高，满头金发，一双蓝眼睛能开能合，还有真正的睫毛。女士领着孩子走上前，发表了一番讲话。

“这个小女孩叫玛丽。”小玛丽微笑着鞠了个躬。观众席的小女孩们向她微笑，一些即将进入青春期的男孩吹起了刺耳的口哨。“玛丽的妈妈买了这个洋娃娃，为它做了一套和玛丽身上一模一样的衣服。”

小玛丽走上前，把洋娃娃高高举起。然后她让女士抱着洋娃娃，自己展开裙子，行了一个屈膝礼。弗兰茜看到，洋娃娃身穿蕾丝边蓝色丝绸裙、头戴粉色蝴蝶结、脚蹬黑色漆皮鞋和白色丝袜，身上的装扮的确和美丽的玛丽一模一样。

“现在，”女士说，“善良慷慨的玛丽将把这个以她命名的洋娃娃送出去。”小女孩再次露出了优雅的微笑。“玛丽想把洋娃娃送给观众席中名叫玛丽的贫穷女孩。”这话一出，就像风吹过玉米地一样，观众席的小女孩们全都窃窃私语起来。

“观众席有没有名叫玛丽的贫穷女孩？”

现场一片寂静。观众席上至少坐着一百个玛丽，但“贫穷”这个形容词让她们陷入了沉默。没有一个玛丽愿意站起来，不管她多想要那个洋娃娃，也不愿意成为观众席上贫穷小女孩的代表。她们开始窃窃私语，说自己不穷，家里有更好的洋娃娃和更好的衣服，只是她们不想穿而已。弗兰茜坐在那儿，满心满眼都是那个洋娃娃。

“什么？”台上的女士说，“一个玛丽都没有？”她等了一会儿，又问了一遍。没有回应。她遗憾地说：“真遗憾，一个叫玛丽的都没有。小玛丽只好把洋娃娃带回家了。”小女孩微笑着鞠了个躬，转过身去，准备带着洋娃娃离开舞台。

弗兰茜受不了了，她真的受不了了。这情景跟老师要把南瓜派扔进垃圾桶那次一模一样。她站起身，高高举起手。那位女士看到了，赶忙拦下了准备离开舞台的小女孩。

“啊！我们确实有一位玛丽，一个腼腆的玛丽，但终归是玛丽。快上台来，玛丽。”

弗兰茜满脸通红，尴尬地沿着长长的过道走上舞台。她在台阶上绊了一下，女孩们窃笑，男孩们哄笑。

“你叫什么名字？”女士问。

“玛丽·弗兰茜斯·诺兰。”弗兰茜低声说。

“大声点，面向观众。”

弗兰茜痛苦地面向观众，大声说：“玛丽·弗兰茜斯·诺兰。”台下的每一个面孔都像是绑在粗线上的大气球。她想，如果她继续看下去，这些面孔就会像气球一样飘到天花板上去。

那个漂亮的小女孩走上前来，把洋娃娃放进弗兰茜怀里。弗兰茜的手臂自然地环绕着它，就好像她的手臂生来就在等着抱这个洋娃娃。漂亮的玛丽伸出手来跟弗兰茜握手。尽管弗兰茜又尴尬又困惑，但她还是注意到了那只娇嫩白皙的小手，上面有淡蓝色的静脉纹路，还有像精致的粉红色贝壳一样闪闪发光的椭圆形指甲。

弗兰茜窘迫地回到座位上，那位女士还在讲话："大家今天见识了真正的圣诞精神。小玛丽家非常富有，圣诞节收到了许多漂亮的洋娃娃。但她并不自私。她想把快乐带给不那么幸运的穷玛丽，所以把洋娃娃送给了和她同名的贫穷小女孩。"

灼热的泪水刺痛了弗兰茜的眼睛。"他们为什么不能直接把娃娃送出去？为什么非得说穷富？为什么不能不说这些，直接把娃娃送出去？"她痛苦地想。

这还不是弗兰茜受到的全部羞辱。她沿着过道走下来，观众席的女孩纷纷斜过来对着她，低声讽刺道："穷光蛋，穷光蛋，穷光蛋。"

一路上全是穷光蛋、穷光蛋、穷光蛋的嘲讽。那些女孩觉得自己比弗兰茜富有，但其实她们跟她一样穷，但她们有她所缺乏的东西——自尊。弗兰茜对此心知肚明。她对当众撒谎和冒名得到洋娃娃之事没有丝毫内疚。她为谎言和洋娃娃付出了代价，放弃了自尊。

她想起了那位老师，老师跟她说，不能说谎，但可以把心里话写下来。或许她不该去领那个洋娃娃，而是应该写个故事。但不行！不行！拥有那个洋娃娃，比写个故事强多了。活动结束，大家站起来唱《星条旗》时，弗兰茜把脸贴在洋娃娃的脸上。彩色瓷器散发出似有若无的清爽气息，洋娃娃的头发散发着让人难忘的香味，洋娃娃身上的纱布衣服软绵绵的。洋娃娃的真睫毛碰到了她的脸颊，她激动得直哆嗦。孩子们唱着：

> 这是自由的国度，
> 这是勇敢者的家园。

弗兰茜紧紧抓着洋娃娃的小手。她拇指上的神经一跳一跳的，觉得洋娃娃的手也在动。她差点就相信洋娃娃是活的了。

她跟妈妈说，洋娃娃是奖品。她不敢说实话。妈妈最不喜欢别人施舍，要是她知道了真实情况，肯定会把洋娃娃扔掉。尼利没有揭穿她。弗兰茜拥有了洋娃娃，但心里又多了一个谎言。那天下午，她写了一个故事，讲一个小女孩特别想要一个洋娃娃，为了得到洋娃娃，甚至愿意把灵魂永远交给炼狱。这个故事很感人，但弗兰茜读了一遍，觉得，“故事里的女孩虽然愿意这样，但我并没觉得好受”。

她想下周六要去做忏悔。她决定，不管神父如何惩罚她，她都愿意三倍受过。但她还是觉得不舒服。

然后她想到了一个主意！也许能让谎言变成事实！她知道，天主教的孩子接受坚信礼时，都要选个圣人的名字当中间名。多简单的办法啊！接受坚信礼时，就选“玛丽”当中间名。

那天晚上，看完一页《圣经》和一页莎士比亚的书，弗兰茜问妈妈：“妈妈，我接受坚信礼时，能取玛丽当中间名吗？”

“不行。”

弗兰茜的心紧了一下：“为什么？”

“因为你受洗时，已经取了安迪女朋友的名字——弗兰茜。”

“我知道。”

“但你也取了外婆的名字玛丽。你的全名是玛丽·弗兰茜斯·诺兰。”

弗兰茜小心翼翼地把洋娃娃放在床边，生怕吵醒它。她轻轻躺下，一动也不敢动。夜里，她不时醒来，小声唤着“玛丽”，用指尖轻轻摸一摸洋娃娃那几乎看不见的小鞋子。她觉得那薄薄、软软、滑滑的一小片皮革，摸起来真舒服。

这个洋娃娃，是她生平第一个，也是最后一个。

28

凯蒂总是觉得未来就在眼前。她经常挂在嘴边的话是：“圣诞节一眨眼就到了。”假期刚开始，她会说：“学校一眨眼就要开学了。”春天一到，弗兰茜把长衬裤脱下来，高兴地扔到一边，妈妈让她捡起来，说：“你很快就会用得着。冬天一眨眼就到了。”妈妈这话是什么意思？春天才刚刚开始，冬天怎么可能一眨眼就来呢？

小孩子对时间没什么概念。对他们来说，下周就是未来，从圣诞节到下一个圣诞节的一年，就像是永远那么长。弗兰茜对时间的理解从小就是这样，直到她十一岁那年。

在她十一岁到十二岁生日之间，事情开始变得不一样了。未来来得更快，日子好像变短了，一周的天数好像也变少了。亨利·加迪斯去世了，弗兰茜对时间的理解也受到了此事的影响。她一直听说亨利会死，听得多了，也就信了，但她一直觉得那是很久很久以后的事。现在，那个很久以后的时间已经到了。曾经未来的事情，变成了现在，而且很快就会变成过去。弗兰茜想知道，是不是必须有人去世，小孩子才能懂得这个道理。但不对，她九岁那年，外公罗梅利去世，那是在她第一次领圣餐后的一周，她记得那时候，圣诞节还很遥远。

变化来得太快，弗兰茜都有点摸不着头脑了。尼利比她小一岁，却突然长高了，个头儿都超过她了。莫迪·多纳文搬走了。三个月后她回来探亲，弗兰茜发现她变了。三个月的时间，莫迪多了些女人味。

以前弗兰茜觉得妈妈永远是对的，但现在她发现妈妈偶尔也会出错。她发现，以前她很喜欢的爸爸身上的某些品质，在别人眼里却很可笑。茶叶店的秤不再那么闪亮了，那些箱子也磨旧了，看起来破破烂烂的。

周六晚上，她不再等托莫尼先生从纽约回来。她突然觉得他的做法很傻：又想去纽约，又想回家。他那么有钱，如果他喜欢纽约，为什么不直接去纽约住呢？

一切都在变。弗兰茜心里有点慌。她觉得，自己的世界好像在悄悄溜走，那接下来会是什么呢？不过，换个角度想，又有什么大不了的呢？她还是每天晚上读一页《圣经》和一页莎士比亚的书，每天弹一个小时的钢琴，把硬币存进存钱罐里。回收站还在，商店也还是老样子。其实，什么都没变，变的是她自己。

她把这事儿告诉了爸爸。爸爸让她伸出舌头，又摸了摸她的脉。然后，他摇摇头，有点难过地说："你病得不轻啊。"

"什么病？"

"成长。"

成长有时候会破坏很多东西。比如，家里吃不上饭的时候，大家一起玩的那个游戏。钱花光了，饭不够吃，凯蒂和孩子们就假装自己是去北极探险的，被暴风雪困在山洞里，只有一点点吃的。他们得坚持到救援队来。妈妈把橱柜里仅剩的食物分给大家，美其名曰“配给”。孩子们吃完了还是饿，她就说：“加油，我的勇士们，救援队马上就到。”等家里有钱了，妈妈会买很多吃的，还会买一个小蛋糕庆祝。她会在蛋糕上插个一美分买来的小旗子，说：“我们成功了，小勇士们。我们到达北极了。”

有一次得到“救援”后，弗兰茜问妈妈：

“探险家挨饿受苦，是因为他们能取得成就——他们发现了北极。我们挨饿有什么用呢？”

凯蒂突然显得很疲惫。她说了句弗兰茜当时听不懂的话：“被你看穿了。”

长大也破坏了弗兰茜对剧院的热爱，准确地说，不是剧院，而是戏剧。

她开始对紧要关头的种种巧合感到不满。

弗兰茜以前特别喜欢剧院。她想过当手风琴演奏家，然后想当老师。领了第一次圣餐后，她想当修女。十一岁时，她想当演员。

布鲁克林的孩子们就算对其他事不太了解，但对剧院他们还是相当熟悉的。

那时候，这一带有很多很棒的剧院：布莱尼剧院、科尔斯·佩顿剧院，还有莱西姆剧院。莱西姆剧院就在街角。一开始，大家都叫它“莱西剧院”，后来就改口叫它“虱子剧院”了。除了夏天剧院不开门，弗兰茜每周六下午都会去那儿，只要能攒够十美分。为了抢到第一排的位置，她经常在演出开始前一个小时就去排队。

她迷上了男主角哈罗德·克拉伦斯。周六下午的日场一结束，她就会在后台出口等他，跟着他走到他住的那栋破旧的棕色砂石房子。他走路的样子很有演员范儿，两条腿直挺挺的，脸红扑扑的，就像保留着少时化妆的油彩似的。他走路时，从不左顾右盼，手里拿着一支看起来很有派头的雪茄，但是在进屋之前就会扔掉，因为房东太太不准他在家里抽烟。弗兰茜站在马路边，眼睛一眨不眨地看着那个被扔掉的烟头。她把上面的纸环摘下来，戴到手上，整整一星期，假装那是他给她的订婚戒指。

一个周六，哈罗德和他的剧团演出《牧师的甜心》。戏里，帅气的乡村牧师和女主角格里·莫豪斯坠入爱河。可是，女主角得去杂货店打工。戏里有个坏女人，也喜欢这个牧师，想害女主角。坏女人珠光宝气、大摇大摆地走进店里，盛气凌人地说要买一磅咖啡。她命令说："给我磨！"观众们都倒吸了一口凉气。因为女主角力气小，转不动那个大磨盘。而她的工作能不能保住，就看她能不能磨出咖啡。她使劲儿转，可磨盘就是不动。她求那个坏女人，说自己真的需要这份工作。坏女人冷冷地说："给我磨！"就在一切看起来都要完了的时候，哈罗德出现了。他穿着牧师服，脸红扑扑的。他一看就明白了，把帽子一扔，走到磨盘前，磨好咖啡，拯救了女主角。咖啡的香味飘满了整个剧院，全场都安静了。然后，一片喧闹。是真咖啡！剧院里的现实主义！大家都看过磨咖啡，但在舞台上现磨，还是头一回。坏女人气得牙痒痒："又失败了！"哈罗德抱住格里，让她面向舞台后面，幕布就落下来了。

幕间休息时，弗兰茜没和其他孩子一样去玩闹，朝坐在前排的有钱人吐口水。她想的是，如果英雄没出现，女主角会怎样？如果她被解雇了，又该怎么办？等她饿得不行了，就会去找别的工作。也许她会像妈妈一样去擦地板，或者像弗洛西·加迪斯那样，靠男人养活。杂货店的工作之所以这么重要，完全是因为剧情需要。

之后的周六，她又看了一场戏，还是不太满意。想想看，失散多年的恋人要是没能及时赶回来，该怎么办？房东会要求他们一个月内搬走——至少布鲁克林的规矩是这样的。一个月的时间，或许会有转机。如果没有，他们也只能搬走，然后尽力适应新的生活。那个漂亮的女主角可能得去工厂里做计件零工；她那个敏感的弟弟可能得去卖报纸；她的妈妈可能得去做临时清洁工。但他们一定能熬过去。弗兰茜坚定地认为，要是真到了那一步，他们肯定能挺过来。

弗兰茜不明白，为什么女主角不嫁给那个恶棍？这样房租问题不就迎刃而解了吗？更何况，那个她看不上的男人那么爱她，愿意为她受那么多苦，这样的男人怎么能被忽视呢？至少，当男主角在外面追逐所谓的梦想时，他还陪在她身边。

她给那部戏写了第三幕——假设成真会怎样。她是用对话形式写的，她发现这样写起来特别轻松。写故事时，你得解释人们为什么那样做，但用对话来写的时候，就不需要解释了，因为人物所说的话本身就能解释他们自己的所作所为。

弗兰茜沉浸在对话中，对此深信不疑。她又一次改变了未来的职业理想，决定不做演员，而是做一名剧作家。

29

那年夏天，乔尼突然想到，他的孩子们在布鲁克林长大，却从没见过那片冲刷着布鲁克林的浩瀚大海。他觉得孩子们应该去海边看看。于是，他决定带他们去卡纳西划船，顺便钓钓鱼。乔尼从没钓过鱼，也没划过船，但这并不妨碍他想这么干。

这个想法还让他想到了小蒂莉，邻居家四岁的小女孩。他想带她一起去。实际上，他连小蒂莉的面都没见过，但他突然有了这个念头，觉得应该为她做点什么——因为她的哥哥古西。不管怎么说，这一切都和去卡纳西的计划联系在了一起。

古西是个六岁的小男孩，是这一带臭名昭著的奇葩。他的下嘴唇特别厚，和其他宝宝一样，一出生就在妈妈怀里吃奶。但除了这一点，他和其他孩子都不一样，不管是活着的还是已经不在的。他九个月大的时候，妈妈想给他断奶，但古西坚决不接受。没有母乳，他不要奶瓶、不吃东西、不喝水，就躺在婴儿床上哭。妈妈担心他会饿坏，只好继续喂奶。他吃得津津有味，拒绝其他任何食物，只吃妈妈的奶水。他长到快两岁，妈妈的奶水没了，因为她又怀孕了。古西很不开心，在漫长的九个月中，一直等待着。他拒绝任何形式、任何包装的牛奶，只喝黑咖啡。

小蒂莉出生了，妈妈又有了充足的奶水。古西第一次看到小蒂莉吃奶的时候，简直是疯了。他躺在地上，尖叫着，用头撞地。他四天不吃东西，也不上厕所，变得十分憔悴。妈妈吓坏了，觉得只给他喂一次母乳不会有什么问题。但她彻底错了。他就像一个戒了毒的瘾君子，一旦复吸，就再不肯放手。

从那以后，他把妈妈的奶水都抢走了，体弱多病的小蒂莉，不得不用起了奶瓶。

古西三岁时，比同龄的小朋友个头高，也更壮实。他跟其他小男孩一样，穿齐膝短裤和带铜片的笨重鞋子。一看见妈妈解开衣扣，他就会跑过去。他站着吃奶，一只胳膊肘搭在妈妈的膝盖上，双脚交叉着，眼睛到处看。对他来说，站着吃奶很正常，因为妈妈的乳房很丰满，几乎可以摊在腿上。古西站着吃奶的样子有点吓人，就像个把脚搭在酒吧栏杆上、抽着大雪茄的男人。

邻居们注意到了古西的情况，都在小声议论他的怪癖。古西的爸爸丢了面子，不愿再和老婆睡在一起，说她生了个怪物。可怜的女人想尽办法给古西断奶。她觉得古西快四岁了，太大了，不能再吃奶了，也担心他的牙齿长不好。

有一天，她拿了一罐黑漆和一个刷子，把自己关在卧室里，用黑漆把左胸涂得黑黑的，又用口红在乳头旁边画了一个又大又丑的嘴巴，还有吓人的獠牙。她穿好衣服，走进厨房，坐在窗户旁边喂奶的椅子上。古西一看见她，就把手里的骰子扔到洗衣盆下面，跑过来吃奶。他双脚交叉，把胳膊肘搭在妈妈的膝盖上，等着。

“古西想吃奶了？”妈妈轻声问。

“嗯！”

“好。那古西要好好吃啊。”

她猛地拉开衣服，把那只骇人的乳房推到他面前。古西吓得呆住了，然后尖叫着跑开，躲在床下，浑身发抖，过了二十四小时才敢出来。他又开始喝黑咖啡了，每次看到妈妈的胸部都会万分害怕，古西就这样断奶了。

他妈妈在邻居们间大肆炫耀她的成功经历。于是，一种名叫“古西式断奶”的新的断奶法诞生了。

乔尼听说这件事后，对古西嗤之以鼻，他更担心的是小蒂莉。他觉得小蒂莉好像失去了一些重要的东西，担心她在成长过程中受挫。他突然想到，要是能带她去卡纳西海边坐船出海，说不定能帮她忘掉那个古怪的哥哥给她带来的伤害。于是，他让弗兰茜去问问小蒂莉愿不愿意跟他们一起坐船出海。小蒂莉那心烦意乱、疲惫不堪的妈妈十分高兴地答应了。

接下来那个周日，乔尼带着三个孩子去了卡纳西。弗兰茜十一岁，尼利十岁，小蒂莉三岁多。乔尼穿着他的燕尾服，戴着礼帽，还有崭新的假领和领带，弗兰茜和尼利穿着日常衣服。为了庆祝这个特别的日子，小蒂莉的妈妈给她穿了一件虽然便宜但很漂亮的蕾丝裙，裙边上还装饰着深粉色的丝带。

他们坐在电车最前面，乔尼和司机聊政治聊得热火朝天。到了终点站卡纳西，他们下车找到了一个小码头，码头上有间小屋，几艘破旧的划艇在水面上晃来晃去，靠绳子固定在码头上。小屋上边有个牌子，写着：

出租船只渔具

下面还有个更大的牌子，写着：

出售活鱼

乔尼和老板聊了几句，交上了朋友。老板请乔尼进屋喝一杯醒醒神，说他只在晚上钓鱼的时候喝一点。乔尼进去后，尼利和弗兰茜都很困惑，晚上喝的东西怎么能叫“醒醒神”呢。小蒂莉穿着她的蕾丝裙站在那儿，一句话也没说。

乔尼拿着一根钓鱼竿和一个满是泥巴和蚯蚓的生锈铁罐走了出来。好心的老板解开了那只最好的划艇上的绳子，交给乔尼，祝他好运，然后就回他的小屋去了。

乔尼把渔具放进船里，扶孩子们上了船。然后他蹲在码头上，手里拿着那根绳子，给孩子们讲起了乘船指南。

“上船啊，有对的上法，也有错的上法，”乔尼说。其实他也只在上次出游时坐过一次游船，“对的上法是先把船推开一点，然后在它漂远之前跳进去，就像这样。”

他站直身子，用力推了下船，打算跳上去。结果“扑通”一声，掉进了水里。孩子们都看傻了眼。刚才爸爸还好好地站在码头上，现在却掉进了水里。水都淹到他的脖子了，然后是他的小胡子，只有帽子还稳稳当当地扣在他的脑袋上。乔尼也吓呆了，过了一会儿才冲着孩子们喊："你们这几个小鬼，我看谁敢笑！"

他手忙脚乱地爬上船。孩子们憋着笑，弗兰茜闷笑得肚子都疼了。尼利不敢看姐姐，他知道要是和姐姐对上眼神，自己肯定会忍不住笑出声。小蒂莉一句话也没说。乔尼的衣领和领带都湿透了，像纸一样软塌塌的。他把它们脱下来扔到水里。他摇摇晃晃地划着船，尽力保持着尊严。划到一个他认为还不错的地方，他说要"抛锚"了。孩子们有点失望，原来浪漫的"抛锚"就是把一块连着绳子的铁块扔进水里。

他们紧张兮兮地看着乔尼小心翼翼地把一条满身是泥的蚯蚓挂在鱼钩上。钓鱼开始了，无非是挂上鱼饵，用力一甩，耐心等待，再拉上来。结果蚯蚓不见了，鱼也没上钩。然后再重来一遍。

太阳越来越晒，天气越来越热。乔尼的燕尾服被晒干了，变得硬邦邦、皱巴巴的。孩子们都觉得太晒了。过了好几小时，乔尼终于说该吃饭了，孩子们高兴坏了。他收起钓具，放好，拉起锚，往码头划去。但船好像在打转，码头越来越远。最后他们在几百米外上了岸。乔尼系好船，让孩子们在船上等，自己上岸去了。他说要请他们吃顿大餐。

过了一会儿，他踉踉跄跄地走了回来，手里拿着热狗、蓝莓派和草莓汽水。他们坐在靠在破破烂烂的岸边、摇晃不停的小船里，看着散发着鱼腥味的绿色海水，吃了起来。乔尼在岸上喝了几杯，对刚才冲孩子们大吼大叫很是后悔。他对他们说，如果想笑他掉进水里就笑吧。但不知怎么，孩子们根本笑不出来，那个时刻已经过去了。爸爸真好玩，弗兰茜心想。

"这才是生活，"他说，"远离喧嚣的人群。啊，再没有比乘船出海更美妙的事了。我们正在远离一切。"他冷不丁来了这么一句。

享用完令人惊叹的午餐，乔尼再次划船出海。汗水从他的礼帽下流下来，胡子上的蜡融化了，使得原本用心修饰过的胡子变成了嘴唇上面的一团杂乱毛发。他自我感觉很好。他一边划船一边放声歌唱：

扬帆，扬帆，越过波涛汹涌的大海……

他划啊划，却一直在原地打转，始终没能真正出海。最终，他的手磨出了水泡，不想再继续划船了。他戏剧性地宣布要靠岸。他划啊划，通过缩小打圈的半径，终于回到了岸边。他没有注意到三个孩子被晒得通红，没被晒红的地方呈现出豌豆绿的颜色。热狗、蓝莓派、草莓汽水还有钩子上扭动的蚯蚓对孩子们一点好处都没有，可惜他不懂。

他跳上码头，孩子们也有样学样。其他人都成功上岸，只有小蒂莉掉进了水里。乔尼扑在码头上，伸手把她拉了上来。小蒂莉站在那儿，蕾丝裙湿透了，全毁了，但她什么也没说。尽管天气炎热，乔尼还是脱下他的燕尾服外套，跪下来把它裹在小蒂莉身上，任由袖子拖在沙地上。乔尼把她抱起来，在码头上来回走动，轻拍她的背，唱着摇篮曲，安抚她。那天发生的一切都超出了小蒂莉的理解范围：她不明白自己为什么被放到船上，为什么掉进了水里，以及那个男人为什么对她如此在意，但她什么也没说。

乔尼觉得安抚得差不多了，就把她放下，走进那间小屋，不知他是要喝点醒醒神，还是想晚上钓鱼。他用二十五美分从老板手里买了三条比目鱼。他用报纸包着湿漉漉的鱼走了出来。他对孩子们说，他答应给凯蒂带些现钓的活鱼回家。

“最重要的是，”乔尼说，“我带回家的鱼的确是卡纳西的。至于是谁钓上来的，无关紧要。关键是我们去钓鱼了，还带着鱼回家了。”

乔尼想让凯蒂认为鱼是他钓的，但他没让孩子们撒谎，只是让他们别太较真。孩子们心里都明白。

他们坐上一辆电车，车上有两排面对面的长凳。他们并排坐下，看起来颇为怪异。乔尼穿着皱巴巴的绿裤子，上面还有盐渍，汗衫上都是洞，戴着礼帽，胡子很乱。小蒂莉裹着燕尾服，海水从衣服上滴下来，在地上积了一小摊水。弗兰西和尼利，脸红得跟砖头似的，坐得笔直，尽量憋着不吐。

人们上车后，坐在他们对面，好奇地看着他们。乔尼坐得笔直，鱼放在膝盖上，尽量不去想自己汗衫上的洞。他将视线越过乘客们的头顶，假装在看一个泻药广告。

人越来越多，车厢里特别挤，但没人愿意坐在他们旁边。最后，一条鱼从湿透的报纸里滑出来，掉在满是灰尘的地上。小蒂莉受不了了。她看着呆滞的鱼眼，什么也没说，默默吐了起来，弄得乔尼的燕尾服上全是呕吐物。弗兰西和尼利好像在等这个信号，也跟着吐了。乔尼坐在那儿，膝盖上放着两条光不溜秋的鱼，脚边还躺着一条。他不知该如何是好，只得继续盯着广告看。

这段让人哭笑不得的旅程总算结束了。乔尼把蒂莉送回家，觉得应该解释一下。蒂莉妈妈没给他这个机会。她看到身上湿漉漉、脏兮兮的孩子，不由得尖叫起来。一把扯下裹在蒂莉身上的外套，扔到乔尼脸上，骂他是开膛手杰克。乔尼一次又一次地想解释，但她根本不听。小蒂莉什么也没说。最后，乔尼终于插上了一句话。

“太太，你女儿怎么说不出话来了。”

这位妈妈闻言，情绪更加激动：“都怪你！都怪你！”

“你也不能让她开口吗？”

妈妈抓住孩子，使劲儿摇晃着，尖声道：“说话！说话呀。”

最后，小蒂莉终于开了口，她开心地笑了，说：“谢谢。”

凯蒂对乔尼大发雷霆，说他根本不配有孩子。孩子们被晒得中了暑，一会儿冷一会儿热，正难受着。凯蒂见乔尼唯一一件礼服被弄成这样，差点没哭出来。要想把西装收拾好，最起码得花一美元！而且，它再也没法恢复成原来的样子了。那几条鱼，已经腐烂得不行了，只能扔进了垃圾桶。

孩子们上床睡觉了。他们时冷时热，还恶心想吐。他们把头埋在被子里，想起爸爸落水的模样就忍不住偷笑，笑得床直抖。

乔尼坐在厨房的窗户边，直到深夜。他想不通为什么一切都这么糟。他唱过好多关于船和大海的歌，都是“嗨哟嗨哟”的节奏。他不明白，为什么现实和歌里唱的不一样。在他的设想里，孩子们应该意犹未尽地带着对大海的热爱回来，他也应该带着满满一篮子活鱼回来。为什么？为什么事情和歌里唱的不一样？为什么他的手会起泡，西装会毁掉，孩子们会晒伤还恶心？为什么鱼会腐烂掉？为什么小蒂莉的妈妈只看结果，不能理解他的一片好意？他想不通，真的想不通。

那些关于大海的歌，好像也骗了他。

30

“今天，我变成大姑娘了。”十三岁那年的夏天，弗兰茜在她的日记本上写道。她盯着这句话，漫不经心地挠了挠腿上的蚊子包。她低头看着自己细长、还没长开的双腿。画掉这句话，重新写：“很快，我就要变成大姑娘了。”她低头看着自己平平的胸部，然后把那一页从日记本上撕了下来，在新一页上重新写。

“党同伐异，”她写道，用力地按着铅笔，“是让世界变得糟糕的东西。它导致战争、大屠杀、钉十字架、私刑，让大人残忍地对待小孩子，并彼此折磨。世界上很多坏事——暴力、恐怖和心碎都是因为它。”

她大声读出这段话。它们听起来就像是从罐头里出来的；新鲜感已经被榨干了。她合上日记本，把它收了起来。

那个夏天的周六本该是她日记里最开心的一天。她第一次看到自己的名字印在书上。学校在学年末出了一本校刊，里面收录了每个年级写得最好的作文。弗兰茜的《冬日时光》被选为七年级的最佳作品。校刊十美分一本，弗兰茜得等周六才能去买。可学校周五就放假了，弗兰茜担心自己拿不到杂志。但詹森先生说他周六上班，她要是带十美分过来，就卖给她一本。

吃过午饭，她站在家门口，手里拿着校刊，翻到印着她作文的那一页，希望有人路过，好给他们看。

她在午饭时给妈妈看过，但妈妈得回去工作，没空仔细看。吃午饭的时候，弗兰茜至少提了五次她的作文发表了。最后妈妈说：“好，好，好。我知道了。我早想到了。以后你还会发表更多文章，你会习惯的。现在，别太得意了。还有碗要洗。”

爸爸在工会总部，要到周日才能看到，但弗兰茜知道他肯定会很高兴的。所以她站在街头，将她的荣耀夹在腋下。她捧着杂志不肯松手，时不时看一眼印在纸上的自己的名字，一直很兴奋。

她瞧见一个叫乔安娜的女孩从街对面的房子里走出来。乔安娜推着婴儿车，带着她的小宝贝出来散步。几个出来买东西的女人正站在路边闲聊，看见她出来，不由得发出了一声惊叹。你懂的，乔安娜还没结婚。她是那种遇到了麻烦的女孩。她的宝宝是未婚先孕的——在邻居们嘴里，这叫“私生子”——这些良家妇女觉得乔安娜没资格这么神气十足地把她的宝宝带到大庭广众之下。她们觉得她应该把孩子藏到一个没人看见的角落。

弗兰茜对乔安娜和她的小宝宝很好奇。她以前听爸爸妈妈提起过他们。婴儿车经过，她目不转睛地看着小宝宝。那是个可爱的小宝贝，坐在婴儿车里，笑得特别开心。也许乔安娜是个坏女孩，但她的小宝宝明显比这些女人的孩子更可爱、更精致。小宝宝戴着一顶漂亮的荷叶边帽子，穿着干干净净的白色衣服，围着围嘴。干干净净的婴儿车盖上，绣着好多充满爱意的手工刺绣。

乔安娜在工厂上班，她的妈妈在家照顾小宝宝。乔安娜的妈妈不好意思带小宝宝出门，所以只有乔安娜周末不上班的时候，小宝宝才能出来透透气。

是的，弗兰茜肯定，那确实是个漂亮的小宝宝，看上去跟乔安娜很像。弗兰茜还记得那天爸爸妈妈说起她时，爸爸是怎么形容她的：“她的皮肤像玉兰花瓣一样。”（乔尼从没见过玉兰花。）“她的头发像乌鸦的翅膀一样黑。”（他从没见过乌鸦。）“她的眼睛深邃乌黑，像森林里的池塘。”（他从没进过森林，他知道的唯一的池塘就是赌场的赌池，大家投一枚十美分硬币，猜道奇队的得分，猜对的人赢得全部硬币。）但他说得没错，乔安娜是个美丽的女孩。

“也许吧，”凯蒂说，“但她长得漂亮有什么用呢？对那女孩来说，这反而害了她。听说她妈妈没结婚就生了俩孩子。现在，她哥哥在蹲监狱，她自己又生了孩子。这家人肯定有问题，没必要太同情他们。”她又补了一句，她总是特别冷静，“当然了，这跟我没关系。我没必要因为她做错事去指责她，也没必要因为她没做错事把她带回家。她生下孩子，注定要吃苦，和结婚生子的女人一样。如果她本性不坏，就该从痛苦和羞耻中得到教训，不再犯错。如果她天生是个坏种，也就不会在意别人对她的态度。所以，乔尼，收起你的同情心吧！”突然，她对弗兰茜说，“乔安娜的事，你要引以为戒。”

这个周六下午，弗兰茜看着乔安娜走来走去，想着她怎么就成了反面教材。乔安娜以自己的宝宝为傲。是要对此“引以为戒”吗？乔安娜才十七岁，性格很好，希望能和大家友好相处。她对那些女人微笑，但她们却皱着眉冷着脸，她的笑容也就没有了。她对在街上玩耍的小孩微笑，有些小孩也对她笑。她对弗兰茜微笑，弗兰茜想报之以微笑，但没笑出来。难道“引以为戒”的意思是，对乔安娜这样的女孩置之不理吗？

那些良家妇女，胳膊上挂着装满蔬菜的袋子和装肉的纸包，好像下午没什么事做。她们不时聚在一起，小声聊天。乔安娜一经过，她们就不聊了，等她一走又开始聊。

每次乔安娜经过，脸会变得更红，头会抬得更高，身后的裙子会摆动得更夸张。她好像越走越美，越走越骄傲。她时不时停下来，调整宝宝的毯子，轻轻摸宝宝的脸颊，温柔地对宝宝笑——其实原本不用这么频繁。那些女人见状，很是生气。她们想，她怎么敢！怎么敢这么旁若无人！有什么资格这么做？

这些女人有的也有小孩，她们教育孩子时会大喊大叫，还会动手去打。她们中有些人，对睡在旁边的丈夫感到厌烦。对她们来说，夫妻间的亲热不再能带来快乐。她们只是硬撑着，心里默默祈祷不要再有孩子。这种苦涩的忍耐让男人恼怒，并因此变得更加粗鲁。对大多数人来说，夫妻间的亲热已经变成了彼此间的折磨，越快结束越好。她们痛恨这个女孩，因为她们觉得她和孩子的爸爸不是这样的。

乔安娜感觉到了她们的不满，但她没有被吓倒。她不会退缩，也不会把孩子带回家。情况需要有所改变。那些妇女先崩溃了。她们再也受不了了。她们必须采取行动。乔安娜再次经过时，一个瘦弱的女人大喊道：“你不觉得丢人吗？”

“为什么丢人？”乔安娜问。

这可把那个女人气坏了。“为什么丢人?!”她向其他女人抱怨说，“我来告诉你为什么。因为你是个不要脸的婊子。你没有资格带着你的小杂种在街上走来走去，让无辜的孩子看到。”

“我认为这是个自由的国家。”乔安娜说。

“你这样的人不配自由。滚出这条街，滚出这条街。”

“想赶我走？你试试看！”

“滚出这条街，你这个臭婊子！”瘦弱的女人命令道。

“注意你的言辞。”女孩声音颤抖着说。

“对站街的婊子说话，有什么好注意的！”另一个女人插嘴说。

一个路过的男人停下来看了一会儿。他碰了碰乔安娜的胳膊：“姑娘，听我说，你为什么不回家躲一躲，等这些女人冷静下来再说？你斗不过她们的。”

乔安娜猛地抽回胳膊：“少管闲事！”

“我是好心，姑娘。不好意思。”他说完就离开了。

“你怎么不跟他走，”瘦弱的女人嘲讽道，“没准花上二十五美分，他就能让你快活快活呢！”其他女人都笑了。

“你们这是嫉妒。”乔安娜平静地说。

“她说我们嫉妒，”一个女人说，“嫉妒什么，你？”（她说“你”的语调就像是在叫女孩的名字。）

“嫉妒男人喜欢我。幸亏你已经结婚了，”她对瘦弱的女人说，“否则你永远都找不到男人。我敢打赌，你老公跟你做完之后会朝你吐口水。我敢打赌，他就是这么做的。”

“婊子！臭婊子！”瘦弱的女人歇斯底里地尖叫着。然后，出于一种在很久以前就很强烈的本能，她从路边捡起一块石头，向乔安娜扔去。

其他女人见状，也开始扔石头。有个女人特别逗，居然扔了一坨马粪。有的石头砸到了乔安娜，一块尖尖的石头没打中她，反而打在了小宝宝的脑门上。一条细细的血线顿时顺着小宝宝的脸流了下来，弄脏了他干净的围嘴。小宝宝哭了起来，伸出小手要妈妈抱。

一些正准备扔石头的女人，悄悄地把石头放回了水沟里。闹剧结束了。突然，这些女人有点愧疚。她们并不想伤害小宝宝。她们只想把乔安娜赶出这条街。她们无声无息地散了，各回各家。一直在边上看热闹的小孩，又玩起了他们的游戏。

乔安娜哭了，从婴儿车里抱起小宝宝。小宝宝还在轻声哭泣，好像没资格大声哭似的。乔安娜把脸贴在小宝宝的脸上，她的眼泪和小宝宝的鲜血混在一起。

那些女人斗赢了。

乔安娜抱着小宝宝回了家，把婴儿车留在了人行道上。

弗兰茜目睹了一切，从头到尾每一句话都听得清清楚楚。她记得乔安娜对她笑，可她别过头没有回应。她为什么不回应呢？为什么不回应呢？现在她要承受良心的谴责了——从今往后，只要想起自己没有回应那个笑容，她都会后悔。

一些小男孩开始围着空空的婴儿车玩捉迷藏，抓住车的侧边，一边跑一边把车拉得东倒西歪。弗兰茜赶走他们，把婴儿车推到乔安娜家门口，拉上刹车。这一带有个约定俗成的规矩，不能随便乱动别人家门口的东西。

她手里还拿着那本印着她作文的校刊。她站在婴儿车旁边，又看了看自己的名字："《冬日时光》，作者弗兰茜斯·诺兰。"她想做点什么，牺牲点什么，来弥补没有对乔安娜报之以笑的遗憾。她想到了她引以为傲的作文，她迫切想拿给爸爸、艾薇姨妈和茜茜姨妈看的作文。她想永远保留它，每次看到都能感到美好和温暖。如果她把它送人，就再也看不到自己的作品了。她把校刊翻到印着她作品的那一页，塞在小宝宝的枕头下面。

她发现小宝宝的枕头上有几滴小小的血渍。她仿佛又看见了那个宝宝，脸上淌着细细的血渍，伸出小手要妈妈抱。弗兰茜心里一阵难受，接着是浑身无力；然后又是一阵难受，像海浪一样，冲过来，退下去，无休无止。她摸索着来到地下室，坐在最黑的角落里的麻袋上，承受着一波又一波难受的煎熬。每一阵难受过去，新的难受又来，她都会浑身发抖。她紧张地坐在那儿，等着难受的感觉停下来。如果难受的感觉不停，她觉得自己会承受不住——死去。

过了一会儿，难受的感觉没那么强烈了，两次难受之间的间隔也变长了。她开始思考。她现在知道乔安娜让她"引以为戒"的是什么了，但这和妈妈想让她"引以为戒"的东西完全不同。

她想起了乔安娜。晚上从图书馆回家的路上，她经过乔安娜家，经常看到她和一个男孩站在窄窄的门厅里。她看到男孩轻轻地摸着乔安娜漂亮的头发，看到乔安娜伸手去摸他的脸。路灯下，乔安娜的脸看起来很平静，如痴如醉。那样甜蜜的开始，居然是这般羞耻的下场，还有了个孩子。为什么？为什么？

她知道，有个扔石头的女人结婚三个月就生了孩子。弗兰西曾和其他孩子一起，站在街边看着婚礼队伍去教堂。新娘踏上租来的马车时，弗兰西看到她纯洁的面纱下面，肚子鼓鼓的。她看到新娘爸爸用手紧紧握着新郎的胳膊。新郎眼下乌青，看起来很沮丧。

乔安娜没有爸爸，没有男性亲属。没有人能紧紧攥着那个男孩的胳膊，把他拖去婚礼教堂。这就是乔安娜的错误之处，弗兰西认为，不是因为她做了坏事，而是因为她不够聪明，没拽着那个男孩去教堂。

弗兰西没办法知道整个事情的前因后果。事实上，那个男孩爱乔安娜，愿意在她怀孕之后娶她。可那个男孩有妈妈，还有三个姐姐。他跟她们说他想娶乔安娜，她们始终不同意。

别犯傻了，她们劝他。她不是省油的灯，她们全家都不怎么样。再说了，你怎么能确定自己是她的唯一呢？她能跟你好，就能跟别人好。女人啊，心眼儿多着呢。我们最了解，我们都是女人。你心肠好，容易相信人。她说孩子是你的你就信，她那是在骗你。别上当，我的孩子。别上当，我的弟弟。你要是非得结婚，就找个好姑娘，找个不会在牧师证婚之前跟你上床的姑娘。你要是非得娶她，那你就不再是我的儿子，不再是我们的兄弟。你永远都没法确定这孩子是不是你的。你会一边工作一边担心，你早上一出门就得担心谁会溜进你的被窝。哦，是的，我的孩子，我们的弟弟，这就是女人的本性。我们太了解了。我们都是女人，知道女人的套路。

男孩被说服了。他的妈妈和姐姐给了他点钱，他在新泽西找了个新工作和新住处。她们拒绝告诉乔安娜他的去向。他再也没见过她。乔安娜没嫁人，就这么生下了孩子。

弗兰西发现自己身体不太对劲儿，深感惊恐。她觉得自己的心脏好像出了问题，她用手按着胸口，努力感受着心脏被刀割的感觉。她听爸爸唱过许多关于心脏的歌：破碎的心、痛苦的心、舞动的心、沉重的心、为喜悦而跳动的心、悲痛万分的心、滚动的心、静止的心。她真的相信心脏有这些功能。她觉得自己的心为乔安娜的孩子碎掉了，血正流出她破碎的心脏，流出她的身体。她惊恐万分。

她跑上楼回到公寓，照了照镜子。眼下有黑眼圈，头也很疼。她躺在厨房的旧皮沙发上，等着妈妈回家。

她跟妈妈说了地下室发生的事，没提乔安娜。凯蒂叹了口气，说："这么快？你才十三岁。我以为还得等一年呢。我十五岁的时候才来。"

"那么……也就是说……现在发生的事是正常的？"

"这是所有女性都会经历的自然过程。"

"可我不是女人。"

"这代表你正在从一个小女孩变成一个大姑娘。"

"它会结束吗？"

"过几天。但它一个月后还会再来。"

"要多久？"

"很长一段时间。直到你四十岁甚至五十岁。"凯蒂沉思片刻，"我妈妈生我的时候五十岁。"

"哦，原来这和生孩子有关。"

"嗯，记住要一直做个乖孩子，因为你现在可以生小宝宝了。"弗兰茜的脑海闪过乔安娜和她的孩子。"别让男孩子亲你。"妈妈叮嘱道。

"亲一下就会怀小宝宝吗？"

"不会。但是怀小宝宝的事情往往从亲吻开始。"她又补充说，"别忘了以乔安娜为戒。"

凯蒂根本不知道街上发生的事，她只是一下就想到了乔安娜。但弗兰茜觉得妈妈好像有超能力，这件事刷新了她对妈妈的看法，眼里满是敬佩。

别忘了以乔安娜为戒。别忘了以乔安娜为戒。弗兰茜永远也忘不了她。从那以后，每当她想起那些扔石头的女人，就十分厌恶。她厌恶她们狡猾的样子，她不相信她们的直觉。她厌恶她们彼此不忠，厌恶她们的残忍。在所有扔石头的女人里，没有一个人敢为乔安娜说一句话，因为她们害怕和她扯上关系。那个路过的男人是唯一一个说了几句公道话的人。

大多数女人有一个共同点：生孩子的时候都特别疼，历尽艰险。这本该促使她们团结起来，互相爱护，一起对抗男人、对抗世界。但事实并不是这样。

生孩子时的剧烈疼痛仿佛让她们的胸怀和灵魂都变小了。她们只为一件事团结：欺负另一个女人……不管是扔石头还是说坏话。这好像是唯一能让她们彼此忠诚的事。

男人就不一样了。他们可能会互相讨厌，但他们会团结起来对抗世界，对抗任何想要害他们的女人。

弗兰茜翻开日记本，在写“党同伐异”那段下面空了一行，写道：“只要我活着，永远不会和女人做朋友。我再也不会相信任何女人，除了妈妈，有时候艾薇姨妈和茜茜姨妈也可以除外。”

31

弗兰茜十三岁那年，发生了两件大事：欧洲爆发战争，一匹马对艾薇姨妈动了心。

艾薇的老公和那匹名叫鼓手的马已经斗了八年了。他对马不好，踢它、打它、骂它，还使劲拽马嚼子。马对威利·弗利特曼姨夫也不客气。马认识路，每到一个送奶站就会自动停下。以往，弗利特曼一跳上车，它就立刻走。但最近，它开始在弗利特曼下车送牛奶的时候突然跑起来，经常让弗利特曼追着它跑半条街。

弗利特曼中午送完奶，会回家吃午饭，然后赶着马车返回马厩，在那儿给鼓手洗澡、清洗马车。马有个坏毛病，经常在弗利特曼洗它肚子下面时，尿在他身上。其他伙计会围在旁边等着看这一幕，然后哈哈大笑。弗利特曼忍受不了，就改成了在自家门前给马洗澡。夏天这样做没问题，但冬天就不行了。寒冷天气，艾薇会下楼对威利说，在冷天用冷水给鼓手洗澡是件很过分的事。马似乎知道艾薇在帮它说话。当她和老公争论时，鼓手会发出可怜的嘶鸣，把头靠在她的肩上。

在一个寒冷的日子里，鼓手自己采取了行动——或者正如艾薇姨妈所说，自己动蹄。当艾薇给诺兰一家讲这个故事时，弗兰茜听得入了迷。没有人能把故事讲得像艾薇姨妈那样活灵活现。她会扮演所有角色——包括马，而且还会以一种有趣的方式表现出每个角色的内心想法。根据艾薇的讲述，事情是这样的：

威利在街上用冷水和硬邦邦的黄肥皂给冻得发抖的马洗澡。艾薇站在窗边看着。他俯下身去洗马肚子，马紧张起来。弗利特曼以为鼓手又要尿在他身上，这对这个受尽折磨却无计可施的小个子男人来说是无法忍受的。他挥拳猛地打向马肚子。马抬起腿，踢中了他的脑袋。弗利特曼滚到马车下边，失去了意识。

艾薇急匆匆地跑下来。马儿一看到她，就兴奋地叫了起来，不过艾薇根本顾不上它。看到艾薇想把弗利特曼从马车底下拖出来，马儿也开始动了——可能是想帮艾薇把马车从昏迷的男人身上移开，也可能是想一了百了，拉着马车从男人身上轧过去。艾薇大喊："停住，小伙子！"鼓手及时停了下来。

有个小男孩跑去叫了警察，警察又联系了救护车。救护车上的医生对弗利特曼进行检查，但看不出他是骨折还是脑震荡，就把他送到了格林点医院。

接下来，得把马和那辆装满空奶瓶的马车送回马厩。艾薇从没驾过马车，但这并不意味着她做不到。她穿上丈夫的旧大衣，用披肩包住脑袋，爬上驾驶座，拿起缰绳，喊道："回家吧，鼓手。"马儿回过头，温柔地看了她一眼，然后轻快地跑了起来。

艾薇不知道马厩在哪儿。幸运的是，马儿认得路。这马可真聪明，每到一个路口就停下来，等着艾薇四处看看。如果没有问题，她就说："快跑，小伙子。"如果有别的车过来，她就说："等等，小伙子。"就这样，她们顺利抵达马厩，马儿骄傲地跑进了它在一排马车中的固定位置。其他车夫正在清洗马车，看到女车夫，都惊呆了。他们议论纷纷。马厩老板也跑了过来，艾薇就把前因后果告诉了他。

"我就知道早晚会出事！"老板说，"弗利特曼一直不喜欢那匹马，那匹马也一直不喜欢弗利特曼。好吧，我们得再找个人了。"

艾薇担心老公会丢工作，就去问老板，在她老公住院期间，能不能让她负责送牛奶。她跟老板说，牛奶都是晚上送的，没人注意送奶的人是谁。老板笑了笑，但艾薇坚持说，他们真的很需要每周二十二美元零五十美分的工资。她看起来那么小巧，那么漂亮，那么有活力，最后老板同意了。老板把客户名单交给她，告诉她小伙子们会帮她装车。他说，马儿认得路，不会太难的。有个车夫建议她带上马厩的狗，这样既能有个伴，也可以防止牛奶被偷。老板也赞成，让她凌晨两点到马厩。艾薇就这样成了这条线上的首位送奶女工。

艾薇做得很棒。马厩里的小伙子们都喜欢她，说她比弗利特曼更能胜任这项工作。

虽然她很能干，但她温柔、有女人味，男人们都喜欢听她喘着气说话的声音。而且那匹马也很高兴，总是全力配合她。它会自行停在每家需要留牛奶的房子前，直到艾薇安全坐回座位，才继续走。

和弗利特曼一样，艾薇也会在吃午饭的时候把马带回家。因为外面太冷，她从床上拿了一床旧被子，盖在马身上，这样它就不用受冻了。她把马吃的燕麦拿到楼上，在烤箱里热几分钟再喂它。她觉得冰冷的燕麦不好吃。马很喜欢热燕麦。吃完燕麦，她会给它半个苹果或者一块糖。

她觉得在街上给马洗澡太冷，所以就把它带回马厩洗澡。她觉得黄肥皂太粗糙，就带来了一块甜心牌肥皂，还带了一条大大的旧浴巾给它擦身子。马厩里的小伙子说要帮她洗车洗马，但她坚持自己给马洗澡。有两个工人因为谁来洗车吵了起来。艾薇就说一个一天轮流洗，问题就解决了。

她用老板办公室的煤气炉给鼓手烧洗澡水。她可不愿意用凉水给它洗，多冷啊。她用温水和香香的肥皂，把它洗得干干净净，然后用浴巾一点一点擦干。鼓手洗澡时可乖了，一点都不闹。它洗得开心，打着响鼻，快活地嘶鸣着。艾薇给它擦身子时，它快活得直哆嗦。擦到胸口位置，它就把大大的脑袋靠在艾薇小小的肩膀上。看得出来，这匹马特别喜欢艾薇。

弗利特曼病好了，回来上班，鼓手却不愿意跟他一起拉车出门。他们只好给弗利特曼换了条路，换了匹马。可是鼓手也不愿意跟其他车夫一起出去。老板差点儿把它卖了，突然想到了一个主意：车夫里有个女里女气的小伙子，说话有点结巴，不如让他试试驾弗利特曼的车。鼓手挺满意，愿意和这个娘娘腔一起出门。

鼓手又开始了它的工作。不过每天中午，它都会绕到艾薇住的那条街，站在她家门口。非得等到艾薇下来，给它点苹果或者一块糖，摸摸它的鼻子，夸它是个好小子，它才肯回马厩。

“这马真有意思。”弗兰茜听完故事后说。

“它或许挺有意思，”艾薇姨妈说，“但它一直知道自己想要什么。”

32

弗兰茜十三岁生日那天，日记是这样写的：

12月15日。今天我长大了，进入了青春期。这一年会发生什么呢？我很期待。

时间一天天过去，她的日记越写越少，因为这一年的确没发生多少事。她开始写日记是因为小说里的女主人公都写日记，而且日记里满满的感慨。弗兰茜以为她的日记也会这样，但除了对演员哈罗德·克拉伦斯的一些浪漫幻想，她的日记都是些再普通不过的流水账。到了年底，她随手翻看日记本：

1月8日。玛丽·罗梅利外婆有个特别漂亮的雕花盒子，那是她曾祖父一百多年前在奥地利做的。箱子里有一条黑裙子、一条白衬裙、鞋子和长袜。这是她为自己预备的寿衣，因为她不想被裹在裹尸布里下葬。威利·弗利特曼姨夫说他希望死后能火化，把骨灰从自由女神像上撒出去。他想下辈子变成一只鸟，这会是一个很好的开始。艾薇姨妈说他已经是一只鸟了，一只布谷鸟。我忍不住笑了，被妈妈教训了一顿。火化真的比土葬好吗？我不知道。

1月10日。爸爸今天病了。

3月21日。尼利从麦卡伦公园折了些柳枝，送给格雷琴·汉。妈妈说他太小了，不该想女孩子的事。还说以后有的是时间。

4月2日。爸爸已经三周没工作了。他的手有毛病了，抖得厉害，什么都拿不住。

4月20日。茜茜姨妈说她要生孩子了。我不信，因为她的肚子看起来很平。我听见她跟妈妈说，她的孩子在靠近后背的位置。我真好奇。

5月8日。爸爸今天又病了。

5月9日。爸爸今晚出去干活，不一会儿就回来了。他说人家不需要他。

5月10日。爸爸病了。他白天做了噩梦，尖叫起来。我只能去找茜茜姨妈。

5月12日。爸爸已经一个多月没工作了。尼利打算拿到工作证就不读书了。妈妈说不行。

5月15日。爸爸今晚去工作了。他说从现在开始他负起责任。因为工作证的事，他教训了尼利一顿。

5月17日。爸爸生病回家了。几个在街上玩的孩子跟着他，取笑他。我讨厌那些孩子。

5月20日。尼利找了个送报的活儿。不让我帮忙。

5月28日。卡尼大叔今天没捏我的脸，捏了别的地方。我想我长大了，不能再卖废品了。

5月30日。加德纳老师说她们打算在校刊上发表我那篇关于冬天的作文。

6月2日。今天爸爸回家的时候，看起来病了。尼利和我帮妈妈一起把他扶到楼上去。爸爸竟然哭了。

6月4日。今天我的作文得了个A。作文题目是“我的理想”。我不小心写成了“剧本作家”，加德纳老师告诉我应该是“剧作家”。

6月7日。今天有两个叔叔把爸爸送回家，他好像又病了。妈妈不在家，我就让爸爸躺在床上休息，还给他倒了杯黑咖啡。妈妈回来后夸我做得好。

6月12日。今天廷莫尔老师教我弹舒伯特的《小夜曲》。妈妈比我学得快，已经开始弹《唐豪瑟》里的《晚星》了。尼利说他比我俩都厉害，因为他不看曲谱就能弹《亚历山大的拉格泰姆乐队》。

6月20日。我们去看了一场名叫《金色西部的女孩》的演出。这是我看过的最棒的演出！血从天花板上滴下来，真是震撼极了。

6月21日。爸爸两晚没回家，我们都不知道他去了哪儿。他回来的时候，又病了。

6月22日。妈妈今天翻开床垫，发现了我的日记，打开看了。她让我把日记里的所有“醉”字都画掉，改成“病”字。幸好我没写什么妈妈的坏话。以后我当了妈妈，肯定不看孩子的日记。我觉得小孩子也有隐私。要是妈妈再翻我日记，希望她看到这段话能明白我的意思。

6月23日。尼利说他有女朋友了。妈妈说他太小，不适合谈恋爱。我在想，这是真的吗？

6月25日。今晚威利姨夫、艾薇姨妈、茜茜和她男朋友约翰来我们家了。威利姨夫喝了好多啤酒，还哭了。他说他的新马贝西做了比在他身上撒尿还糟糕的事。我忍不住笑了，妈妈教训了我一顿。

6月27日。我们今天读完了《圣经》。现在我们得从头再读一遍了。我们已经读过四遍莎士比亚的作品了。

7月1日。党同伐异……

弗兰茜把手放在日记本上，把那段文字遮住。有那么一刻，她以为那种痛苦的感觉会再次将她淹没。但那种感觉消失了。她翻过这一页，开始读其他内容。

7月4日。今天是麦克沙恩警官把爸爸送回家的。起初，我们以为爸爸被逮捕了，后来才知道，他又病了。麦克沙恩警官给了我和尼利二十五美分。妈妈让我们还回去。

7月5日。爸爸还病着。他还会去工作吗？我在想。

7月6日。我们今天开始玩北极游戏。

7月7日。北极游戏。

7月8日。北极游戏。

7月9日。北极游戏。我们期待的救援没有来。

7月10日。我们今天打开了存钱罐。里面有八美元零二十美分。我的金币变黑了。

7月20日。存钱罐里的硬币都花光了。妈妈开始帮麦加里蒂太太洗衣服。我帮忙熨衣服，结果不小心把麦加里蒂太太的内裤烫了个洞。妈妈再也不让我碰熨斗了。

7月23日。我在亨德勒餐馆找了份暑假工：在午餐和晚餐的高峰时间段帮忙用桶装清洗剂洗碗。每周一，有人来把三桶油渣收走，周三送来一桶清洗剂。

这世上就没有无用之物。我每周能挣两美元，还能免费吃饭。活儿挺轻松，但我不太喜欢清洗剂的味道。

7月24日。妈妈说我很快就要变成大人了。我有点不信。

7月28日。弗洛西·加迪斯和弗兰克打算等他工资涨了就结婚。弗兰克说，照威尔逊总统这么搞下去，我们很快就要打仗了。他说自己急着结婚，是因为有了老婆孩子，战争来了，就不必去打仗了。弗洛西说他胡说八道，他们是因为真心相爱才结婚的。我有点不信。我记得几年前，弗兰克还在洗马时，都是弗洛西围着弗兰克转。

7月29日。爸爸今天没生病。他打算找份工作。他说妈妈不能再给麦加里蒂太太洗衣服了，我也得辞掉暑假工。他说我们很快就能发财，然后全家搬到乡下住。我有点不信。

8月10日。茜茜姨妈说她很快就要有宝宝了。我有点不信。她肚子平得跟煎饼一样。

8月17日。爸爸工作三周了。我们的晚饭吃得可好了。

8月18日。爸爸病了。

8月19日。爸爸是因为丢了工作才病的。亨德勒先生不让我回餐馆工作了，说我不靠谱。

9月1日。今晚艾薇姨妈和威利姨夫来了。威利唱了《弗兰基和乔尼》，还掺了脏话。艾薇姨妈站在椅子上，冲着他鼻子就是一拳。妈妈因为我笑教训了我一顿。

9月10日。开学了，今年我就能毕业了！加德纳老师说，如果我的作文继续得A，她就考虑让我为毕业典礼写剧本。我有个特别棒的主意。舞台上有一个穿着白裙的女孩，头发垂在背后，她就是"命运女神"。其他女孩上台说出她们各自的愿望，命运女神会告诉她们最终答案。最后，一个穿蓝裙的女孩张开双臂，问："那么，活着值得吗？"众人齐声说："值得"。不过，对白需要押韵。我把这个主意讲给爸爸听，但他病得太严重，根本理解不了。可怜的爸爸。

9月18日。我问妈妈我能不能剪个齐耳短发。她摇摇头，说那种发型只有成为女人之后才能剪。这是不是说她希望我快点长大成人呢？我挺期待的，因为长大之后就能自己做主了，想剪什么发型就剪什么发型。

9月24日。今晚洗澡时，我发现自己长大成人了！时候真的到了！

10月25日。这个日记本终于快用完了，我真开心，因为我都写腻了。好像也没发生过什么大事。

弗兰茜翻到最后一页，发现还剩一张白纸。她想，我得赶紧写完，这样就不用再写日记了，就不用天天惦记着了。她拿起笔，蘸上墨水：

11月2日。性这个话题，谁都躲不开。有人写文章说它不好，神父们也抨击它，连法律都禁止它。但谁也绕不过它。学校里的女生就爱聊这个，除了性，就是男生。她们都对性很好奇。我好奇吗？

她盯着最后一句话看了好久。眉头皱得更紧了。她把那句话画掉，重新写上："我对性好奇。"

33

威廉斯堡的孩子们，对性这个话题特别好奇。他们总是叽叽喳喳地聊个不停。有些小一点的孩子会互相展示自己的身体，就像"你让我看看，我也让你看看"那样。有些假装正经的孩子，会玩一些"过家家"或者"看医生"之类的欲盖弥彰的游戏。而那些胆子大的孩子，就玩起了所谓的"脏游戏"。

在这个社区里，性是禁忌话题。孩子们问起时，爸爸妈妈们也不知道该怎么回答，因为他们不知道怎么恰当地说出口。每对夫妻都有自己私下里用的词，这些词只在晚上、在床上，小声地说。但是很少有妈妈敢在白天把这些词拿出来，跟孩子们解释。等孩子们长大了，他们也会发明一些悄悄话，而且不会把这些词告诉自己的孩子。

凯蒂·诺兰既不胆小，也不害羞。她总能巧妙地回答孩子们的问题。

她不会主动说起有关性的话题，但如果弗兰茜问起来，她会尽己所能地回答。有一次，当时弗兰茜和尼利还小，他们决定向妈妈提一些问题，他们站在妈妈面前，弗兰茜是代表。

“妈妈，我们是从哪里来的？”

“上帝把你们给了我。”

天主教家庭的孩子们对这个答案还挺满意的，但下一个问题就难了。“上帝是怎么把我们给你的？”

“我没法解释，因为我得用很多你们听不懂的词来回答。”

“说说那些词，看看我们能不能听懂。”

“如果你们能听懂，我就没必要回答你们这个问题了。”

“那就换个方式说，告诉我们宝宝是怎么来的。”

“不行，你们太小了。我要是告诉你们了，你们就会到处去跟别的孩子说，他们的妈妈就会来找我，说我不正经，然后就会吵架。”

“那告诉我们女孩和男孩有什么不一样。”

妈妈想了一会儿：“主要区别在于，小女孩蹲着上厕所，小男孩站着上厕所。”

“但是妈妈，”弗兰茜说，“我在那个黑黑的厕所里，害怕的时候会站着。”

“我也会蹲着，”小尼利也承认，“当我拉……”

妈妈打断了他们：“好吧，每个女人身上都有一点男人气概，每个男人身上都有一点女人气质。”

讨论就此结束，因为这对孩子们来说太复杂了，他们决定不再追问了。

弗兰茜开始发育，再次向妈妈提出了一些关于“那方面”的问题。凯蒂很坦诚，把自己知道的都告诉了弗兰茜。虽然有些词听起来不太好听，但妈妈还是用了，因为她根本不知道其他的表达方式。那时候，没人教过她这些，也没有书可以看。

弗兰茜比邻居的孩子们幸运得多。她想知道的事情，妈妈都告诉她了。她不用像其他女孩那样，偷偷摸摸地交换那些让人心里不舒服的秘密。她也不需要用奇怪的方式去了解。

如果正常的性话题在社区里是个大谜团，那么犯罪性行为就是一个公共话题。在所有又穷又挤的城市区域，总有一些恶魔般的色情犯罪狂。好像每个地方都有这样的人。弗兰茜十四岁那年，威廉斯堡就出了这么一个人。他一直猥亵小女孩，虽然警察一直在通缉他，但始终没抓到。一个原因是，被猥亵的小女孩的父母往往会三缄其口，因为怕别人知道了会看不起自己的孩子，让她没办法像以前一样和朋友们玩，拥有正常的童年。

有一天，弗兰茜住的街区有个小女孩被杀了，事情很快就传开了。她才七岁，是个乖巧听话的孩子。放学后她没回家，她的妈妈一开始也没在意，以为她在外面玩。晚饭后，家人开始找她，把她的玩伴都问遍了，但放学后，没人再见过她。

恐惧笼罩了整个社区。孩子们都被叫回家，关在锁着的门里。麦克沙恩警官带着六名警察来了，四处搜查，屋顶、地下室都找遍了。

最后，那个小姑娘被她十七岁的哥哥找到了。小小的她躺在附近一间屋子的地下室里一个破旧的婴儿车上。被撕破的裙子和内衣，鞋子和红色的小袜子被扔在了灰堆上。哥哥被问话时特别激动，回答问题结结巴巴的。他们怀疑他，就把他抓了起来。麦克沙恩警官很聪明，抓他只是为了让真正的坏人放松警惕。麦克沙恩警官知道坏人觉得自己安全了，还会再次作案；而这一次，警察会伺机而动。

家长们都行动起来了。他们告诉孩子们（也不管说话方式对不对）关于那个坏蛋和他做的那些可怕的事情。他们告诉小女孩不要拿陌生人给的糖果，不要和不认识的男人说话。孩子们放学时，妈妈们会在门口等着接。街道变得空空荡荡，就好像花衣魔笛手把所有孩子都拐进了山里的某个秘密基地。社区的人都害怕极了。乔尼特别担心他的女儿弗兰茜，所以他搞了一把枪。

乔尼有个朋友叫伯特，是街角银行的守夜人。伯特四十岁，娶了一个比他小二十岁的老婆，对她特别不放心。他老是怀疑她趁他守夜去找别的男人。他为此忧心不已，以至于觉得如果能确定这是真的，那也算是一种解脱。他宁愿面对让人心碎的事实，也不愿意一直活在猜疑里。所以，他有时候会在夜里偷偷回家，而他的朋友乔尼·诺兰会替他看着银行。他们有个暗号。当伯特夜里因为心里难受不得不回家的时候，他会请巡逻的警察按诺兰家的门铃三下。

乔尼如果在家，会像消防员一样从床上跳起来，赶紧穿上衣服，一路跑到银行，就像在做一件性命攸关的大事。

守夜人走后，乔尼躺在他的小床上，透过薄薄的枕头感觉到硬硬的左轮手枪。他希望有人来抢银行，这样他就能成为保护银行的英雄了。但他顶班守夜期间一直很安静，连守夜人捉奸在床的戏码都没有。每次她的丈夫偷偷溜回公寓，那个姑娘总在独自熟睡。

乔尼听说了那起可怕的案件后，去银行找了他的朋友伯特，问伯特有没有多余的枪。

“有啊，怎么了？”

“我想借一把，伯特。”

“为什么呢，乔尼？”

“我们那一带有个坏蛋，杀了一个小女孩，还没被抓。”

“真希望警察能逮住他，乔尼。我真心希望警察能逮住那个坏蛋。”

“我自己也有女儿。”

“对，对。我知道，乔尼。”

“所以我想找你借把枪。”

“这可是违反规定的。”

“你离开银行，留我一个人在这儿，也违反规定。万一我是个贼呢。”

“哦，怎么会呢，乔尼。”

“我觉得如果我们违反了一条规则，再违反一条也没什么大不了的。”

“行吧，行吧。我借给你。”伯特打开抽屉，拿出一把左轮手枪，“现在，听我说。你想打人的时候，就这样瞄准，”他指着乔尼，“然后扣这个扳机。”

“懂了，让我试试。”乔尼拿起枪指着伯特。

“不过，”伯特说，“我自己从来没用过这玩意儿。”

“我也是头一回拿枪。”乔尼说。

“小心点，”伯特轻声道，“里面可是有子弹的！”

乔尼打了个哆嗦，小心翼翼地放下枪。“嘿，伯特，我有点后怕。我们刚才差点就把对方打死了。”

“天哪，你说得对。”伯特也打了个哆嗦。

“轻轻一扣，一个人就没了。”乔尼沉思着。

“乔尼，你不会想不开吧？”

“怎么可能，我宁愿喝死。”乔尼笑了，但突然停了下来。

他带着枪离开时，伯特说：“你要是抓到那个坏蛋，别忘了告诉我。”

“一定。”乔尼说。

“好的。再见。”

“再见，伯特。”

乔尼把家人叫到一起，跟他们说了枪的事。他告诉弗兰茜和尼利不要碰枪。“这个小圆筒里装着五条人命。”他夸张地说。

弗兰茜觉得左轮手枪看起来像一根奇怪的手指，一根召唤死神的手指。当爸爸把它藏到枕头下面时，她松了口气——眼不见，心不烦。

枪在乔尼的枕头下躺了一个月，没人碰过。街区里也没再出过事。看来那个坏蛋已经走了。妈妈们逐渐放松了警惕。但是，有些人，比如凯蒂，还是会在孩子们放学回家时守在门口或走廊，凶手喜欢在黑暗的走廊寻找目标作案，凯蒂觉得小心点总没错。

当大家都觉得安全了的时候，那个坏蛋又出来作案了。

一天下午，凯蒂在自家隔壁那栋房子的走廊里打扫卫生。听到孩子们叽叽喳喳的声音，就知道学校放学了。她有点纠结，要不要像上次出事以后那样，在回家门口的走廊等弗兰茜。弗兰茜快十四岁了，已经挺大了，能照顾好自己。再说，那个坏蛋一般找的都是六七岁的小女孩。没准他已经在别的街区被抓了，现在正蹲监狱呢。尽管这样想，她还是有点不放心，决定回家看看。反正一小时内要回去拿一块新肥皂，现在去的话，正好一举两得。

她在街上张望，没看到弗兰茜，心里有点慌。然后她想起来，弗兰茜的学校比较远，回家会晚一些。凯蒂回到家，打算热杯咖啡。热好咖啡，弗兰茜应该也到家了，她就能放心了。她走进卧室，看了看枕头下边的枪还在不在。

枪当然还在，她觉得自己有点傻。她喝了咖啡，拿了一块黄肥皂，准备回去继续干活。

弗兰茜像往常一样准时回家。她推开走廊的门，看了看这条又长又窄的走廊，没发现异常，然后就关上了身后的木门。走廊变暗了。她往楼梯那边走，刚踏上第一级台阶，就看到了他。

他从楼梯下面的小角落钻了出来，那儿有通往地下室的门。他走路又轻又快。他个子不高，穿着一套破破烂烂的深色西装，里面是一件没有领子、没打领带的衬衫。他的头发又多又乱，都快遮住眼睛了，鼻子尖尖的，嘴巴弯弯的，像一条细线。即使光线昏暗，弗兰茜也注意到了他那双湿漉漉的眼睛。她往前走了一步，那人的样子更清楚了。她还想往上走，可腿好像变成了石头，动不了了！她的手紧紧抓住楼梯扶手，死死抓着。她之所以动不了，是因为那个男人正裸露着下体朝她走来。弗兰茜看到他露出来的地方，简直吓傻了。那东西就像一条白虫子，跟他那难看晦暗的脸和手形成了鲜明对比。她感到一阵恶心，跟之前看到一群肥肥的白蛆在一只烂老鼠身上爬来爬去时的感觉一样。她想喊“妈妈”，但她的喉咙好像堵住了，只有空气能够进出。就像一个噩梦，你想大声喊，但根本喊不出来。她动不了！她动不了！她的手因为抓栏杆抓得太紧而疼痛不已。她突然想到，为什么栏杆没有被她抓断呢——真是荒谬。他正朝她走过来，可她跑不了！跑不了！天哪，她在心里祈祷，希望有哪个邻居能路过。

就在这时，凯蒂手里拿着一块黄肥皂，轻轻走下楼梯。当她走到最后一级楼梯时，往下一看，见那个男人正朝弗兰茜走去，而弗兰茜则紧紧抓着楼梯扶手。凯蒂没有出声。他们都没看见她。她悄悄转身，跑上两层楼回到自己家。她的手很稳，从垫子下面拿出钥匙，打开家门。时间不等人，但她却下意识地把黄肥皂放在洗衣盆上。她从枕头下面拿出枪，瞄准，然后藏在了围裙下面。现在她的手在抖。她把另一只手也放在围裙下面，用两只手稳住枪。她就这样拿着枪，跑下楼梯。

凶手走到楼梯底部，绕过转角，跳上两级台阶，像猫一样敏捷地伸出一只胳膊搂住弗兰茜的脖子，用手掌捂住她的嘴，以防她尖叫。他用另一只胳膊搂住她的腰，想把她拖走。他滑了一跤，暴露在外的部位碰到了弗兰茜的光腿。

她的腿像被火烧到似的猛然一抽。这时，她的腿从麻痹中恢复过来，开始踢打挣扎。那个变态紧贴着她的身体，将她压在栏杆上。他开始一个接一个地掰开她紧握的手指。他掰开了弗兰茜的一只手，强行拧到她背后，同时用力按住，然后开始掰她的另一只手。

楼上有动静。弗兰茜抬起头，看见妈妈正从最后一段楼梯上跑下来。凯蒂的姿势略显笨拙，因为她的两只手都紧紧抓在围裙底下。那个男人看见她了，但没想到她手里有枪。他不情愿地松开手，退下两级台阶，湿漉漉的眼睛紧盯着凯蒂。弗兰茜站在那儿，一只手仍然紧握着栏杆。她张不开手指。那个男人下了台阶，背靠墙，开始沿着墙向地下室门口溜。凯蒂停下脚步，跪在台阶上，在两根栏杆之间举起围裙下面的武器，瞄准他暴露在外的部位，扣动扳机。

随着一声巨响，空气中弥漫着烧焦的布料味，凯蒂围裙上的洞还在冒烟。那个变态的嘴唇向后咧开，露出又脏又烂的牙。他双手捂着肚子倒了下去，倒地的那一刻，他双手摊开，原本苍白如蠕虫的裸露部分早已血肉模糊。狭窄的走廊里满是烟雾。

女人们尖叫着。一个个门砰砰砰地打开。走廊里响起了跑步声。街上的人开始拥进走廊。转眼间，门口挤满了人，谁也进不来，谁也出不去。

凯蒂抓住弗兰茜的手，试图把她拉上楼梯，但孩子的手像冻在了栏杆上似的，无法张开手指。绝望中，凯蒂用枪托击打弗兰茜的手腕，她麻木的手指终于放松了。凯蒂把她拉上台阶，穿过走廊，不断遇到从公寓里走出来的女人。

“怎么了？怎么了？”她们尖叫着问。

“现在没事了。没事了。”凯蒂告诉她们。

弗兰茜跌跌撞撞地走着，好几次都跪倒在地。凯蒂扶着她，一步步连跪带爬地挪回家，让她在厨房的沙发上坐好。接着，她赶紧把门锁上。她小心翼翼地把枪放在肥皂旁边，不小心碰到了枪口。她发现枪口热乎乎的，不禁吓了一跳。凯蒂对枪一窍不通，以前从没碰过枪。她想，这热度会不会让枪走火啊。于是，她打开洗衣盆的盖子，把枪扔进了泡着脏衣服的水里。连带着黄肥皂也一起扔了进去。然后，她走到弗兰茜身边。

“他有没有伤害你，弗兰茜？”她问。

“没有，妈妈，”弗兰茜痛苦地说，“只是他……他的……我是说那个东西……碰到了我的腿。”

“哪儿？”

弗兰茜指了指蓝色袜子上面的一个地方。那里的皮肤白白的，没有受伤。

弗兰茜惊讶地看着那儿，她本以为那里的皮肤会缺一块呢。

“没事的。”妈妈说。

“但我还是觉得疼。”她抽噎道，情绪十分激动，“我想把腿砍了。”

门外有人敲门，想问问发生了什么事。凯蒂没理他们，门仍然锁着。她让弗兰茜喝了一杯热咖啡。然后，她在房间里走来走去，现在她自己也在发抖，不知道接下来该怎么办。

枪响时，尼利正在街上溜达。看到人们挤进走廊，他也跟了进去。他爬上楼梯，从栏杆上往下看。那个坏蛋缩成一团。一群女人把裤子从他身上扯了下来，靠近他的人都用鞋跟踩他。其他人用脚踢他，还向他吐口水。大家都在骂他。尼利听到了姐姐的名字。

“弗兰茜·诺兰？”

“对，弗兰茜·诺兰。”

“你确定是弗兰茜·诺兰？”

“跟你说了，我亲眼看见的。”

“她妈妈去了……”

“弗兰茜·诺兰！”

他听见救护车的声音，以为弗兰茜出事了，哭着跑上楼。他使劲儿敲门，大喊：“让我进去，妈妈！让我进去！”

凯蒂开门让他进来。看见弗兰茜躺在沙发上，他哭得更厉害了。弗兰茜也跟着哭了起来。“别哭了！别哭了！”凯蒂边喊边摇晃尼利，直到他不再哭。

“快去找你爸爸。四处找找，找不到别回来。”

尼利在麦加里蒂的酒吧找到了爸爸。乔尼正准备坐下，慢慢喝酒，消磨漫长的下午时光。听到尼利说的事，他放下酒杯，和尼利一起跑了出去。他们挤不进去，因为救护车停在门口，四名警察正努力在人群中给救护车上的医生开路。

乔尼和尼利穿过隔壁的地下室，互相帮着翻过木栅栏进入自家院子，爬上消防梯。凯蒂看见乔尼的礼帽在窗外逐渐逼近，吓得尖叫起来，疯狂地四处找枪。幸好，她不记得把枪扔哪儿了。

乔尼跑到弗兰茜身边，像抱婴儿一样把她抱在怀里。他摇着她，哄她睡觉。弗兰茜一直说想把腿砍掉。

“他有没有伤到孩子？”乔尼问。

“没有，但我把他打伤了。”凯蒂严肃地说。

“用手枪打的？”

“还能用什么？”她向他展示了围裙上的洞。

“打中了吗？”

“我尽力而为了。但她一直在说她的腿。他的……”她的眼睛看向尼利，“……那个，你知道的，碰到了她的腿。”她指向了那个位置。乔尼看了看，什么也没发现。“真是太糟糕了，偏偏是她碰上，”凯蒂说，“她记性好，总忘不了这件事，没准以后会不愿意结婚。”

“腿的事情，我来解决。”爸爸承诺。

他把弗兰茜放回沙发上，拿来石碳酸，用这种强刺激的物质擦拭了那个地方。弗兰茜喜欢石碳酸带来的灼痛感，她觉得那个男人的触碰带来的罪恶感正在被烧掉。

有人敲门，他们沉默着不回答。这个时候，他们不想让外人进入他们的家。一个强有力的爱尔兰声音喊道：

“开门，我们是执法人员。”

凯蒂打开门，一名警察走了进来，后面跟着一个拿着包的救护车实习生。

警察指着弗兰茜问：“这就是他下手的孩子？”

“是。”

“医生得给她做个检查。”

“我不同意。”凯蒂抗议道。

“这是在办案。”他平静地回答。

于是，凯蒂和实习生把弗兰茜带进卧室，吓坏了的孩子不得不接受这个屈辱的检查。实习生素质很高，迅速而仔细地进行了检查。他直起身来，把工具放回包里，说：“她没事，那家伙没近她的身。”

他握着她肿胀的手腕："这是怎么回事？"

"当时，她的手没法从栏杆上松开，我拿枪砸的。"凯蒂解释说。

他注意到孩子膝盖上的淤青："这是怎么回事？"

"我把她从走廊拽回来时弄的。"

接着，他看到了她脚踝上方的灼伤："这又是怎么回事？"

"那个浑蛋碰过这儿，她爸爸用石碳酸给她擦了擦。"

"天哪！"实习生惊呼，"你们想把她弄成三级烧伤吗？"他重新打开药箱，给灼伤处涂上清凉药膏，仔细包扎起来。"天哪！"他又说，"你们俩给孩子带来的伤害比坏人还大。"他把弗兰茜的裙子弄平，轻轻拍了拍她的脸蛋，说："没事的，小姑娘。我给你打一针，好好睡一觉。等你醒来，就当是做了一场噩梦。只是一场噩梦，记住了吗？"

"记住了，先生。"弗兰茜感激地说。她又看到了针头。她想起了很久以前的事。她有点担心。她的胳膊干净吗？他会不会说……

"你真勇敢。"针头扎进去的时候，他说。

"原来他站在我这边。"弗兰茜迷迷糊糊地想。打完针，她很快就睡着了。

凯蒂和医生来到厨房。乔尼和警察坐在桌边。警察手里拿着一小截铅笔，正在一个小本子上艰难地记笔录。

"孩子没事吧？"警察问。

"没事，"实习生说，"就是受了点惊吓，被父母折腾得够呛。"他对警察眨了眨眼。

"等她醒了，"他对凯蒂说，"记得跟她说是噩梦。别说别的。"

"医生，我该给你多少钱？"乔尼问。

"不用给钱，老兄。政府埋单。"

"谢谢你。"乔尼轻声说。

实习生注意到乔尼的手在发抖。他从裤兜里掏出一个小酒瓶，递给乔尼。"来一口！"乔尼抬头看着他。"喝吧，老兄。"实习生坚持道。乔尼感激地喝了一大口。实习生把瓶子递给凯蒂，"你也来点吧，你看起来也需要。"凯蒂也喝了一大口。

警察开口问："你当我是什么？没人管的孤儿？"

实习生从警察手里拿回酒瓶时，里面只剩一点点了。他叹了口气，一饮而尽。警察也叹了口气，转向乔尼："说说你把枪放哪儿了？"

"枕头底下。"

"拿出来吧，我得带回去。"

凯蒂急匆匆地跑进卧室，在枕头底下翻找，早忘了处理枪的事。她满脸焦虑地走了出来：

"糟糕，枪不见了！"

警察笑了笑："肯定不在那儿，你不是用它打那个坏蛋了吗？"

凯蒂想了很久，才想起来把枪扔进了洗衣盆里。她赶紧把枪捞出来。警察把枪擦干，取出子弹，然后问乔尼："你有持枪许可证吗，老兄？"

"没有。"

"那可不好办了。"

"这不是我的枪。"

"谁给你的？"

"没——没人。"乔尼不想让守夜人惹上麻烦。

"那你是怎么得到它的？"

"我捡的。没错，我在排水沟里捡来的。"

"捡的上好油、装好子弹的枪？"

"真的。"

"这就是你的证词？"

"这就是我的证词。"

"那好吧，老兄，我听着这个说法没问题，只是别来回改。"

救护车司机在走廊里喊，说他已经把凶手送到医院了，问医生是否现在就走。

"医院？"凯蒂问，"也就是说我没把他打死？"

"现在还没死，"实习医生说，"我们会让他站起来，自己坐到电椅上去。""太遗憾了，"凯蒂说，"我本想杀了他。"

"在他昏倒前，我拿到了他的口供，"警察说，"街区的那个小女孩是他杀的。他还作过另外两起案。我拿到了他的口供，已经签字并找到了人证。"他拍了拍口袋，"局长听到这个消息，没准会提拔我。"

“希望如此，”凯蒂黯然道，“希望有人能从中受益。”

第二天早晨，弗兰茜醒来时，爸爸在床边告诉她，一切都是梦。随着时光流逝，弗兰茜也的确觉得它像是一场梦。这件事没有在她的记忆里留下任何丑陋的痕迹。身体上的恐惧削弱了她的情感感知。楼梯上的惊吓是短暂的——仅仅三分钟时间——却起到了麻醉剂的作用。再加上后来的催眠针，她对随后发生的事情记忆相当模糊。即便在法庭的听证会上，她不得不讲述事情经过，也像是在一个不真实的戏剧中的一幕，她的台词很短。

确实有一场听证会，但凯蒂事先被告知那只是例行公事。弗兰茜几乎什么都不记得，只记得她和妈妈各自说了各自知道的事。其实，她说得很少。

“我从学校回家，”弗兰茜作证说，“我刚进走廊，这个男人就走出来，抓住我，我根本来不及叫喊。他试图把我拖下楼梯，这时，我妈妈下来了。”

凯蒂说：“我走下楼梯，看见他拽着我的女儿。我赶紧跑回家拿枪，然后跑下来，见他想溜进地下室，我就开了枪。”

弗兰茜担心妈妈会因为开枪打人被逮捕。但结果并没有，法官不仅和妈妈握了手，还和她也握了手。

报纸也刊载了这个新闻，但内容很有意思。一个记者每晚都会打电话到警局询问新闻。当晚，他喝多了，把诺兰家的姓氏和办案警察的姓氏弄混了。布鲁克林的报纸上登了半栏篇幅的报道，说是威廉斯堡的奥莱瑞太太在自家走廊射杀了一个色情狂。第二天，纽约的两家报纸用了两英寸的篇幅报道说，威廉斯堡的奥莱瑞太太在自家走廊被一名色情狂射杀。

最终，这件事慢慢被人遗忘了。凯蒂一度成了这一带的英雄，但随着时间流逝，邻居们忘记了那个杀人的色情狂，只记得凯蒂·诺兰开枪打了一个人。大家每每提起她，都说她不好惹。毕竟她要是被惹了，是会毫不犹豫地开枪的。

石碳酸在弗兰茜腿上留下的疤痕一直没消，逐渐变成了十美分硬币大小。弗兰茜慢慢习惯了，随着年龄的增长，她很少再注意到它。

至于乔尼，因为无证持枪违反《沙利文法》被罚了五美元。对了，那个守夜人的年轻妻子最后和一个与她年龄相仿的意大利人私奔了。

几天后，麦克沙恩警官来找凯蒂，见她正把一大桶垃圾拖到路边，不禁有点同情，赶忙上去帮忙。凯蒂连连道谢，抬头看着他。马蒂·马奥尼那次出游时，他们见过，他还问弗兰茜那是不是她妈妈。另一次是他把乔尼送回家，当时乔尼醉了，自己回不了家。凯蒂听说麦克沙恩太太得了不治之症结核病，住在疗养院，活不了多久了。“他以后会再婚吗？”凯蒂想。“当然会。”她回答了自己的问题，“他相貌堂堂、为人正直、工作体面，女人们肯定抢着要。”

他摘下帽子，说：“诺兰太太，我和局里的同事特别感谢您帮我们抓住了那个凶手。”

“不用谢。”凯蒂客气地回答。

“为了表达谢意，大家给您筹了点钱！”他递过来一个信封。

“钱？”她好奇地问。

“没错。”

“还是您留着吧！”

“您肯定需要，您丈夫工作不稳定，孩子们也得花钱。”

“这不关您的事，麦克沙恩警官。您也看到了，我工作很努力，我们不需要别人的施舍。”

“那好吧。”

他把信封塞回口袋，眼睛一直盯着她。“这女人真不简单，”他心想，“身材苗条，皮肤白净，一头鬈发又黑又亮。她的勇气和骄傲，顶得上六个同龄女人。我是个四十五岁的中年男人，”他继续想，“她只是个年轻姑娘。”（凯蒂当时三十一岁，但看起来年轻得多。）“我们俩的婚姻都不太美满，不太美满。”

麦克沙恩很清楚乔尼的情况，知道他这样下去根本活不了多久。他对乔尼只有同情，对自己的妻子也一样。他从没想过伤害他们中的任何一个。他从没想过对自己的病妻不忠。“但心里有这种想法，对他们算不算是一种伤害呢？”他问自己。“当然，还得等下去。等多久？两年？五年？唉，好吧，即便没有对这幸福的期望，我也等了这么久了，当然可以再等。”

他再次向她致谢，然后正式道别。他握着她的手时，心想：“总有一天，我会娶她为妻，如果上帝准允、她也愿意的话。”

凯蒂不可能知道他在想什么。(或者她知道?)或许吧。因为在他走后，她鬼使神差地喊道:“希望有一天你能得到你应有的幸福，麦克沙恩警官。”

34

弗兰西听茜茜姨妈跟妈妈说她要有个孩子了，心里很是纳闷，为啥茜茜姨妈不说“生个孩子”，而说“有个孩子”呢?后来她才知道，茜茜姨妈这么说是有原因的。

茜茜结过三次婚。在赛普勒斯山的圣约翰墓地，有一块地方，竖着十块小小的墓碑，埋着茜茜的十个孩子。每块墓碑上的死亡日期和出生日期都是同一天。茜茜现在三十五岁了，特别想要个孩子，可一直没能如愿。凯蒂和乔尼经常聊起这事，凯蒂担心茜茜没准哪天会去抢个孩子。

茜茜想领养一个孩子，但她的丈夫约翰坚决不同意。

“我才不养别人的杂种呢，明白吗?”他总是这么说。

“你不喜欢孩子吗，亲爱的?”茜茜试探着问。

“我当然喜欢孩子，但那得是我的种，不能是别的废物的。”他回答，不小心把自己也骂进去了。

在大多数事情上，约翰就像面团一样，任由茜茜拿捏。但在这件事上，他坚决不让步。如果他们必须有个孩子，那必须是他亲生的，不能是别人的。茜茜知道他是认真的，她甚至有点佩服他。但她真的很想要个孩子，一个活生生的孩子。

有一次，茜茜听说，在马斯佩斯有个十六岁的漂亮女孩，和一个已婚男人纠缠不清，有了身孕。女孩父母刚从西西里搬来，他们把女孩关在一间黑屋子里，不让邻居看见她的肚子一天比一天大。她爸爸只给她面包和水。他觉得这样可以让女孩在分娩时和她的孩子一起离开这个世界。为了防止老婆趁他不在给女孩东西吃，他每天早上出门时都不给家里留一美分。他每天晚上回家时带一袋吃的，看着大家吃光，确保没有东西被偷偷留下来给女孩。晚饭后，他给女孩一天的食物:半块面包和一壶水。

茜茜听到这个充满饥饿和虐待的故事，心里很震惊。她想出了一个主意。她觉得这个家庭可能会愿意在孩子出生后把孩子送人。她决定去见见这家人。如果他们看起来脑子正常、身体健康，她就提出领养孩子。

第一次登门，那位母亲不让茜茜进屋。第二天，茜茜戴着个徽章再来，她敲了敲门，门只开了一条缝，茜茜指着徽章，一脸严肃地说要进去。那位母亲吓了一跳，以为茜茜是移民局的，赶紧让她进来了。要是她认字的话，就会知道徽章上写的是“鸡肉检查员”。

茜茜掌控了局面。那个快要当妈妈的女孩又害怕自己的父母，又不服管，还因为饿肚子变得骨瘦如柴。茜茜警告女孩的妈妈，要是不好好照顾女孩，就把她抓起来。妈妈哭了，用她那蹩脚的英语讲了她们的难处和爸爸的打算——饿死女孩和女孩肚子里的孩子。茜茜和露西亚母女聊了一整天，大多数时候都是靠比画。最后，母女俩总算明白了，茜茜愿意在孩子一出生就接手照顾。妈妈终于明白了茜茜的来意，感激地亲了亲茜茜的手。从那天起，茜茜就成了这个家最信任的朋友。

约翰早上去上班后，茜茜就打扫房间，给露西亚煮一锅好吃的，送到那个意大利人的家里。她用爱尔兰和德国的混合食谱好好喂养露西亚。她觉得，如果孩子在出生前吃这样的饭，出生后就不会那么像意大利人了。

露西亚被茜茜照顾得无微不至。天气好的时候，她会带露西亚去公园晒太阳。在她们这段特别的关系里，茜茜是露西亚的好朋友，也是她的开心果。露西亚很崇拜茜茜，她是这个新世界里唯一对她好的人。全家人（除了一无所知的爸爸）都很喜欢茜茜。妈妈和其他孩子都乐得瞒着爸爸。他们一听到爸爸上楼的脚步声，就把露西亚锁进那间小黑屋。

这家人不太会说英语，茜茜也不会意大利语，但是随着时间的推移，他们从茜茜那里学了一些英语，茜茜也从他们那里学了一些意大利语，他们能一起聊天了。茜茜从来没告诉过他们她的名字，所以他们就叫她“自由女神”，这是他们来美国后看到的第一样东西，就是那个举着火炬的女士。

茜茜照顾露西亚和她肚子里的宝宝，还有她的家人。一切安排妥当，茜茜就告诉亲朋好友，她又要有小宝宝了。大家也没觉得奇怪，因为茜茜总在怀孕。

她找了个接生婆，提前付了钱。她还准备了一张纸，让凯蒂帮忙写上她和约翰的名字，还有她娘家的姓。茜茜告诉接生婆，宝宝一出生，就把这张纸交给卫生局。那个接生婆是茜茜特意选的，她不懂意大利语，以为纸上写的是宝宝亲生父母的名字。茜茜希望从一开始就把出生证明弄妥当。

茜茜把假怀孕演得惟妙惟肖，就连怀孕初期的恶心都模仿得特别像。露西亚说她感觉到了胎动，茜茜就告诉老公她感觉到了胎动。

露西亚开始产前阵痛的那天下午，茜茜回到家，躺在床上。等约翰下班回来，茜茜跟他说宝宝要出生了。约翰看着她苗条得如同芭蕾舞者般的身材，觉得根本不可能，但茜茜坚持说是真的，约翰只好去找丈母娘。玛丽·罗梅利看着茜茜，说她根本没有要生孩子的样。茜茜突然尖叫起来，说疼得要命。玛丽看着茜茜，虽然不知道她在想什么，但知道争辩没用。如果茜茜说她要生孩子，那就生吧，如她所愿。约翰还是不信。

“你看她多瘦啊，肚子那么小，怎么可能有孩子？”约翰说。

“说不定孩子会从她脑袋里钻出来，她脑袋那么大。”玛丽·罗梅利开玩笑说。

“得了吧，什么乱七八糟的！”约翰说。

“你懂什么？”茜茜不服气，“圣母马利亚不是没找男人就生了耶稣吗？她能做到，我就能做到，而且更容易。因为我结婚了，有老公。”

“谁知道呢？”玛丽说。她转向约翰，温柔地说：“男人不懂的事多着呢。”

她劝约翰别担心，好好吃一顿，再好好睡一觉。

约翰整晚都没睡好，他躺在妻子旁边，心里乱糟糟的。他时不时地撑起胳膊，盯着妻子看，又时不时地用手摸摸她平坦的肚子。妻子茜茜倒是睡得很香。

第二天一大早，约翰要去上班。茜茜告诉他，等他下班回家，就能当爸爸了。

“真是服了！”男人痛苦地大喊一声，就去杂志社上班了。

茜茜急匆匆地跑到露西亚家。孩子在露西亚的爸爸上班后一小时内就出生了，是个健康漂亮的小女孩。茜茜高兴极了，她告诉露西亚，先给孩子喂丨天奶，有个好开始，然后就把孩子带回家。茜茜出去买了一只鸡和面包店做的派。露西亚的妈妈用意大利的方式做了烤鸡，茜茜还从街角的意大利杂货店买了一瓶基安蒂葡萄酒，大家一起享受了一顿丰盛的晚餐。每个人都很开心，就像过节一样。露西亚的肚子又变平了，没有了那个让人羞耻的“纪念碑”。现在一切都像以前一样了……或者等茜茜把孩子带走，一切就恢复如初了。

茜茜每隔一小时就给婴儿洗一次澡，一天给孩子换了三次上衣和饰带，尿布每五分钟换一次，不管需不需要。她给露西亚洗了澡，洗得干干净净，不停地给她梳头，直到头发像缎子一样闪闪发光。她觉得自己为露西亚和婴儿做得还不够。露西亚爸爸回来时，茜茜不得不离开了。

露西亚的父亲下班回到家，走进小黑屋，给露西亚送来日常食物。他打开煤气灯，看到露西亚容光焕发，旁边睡着一个健健康康、胖胖乎乎的婴儿。他很惊讶，只靠面包和水，居然能有这样的结果！然后他开始害怕。这一定是个奇迹！一定是圣母马利亚帮了这位年轻的母亲。马利亚正是以这样的奇迹闻名意大利的。他没准会因为残忍虐待自己的孩子而受到惩罚。他悔恨万分，给露西亚端来一盘堆满意大利面的盘子。露西亚拒绝了，说她已经习惯了面包和水。妈妈支持露西亚，说面包和水对婴儿最好。露西亚的父亲越来越相信是圣母马利亚显灵。他疯狂地向露西亚示好，但家人却在惩罚他。他对女儿表现出的所有善意都被他们拒绝了。

茜茜静静地躺在床上，那天晚上，约翰一回家就逗她：“今天生小宝宝了吗？”

“生了。”茜茜声音小小的。

“别逗了！”

“你出门后没多久，宝宝就生出来了。”

“真的假的？”

“真的！”

约翰四处看了看：“宝宝在哪儿呢？”

“在康尼岛的保温箱里呢。”

“啥？”

“早产儿，才三斤重。所以我肚子不大。”

“你逗我玩呢吧？”

“等我恢复了，就带你去康尼岛，让你亲眼看看保温箱里的宝宝。”

“你这是想干吗？想把我逼疯？”

“十天后我就把她带回家。等她长出指甲来。”茜茜随口一说。

“茜茜，你这是怎么了？你明明知道你今天早上根本没生宝宝。”

“我生了，三斤重。他们把她放在了保温箱里，这样她就不会有事了，十天后就能把她带回来了。”

“我服了！真服了！”约翰大叫一声，出门喝酒去了。

十天后，茜茜真的把宝宝带回了家。宝宝个头很大，都快有十斤重了。

约翰最后一次说出了心中的疑惑：“这宝宝才十天，个头也太大了吧。”

“你自己也是个大个子，亲爱的。”茜茜轻声说。她看到他脸上露出了满意的笑容，赶紧伸出双臂抱住他，“我现在可以了，”她在他耳边说，“如果你想和我睡的话。”

“你知道吗？”事后他说，“她看起来确实跟我有点像。”

“尤其是耳朵那儿。”茜茜迷迷糊糊地说。

几个月后，那家意大利人回意大利去了。他们很愿意回去，因为新世界只给他们带来了伤心、贫穷和耻辱。茜茜再也没有听到过他们的消息。

大家都知道那不可能是茜茜的宝宝——根本不可能。但她坚持这么说，既然没有其他解释，大家也就接受了。毕竟，世界之大，无奇不有。她给宝宝取名莎拉，但时间长了，大家都叫她小茜茜。

凯蒂是唯一一个知道茜茜的宝宝来历的人。茜茜请她帮忙填写出生证明上的名字时，把真相告诉了她。啊，还有，弗兰茜也知道。她经常在夜里被说话声吵醒，听到妈妈和茜茜姨妈在厨房里谈论宝宝。弗兰茜发誓永远帮茜茜姨妈保守秘密。

乔尼是除了那家意大利人之外唯一知道实情的外姓人。凯蒂偷偷告诉了他。弗兰茜其实没睡着，她听到了父母的谈话。爸爸跟茜茜老公立场一致：“这太欺负人了，对任何男人都不公平。他应该知道真相。我去说。”

“不行！”妈妈声音尖尖的，“他现在挺开心的。就让他这样开心下去吧。”

“开心？把别人的孩子硬塞给他，我可看不出他哪里开心。”

“他被茜茜迷得不行，总怕茜茜离开他。茜茜要是走了，他肯定受不了。你是了解茜茜的，她总是一个接一个地换男人，一个接一个地换老公——总想要个孩子。要是没这个孩子，她恐怕就要离开他了。不过，从现在起，茜茜会变得不一样的。信我，她会安定下来的，成为他原本配不上的好老婆。那个约翰算什么呀！”她停顿片刻，“她会做个好妈妈。孩子会成为她的全部，她就不会再去找男人了。所以，乔尼，千万别乱来。”

“对我们男人来说，你们罗梅利家的女人太神秘了。”乔尼有点无奈。他突然想到什么，“嘿！你不会也对我做过这种事吧？”

凯蒂没说话，把孩子们从床上拽下来，让他们穿着长长的白色睡衣站在他面前。“看看他们。”她命令道。乔尼看看他的儿子，就像在看一个缩小版的自己。他看看弗兰茜，简直跟凯蒂的脸像是一个模子里刻出来的，只是更忧郁，只有眼睛像乔尼。弗兰茜一时兴起，拿起一个盘子，像乔尼唱歌时拿着帽子那样把它举在胸前。她唱起了他的拿手歌：

> 他们叫她轻浮的萨尔，
> 一个奇怪的女孩……

她的表情和手势，跟乔尼一模一样。

“我知道，我知道。”爸爸小声说。他亲了亲孩子们，轻轻拍了拍他们的背，让他们回去睡觉。孩子们离开后，凯蒂把乔尼的头摁下来，小声对他说了些什么。

“不会吧！”他惊讶地说。

“真的，乔尼。”她平静地说。

他戴上帽子。

“你要去哪儿，乔尼？”

“出去。”

“乔尼，回家的时候别……”

他看着卧室门。

“我不会的，凯蒂。”他保证完，轻轻吻了吻她，走了出去。

弗兰茜半夜里突然醒了，心里直纳闷儿，自己为什么会从美梦中醒来呢？

哦，原来是爸爸还没回家。她总是要等到爸爸回家才能睡踏实。一醒过来，她就开始胡思乱想。她想到了茜茜的宝宝，想到了出生，然后又想到了出生的必然结果——死亡。她不想去想死亡，因为每个人生来都会死。正当她努力不去想死亡的时候，她听到了爸爸上楼的脚步声，他还轻声哼着歌。听爸爸唱起《莫莉·马龙》的最后一段时，她不由自主地打了个寒战。他以前从没唱过这一段。从来没有！怎么回事？……

她死于高烧，
无人能救她，
我就这样失去了，
亲爱的莫莉·马龙……

弗兰茜没动，因为家里有个不成文的规矩，爸爸晚归时，总是妈妈去开门。她不想吵到孩子们睡觉。歌声快结束了，妈妈没听见，也没起床。弗兰茜赶紧跳下床。她还没走到门口，歌声就停了。她打开门，看到爸爸静静地站在那里，手里拿着帽子，眼睛越过她的头顶，直直地看着前方。

“你赢了，爸爸。”她说。

“是吗？”他说，然后径直走进房间，没看她。

“你唱完了整首歌。”

“嗯，我想我是唱完了。”他在窗边的椅子上坐下。

“爸爸……”

“把灯关了，回去睡觉。”（为了等他回来，屋里总是留着一盏灯。）她关了灯。

“爸爸，你……你病了吗？”

“没有。我没喝醉。”他在黑暗中一字一句地说。弗兰茜知道，他没撒谎。

她回到床上，把脸埋在枕头里，没缘由地哭了起来。

35

又快到圣诞节了，弗兰茜刚过完十四岁生日。她弟弟尼利，按他自己的话说，不知不觉就成了十三岁的小伙子。不过，这个圣诞节看起来情况不妙。家里出了点状况，乔尼好像有点不对劲。他现在不喝酒了，问题是，他虽然不喝酒，却好像一直醉着。

他已经两个多礼拜没跟家里人说话了。弗兰茜记得爸爸最后一次跟她说话，是在一个晚上，他清醒着回家，唱着《莫莉·马龙》的最后一段。打那以后，他就再没唱过歌。他总是默默地来去，一句话也不说。他晚上出去，清醒着回家，但谁也不知道他去了哪儿。他的手抖得厉害，吃饭的时候连叉子都拿不稳。他看起来一下子老了很多。

昨天吃晚饭时，他回来了。他看着大家，好像想说什么，但最后什么也没说，只是闭着眼睛站了一会儿，就回卧室了。他的生活没有规律，白天黑夜随时进进出出。他在家时，就躺在床上，穿着衣服，闭着眼睛。

凯蒂脸色苍白，话也变少了。她好像有种不好的预感，觉得自己似乎要遇到什么悲剧。她的面庞消瘦，脸颊凹陷，但身体却更丰腴了。

圣诞节前一周，凯蒂又找了一份兼职。她起得更早了，打扫公寓的速度也更快了，下午就能做完。然后她匆匆忙忙地赶到格兰街波兰区的戈尔林百货商店，从下午四点干到七点，给那些因为圣诞节太忙没时间出去吃饭的女售货员送咖啡和三明治。家里真的很需要她每天多赚的七十五美分。

快七点了。尼利送完报纸回到家，弗兰茜也从图书馆回来了。家里冷冰冰的，没生火，得等妈妈回来才有钱买柴火。孩子们穿着外套，戴着帽子，因为屋里实在太冷了。弗兰茜看到妈妈晾的衣服，想把它们收进来。衣服被冻得硬邦邦的，形状怪怪的，好像不愿意进屋似的。

“我来弄。”尼利指着一件冻得硬邦邦的内衣说。裤腿冻得直挺挺的，尼利怎么拽都拽不动。

“我非得把这该死的裤腿扯下来不可。”弗兰茜说。她使劲敲了敲，裤腿发出嘎吱嘎吱的声音，然后软了下来。她用力把裤子拽了进来。那一刻，她看起来真像凯蒂。

“弗兰茜？”

“嗯？”

“你……你骂人了。”

“我知道。”

“上帝肯定听见了。”

“得了吧！”

“真的，他什么都看得见，什么都听得见。”

“尼利，你真觉得他会盯着咱们这小屋子看吗？”

“当然，肯定会。”

“别信这个，尼利。他忙着照看小鸟会不会掉下来，担心小花苞会不会开，哪有空管咱们。”

“别这么说，弗兰茜。”

“我偏要说。如果他真像你说的那样，到处看人家的窗户，他会看到这里的情况。他会看到我们家里冷冰冰的，没吃没喝；他会看到妈妈工作得太辛苦，身体受不了；他会看到爸爸的情况，然后做点什么。要是他在看，就该这么做！”

“弗兰茜……”男孩不安地扫视着屋子。弗兰茜看出了他的不安。

“我长大了，不该再这么逗他了。”她想，随后大声说：“好吧，尼利。”姐弟俩聊起了别的，直到凯蒂回家。

凯蒂急匆匆地回来了。她买了两美分的木柴、一罐炼乳和三根香蕉。她把纸和木头塞进炉子，很快就把火生好了。

“好了，孩子们，我觉得咱们今晚得吃燕麦粥了。”

“又吃这个！”弗兰茜抱怨道。

“不会太糟糕的，”妈妈说，“我们有炼乳，我还买了香蕉，可以切成片放在上面。”

“妈妈，”尼利说，“别把我的炼乳和燕麦粥混在一起。直接放上边就好。

“把香蕉切片，和燕麦一起煮。”弗兰茜建议。

“我想吃整根香蕉。”尼利抗议道。

妈妈一语定乾坤:“来,一人一根香蕉,你们爱怎么吃就怎么吃。”

燕麦粥煮好了,凯蒂盛了满满两碗,放在桌上,往炼乳罐上戳了两个小洞,然后在每个碗边放了一根香蕉。

“妈妈,你不一起吃吗?”尼利问。

“我等会儿再吃,现在不太饿。”凯蒂轻轻叹了口气。

弗兰茜说:“妈妈,你要是不想吃,不如弹钢琴给我们听,这样我们就像在餐馆里一样了。”

“客厅太冷。”

“把油炉点上。”孩子们异口同声道。

“好吧。”凯蒂从橱柜里拿出一个便携式油炉,“不过你们知道,我弹得不怎么样。”

“妈妈,你弹得很好。”弗兰茜真心地说。

凯蒂听了很开心。她蹲下来点燃油炉:“你们想听什么曲子?”

“《来吧,小叶子》。”弗兰茜大声说。

“《欢迎你,美好的春天》。”尼利也大声说。

“我先弹《来吧,小叶子》,”妈妈说,“我没给弗兰茜准备生日礼物,就把这首曲子当礼物吧。”她走进了冷飕飕的客厅。

“我想把我的香蕉切成片,放在燕麦粥上。我要切得薄薄的,这样就能多吃几片了。”弗兰茜说。

“我要整个吃,”尼利决定,“而且我要慢慢吃,这样就能吃得时间长一些。”

妈妈正在弹弗兰茜点的曲子,莫顿先生教过他们,她随着音乐唱道:

> 来吧,小叶子,风儿对我说,
> 跟我一起越过草地玩耍,
> 穿上你的金衣裳、红裙子……

“哎呀,这是儿歌。”尼利打断说。弗兰茜没再继续唱。凯蒂弹完弗兰茜点的曲子,又弹起了鲁宾斯坦的《F大调旋律》。莫顿先生也教过他们,取名为《欢迎你,美好的春天》。尼利开始唱:

美好的春天，欢迎你，
我们用歌声向你致敬。

“歌声”原本是高音，尼利跑了调，突然从男高音变成了男低音。弗兰茜咯咯笑了，尼利也跟着笑了，唱不下去了。

“你知道如果妈妈现在坐在这里，她会说什么吗？”弗兰茜问。

“什么？”

“她会说：‘春天一眨眼就来了。’”他们笑了。

“圣诞节一眨眼就到了。”尼利附和道。

“还记得我们小时候，”刚刚过完十四岁生日的弗兰茜说，“一闻就知道圣诞节要到了。”

“让我们试试还能不能闻出来。”尼利兴致勃勃道。他把窗户开了一道缝，把鼻子凑上去：“没错。”

“闻到什么了？”

“我闻到下雪的味道了。还记得小时候，咱们抬头看着天，大喊‘羽毛男孩，羽毛男孩，从天上摇些羽毛下来’吗？”

“下雪的时候，咱们以为天上真有个羽毛男孩。让我闻闻。”她突然说。她把鼻子凑到窗户缝上，“没错，我闻到了。是橘子皮和圣诞树混合在一起的味道。”姐弟俩关上窗户。

“那次你为了拿到一个娃娃说自己叫玛丽，我可没揭发你。”

“是啊，”弗兰茜感激地说，“我也给你打过掩护，那次你用咖啡渣卷了根烟抽，结果纸烧着了，掉在你的衬衫上，烧了个大洞，我没告发你，还帮你把衬衣藏起来了。”

“你知道吗？”尼利若有所思地说，“妈妈发现了那件衬衫，在上面缝了个补丁，但她从来没问过我。”

“妈妈真有趣。”弗兰茜说。他们沉思了一会儿，还是不理解妈妈为什么这么做。火势渐弱，但厨房里仍然很暖和。尼利坐在炉子远端，那里不太烫。妈妈警告过他，坐在热炉子上会得痔疮。但尼利不在乎。他喜欢把自己的屁股烤得暖乎乎的。

孩子们感到很幸福。厨房暖和，肚子也填饱了，妈妈的演奏让他们觉得心安且舒适。他们回忆起过去的圣诞节，或者，正如弗兰茜所说，他们在怀旧。

谈话间，有人砰砰敲门。

“是爸爸。”弗兰茜说。

“不是，爸爸上楼时会哼歌，这样我们就知道是他回来了。”

“尼利，自从那天晚上以后，爸爸回家再也没哼过歌……”

“让我进去！”乔尼喊道。他使劲儿敲着门，好像要把它砸开。妈妈从客厅跑出来。她脸色苍白，眼睛看起来很黑。她打开门，乔尼冲了进来。母子三人盯着他，从未见过他这个样子。他总是衣衫整洁，现在他的燕尾服脏了，就像在阴沟里滚过一样，礼帽也瘪了。他没穿大衣，也没戴手套。他的手冻得又红又抖。他冲向桌子。

“不，我没醉。”他说。

“没人说……”凯蒂开了口。

“我终于把酒戒了。我恨它，我恨它，我恨它！”他敲打着桌子。他们知道他说的是真话。“那晚以后，我再也没碰过一滴酒……”他突然顿住了，“可根本没人相信我。没人……”

“好了，乔尼。”凯蒂劝慰道。

“爸爸，出什么事了？”弗兰茜好奇地问。

“嘘！别吵你爸爸，”妈妈轻声说，然后转向乔尼：“早上的咖啡还剩一些，乔尼，又热又香，晚上还有牛奶。我们一直在等你回来一起吃晚饭。”她边说边往咖啡里倒了点牛奶。

“我们明明已经吃过了。”尼利插嘴道。

“别多嘴！”妈妈制止道。她把咖啡递给乔尼：“趁热喝吧，乔尼。”

乔尼盯着咖啡杯。突然，他扬手一推，杯子掉在地上，发出清脆的响声。

凯蒂吓了一跳。乔尼把头埋在胳膊里，痛哭流涕，浑身颤抖。凯蒂走到他身边。

“乔尼，怎么了？怎么了？”她轻声问道。

最后，他哭着说：“他们今天把我从工会赶出来了。他们说我是个废物，是个酒鬼。他们说这辈子再也不给我安排工作了。”他努力控制住哭泣，声音里带着恐惧：“一辈子啊！”他痛哭道，“他们让我交出我的工会徽章。”他把手放在衣领上那枚小小的绿白相间的徽章上。弗兰西喉咙发紧，她记得爸爸总是自豪地说，他像戴装饰品一样戴着它，它就像一朵玫瑰花。“但我就是不交。”他哭着说。

“没什么，乔尼。只要好好休息，重新振作起来，他们会乐意让你回去的。你是个优秀的服务生，也是最好的歌手。”

“我再也好不了了。我再也唱不了歌了。凯蒂，现在我一唱歌他们就嘲笑我。我最近的几个活儿，他们雇我去就是为了逗乐。现在已经这样了。我完了。”他疯狂地哭着，好像永远停不下来。

弗兰西想跑进卧室，把头藏在枕头底下。她向门口挪动，被妈妈看到了。“待在这里！”凯蒂严厉地说。然后转向乔尼：“来吧，乔尼。休息一会儿，你会感觉好些的。我把油炉放进卧室，很暖和。我陪你，你安心睡吧。”她搂着他。他轻轻推开她的胳膊，独自走进卧室，小声哭泣着。凯蒂对孩子们说：“我要陪爸爸一会儿。你们继续聊天或者干点什么。”孩子们呆呆地看着她。“你们那样看着我干什么？”她的声音哽咽了，“没什么大不了的。”他们转过头去。她走进前厅去拿油炉。

弗兰西和尼利许久没有对视了。过了好一会儿，尼利开口道：“咱们聊聊以前的事怎么样？”

“不想聊。”弗兰西摇了摇头。

36

三天后，乔尼离开了这个世界。

那天晚上，他像往常一样上床睡觉。凯蒂坐在床边陪他，直到他睡着。

后来，凯蒂怕吵醒他，就去和弗兰西一起睡了。可到了夜里，乔尼悄悄起床，穿好衣服，走了出去。第二天晚上，他没有回家。第三天，大家开始四处找他，找遍了他常去的地方，可是一周内他根本没去过那些地方。

晚上，麦克沙恩警官来找凯蒂，带她去了附近的天主教医院。途中，他尽量缓和地把乔尼的情况告诉了凯蒂。原来，早上有人发现乔尼蜷缩在一个门口，警察赶到时，他已经不省人事。警察见他的脖子上挂着圣安东尼勋章，就赶紧叫来了天主教医院的救护车。他身上没有任何能证明身份的东西。后来，警察在报告上描述了这个昏迷男人的情况。麦克沙恩在例行检查报告的时候看到了这个描述，他冥冥之中觉得这个男人就是乔尼。他去了趟医院，确认那人就是乔尼·诺兰。

凯蒂赶到医院，乔尼还活着。医生告诉凯蒂，乔尼得了肺炎，根本治不好。还说，死亡只是时间问题，他已经陷入昏迷，撑不了多久了。医生带凯蒂去看乔尼。乔尼的床在一个长长的病房里，病房里还有很多别的床。凯蒂谢过麦克沙恩，并和他告别。他知道凯蒂想一个人陪着乔尼。

乔尼的床四周围着屏风，似乎在宣告他将不久于世。他们给凯蒂搬了一把椅子，凯蒂坐在那里，一直看着他。他呼吸急促，脸上还有干了的泪痕。凯蒂一直陪在他身边，直到他离开。他没再睁开眼，也没再和凯蒂说一句话。

晚上凯蒂回到家，决定等到第二天早上再告诉俩孩子。她想："让孩子们好好睡一觉，再享受一个没有悲伤的夜晚。"她只告诉孩子们，爸爸在医院，病得很重，没说别的。凯蒂的样子让孩子们不敢多问。

天刚蒙蒙亮，弗兰茜就醒了。她朝对面的卧室看去，瞧见凯蒂坐在尼利的床边，低头看着他。凯蒂眼圈发黑，好像一整夜都没睡。凯蒂见弗兰茜醒了，就催她赶紧起床穿衣服。她轻轻摇醒尼利，也跟他说了同样的话。然后，凯蒂走出卧室，去了厨房。

卧室又暗又冷，弗兰茜穿衣服时，忍不住打着哆嗦。她等着尼利，不想一个人去见妈妈。凯蒂坐在窗边。他们走到她跟前，站在那儿等着。

"你们的爸爸去世了。"凯蒂告诉他们。

弗兰茜愣住了，既没觉得惊讶，也没觉得悲伤，什么感觉都没有。似乎没有听懂妈妈刚才说的话。

"谁都不许哭。"凯蒂命令道。她接下来的话，弗兰茜也似懂非懂："他解脱了，或许他比我们都幸运。"

医院有个打杂的，收了殡仪馆老板的好处，只要有人去世，他就会立马通知老板。这个精明的老板比其他人都有优势，因为他总是主动出击，而不是像别人那样等着生意上门。这个有心人一大早就来到了凯蒂家。

“诺兰太太，”他偷偷看了一眼打杂的写给他的字条，上面有她的名字和地址，“我对您的不幸深表同情。我想劝您一句：发生在您身上的事，我们早晚都会遇到。”

“你想干吗？”凯蒂直奔主题。

“成为您的朋友。”他怕她误会，赶忙解释，“关于……嗯……遗体，我是说……”他又迅速看了一眼字条，“我是说诺兰先生。我希望您把我当成一个能在这个时候……带来安慰的朋友……嗯，我希望您把一切都交给我来办。”

凯蒂明白了：“一个简单的葬礼需要多少钱？”

“这个时候，别担心钱的事，”他避重就轻地说，“我会给他办一个体面的葬礼。我很敬仰诺兰先生（他其实根本不认识诺兰），会亲自操办，确保办得最好。不用担心钱的问题。”

“我不担心，因为我们一美分也没有。”

他舔了舔嘴唇：“当然，除了保险金？”这是一个问句，而非陈述。

“是有一点保险金。”

“嗯！”他兴奋地搓了搓手，“这就是我能帮上忙的地方。保险理赔很烦琐的，得等很久才能拿到钱。现在——您懂的，我不额外收费——请让我来处理这件事，只需要在这上面签个字，”他迅速从口袋里掏出一张纸，“把你的保险单转让给我。我会先垫付葬礼费用，等领到保险金之后再从中扣除。”

所有的殡仪馆都提供这种“服务”。这是一种弄清保险金额的小花招。一旦他们知道了金额，葬礼费用就会占到保险金的八成上下。他们还得留点钱买丧服，好让家属满意。

凯蒂拿出保险单，放在桌子上，他那训练有素的眼睛立刻看清了金额：二百美元。他装出一副没看保险单的模样。凯蒂签完字，他又聊了一会儿其他事。最后，他装腔作势地做出决定，说：“告诉你，诺兰太太。我会为逝者提供一流的葬礼，四驾马车，镍把手棺材，总共只要一百七十五美元。要知道，这个规格的收费标准是二百五十美元，我这回一美分也不赚。”

“你为什么要白忙活呢？”凯蒂问。

他一点也不生气，“我这么做是因为我喜欢诺兰先生。他是个出色的人，勤奋的人。”他注意到凯蒂惊讶地看着他。

“我不知道，”她犹豫着说，“一百七十五……”

“包括弥撒费用。”他急忙补充道。

“好吧。”凯蒂麻木道，她已经厌倦了谈论这件事。

殡仪馆老板拿起保险单，假装才看到金额。“哎呀！是两百美元的保单。”

他故作惊讶地说，“也就是说，付完葬礼费用，还能剩下二十五美元。”他把腿伸直，手伸进口袋拿钱。“嗯，我总是说，在这个时候……或者任何时候，手里有点现金总是有用的。”他善解人意地笑了笑。“所以我先自掏腰包，把那二十五美元提前给您。”他把二十五美元的新钞票放在了桌子上。

凯蒂向他致谢。他没有骗她，她也没有异议。她知道做事的规矩就是这样。他只是在做他的工作。他让她从主治医生那里拿到死亡证明。

“请告诉他们，我会来处理……我的意思是，我会来接……那个，我会来接诺兰先生的。”

凯蒂再次来到医院，被领进了医生办公室。那里还有一位神父，正忙着填写死亡证明需要的信息。一看到凯蒂，神父就画了个十字，然后握了握她的手。

“诺兰太太比我更了解情况。”神父说。

医生问了一堆问题，比如全名、出生地、出生日期，等等。最后，凯蒂也问了医生一个问题：“你写的是什么呢——我是说，他的死因？”

“急性酒精中毒和肺炎。”

“他们说他是因为肺炎去世的。”

“肺炎是直接原因，但急性酒精中毒才是真正诱因。如果你想知道真相，那这或许是最主要的原因。”

“我不想让你写这个，”凯蒂语速和缓但态度坚定，“别写他是因为酗酒去世的，只写肺炎吧。”

“太太，我必须实事求是。”

“他已经去世了。他的死因对你来说有什么重要的？”

“法律要求……”

“听着，”凯蒂说，“我有两个孩子，他们很好，将来会有出息的。他们的父亲死了……不是他们的错。如果我能告诉他们，他们的父亲是因为肺炎去世的，对我来说很重要。”

神父也来帮腔。“医生，你可以这么做，”他说，“对你没什么坏处，对别人却有好处。别对一个已经去世的可怜人太苛刻了。就写肺炎吧，这不算撒谎，这位女士会一直记得你的好。而且，”他多说了一句，“这对你来说也没什么大不了的。”

突然，医生想起了两件事：神父是医院董事会的成员，他想在那家医院当主治医生。

“好吧，”他让步了，“我尊重你们的意见。但别把这事传出去。神父，我完全是看您的面子。”他在“死因”后面的空白处写下了“肺炎”。

所以，记录上没有显示乔尼的死因是酗酒。

凯蒂用那二十五美元买了丧服，给尼利买了一套新的黑色西装和长裤。这是尼利第一次穿西装，心里既自豪又高兴，还有点难过。凯蒂给自己买了一顶黑帽和三英尺长的寡妇面纱，这是布鲁克林的风俗。凯蒂给弗兰茜买了一双期盼已久的新鞋，没买黑色外套，因为她长得太快，明年冬天就穿不了了，凯蒂觉得弗兰茜穿那件旧的绿色外套再戴个黑袖章就行。弗兰茜很高兴，因为她不喜欢黑色，一直担心妈妈会让她穿全黑的丧服。置办好丧服还剩一点钱，被放进了存钱罐。

殡仪馆老板又来了，说已经把乔尼接到殡仪馆，整理好了遗容，今晚就能送回家。凯蒂严肃地对他说，不要跟孩子们描述细节。

然后打击来了。

“诺兰太太，我需要你家的地契。”

“什么地契？”

“墓地地契。有地契才能挖坟墓。”

“我以为那一百七十五美元包括这个。”

“不，不，不！我已经给您优惠过了。光棺材就花了……”

“我不喜欢你，”凯蒂直截了当地说，“我不喜欢你从事的行业。但是，”她补充道，带着惊人的超然态度，“死者总得入土为安。一块墓地多少钱？”

“二十美元。”

“我上哪儿去弄……”她突然停住，“弗兰茜，拿螺丝刀来。”

他们把存钱罐撬开了。里面有十八美元六十二美分。

“这也不够啊，”殡仪馆老板说，“但我会补齐的。”他伸出手要钱。

“我会把钱凑齐，”凯蒂告诉他，“但得等拿到地契才能交钱。”

殡仪馆老板喋喋不休地抱怨、争辩，最后还是走了，说他会把地契带回来的。妈妈让弗兰茜去茜茜家借了两美元。殡仪馆老板带着地契回来时，凯蒂想起了她母亲十四年前说过的话，于是一字一句认认真真地把地契读了一遍。还让弗兰茜和尼利也读了一遍。殡仪馆老板时而踮起左脚，时而踮起右脚。诺兰家的三个人依次看过地契，确认无误，凯蒂才交了钱。

“我有什么理由骗你，诺兰太太？”他哀怨地问，小心翼翼地把钱收好。

“为什么有人总想欺骗别人？”她反问，“但他们确实会。”

铁皮存钱罐放在桌子上，它已经陪伴诺兰一家十四年了，上面的花纹都磨得看不清了。

“妈妈，要不要把它重新钉起来？”弗兰茜问。

“不用了，”妈妈轻声说，“用不着了。咱们现在有自己的地了。”她把叠好的地契放在那个粗糙的星形存钱罐上。

爸爸的棺材放在客厅，弗兰茜和尼利一直躲在厨房里。他们不想看到爸爸躺在里面。妈妈似乎很理解他们的心情，没有硬要他们去看爸爸。

屋里到处都是花。一周前把爸爸赶出组织的工会人员，送来了一大捧白色康乃馨，看起来跟枕头似的，上面绑着紫色丝带，用金字写着：致我们的兄弟。辖区警察为了纪念诺兰家制服坏人，送来了一个红玫瑰十字架。麦克沙恩警官送来了一束百合花。还有好多凯蒂不认识的乔尼的朋友们也送来了花。酒吧老板麦加里蒂送来了一个人造月桂叶花环。

“我真想把它丢出去。”艾薇看到花环上的卡片，生气地说。

“别，”凯蒂轻声说，“不能怪麦加里蒂。乔尼本不该去那里的。”

（乔尼去世时，还欠麦加里蒂三十八美元。但酒吧老板没跟凯蒂提过这事，而是默默把账给销了。）

屋里飘着玫瑰、百合和康乃馨的香味，闻起来却让人心里不太舒服。从那以后，弗兰西就开始讨厌这些花了。但这却让凯蒂感到欣慰，因为这说明大家都很想念乔尼。

在给乔尼封棺之前，凯蒂来到厨房，把手放在弗兰西的肩膀上，小声说：“我听到邻居们私底下议论，说你们不愿意送爸爸最后一程，因为他不是个好爸爸。”

“他是好爸爸。”弗兰西大声说。

“对，他是。”凯蒂点点头。她等着，让孩子们自己做出决定。

“走吧，尼利。”弗兰西轻声说。两个孩子手牵手，慢慢走进客厅，去看他们的父亲。尼利只看了一眼，就害怕得跑了出去，他怕自己会哭出来。弗兰西站在那里，眼睛盯着地面，不敢抬头。过了一会儿，她鼓起勇气抬起头来。她简直不敢相信，爸爸已经不在了！他穿着那套洗得干干净净、熨得平平整整的燕尾服，戴着崭新的假领和精心系好的领带。他的翻领上别着一朵康乃馨，旁边是他的工会徽章。他的卷发还是那么闪亮、金黄。有一缕头发调皮地垂在额头上。他的眼睛闭着，好像只是睡着了。他看上去年轻英俊、保养得宜。弗兰西第一次发现，爸爸的眉毛弯得那么好看。他的小胡子也修剪得很整齐，看起来十分帅气。他的脸上没有以往的痛苦、悲伤和忧郁。他的脸很光滑，有点孩子气。乔尼享年三十四岁，但看起来很显年轻，像个二十出头的小伙子。弗兰西看看他的手，随意地放在一枚银十字架上。他的无名指上有个白圈，那是以前戴结婚戒指的位置。（凯蒂把戒指摘下来了，准备等尼利长大了传给他。）弗兰西看到爸爸的手这么安静、一动不动，觉得很奇怪，因为她记得那双手总是抖个不停。弗兰西看着爸爸的手，觉得它们好像在动。她有点害怕，想跑出去。但是屋里的人都看着她。他们会说她逃跑是因为……他是个好爸爸，他真的是个好爸爸！她把手放在他的头发上，把那缕头发弄好。茜茜姨妈走过来，抱住她，轻声说：“是时候了。”弗兰西退后一步，站在妈妈身边，他们一起合上了盖子。

做弥撒时，弗兰茜跪在妈妈左边，尼利跪在右边。弗兰茜一直盯着地板，这样她就不用看那口盖满鲜花、放在祭坛前面支架上的棺材了。她偷偷看了妈妈一眼。凯蒂跪在那里，眼睛直直地看着前方，她的脸在寡妇面纱下显得苍白而平静。

当神父从祭坛上走下来，围着棺材转圈，往四个角洒圣水时，过道对面有个女人突然大声哭了起来。凯蒂，就算是在这种时候，依然难掩醋意，她猛地扭过头去，瞪着那个敢为乔尼放声大哭的女人。她仔细地看了看那个女人，然后转回头来。她的脑子里像有一堆被撕碎的风中凌乱的纸片。

"希尔迪·奥戴尔看起来好老啊，"她心里想，"她的黄头发上就跟撒了面粉似的。但她也没比我大多少……也就三十出头吧。我十七岁那年，她十八岁。你走你的路，我走我的路。你的意思是你会走她的路吧。希尔迪，希尔迪……他是我的男人，凯蒂·罗梅利……希尔迪，希尔迪……但她是我最好的闺蜜……我不够好，希尔迪……我不该骗你……你走你的路……希尔迪，希尔迪。让她哭吧，让她哭吧，"凯蒂想，"总得有人为乔尼哭一哭，我哭不出来。就让她……"

凯蒂、乔尼的妈妈，还有弗兰茜和尼利，坐在灵车后面的第一辆马车上去往墓地。孩子们背对着马车夫而坐。弗兰茜挺开心的，因为看不见前面的灵车，能看见跟在后面那辆艾薇姨妈和茜茜姨妈坐的那辆马车。她们的老公没来，因为他们得上班，玛丽·罗梅利外婆在家照顾茜茜的小宝宝。弗兰茜希望自己能坐在第二辆马车里。露丝·诺兰奶奶一路上都在哭，哭得伤心欲绝。凯蒂却静静地坐着，像块石头一样。马车里面很闷，有股潮湿的草料和腐臭的马粪味。这味道，这憋闷的空间，背对马车行进方向而坐，还有葬礼的紧张气氛，让弗兰茜有点想吐。

到了墓地，一个大坑旁边放着一个简单的木头箱子。他们把那个盖着布、有闪亮把手的棺材放进了木头箱子。众人将棺材缓缓放进大坑，弗兰茜别过了头。

天灰蒙蒙的，冷风呼呼地吹。冰冷的小土粒在弗兰茜脚边转着圈。不远处，是一个刚立一周的新坟，几个男人正在那儿把铁丝架子上干了的花摘下来。他们动作利索，把干花堆得整整齐齐，铁丝架子也收得很小心。

他们的做法完全合法，因为向墓地管理员买了许可证。他们把拆下来的铁丝架卖给花店，花店会重复利用。大家都没意见，因为他们做事很小心，不会在花还没干透的时候就拆。

有人递给弗兰茜一块冷冰冰、湿乎乎的泥巴。她看见妈妈和尼利站在墓边，把手里的泥巴撒进坟里。弗兰茜慢慢走过去，闭上眼睛，缓缓张开手。过了一会儿，她听到了“扑通”一声轻响，那种不舒服的感觉又来了。

葬礼结束，马车驶往不同方向。来送行的人各回各家。露丝·诺兰和几个邻居一起走了，连再见都没说。整个葬礼，她都没跟凯蒂和孩子们说话。茜茜和艾薇跟凯蒂、弗兰茜和尼利上了一辆马车。马车太小，坐不下五个人，所以弗兰茜得坐在艾薇腿上。回家路上，大家都不说话。艾薇姨妈想缓解气氛，就讲了几则威利和他的马的趣事，但根本没人笑，因为压根没人在听。

妈妈让马车停在离家不远的一个理发店门口。

“去店里，”她跟弗兰茜说，“把你爸爸的杯子拿回来。”

弗兰茜不明所以，问：“什么杯子？”

“你就问他们要你爸爸的杯子。”

弗兰茜走进店里。有两个理发师，但没有客人。一个理发师坐在靠墙的椅子上，跷着二郎腿，手里抱着一把曼陀林，正在弹《我的太阳》。弗兰茜听过这首歌，莫顿老师教过他们，说这歌叫《阳光》。另一个理发师坐在理发椅上，正在照镜子。见有人进来，他从椅子上站起来。

“有什么能帮你的吗？”他问。

“我想要我爸爸的杯子。”

“他叫什么名字？”

“乔尼·诺兰。”

“哎，真不幸。”他叹了口气，从架子上一排杯子中拿出了一个。那是个挺沉的白杯子，上面用烫金花体字写着“乔尼·诺兰”。杯子底部放着一块旧肥皂和一把看起来很旧的刷子。他把肥皂抠出来，连刷子一起扔进了另一个大杯子里，然后把乔尼的杯子洗了一遍。

等待过程中，弗兰茜左看看右看看。她从没进过理发店。店里满是肥皂、干净毛巾和月桂油的味道。煤气取暖器发出轻轻的嗞嗞声，好像在打招呼。理发师唱完一首歌，又开始唱下一首。曼陀林的声音给温暖的理发店平添了几分忧伤。弗兰茜在心里跟着哼起了莫顿老师教过的歌：

> 哦，亲爱的，有什么比阳光明媚的日子更美好？
> 暴风雨终于过去了。
> 天空湛蓝又清澈。

每个人都有自己的秘密，弗兰茜想。爸爸从没提过理发店，但他每周都来刮三次胡子。讲究的乔尼学有钱人的样子，买了自己的杯子，他才不会用公共杯子里的泡沫刮胡子呢。这不是乔尼的做派。他每周来三次——只要他有钱——坐在椅子上，对着镜子，和理发师聊天：或许会聊布鲁克林队今年能不能赢，或者会聊民主党会不会像往常一样胜出。当另一个理发师弹起曼陀林，他或许会跟着旋律唱歌。是的，她相信他唱过。对他来说，唱歌就像呼吸一样自然。她很好奇，他等位时，会不会看长凳上的《警察公报》？

理发师把洗好擦干的杯子递给她，说："乔尼·诺兰是个好人。告诉你妈妈，是他的理发师说的。"

"谢谢您。"弗兰茜万分感激地小声说。她关上门，曼陀林的忧伤声音被关在了里面。

回到马车里，她把杯子递给凯蒂。"这是给你的，"妈妈说，"爸爸的印章戒指给尼利。"

弗兰茜看着杯子上爸爸的烫金名字，又小声说了句"谢谢"。

乔尼享年三十四岁。不到一周前，他还走在那些街道上。可如今，能证明他来这个世上走过一遭的只有这个杯子、那枚戒指，还有家里两件没熨的侍者围裙——除此之外，再无其他。他是穿着他的全部衣服下葬的，连同他的纽扣和十四克拉的金领扣。

他们回到家，发现邻居们已经帮忙把屋子收拾得干干净净。客厅的家具都放回了原处，枯叶和落花也被扫得一干二净。窗户敞开着，空气清新。他们还送来了煤，生着了厨房的炉子，给桌上铺了一块崭新的白桌布。廷莫尔两姐妹烤了个蛋糕，切好放在盘子里。弗洛西·加迪斯和她妈妈买了一大堆博洛尼亚香肠，足足装了两个盘子。还有一篮子刚切的黑麦面包，咖啡杯也摆在桌上，炉子上煮着一壶香浓的咖啡，桌子中间还放了一壶真正的奶油。诺兰一家去送葬后，邻居们就忙活开了。等他们忙完，就悄悄离开，把钥匙放在了垫子下面。

茜茜姨妈、艾薇姨妈、妈妈、弗兰茜和尼利围坐在桌旁。艾薇姨妈给大家倒咖啡。凯蒂坐了很久，盯着杯子出神。她想起了乔尼最后一次坐在这张桌子旁的情景。她就像当时的乔尼一样，用胳膊把杯子推开，把头埋在桌上，放声大哭起来。茜茜搂住她，用温柔的声音安慰道："凯蒂，不能这么伤心。不能哭得这么厉害，不然你肚子里的宝宝也会跟着难受的。"

37

葬礼次日，凯蒂一直躺在床上，弗兰茜和尼利不知如何是好，只得在屋子里转圈圈。到了晚上，凯蒂起来给他们做了晚饭。吃完饭，她让俩孩子出去走走，透透气。

弗兰茜和尼利沿着格雷厄姆大道往百老汇方向走。那天晚上特别冷，特别安静，不过没下雪。街上一个人都没有，圣诞节刚过去三天，孩子们都在家里玩新玩具呢。路灯发出昏黄的光，海风贴地吹来，把地上的纸片吹得在排水沟里转圈。

这几天，他们好像一下子就长大了。爸爸在圣诞节那天走了，圣诞节就这么不知不觉地过去了。尼利的十三岁生日也就这么过去了。

他们走到一个大剧院门前，灯光亮堂堂的。姐弟俩都爱看书，看到什么都想读一读，就停下来看起了剧院门口的节目单。节目单上写着下周有个叫钱西·奥斯本的情歌王子要来唱歌。

情歌王子……情歌王子……

爸爸去世后，弗兰茜一滴泪都没掉过。尼利也是。现在弗兰茜觉得喉咙里好像有个眼泪凝成的硬块，越来越大。她怕如果不哭出来，自己会撑不下去。她看着尼利，发现他的眼里满是泪水。然后，她的眼泪也忍不住了。

他们走进一条小巷子，坐在路边，脚搭在排水沟上。尼利虽然在哭，但还是记得把手帕铺在路沿上，以免弄脏他的新裤子。他们很冷，很孤单，所以凑得很近。姐弟俩就这么坐在冷冰冰的街上，哭了许久。最后，哭不动了，他们就开始聊天。

“尼利，爸爸为什么非得死呢？”

“可能是上帝想让他死。”

“为什么？”

“也许是为了惩罚他。”

“惩罚他什么？”

“我也不知道。”尼利难过地说。

“你相信是上帝把爸爸带到这个世界上来的吗？”

“信。”

“那他就该希望爸爸好好活着，不是吗？”

“应该是吧。”

“那他为什么让爸爸这么早就死了呢？”

“可能是为了惩罚他吧。”尼利重复着，他也不知道还能怎么说。

“如果真是这样，这么做又有什么用呢？爸爸已经死了，根本不知道自己受到了惩罚。就是上帝把爸爸塑造成了那样，然后对自己说，我看你能怎么样。我敢说上帝一定是这么想的。”

“或许你不该这样谈论上帝。”尼利有些不安地说。

“大家都说上帝多么伟大，”弗兰茜带着讥讽的语气说，“他无所不知、无所不能。如果他真那么伟大，为什么不帮帮爸爸，反而像你说的那样惩罚他？”

“我只是说可能。”

“如果上帝掌管着整个世界，”弗兰茜继续说道，“掌管着日月星辰、花草树木、飞禽走兽和全人类，你不觉得他太忙了，太重要了吗？——他哪还有时间去特意惩罚爸爸这样的人呢。”

“我真觉得你不该这么谈论上帝。”尼利更不安了，“他没准会打雷劈死你。”

“那就让他来吧！”弗兰茜激动地喊道，“就让他把我劈死在这个排水沟里吧！”

姐弟俩惊恐地等待着，什么也没发生。过了一会儿，弗兰茜再次开口，语气平静了不少：“我相信耶稣基督和他的母亲圣母马利亚。耶稣曾经也是个普通的婴儿，和我们一样光着脚。我看过一幅画，上面他还是个没穿鞋的孩子。他长大成人后，也像爸爸那样钓过鱼。而且耶稣也会受到人的伤害，但上帝不会。耶稣不会惩罚人，他理解人，所以我会永远相信耶稣基督。”

他们像天主教徒一样，在提到耶稣时画了十字。接着，弗兰茜把手放在尼利的膝盖上，低声说：“尼利，我只告诉你一个人，我已经不相信上帝了。”

“我想回家。”尼利打着冷战说。

凯蒂给俩孩子开门时，发现他们虽然疲惫，但平静了不少。“好，他们已经哭够了。”她心想。

弗兰茜看了妈妈一眼，立刻移开目光。“我们不在的时候，”她心想，“妈妈肯定哭了又哭，直到再也哭不出来。”可是谁也没提这些眼泪。

“我想你们回来一定很冷。”妈妈说，“所以我给你们准备了一个暖心的小惊喜。”

“什么惊喜？”尼利问。

“等一会儿你们就知道了。”

这个惊喜是“热巧克力”，用可可粉和炼乳调成糊，再加开水冲泡而成。凯蒂把这浓稠的饮品倒进杯子。“还有呢！”她补充道，然后从围裙口袋的纸袋里拿出三颗棉花糖，往每个杯里放了一颗。

“妈妈！”孩子们兴奋地齐声喊道。“热巧克力”可不是天天能喝到的，是只有过生日才能尝到的美味。

弗兰茜用勺子轻轻压着棉花糖，看着它在热巧克力里慢慢变软，心想：“妈妈真是太棒了！她知道我俩哭过，但并没有追问原因。妈妈总是这样……”

突然，弗兰茜想到了一个词来形容妈妈，“妈妈总是那么镇定自若。”

的确，凯蒂总是那么镇定自若。她的手虽然有点粗糙，但做事的时候总是那么稳当，不管是插花还是拧抹布——右手往里转，左手往外转，动作一气呵成。她说话总是简单明了、一语中的。她的想法总是那么清晰坚定。

妈妈开口了："尼利长大了，不能再和姐姐挤一个房间了。所以我把我们……我和你爸爸原来住的房间收拾了一下。现在那是尼利的房间了。"

尼利的眼睛立刻亮了起来，看着妈妈。自己的房间！梦想成真，双喜临门——一条长裤，一个属于自己的房间……但他的眼神很快又暗淡了，因为想到了这些好事是怎么来的。

"弗兰茜，我跟你住。"凯蒂体贴地说，而不是说，"你跟我住"。

"我也想有自己的房间。"弗兰茜想，有点嫉妒，"但尼利的确应该单独住一个房间。家里只有两个卧室，他不能和妈妈住一间。"

凯蒂看出了弗兰茜的心思，说："等天气暖和了，弗兰茜可以睡前面的客厅。我们把她的小床搬过去，白天盖上漂亮的罩子，就像一个私人小客厅。弗兰茜，怎么样？"

"好的，妈妈。"

过了一会儿，凯蒂说："咱们最近几晚都没读书，现在让我们重新开始吧。"

"事情一如往常。"弗兰茜一边从壁炉架上拿出《圣经》，心里一边想。

"既然，"妈妈说，"我们今年错过了圣诞节，那不如跳过我们该读的部分，直接读耶稣诞生的故事吧。咱们轮流读。弗兰茜，你先来。"

弗兰茜读了起来：

……就这样，他们待在那儿的时候，马利亚的预产期到了。她生了个男孩，用布包好，放在马槽里，因为旅馆没地方给他们住。

凯蒂突然叹了口气。弗兰茜停了下来，抬头看着妈妈，好像在问："怎么了？"

"没事，"妈妈说，"接着读吧。"

"对，没什么，"凯蒂心想，"也到胎动的时候了。"她肚子里的宝宝又轻轻地动了一下。"是不是因为知道这个小家伙要来，他最后才不喝酒了？"她默默地想，"他知道我们又要有宝宝了，所以才想换个活法？他是不是因为想换个活法，做个好爸爸，所以才离我们而去的？乔尼……乔尼……”她又叹了口气。

母子三人轮流读着耶稣出生的故事，一边读，一边想着过世的乔尼。谁都没说出口，但都心照不宣。

孩子们准备睡觉的时候，凯蒂做了一件很特别的事。这很特别，因为她素来不爱感情外露。她紧紧抱住两个孩子，亲了亲他们，跟他们道晚安。

“从现在起，”她说，“我既是你们的妈妈，也是你们的爸爸。”

38

圣诞节假期快结束的时候，弗兰茜跟妈妈说她不想上学了。

“你不喜欢上学吗？”妈妈问。

“喜欢，但是我已经十四岁了，可以拿到工作证了。”

“你为什么要去工作呢？”

“我想帮家里。”

“别这样，弗兰茜。你得回学校把书念完。再过几个月你就毕业了。六月一眨眼就到了。你可以等到暑假再工作。尼利没准也可以。但你们俩秋天都得去上高中。别考虑工作的事了，上学去。”

“可是，妈妈，我们怎么撑到暑假呢？”

“总会有办法的。”

凯蒂其实心里没底。她十分想念乔尼。乔尼虽然工作不稳定，但周六、周日晚上总能找到活儿，挣个三美元。而且，家里实在困难时，乔尼总有办法让大家挺过去。但现在，乔尼不在了。

凯蒂仔细算了一笔账。只要她能打扫好那三间出租屋，就可以解决房租问题。尼利送报纸，每周能挣一美元五十美分，只晚上生火的话，买煤的钱就够了。但是，等一下！每周还得从这钱里挤出二十美分的保险费。（凯蒂自己每周交十美分，每个孩子交五美分。）好吧，少烧点煤，早点睡觉就行了。衣服？根本不敢想。幸好给弗兰茜买了双新鞋，给尼利买了套西装。最大的问题就是吃的。也许麦加里蒂太太会让她帮忙洗衣服。每周能挣一美元。然后她再在外边找点保洁的活儿。是的，他们会熬过去的。

到了三月底，凯蒂的身子已经很笨重了。（孩子预计五月出生。）请她干活的女士们见她大着肚子站在熨衣板前，或者笨手笨脚地擦地板，都觉得于心不忍。出于同情，她们不得不帮她一把。她们很快就发现，自己付了钱，大部分活儿却都是自己在干。所以，她们一个接一个地告诉凯蒂，她们不再需要她了。

有一天，凯蒂拿不出二十美分的保险费。代理人是罗梅利家的老朋友，很了解凯蒂的情况。

“诺兰太太，我真不想看到您的保险单失效，这么多年，您一直按时交费。”

“您不会因为我晚交保费，就让我的保险作废吧？”

“我当然不会，但公司会。您看，您为什么不把孩子们的保险退了呢？”

“还能退？我不知道。”

“很多人都不知道。他们一停交保费，公司就装聋作哑。时间一长，公司就把您交过的钱截留了。要是让他们知道我告诉您这些，我没准会丢了工作。但我是这么想的：您的父母、您家的所有姐妹、您的丈夫和两个孩子的保险都是我代理的，我感觉自己就像是您的家人，我为你们传递了那么多关于生老病死的消息。”

“我们离不开您。”凯蒂说。

“您应该这么做，诺兰太太。把孩子们的保险退了，保留您自己的。上帝保佑，万一孩子们有个三长两短，您肯定能想办法安葬他们。但上帝保佑，万一您有个三长两短，没有保险金，他们根本没法安葬您，是不是？”

“对，他们没办法。我得留着我的保险单，我不想死后被埋在波特田野的乱坟岗上。那将成为他们永远摆脱不了的耻辱，他们、他们的孩子、他们的子孙后代都摆脱不了。所以我听您的，留着我的保险单，给孩子们退保。告诉我，具体怎么做。”

凯蒂用两个保单换来的二十五美元撑到了四月底。再过五个礼拜，就到预产期了。再过八个礼拜，弗兰茜和尼利就要小学毕业了。无论如何都要熬过这八个礼拜。

罗梅利三姐妹围坐在凯蒂家的餐桌旁商量着。

“要是能帮我肯定帮。”艾薇说，“但你知道，自从威尔被那匹马踢了以后，就有点不对劲。老板对他不满意，同事们也跟他处不来，现在没有一匹马愿意跟他出工。他被安排到了马厩工作，扫马粪，倒碎瓶子。他们把他的工资降到了每周十八美元，这对于有三个孩子的家庭来说根本不够。我自己也在找零工做保洁。”

“但凡我能想到什么办法。”茜茜说。

“不用了，”凯蒂坚定地说，“你把妈妈接过去跟你住，已经做的够多了。”

“是呀，”艾薇说，“我和凯蒂以前总是担心她自己住，为了挣点零钱，还要出去做保洁。”

“妈妈花不着什么钱，也不添什么麻烦，”茜茜说，“而且约翰不介意她来。只是他一周就挣二十美元，现在又有了宝宝。我想回去上班，但咱妈已经八十三了，年纪太大，根本兼顾不了照顾宝宝和看家。我要是去工作了，就得雇人来照顾妈妈和宝宝。如果我有工作，我就能帮你，凯蒂。”

“茜茜，我知道你的心，也知道你的难处。没办法。”凯蒂说。

“只有一个办法，”艾薇说，“让弗兰茜退学，办工作证。”

“但我想让她毕业。我的孩子将是诺兰家第一个拿到文凭的人。”

“文凭又不能当饭吃。”艾薇说。

“你没有能帮上忙的异性朋友吗？”茜茜问，“你长得漂亮，你知道的。”

“或者得等她身材恢复了。”艾薇插嘴说。

凯蒂想到了麦克沙恩警官。“没有，”她说，“我没有异性朋友。我一直都只有乔尼，没有别人。”

“我觉得艾薇是对的，”茜茜说，“虽然我不愿意这么说，但你得让弗兰茜去工作。”

“小学毕不了业，她就再也上不了中学了。”凯蒂抗议道。

“嗯，”艾薇叹了口气，“那就去找天主教慈善机构。”

“真到了得去领救济的地步，”凯蒂平静地说，“我会把门窗都封死，等俩孩子都睡着了，把屋里的煤气喷嘴打开。”

“别这么说，”艾薇厉声道，“你想活下去，不是吗？”

“是。但我想为点什么而活。我不想靠领救济粮活着，等吃饱喝足了再去领更多的救济粮。”

“那就又回到这个问题上来了，”艾薇说，“弗兰西得出去工作。而且非弗兰西不可，因为尼利只有十三岁，拿不到工作证。”

茜茜把手放在凯蒂的胳膊上：“不会太糟糕的。弗兰西聪明，读书多，这孩子总有机会受教育的。”

艾薇站了起来。“好啦！我们得走了。”她在桌上放了一枚五十美分的硬币，料到凯蒂会拒绝，她事先声明：“别以为是白给的，以后要还的。”

凯蒂笑了：“干吗这么大声。姐姐给的钱，不拿白不拿。”

茜茜抄了近路。她弯下腰，轻轻地在凯蒂的脸上亲了一下，趁着告别顺势把一美元的钞票塞进了凯蒂的围裙口袋。“只要你需要我，”她轻声说，“随时派人来找我，哪怕是深更半夜。但得派尼利来。女孩子走煤场旁边黑漆漆的街道，太危险了。”

凯蒂空着肚子坐在餐桌旁，直到深夜。“我只需要两个月……就两个月，”她心里默念，“亲爱的上帝，给我两个月时间。这时间很短。到那时，宝宝生下来，我的体力也就恢复了。到那时，孩子们就能从公立学校毕业了。等我身心恢复过来，我就不会再向您祈求什么了。但现在我实在有心无力，不得不向您求助。只要两个月……两个月……”她等待着出现一道暖光，意味着她和她的上帝建立了联系，但暖光没有出现。她又试了一次。

“圣洁的马利亚，耶稣的母亲，您肯定懂。您也生过孩子。圣洁的马利亚……”她等待着。什么也没有。

她把茜茜的一美元和艾薇的五十美分放在桌子上。“这能让我们再撑三天，”她想，“之后呢……”她不自觉地低声说：“乔尼，不管你在哪儿，请再帮我们一次。再帮一次……”她等待着，这次暖光出现了。

事情就是这样，乔尼帮了他们。

酒吧老板麦加里蒂怎么也忘不了乔尼。不是因为良心发现，不是，不是那样的。他从不强迫人们进入他的酒吧。除了把门铰链保养得很好，轻轻一碰门就能轻松打开，他再没有使用别的招揽顾客的招数。他的免费晚餐也并不比其他酒吧的好，也没有其他有意思的娱乐项目，当然，顾客自行带来的除外。不，这事无关良心。

他想念乔尼，就是这么回事，而且与钱无关，因为乔尼总是欠他的钱。他喜欢乔尼在身边，因为他给这个地方带来了品位。看到那个身材修长的年轻人风度翩翩地站在一群卡车司机和挖沟工人中间，确实是一种享受。当然，麦加里蒂承认，乔尼·诺兰贪杯太过。但就算他不在这里喝，也会去别处喝。不过他不是酒鬼，酒后从不骂人，也不打架。是的，麦加里蒂断定，乔尼确实很好。

麦加里蒂很想念乔尼。“那家伙讲故事真有一套，”他想，“给我讲南方的棉花田，阿拉伯海岸，阳光明媚的法国，好像他真的去过一样，实际上都是从歌词里听来的。我真喜欢听他讲那些遥远的地方。但最让我着迷的，是他说起家人的样子。”

麦加里蒂曾经对家庭满怀期待。期待中的家离酒吧很远，远到他得坐电车才能回去。他期待妻子温柔贤惠，会等他归家，给他准备好热咖啡和美味的餐食。他们吃完饭，会一起聊聊天……聊点跟酒吧无关的话题。他期待自己的孩子干净、好看、聪明，长大后，会因为爸爸开酒吧而羞愧。他为他们的羞愧而骄傲，因为这说明他养出的孩子很有教养。

但那只是他对婚姻的期待。后来他娶了梅。她以前是个身材很好、魅力十足的姑娘，有一头深红色的头发和一张大嘴。但婚后不久，她就成了一个身材臃肿的邋遢女人，也就是布鲁克林人口中的“酒吧女人”。刚结婚时日子还算美满，两年后，有一天，麦加里蒂早上醒来，发现一切都变了。梅不想做他期待中的妻子。她喜欢酒吧，坚持要在酒吧楼上住，不想去法拉盛买房子，也不想做家务。她喜欢坐在酒吧的后屋里，整日和客人喝酒、嬉闹。梅生的孩子，各个都像小混混一样在街上晃荡，还吹嘘他们的爸爸拥有一家酒吧。

孩子们居然以此为荣，他失望至极。

梅对他不忠，他心知肚明。但只要这事没传扬开，让他沦为笑柄，他也就无所谓了。他早就不喜欢梅了，自然也就没有吃醋的心了。他慢慢地不再和梅亲近，也不和其他女人亲近。说来也怪，在他看来，好的谈吐和沟通与美好的爱情和性关系密不可分。他特别想找一个能听他说心里话的女人，也希望她能温柔、聪明、与他亲密无间。他觉得要是能找到这样的女人，他就能恢复男子气概。他暗暗期盼着灵与肉的结合。随着时间流逝，和亲近的女人推心置腹地聊天的渴望成了他的心病。

做生意时，他观察人性，也琢磨出了一些道理。这些道理没什么智慧，也不新鲜，其实还有点让人烦。但对麦加里蒂来说，这些道理很重要，因为是他自己总结出来的。他们刚结婚那几年，他把这些想法分享给梅，可她总是说："可以想象。"有时候她会换个说法，"我能想象得到"。慢慢地，他不再和梅分享心里话，也失去了做丈夫的动力，梅也不再忠于他。

麦加里蒂心里有很大的罪恶感。他讨厌他的孩子们。他的女儿艾琳和弗兰茜一样大，眼睛总是红红的，头发颜色特别浅，可以说是粉红色的。她尖酸刻薄又蠢笨。她留级多次，都十四岁了还在读六年级。他的儿子吉姆已经十岁了，除了屁股太大穿不上裤子，再没什么特别之处。

麦加里蒂还有个梦想，那就是梅亲口告诉他，孩子们不是他亲生的。这个梦想让他欣慰。他觉得要是知道俩孩子是别的男人的，他没准会爱他们。那样他就能客观看待他们的尖酸刻薄和蠢笨，进而怜悯他们，帮助他们。知道孩子是自己亲生的，他只会讨厌他们，因为他在他们身上看到了自己和梅最差劲的地方。

过去八年，乔尼几乎天天去麦加里蒂酒吧，总是跟老板夸赞自己的老婆凯蒂和家里两个孩子。这八年，麦加里蒂一直在心里玩一个小游戏：假装自己是乔尼，假装乔尼谈的是他自己的老婆梅和俩孩子。

"给你看看这个，"有一天，乔尼兴奋地从口袋里掏出一张纸，说，"这是我女儿写的作文，她才十岁，就得了个'A'。来，我给你念念。"

乔尼念作文时，麦加里蒂就假装那是他女儿写的。还有一次，乔尼拿出一个手工做的木书立放在吧台上，得意扬扬地说："这是我儿子尼利在学校做的。"

麦加里蒂在心里默默地说："这是我儿子吉姆做的。"与此同时，他认真地打量着书立。

有一天，麦加里蒂问乔尼："你觉得我们的国家会打仗吗？"

"说来也奇怪，"乔尼回答，"我和凯蒂聊了一整晚。最后，我说服了她，威尔逊总统不会让我们卷入战争的。"

麦加里蒂心想，如果他和梅也能聊一整晚，如果梅说："你说得对，老公。"

那该多好。但他知道这是不可能的，所以，乔尼一走，麦加里蒂的梦想也破灭了。他试着自己玩这个游戏，但总觉得哪里不对。他需要乔尼这样的人来激发他的想象力。

就在三姐妹在凯蒂家厨房聊天时，麦加里蒂突然有了个主意。他有很多钱，多到不知道怎么花。除了钱，他什么都没有。也许帮助乔尼的孩子们，能让他重拾梦想。他猜想凯蒂可能手头有点紧。也许他可以给乔尼的孩子们找些轻松的活儿，让他们放学后干。他愿意帮助他们……毕竟他有钱，没准还能得到一些回报。也许他们会像对他们父亲那样跟他说话。

他告诉梅，他要去见凯蒂，给孩子们安排点活儿干。梅笑着说他会被赶出来。但麦加里蒂不这么认为。临出门刮胡子时，他想起了凯蒂来感谢他送花篮那天的场景。

乔尼的葬礼结束后，凯蒂忙着逐个向送花的人道谢。她大步走进麦加里蒂酒吧，看都没看写着"女士入口"的侧门。她理都不理酒吧里盯着她看的男人们，径直走向麦加里蒂。见她进来，麦加里蒂赶紧把围裙塞进腰带，表明自己没在工作，然后从吧台后面走出来迎接她。

"谢谢您送的花圈。"凯蒂说。

"哦，原来是为这个呀。"麦加里蒂松了口气，他原以为凯蒂是来找事的。

"你有心了。"凯蒂接着说。

"我喜欢乔尼。"麦加里蒂说。

"我知道。"凯蒂伸出手。麦加里蒂愣了一下，然后才反应过来她是想和他握手。他握了握她的手，问："你不记恨我吗？"

"怎么会呢？"凯蒂说，"乔尼是自由的，而且是年过二十一岁的白人。"她说完就转身离开了。

麦加里蒂心想，如果自己带着善意来，凯蒂这样的女人是不会把他拒之门外的。

他坐在厨房的椅子上，紧张地和凯蒂聊天。孩子们本应该在做作业，但弗兰茜低着头假装看书，其实在偷听他们说话。

“我和我太太商量过了，”麦加里蒂说，“她同意雇你的女儿打零工。不会让她干重活的，就是铺铺床、洗洗碗。你儿子也可以在楼下帮忙，剥剥鸡蛋、切切奶酪，你知道的，为晚上的免费餐做准备。我会让他远离吧台，在后厨干活。放学后干一两小时，周六干半天。每周给他们一人两美元工钱。”

凯蒂心里一喜。“一周四美元，”她心里盘算着，“加上送报纸的一美元五十美分。孩子们都能继续上学，家里也能吃饱饭，我们就能渡过难关了。”

“你觉得怎么样，诺兰太太？”麦加里蒂问。

“这要看孩子们的意思。”凯蒂回答。

“那么？”他提高声音，对着孩子们的方向问，“你们怎么说？”

弗兰西假装从书本里缓过神来：“你说什么？”

“你愿意帮麦加里蒂太太做家务吗？”

“我愿意，先生。”弗兰西说。

“你呢？”他看着尼利。

“我也愿意，先生。”尼利说。

“那就这么定了。”麦加里蒂转向凯蒂，“当然，只是临时工，直到我们找到固定的女工来接手家务和厨房工作。”

“我也希望他们只是临时工。”凯蒂说。

“你最近可能手头紧。”他把手伸进口袋。“所以我想预付一下第一周的工资。”

“不用了，麦加里蒂先生。既然他们能打工，就应该周末自己拿薪水回家。”

“好吧。”他没把手从口袋里拿出来，而是紧紧攥着那卷钞票，心想：“我有这么多钱，却什么都买不到。他们啥都没有。”他突然有了个主意。

“诺兰太太，你知道我和乔尼是有约定的。我给他赊账，他把小费给我。那个，他去世时，还在我这儿剩了点钱。”他拿出那卷厚厚的钞票。弗兰西看到那么多钱，眼睛都瞪圆了。麦加里蒂本想说乔尼还剩下十二美元，然后把钱给凯蒂。他一边摘下钞票上的橡皮筋，一边看着凯蒂，见她眯着眼睛，立马改了主意。他知道，她绝不会相信能剩下十二美元。“当然，剩的不多，”他漫不经心地说，“只有两美元。但我觉得应该交给你。”他抽出两张钞票递给她。

凯蒂摇摇头：“我知道剩不下钱。要是真算账的话，也是乔尼欠你的。”麦加里蒂被当场拆穿，感到非常羞愧，把那卷厚厚的钞票放回口袋。钱紧贴着大腿，弄得他很不舒服。“不过，麦加里蒂先生，还是要谢谢你的好意。”凯蒂说。

她最后几句话让麦加里蒂打开了话匣子。他说起了他在爱尔兰的童年时光，谈到了他的父母和诸多兄弟姐妹，谈到了他对婚姻的期待，把多年来盘桓在心中的想法一股脑说了出来。他没有贬低他的妻子和孩子，压根没有提到他们。他说起了乔尼，说乔尼是如何天天谈论他的妻子和孩子的。

“就说这个窗帘吧，”麦加里蒂挥动着一只粗大的手，指着印有红玫瑰图案的黄色印花布窗帘说，“乔尼跟我说，这是你拆了旧衣服做的。他说这让厨房变漂亮了，待在厨房里就像坐在吉卜赛人的马车里。”

弗兰茜不再装模作样地看书，而是仔细咂摸着麦加里蒂说的最后几个字：“吉卜赛马车。”她重新审视着窗帘，想：“原来爸爸说过这个。我还以为他没注意到新窗帘呢。他当时没说什么，但其实注意到了。他还跟这个人夸过这个窗帘。”听对方这么说乔尼，弗兰茜感觉他好像还活着。“原来爸爸跟这个人说过这样的话。”她好奇地打量着麦加里蒂。他身材矮胖，双手粗糙，脖子又短又红，头发稀稀拉拉。“谁会想到，”弗兰茜心想，“这样的外表下居然有这么与众不同的内心？”

麦加里蒂说了两个钟头，凯蒂听得很认真。她不是在听麦加里蒂的长篇大论，而是在听他讲乔尼的事。他一停顿，凯蒂就会第一时间接话，比如“真的吗？”，或者“然后呢？”“后来怎么样了？”他不知该如何表达的时候，她会适当提示，他对此很感激。

他不停地说啊说，一件奇妙的事情发生了。他感觉到自己失去的男子气概又回来了。不是因为凯蒂在屋里。她的身体臃肿变形，看着都觉得难受。这跟眼前的女人无关，而是与跟她说话这件事有关。

天渐渐黑了，麦加里蒂不说话了。他嗓子哑了，非常疲惫，但是是一种全新的、平静的疲惫。一想到得回去了，他就不甘心。酒吧里挤满下班回家的男人，他们路过酒吧，进来喝上一杯。他不喜欢梅在吧台后面，被一群男人围着。他慢慢站起来。

“诺兰太太，”他一边笨手笨脚地摆弄着棕色礼帽，一边再次开口，“我能偶尔来说说话吗？”她缓缓地摇摇头。“只是说说话？”他恳求道。

“不可以，麦加里蒂先生。”她极尽温柔地说。

他叹了口气，走了。

弗兰茜忙得不亦乐乎，这样她就没空想爸爸了。她和尼利每天早上六点起床，帮妈妈打扫两小时卫生，然后去上学。妈妈现在身子重，干不了重活。弗兰茜把三个门厅的铜铃擦得锃亮，楼梯扶手也用油布擦得干干净净。尼利负责地下室，把铺着地毯的楼梯扫得一尘不染。姐弟俩每天都要把装满的垃圾桶搬到路边，这活儿可不轻松，他们俩得想办法。弗兰茜灵机一动，先把垃圾桶倒过来，把垃圾倒在地下室的地板上，再把空桶和垃圾分别运到路边，然后重新把垃圾装回去。虽然这样得来回跑好几趟地下室，但妈妈只需要扫干净走廊就行了。有三位房客说在凯蒂生孩子前，他们会各自负责自己门前的走廊，真是帮了大忙。

放学后，他们得去教堂接受教导，因为他们春天要受坚信礼。教导结束后，他们就去麦加里蒂酒吧帮忙。就像麦加里蒂说的，活儿很轻松。弗兰茜整理了四张乱糟糟的床，洗了几个早餐盘，扫了扫地。不到一小时就干完了。

尼利跟弗兰茜差不多，只是还得送报纸。有时候他得忙到八点才回家吃晚饭。他在麦加里蒂酒吧后厨帮忙。他的任务是剥五十个煮熟的鸡蛋，把硬奶酪切成一英寸见方的小块，往每块上插一根牙签，再就是把大泡菜切成条。

麦加里蒂等了几天，等孩子们习惯了在这儿干活。然后他觉得是时候让他们跟自己聊天了，就像之前乔尼跟他聊天那样。他走进厨房，坐下来，看尼利干活。“这孩子跟他爸简直是一个模子刻出来的。”麦加里蒂心想。他等了一会儿，等尼利习惯了他的存在，然后清了清嗓子。

“最近做过木书立吗？”他问。

“没……没有，先生。”尼利结结巴巴地说，这个问题很突兀，他觉得很惊讶。

麦加里蒂等着。这孩子怎么不说话呢？尼利加快了剥鸡蛋的速度。麦加里蒂再次开口："你觉得威尔逊能让我们免于战争吗？"

"我不知道。"尼利说。

麦加里蒂等了许久。尼利以为他是来检查工作的，为了讨好他，动作特别麻利，结果提前把活儿干完了。他把最后一个剥好的鸡蛋放进玻璃碗里，抬起头来。"哦！他要跟我说话了。"麦加里蒂想。

"这就是全部工作吗？"尼利问。

"嗯，就这些。"麦加里蒂还在等。

"那我是不是可以走了？"尼利试探着问。

"行吧，孩子。"麦加里蒂叹了口气，看着男孩从后门走了出去。"要是他能回过头来说点什么……随便什么……私人话题。"麦加里蒂想。但尼利没有回头。

第二天，麦加里蒂又试着和弗兰茜聊天。他上楼来到公寓，默默坐下。弗兰茜有点害怕，一边干活一边往门口看。"他要是冲我扑过来，"她想，"我可以跑出去。"麦加里蒂静静地坐了很久，以为这样能让她习惯自己的存在。他不知道这对她其实是一种恐吓。

"最近写过什么好作文吗？"他问。

"没有，先生。"

等了一会儿，他又说："你觉得我们的国家会打仗吗？"

"我……我不知道。"她往门口挪了挪。

他想："我吓着她了，她把我当成走廊里的那种色情狂了。"所以，他大声说："别怕，我这就走。你可以在我走后锁上门，要是你想的话。"

"好的，先生。"她说。他离开后，弗兰茜想："他可能只是想说说话，但我没什么可跟他说的。"

麦加里蒂太太来过一次。弗兰茜正跪在地上，清理水槽下水管后面的脏东西。麦加里蒂太太让她起来，别弄了。

"天哪，孩子，"她说，"别这么拼命干活。将来你我都会死，可这套公寓还在这里。"

她从冰箱里拿出一坨粉红色的果冻，切成两半，把其中一半放进另一个盘子里。她在上面洒了很多鲜奶油，把两把勺子放在桌子上，坐下，示意弗兰茜也来坐。

“我不饿。”弗兰茜撒了个谎。

“不管怎样，吃点吧，人总得社交。”麦加里蒂太太说。

这是弗兰茜第一次吃果冻和鲜奶油。真是太好吃了！她不得不时刻提醒自己不要狼吞虎咽。她边吃边想，“麦加里蒂太太人不错，麦加里蒂先生人也不错。我猜他们俩只是不适合彼此而已。”

梅和麦加里蒂坐在酒吧后边的小圆桌旁默默地吃着晚饭。突然，梅把手搭在了他的胳膊上，他被这突如其来的动作吓了一跳。他用他那双小眼睛盯着梅那双大大的棕色眼睛，看到了她眼中的同情。

“这样是行不通的。”梅轻声说。他激动万分，心想：“她知道！”他兴奋地想：“也就是说……也就是说……她懂我。”

“有句话说得好，”梅接着说，“钱不是万能的。”

“我知道，”麦加里蒂说，“那我这就打发他们走。”

“过几周，等她的孩子出生了。再给他们一次机会。”梅说完，站起身来，朝吧台走去。

麦加里蒂坐在那里，心里五味杂陈。“我们刚刚聊天了，”他惊讶地想，“没提谁的名字，也没说具体事。但她懂我在想什么，我也懂她在想什么。”他赶紧去追妻子，想抓住那份默契。他看到她站在吧台尽头，一个壮实的卡车司机搂着她的腰，在她耳边小声说着什么。她用手捂着嘴，强忍着笑。吉姆一进来，卡车司机就尴尬地松开手，走到了男人群里。他走到吧台后边，看着妻子的眼睛。她眼神空洞，没有一丝理解和默契。他的脸上露出了深深的失望，然后开始了他的夜间工作。

玛丽·罗梅利年纪越来越大，不能再一个人在布鲁克林到处走了。她很想在凯蒂生孩子前见见她，于是让保险代理员捎个口信。

“女人生孩子的时候，”她对他说，“死神会短暂地握住她的手。有时候他一握住就不放了。告诉我的小女儿，我想在她生孩子之前见她一面。”

凯蒂听到信儿，就在周日带着弗兰茜去看望母亲。尼利没去，因为他说滕艾克斯队要在空地上组织一场球赛，他已经答应了去做投球手。

茜茜的厨房又大又暖和，阳光明媚，一尘不染。玛丽·罗梅利坐在炉子旁的摇椅上。这是她从奥地利带来的唯一一件家具，它已经在她祖宅的壁炉旁放了一百多年。

茜茜的丈夫坐在窗边，抱着婴儿喂奶。凯蒂和弗兰茜问候过玛丽和茜茜之后，开始跟他打招呼。

“嗨，约翰。”凯蒂说。

“嗨，凯特。”他答道。

“约翰姨夫好。”

“你好，弗兰茜。”

此后，他几乎没再开口。弗兰茜好奇地打量着他，心想家里人是不是都觉得他跟茜茜的其他男朋友一样，只是个临时人物。她很好奇，他自己有没有这种感觉呢？他本名叫史蒂夫，但茜茜总是叫他“我的约翰”，家里人提到他，也总是叫他“那个约翰”或者“茜茜的约翰”。弗兰茜好奇，他在杂志社的同事们是不是也这么叫他。他有没有抗议过？他有没有说过，“听着，茜茜。我叫史蒂夫，不叫约翰。告诉你的姐妹们，叫我史蒂夫”。

“茜茜，你越来越圆润了。”凯蒂说。

“生了孩子，体重增加一点再正常不过。”茜茜一本正经地回答道。她冲弗兰茜笑了笑，说：“想抱抱宝宝吗，弗兰茜？”

“当然！”

茜茜的高个子丈夫默默地站起来，把宝宝和奶瓶交给弗兰茜，然后一声不吭地走了出去。谁都没对他的离开说什么。

弗兰茜坐在刚刚空出来的那把椅子上。她以前从没抱过这么小的宝宝。她学着乔安娜的样子，用手指轻轻抚摸宝宝柔软的小脸蛋，一种奇妙的感觉从她的指尖沿着手臂传遍全身。“等我长大了，”她想，“家里一定要一直有个小宝宝。”

她抱着宝宝，听妈妈和外婆聊天，看茜茜准备面条。茜茜拿了一团硬硬的黄色面团，用擀面杖擀平，然后像卷果冻一样把面团卷起来，拿起一把锋利的刀子把面卷切成纸一样薄的条，把面条抖开，挂在厨房炉子前的细木棍架子上晾干。

弗兰茜觉得茜茜跟以前有点不一样。她不再是从前那个茜茜姨妈了。不是因为她稍微胖了一点，这种变化和外表无关。弗兰茜很困惑。

玛丽·罗梅利什么都想知道，凯蒂就从后往前，把所有的事情都告诉了她。她首先讲述了孩子们在麦加里蒂酒吧打零工，用挣的钱维持生活。然后讲了麦加里蒂坐在她的厨房里和她聊乔尼。她最后说："妈妈，要是麦加里蒂不来，我都不知道该怎么办。我那时候心情特别差，前几天晚上，甚至祈求乔尼帮帮我——我知道，这很傻。"

"傻什么傻，"玛丽说，"他听到了你的祈祷，并且来帮你了。"

"妈妈，鬼魂帮不了人的。"茜茜说。

"鬼魂不只是那种能穿墙而过的东西，"玛丽·罗梅利说，"凯蒂说过，乔尼以前常和酒吧老板聊天。这些年来，乔尼把自己的一部分给了那个酒吧老板。凯蒂向他求助时，他的一部分就附在了老板身上，那部分灵魂听到了妻子的呼唤，就来帮她了。"

弗兰茜心里琢磨着："如果真是这样，那么麦加里蒂聊起爸爸时，就把爸爸附在他身上的那部分还给我们了。现在他身上已经没有爸爸的任何东西了，或许这就是我们不能像他希望的那样跟他聊天的原因吧。"

临走时，茜茜给了凯蒂一个装满面条的鞋盒。弗兰茜和外婆告别时，玛丽·罗梅利紧紧抱着她，用她自己的语言低声说："接下来的几个月，好好听妈妈的话，好好尊重妈妈。她需要更多的爱和理解。"

外婆说的话弗兰茜一个字也没听懂，但她说："好的，外婆。"

在回家的电车上，弗兰茜把鞋盒放在膝盖上，因为妈妈的膝盖已经被肚子挡住了。弗兰茜在车上沉思："如果外婆说的是真的，那么人就不会真的死去。爸爸走了，但他还以很多方式存在着。他存在于尼利身上，尼利长得和他一模一样；他存在于妈妈身上，妈妈跟他认识了这么久；他存在于奶奶身上，是奶奶生了他，而且奶奶还活着。也许有一天我会有一个长得像爸爸、拥有爸爸所有优点但没有酗酒习惯的儿子。我的儿子会有他的孩子。他的孩子还会再有孩子。也许压根没有真正的死亡。"她想到了麦加里蒂。"没有人会相信他身上有爸爸的一部分。"她想到了麦加里蒂太太，以及她是如何善解人意地邀请她坐下来吃果冻。弗兰茜突然灵光一闪！她突然明白了茜茜姨妈跟以前有什么不同。她对妈妈说："茜茜姨妈不再用那种浓烈的甜香水了，对吗，妈妈？"

"是的，她不需要了。"

"为什么？"

“她现在有了自己的小宝贝，还有一个男人照顾她和宝宝。”

弗兰茜还想多问几个问题，但妈妈闭着眼，头靠在椅背上。她脸色苍白，疲惫不堪，弗兰茜决定不再打扰妈妈。她要自己琢磨。

“肯定是，”她想，“这种喷很多香水的习惯，和一个女人想要个宝宝，想找到一个能帮她生宝宝并照顾她和宝宝的男人有关。”她把这个知识点和其他不断收集到的知识联系了起来。

弗兰茜开始头疼了。她不知道这是因为抱宝宝兴奋过了头，还是因为电车颠簸，还是因为想到了爸爸，还是因为发现了茜茜和香水的奥秘，抑或是因为她起了个大早又忙了一天，还是因为每个月那几天她都会头疼？

“嗯，”弗兰茜确定，“我想让我头疼的，是生活——除此之外，再无他物。”

“别傻了，”妈妈轻声说，仍然闭着眼靠在椅背上，“是因为茜茜家的厨房太热了。我也头疼。”

弗兰茜吓了一跳。难道妈妈闭着眼也能看透她的心思吗？然后她突然意识到，她刚才忘了自己在想事，把最后那个关于生活的感悟说出了声。她情不自禁地笑了。这是爸爸去世后，她第一次笑。妈妈睁开眼，也笑了。

39

五月，弗兰茜和尼利受了坚信礼。弗兰茜快十四岁半了，尼利比她小一岁。茜茜是个缝纫高手，给弗兰茜做了条简单的白色棉布裙。凯蒂绞尽脑汁凑钱给她买了双白色小山羊皮鞋和白色长筒丝袜。这是弗兰茜第一次穿丝袜。尼利穿的是父亲葬礼上穿的那身黑色西装。

社区里有个传说：在坚信礼那天许下的三个愿望都会实现。其中一个必须是不可能实现的愿望，第二个是你可以通过努力实现的愿望，第三个则是长大后的愿望。弗兰茜的第一个愿望是把她那头棕色直发变成尼利那样的金色卷发；第二个愿望是拥有像妈妈、艾薇姨妈和茜茜姨妈那样悦耳的嗓音；第三个愿望是长大以后环游世界。尼利的愿望是：一、变得富有；二、成绩单上的成绩更好；三、长大后不要像爸爸那样酗酒。

布鲁克林有个铁打的规矩，受坚信礼当天，请专业摄影师给孩子拍照留念。凯蒂负担不起拍照费用，只能让弗洛西·加迪斯用人家的方盒相机给姐弟俩拍张快照。弗洛西让姐弟俩站在人行道边摆好姿势，没注意到自己按下快门时有一辆电车恰巧驶过。她把快照放大、装框，作为坚信礼的礼物送给了弗兰茜。

照片送到时，茜茜也在场。凯蒂拿着照片，大家都在她身后一起看。弗兰茜从没照过相，这是她第一次看到别人眼中的自己。照片上的她僵硬地站在路沿上，背对排水沟，裙子被风吹得向一侧飘动。尼利紧挨着她站着，比她高出一个头，穿着熨好的黑西装，看起来富有且英俊。阳光从屋顶斜射过来，尼利站在阳光下，脸庞清晰明亮；弗兰茜则在阴影中，显得阴郁又愤怒。他们身后是一辆模糊的电车。

茜茜说："我敢打赌，这是世界上唯一一张带电车的坚信礼照片。"

"这照片拍得真好，"凯蒂说，"站在大街上比在照相馆里摆拍自然多了。"

说完，把照片挂在了壁炉上面。

"你用了什么名字，尼利？"茜茜好奇地问。

"爸爸的。现在我的名字是科尼利厄斯·约翰·诺兰。"

"这名字听起来像个医生。"凯蒂笑着说。

"我用了妈妈的名字，"弗兰茜认真地说，"现在我的全名叫玛丽·弗朗西斯·凯瑟琳·诺兰。"弗兰茜期待着妈妈说这一听就是个作家的名字，但妈妈没说。

"凯蒂，你有乔尼的照片吗？"茜茜问。

"没有，只有我们结婚那天拍的合影。怎么了？"

"没什么。就是觉得时间过得好快啊。"

"是啊，"凯蒂叹了口气，"我们能把握的事情不多，这是其中一件。"

受过坚信礼，弗兰茜就不用再去教堂上课了。这样每天就省下了一小时，用来写小说。她想用写作向新来的英语老师加德纳小姐证明自己懂什么是美。

自从爸爸去世后，弗兰茜就不再写花草、鸟虫、个人感想之类的东西了。她太想念爸爸了，开始写关于他的小故事。她想告诉大家，虽然爸爸有缺点，但他一直是个好爸爸，一个好人。她写了三篇这样的作文，但成绩都是“C”，不是以往的“A”。第四篇作文发下来，上面写着让她放学后留下来。

别的同学都回家了。教室里只剩下加德纳老师和弗兰茜，还有一本大字典。老师桌子上摆着弗兰茜的四篇作文。

“你的作文怎么了，弗朗西斯？”老师问。

“我不知道。”

“你是我最好的学生之一。作文写得很棒，我向来喜欢你的作文。但最近这几篇……”她轻蔑地用手指弹了弹作文本。

“我查了拼写，还特别注意了字迹……”

“我说的是你的主题。”

“你说我们可以自己选主题。”

“但是贫穷、饥饿和酗酒这些主题太负面了。我们都知道这些确实存在，但没有人会写这些。”

“那人们都写什么呢？”弗兰茜顺着老师的话问。

“发挥想象力，并发现美。就像作家和艺术家那样，始终追求美。”

“什么是美？”孩子问。

“我想不出比济慈的这句话更完美的定义了：‘美即是真，真即是美。’”

弗兰茜鼓起勇气，说：“我作文里写的都是真的。”

“荒谬！”加德纳老师突然提高了声调，然后，她的声音柔和下来，接着说：“我们说的真，是星星永远挂在天上，太阳每天都会升起，人性中的善良，母爱，还有对家乡、祖国的感情。”她的举例结束得略显仓促。

“我懂了。”弗兰茜说。

加德纳老师长篇大论，弗兰茜一直在心里默默地反驳。

“酗酒不是真，也不是美。它是个坏习惯。酗酒的人应该进监狱，不应该出现在作文里。还有贫穷，贫穷不是理由！只要愿意干，工作机会多的是。人穷是因为他们太懒，不想工作。懒惰可不是什么好事。”

（我的妈妈还懒惰？!）

“饿肚子也不美好。根本没这个必要。我们有组织得很好的慈善机构。根本不用饿肚子。"

弗兰茜咬紧牙关。在所有词汇中，她妈妈最不喜欢"慈善"这个词。在她的影响下，孩子们也不喜欢这个词。

"我可不是那种嫌贫爱富的人，"加德纳老师说，"我家也不富裕。我爸爸是个牧师，薪水很低。"

（但毕竟还有薪水啊，加德纳老师。）

"我妈妈唯一的帮手就是没受过训练的女佣，大多是乡下姑娘。"

（我懂了，加德纳老师，您很穷，穷得请得起女佣。）

"很多时候家里没有女佣，我妈妈就得承担全部家务。"

（加德纳老师，我妈妈不仅得承担全部家务，而且还要干比那多十倍的活儿。）

"我想上州立大学，但家里供不起。我爸爸只好把我送去了一所小教会学校。"

（但至少您还能上大学。）

"相信我，不穷到一定程度是不会去这种学校的。我也知道饿肚子是什么滋味。一次又一次，我爸爸的工资被拖欠，没钱买吃的。有一次我们靠茶和烤面包撑了三天。"

（所以您也知道饿肚子是什么滋味啊。）

"但如果我写的都是贫穷、饥饿，也会很枯燥，对吧？"弗兰茜没有回答。"对吧？"加德纳老师又重复了一遍。

"是的，老师。"

"来，咱们聊聊毕业剧本吧。"她从抽屉里抽出一张薄薄的手稿，"有些地方写的真不错，但有些地方嘛，好像有点跑偏了。比如这里，"她翻到某页，"命运问：'年轻人，你的梦想是什么？'男孩回答：'我想成为一个治愈者，修复人们破碎的身体。'这想法挺好的，弗兰茜，但接下来你把它搞砸了。命运说：'那是你的愿望。但，看吧，这才是你的未来。'一束光打在一个老人身上，他在补一个垃圾桶的底。老人说：'啊，我年轻时想成为修补伤口的人，现在，我成了一个修补……'"加德纳老师突然抬起头。"你不会觉得这很幽默吧，弗兰茜？"

"不，不是的，老师。"

“在我们聊过之后，你应该能理解，我们为什么不能用你的剧本排演毕业典礼的节目吧？”

“我明白了。”弗兰茜的心都快碎了。

“现在，比阿特丽斯·威廉姆斯有个很棒的主意。一个仙女挥动魔杖，一群穿着象征各个节日的服装的男孩女孩走出来，每个人朗诵一首他所代表的节日的小诗。这是个绝妙的主意，但不幸的是，比阿特丽斯不会写诗。你想不想按照这个构思来写那些诗句？比阿特丽斯不会介意的。我们可以在节目单上注明创意来自她。这很公平，对吧？”

“是的，老师。但我不想用她的创意。我想用我自己的。”

“这当然值得表扬。好吧，我不强求。”她站了起来，“我花这么多时间和你聊，是因为我觉得你真的很有潜力。现在我们已经把事情说清楚了，我相信你不会再写那些上不得台面的污秽作文了。”

“污秽。”弗兰茜反复琢磨这个词。它不在她常用的词汇里。“这词是什么意思——污秽？”

“我——有没有——告诉过——你——当你——碰着——生词时——时——该——怎么——做？”加德纳老师拖着长音问。

“哎呀，我忘了。”弗兰茜走到那本厚厚的字典前，翻找着那个词。污秽：①不干净。不干净？她想到了爸爸，他每天都穿着整洁的假领、系着领带，旧鞋子也擦得锃亮。不干净？爸爸在理发店有自己的专属杯子。②卑鄙。弗兰茜跳过了这个意思，因为这个词她也不太明白。③粗俗。不可能！爸爸是个舞者，身体匀称、动作轻盈，一点也不粗俗。还有卑贱的意思。她记得爸爸又细心又体贴。她记得大家都很喜欢他。她脸红了，眼泪模糊了视线，看不清下一行字。她转向加德纳老师，脸上满是怒气。

“您怎么能这么说我们！”

“我们？”加德纳老师疑惑地问，“我们在讨论你的作文呢。弗兰茜，你怎么了？”她的声音听起来很惊讶，“我很意外！像你这样乖巧的女孩，居然对老师这么没礼貌。要是你妈妈知道了，她会怎么说？”

弗兰茜害怕了。在布鲁克林，对老师没礼貌几乎是一种能被送去少管所的罪过。“请原谅我。请您原谅我，”她连连道歉，“我不是故意的。”

“我知道。”加德纳老师温柔地说。她搂着弗兰茜，带她走到门口，说：

“我们的谈话对你影响很大，我看得出来。污秽是个难听的词，我很高兴你对我的用词感到生气。这说明你懂了。也许今后你不再喜欢我，但请相信，我这么说，是为你好。总有一天你想起我说的话，会感激我的。”

弗兰茜希望大人们不要再对她说这种话。将来要感激的人太多，她被压得喘不过气来。她想，她长大后，是不是得用她最美好的时光去寻找那些人，告诉他们，他们说得对，并向他们表示感谢。

加德纳老师把她那些“污秽”的作文和剧本递给她，说：“回家以后把它们扔进炉子烧了。你自己点火，火焰升起来的时候，不停地说：‘我在烧毁污秽，我在烧毁污秽。’”

放学回家的路上，弗兰茜一直在想这件事。她明白加德纳老师不是故意说难听的话，老师是真的关心她。可是，那些话让她很不好受。她开始意识到，自己的生活在那些受过教育的人看来，可能挺让人不舒服的。她想知道，要是自己受了教育，会不会也嫌弃自己的出身？会不会因为自己的家庭而感到羞愧？会不会因为那个每天乐呵呵、善解人意、善良帅气的爸爸而感到羞愧？会不会因为那个勇敢诚实、总是以自己的母亲为荣的妈妈而感到羞愧？尽管外婆不识字。会不会因为那个诚实又善良的弟弟尼利而感到羞愧？不！不会的！如果受教育会让她对自己的出身和家人感到羞愧，那她宁可不受教育。“但我会让加德纳老师知道，”她暗暗发誓，“让她看到我有想象力。我一定会让她看到的。”

那天，她开始动笔写小说。小说的女主角是雪莉·诺拉，是一个富贵家庭长大的女孩。故事的名字叫《这就是我》，这和弗兰茜的生活天差地别。

弗兰茜已经写了二十页。截至目前，小说详细描述了雪莉家的豪华装修，赞美了雪莉的精美服饰，介绍了她享受的每一顿丰盛大餐。

弗兰茜打算故事写完后让茜茜的约翰帮她把书带到他的出版社，帮忙出版。弗兰茜幻想着当她把书拿给加德纳老师看的情景。她的脑海里已经浮现出那场景了：

弗兰茜（她把书递给加德纳老师）：我相信您不会在这本书里找到任何污秽的东西。就把它当作我这学期的作业吧。希望您不介意，它已经出版了。（加德纳老师惊讶地张开嘴巴，弗兰茜装作没注意到）印刷体读起来更容易，对吧？（加德纳老师读这本书的时候，弗兰茜漫不经心地望向窗外。）

加德纳老师（阅读后）：天哪，弗兰茜！写得太好了！

弗兰茜：什么？（陷入回忆）哦，这本小说啊，我是利用零碎时间匆匆写的。

写不了解的东西不需要很多时间，写真实的东西才需要很多时间，因为你得先经历。

弗兰茜画掉了这段话。她不想让加德纳老师觉察到她的感情受到了伤害。她重写了。

弗兰茜：什么？（陷入回忆）哦，这本小说，很高兴您喜欢它。

加德纳老师（小心翼翼）：弗兰茜，我能……能请你为我签名吗？

弗兰茜：当然可以。（加德纳老师拿出她的钢笔，笔尖对着自己，递到弗兰茜手里。弗兰茜接过笔，写下："M.弗兰茜.K.诺兰敬赠。"）

加德纳老师（仔细看着签名）：哇，你的签名真特别！

弗兰茜：这是我的大名。

加德纳老师（有点不好意思）：弗兰茜……

弗兰茜：老师，有什么话就说，就像以前那样。

加德纳老师：我能请你在签名上边写上"给我的朋友穆里尔·加德纳"吗？

弗兰茜（稍微停顿了一下）：当然，我写就是了。（带着一丝调皮的笑）我向来对您言听计从。（弗兰茜题字）

加德纳老师（小声说）：谢谢你。

弗兰茜：加德纳老师……虽然现在说这个似乎没什么意义，但您能给这个作品打个分吗？就当是看在过去的情分上？（加德纳老师拿起红笔，在书上写了个大大的A+。）

这真是个美梦啊，弗兰茜激动地翻开新的一页。她要不停地写，尽快写完，让梦想成真。她继续写道：

“帕克，”雪莉·诺拉问她的贴身女仆，“今晚厨师给我们准备的晚餐是什么？”

“应该是玻璃罩下的野鸡胸肉，温室里的芦笋、进口蘑菇和菠萝慕斯，雪莉小姐。”

“听起来真没食欲。”雪莉说。

“是的，雪莉小姐。”女仆恭敬地回答。

“帕克，我想实现我的一个小愿望。”

“我们的使命就是实现您的愿望。”

“我想要各式各样的小甜点，然后从里面挑一个当晚餐。给我拿一打俄式奶油蛋糕、一点草莓酥饼、一夸脱巧克力冰淇淋，还有一打手指饼干和一盒法国巧克力。”

“好的，雪莉小姐。”

一滴水滴在纸上。弗兰茜抬头看了看。哦，不是屋顶漏水，是她的口水。她真的好饿，特别饿。她走到炉子边，看了看锅里，只有一块没肉的骨头。面包盒里还有几片面包，虽然有点硬，但总比没有强。她切了一片面包，倒了杯咖啡，把面包泡在咖啡里让它变软。她一边吃，一边读自己刚写的故事，突然发现了一件事。

“弗兰茜·诺兰，你看看，”她自言自语，“你写的这个故事，和你以前写的作文一样，都是老师讨厌的内容。你真正想写的是自己很饿，只是你用了一种反常的、绕弯子的、愚蠢的方式来写。”

她气得直跺脚，把本子撕了个稀巴烂，一股脑儿塞进炉子里。火苗吞没纸张，她的火气更大了。她跑到床底下，拖出了一个装满手稿的盒子。她小心翼翼地把写爸爸的那四篇作文挑出来放一边，其他的全都塞进炉子。她这是在烧自己的作文，得了“A”的作文。就在一张张纸快要烧成灰的时候，上面的字突然清晰起来：一棵高高的白杨树，直冲云霄，安静从容地站在蓝天下。另一张纸上写着：蓝天像温柔的拱门。这是个完美的十月天。还有一句话的结尾是：……蜀葵似凝练的日落，飞燕草像浓缩的天堂。

“我根本没见过白杨树，天空像拱门是我在别的书里读到的句子。还有那些花，我也只在种子目录上见过。我得了 A 是因为我太会编故事。”她用棍子使劲儿捅着纸，让火烧得更旺。纸烧成灰的时候，她嘴里念叨着：“我在烧掉污秽，我在烧掉污秽。”最后一点火光熄灭的时候，她对着火炉大声宣布：“我的写作生涯到此为止了。”

突然，她觉得特别害怕、特别孤单。她好想爸爸，好想好想。爸爸不可能就这么走了，不可能。过一会儿，他肯定会唱着《莫莉·马龙》上楼来的。她会打开房门，他会笑着说：“你好，小歌后。”她会跟他说：“爸爸，我做了个可怕的梦，梦见你走了。”然后她会把加德纳老师的话告诉爸爸，爸爸肯定会找到最合适的话来安慰她，让她相信一切都会好起来的。她就这么等着，听着。也许这真的只是个梦。但不可能，没有梦能做这么久。现实就是，爸爸真的走了。

她趴在桌子上，哭了起来。“妈妈不像爱尼利那样爱我，”她哭着说，“我尽力让她爱我。我陪着她，她去哪儿我就去哪儿，她让我做什么我就做什么。但我就是没法让她像爸爸那样爱我。”

然后，她的脑海中浮现出了妈妈在电车里的模样，她靠在椅背上，紧紧闭着眼。她记得妈妈看起来脸色苍白，十分疲惫。妈妈当然爱她，只是她不像爸爸那样善于表达。而且妈妈是个好人。现在，妈妈随时都可能生宝宝，却还在外头忙活。要是妈妈生宝宝的时候出事了怎么办？一想到这个，弗兰西的心都凉了。没有妈妈，她和尼利该怎么办？他们能去哪儿？艾薇和茜茜也很穷，养不起他们。他们将无家可归。妈妈是他们在这个世界上唯一的指望。

“亲爱的上帝，”弗兰西祈祷着，“不要让妈妈出事。我知道我跟尼利说我不相信您。但我信！我信！我只是说说而已。千万别惩罚妈妈。她什么都没做错。不要因为我说过不信您就把她带走。如果您让她好好的，我愿意放弃写作。只要您让她好好的，我再也不写故事了。圣母马利亚，求求您的儿子耶稣，求求上帝，不要让我妈妈出事。”

但她觉得她的祈祷好像没什么用。上帝记得她说过她不信他，作为惩罚，他会把妈妈带走，就像把爸爸带走那样。她太害怕了，变得疯疯癫癫的，觉得妈妈好像真的不在了。她冲出家门去找妈妈。凯蒂没在他们家那栋楼干活。她跑进第二栋楼，跑上三层，喊着“妈妈”！她不在那栋房子里。弗兰茜跑进最后一栋楼。一楼没有妈妈。二楼没有妈妈。还剩最后一层楼。如果妈妈不在，那她肯定是死了。她大喊：“妈妈！妈妈！”

“我在这儿，”凯蒂平静的声音从三楼传来，“别喊那么大声。”

弗兰茜松了口气，差点瘫倒在地。她不想让妈妈知道她哭过。她开始找手帕。没找到，她就用裙角擦了擦眼睛，慢慢走上最后一段楼梯。

“你好，妈妈。”

“尼利出什么事了吗？”

“没有，妈妈。”（她首先想到的总是尼利。）

“那就好。你还好吗？”凯蒂笑着问。她猜想学校里出了什么事让弗兰茜心烦。如果她想告诉她……

“你喜欢我吗，妈妈？”

“我要是不喜欢自己的孩子，不是很可笑嘛。”

“你觉得我长得跟尼利一样好看吗？”她焦急地等着妈妈的回答，因为她知道妈妈从不撒谎。过了许久，妈妈才开口。

“你的手很好看，还有那一头浓密的长发。”

“可是，妈妈，你觉得我是不是和尼利一样好看呢？”弗兰茜追问着，希望妈妈能说点好听的。

“听着，弗兰茜，我知道你在兜圈子，可我太累了，不想猜谜。等宝宝出生后再说吧。我喜欢你，也喜欢尼利，我觉得你俩都很好看。现在别让我操心了。”

弗兰茜立刻内疚不已。她见妈妈挺着大肚子，笨手笨脚地趴在地上打扫卫生，心里一阵难受。她在妈妈身边跪下。

“妈妈，你起来，让我来打扫楼道吧。反正我也没事干。”她把手伸进桶里。

“别！”凯蒂厉声喝止。她把弗兰茜的手从水里拿出来，用围裙擦干。“别把手伸进去。水里有苏打和碱。你看，它们把我的手弄成什么样了。”她伸出那双虽然好看但满是老茧的手。“我不想让你的手也变成这样。我希望你的手一直好看，白嫩。而且，我快打扫完了。”

“就算我帮不上忙，总能坐在楼梯上看吧？”

“如果你没其他事的话，可以。”

弗兰茜坐在那里看着妈妈。知道妈妈还好好的，还离妈妈这么近，感觉真好。即使是打扫的声音也让人感到安全、快乐。刷子刷地是唰唰声，抹布擦地是噗噗声，妈妈把刷子和抹布扔进桶里发出的是扑通声，妈妈把桶推到下一个区域发出的是哐哐声。

“你没有女性朋友可以聊天吗，弗兰茜？”

“没有。我讨厌女人。”

“那不正常。和同龄女孩聊聊天，对你有好处。”

“你有女性朋友吗，妈妈？”

“没有，我也讨厌女人。”凯蒂说。

“看，我随你。”

“但我有过一个女性朋友，我是通过她认识的你爸爸。所以你看，有时候女性朋友还是挺有用的。”她半开玩笑地说，但她的刷子似乎在说：“你走你的路，我走我的路。”她强忍着眼泪。“说真的，”她继续说，“你需要朋友。除了我和尼利，你从不和任何人聊天，只知道读书写故事。”

“我已经不写故事了。”

凯蒂知道，弗兰茜心里想的肯定和她的作文有关。“你今天的作文是不是没得高分？”

“不是。”弗兰茜撒了谎，她对妈妈的猜测能力感到惊讶。她站起来：“我想我该去麦加里蒂酒吧了。”

“等等！”凯蒂把刷子和抹布扔进桶里。“我今天的活儿干完了。”她伸出手来，“拉我一把。”

弗兰茜握住妈妈的手。凯蒂拽着她的手，吃力地站了起来，“陪我一起走回家，弗兰茜。”

弗兰茜拎着桶。凯蒂一手扶着扶手，一手搭在弗兰茜肩上。她缓缓走下楼梯，弗兰茜随着妈妈摇摇晃晃的脚步调整着自己的步伐。

“弗兰茜，小宝宝随时都可能出生，如果你在我身边，我会感觉安心不少。别跑远了。我干活的时候，时不时来看看我，确保我没事。我没法跟你说我有多需要你。我不能指望尼利，因为这种时候男孩子根本帮不上忙。我现在特别需要你，知道你在附近，我就觉得安心。所以，别离我太远。”

弗兰茜心里涌起一股对妈妈的深情。“我永远都不离开你，妈妈。”她说。

“这才是我的好孩子。”凯蒂紧紧搂着她的肩膀。

“也许，”弗兰茜想，“她不像爱尼利那样爱我。但她更需要我，而不是他。我觉得被需要和被爱一样好。或许比被爱更好。”

40

两天后，弗兰茜回家吃午饭，下午没回学校。妈妈躺在床上，看起来不太舒服。妈妈让尼利回学校上课了。弗兰茜本想去找茜茜或者艾薇，但妈妈说还不到时候。

弗兰茜觉得自己得负起责任来。她把家里打扫得干干净净，看了看家里有什么吃的，安排好了晚上吃什么。每隔一会儿，她就帮妈妈调整一下枕头，问她要不要喝水。

下午三点多，尼利跑回家，把书扔到一边，问是不是该去接茜茜或者艾薇了。妈妈笑着跟他说，不用急着打扰她们。于是尼利就去干活了，妈妈让他问问麦加里蒂能不能让他把弗兰茜的活儿也干了，因为弗兰茜得留在家里。麦加里蒂不仅答应了，还帮尼利一起准备当天的免费晚餐，所以他四点半就把活儿干完了。他们早早吃了晚饭，因为尼利越早开始送报纸，就能越早结束。妈妈吃不下饭，只想喝杯茶。

弗兰茜煮好茶，妈妈也喝不下。妈妈这么不吃不喝，弗兰茜很担心。尼利去送报纸后，弗兰茜端来一碗炖菜，想让妈妈吃点。妈妈突然发起火来，让她别管，说自己想吃的时候会说的。弗兰茜只好把炖菜倒回锅里，她心里很难受，不明白自己帮忙怎么还帮出错了。妈妈叫她过去，好像没那么生气了。

“现在几点？”凯蒂问。

“快六点了。”

“你确定钟没慢吗？”

“确定，妈妈。”

“那应该是快了。”凯蒂好像有点担心。弗兰茜看了看外面沃罗诺夫珠宝商店的大钟。

“我们的钟是对的。”弗兰茜说。

“外面天黑了没？”凯蒂问。即使在大白天，她的房间也只有一点光线。

“没有，天还亮着呢。”

“屋里好黑。”凯蒂略显烦躁。

“那我点上蜡烛吧。”

墙上有个小架子，上面放着一个圣母马利亚的石膏像，她穿着蓝色长袍，伸着手，好像在祈求什么。雕像下面是一个装满黄蜡和灯芯的红色的厚玻璃杯，旁边是一个装着纸做的红玫瑰的花瓶。弗兰茜划了根火柴，点燃蜡烛。烛光透过厚厚的玻璃，发出像红宝石一样的柔光。

过了一会儿，凯蒂问：“现在几点了？”

“六点十分。”

“你确定钟没慢也没快吗？”

“是的。”

凯蒂似乎松了口气。但是五分钟后，她又问起了时间。感觉她好像有个重要约会，生怕迟到似的。

六点半，弗兰茜又给她报了一遍时间，还加了一句，尼利一小时后到家。“他一回来，就让他去找艾薇姨妈。不能走路去，得坐车，给他五美分车费。让他先去找艾薇姨妈，她住得比茜茜近。”

“妈妈，万一宝宝突然发动，我不知道该怎么办？”

“我可没那么幸运——说发动就发动。现在几点了？”

“六点三十五分。”

“确定吗？”

“确定。妈妈，就算尼利是个男孩，他留下来陪你也比我陪好。”

“为什么？”

“因为他总能给你莫大的安慰。”她说这话没有恶意，也没有嫉妒，只是实话实说，“而我……我……就是不知道怎么安慰你。”

“现在几点了？”

“六点三十六分。”

凯蒂沉默良久。她再开口时，声音很轻，像在自言自语：“不，这种时候男人不该在场。但是，女人却总让他们站在身边，并希望他们听到她们的每一次呻吟，看到她们流的每一滴血，听到她们每一次痛苦的撕裂声。让男人和她们一起受苦，这种扭曲的满足感，有什么值得享受的呢？她们好像在报复，因为上帝把她们造成了女人。现在几点了？”她不等回答，继续说：“在她们结婚前，如果男人看到她们戴着鬈发夹或者没穿胸衣的样子，她们就要死要活。但她们生孩子时，却希望男人看到她们最脆弱的样子。我不知道这是为什么，我不知道这是为什么。男人想到这痛苦都是跟他们在一起才有的，就不再觉得美好了。这就是为什么很多男人在孩子出生后开始背叛……”凯蒂几乎没有意识到自己在说什么。她很想乔尼，所以拼命这样想，好让自己好受些。“还有，如果你爱一个人，你就要甘愿自己承受痛苦，而不是拉着他跟你一起受苦。所以，你以后生孩子的时候，也别让男人待在家里。”

“好的，妈妈。现在是七点零五分。”

“看看尼利回来没有。”

弗兰茜环顾四周，摇了摇头，告诉妈妈尼利还没回来。凯蒂想起弗兰茜之前说的话，心里有点不是滋味。

“别这么说，弗兰茜，现在对我来说，你才是莫大的安慰。”她叹了口气，接着说：“要是生个男孩，我们就叫他乔尼。”

“妈妈，家里又要变成四口人了，多好啊。”弗兰茜说。

“是啊，多好啊。”凯蒂应了一声，然后沉默了好一会儿。她又问时间，弗兰茜告诉她七点一刻了，尼利应该快回来了。凯蒂让弗兰茜把尼利的睡衣、牙刷、干净毛巾和一小块肥皂用报纸包好，因为尼利今晚得去艾薇家过夜。

弗兰茜手里拿着包裹，在街上跑了两趟，终于看到了尼利！她跑着迎上去，把包裹、车费交给他，把去艾薇家的指示传达给他，催他赶紧去。

“妈妈怎么样？”尼利问。

“挺好的。”

“你确定？”

“确定。我听到电车声了，你赶紧跑。”

尼利听了，撒腿就跑。

弗兰茜回到家，见妈妈满脸是汗，下唇还有血迹，好像是咬破的。

“妈妈，你怎么了？”她摇着妈妈的手，把它贴在自己的脸上。

“把毛巾用冷水浸湿，给我擦擦脸。”妈妈轻声说。弗兰茜照做后，凯蒂又继续说起了刚才的话题：“你当然能给我带来安慰。”她又想到了一些看似毫不相干，但其实很重要的事，“我一直想看你得A的作文，但一直没时间。现在总算有时间了，你能读一篇给我听听吗？”

“读不了，我都烧了。”

“你苦苦构思，写好，交上去，得了高分，又胡思乱想，把它们烧了，我一篇都没读过。”

“没关系的，妈妈。写得也不怎么样。”

“这让我有点内疚。”

“写得真不怎么样，妈妈。而且我知道您一直很忙。”

凯蒂心想：“但儿子需要我的时候，我总有时间，我总会为他腾出时间。”她继续自言自语：“但尼利需要更多的鼓励。你跟我一样，内心强大，可以靠自己前进，但他需要从外界得到更多鼓励。”

“没关系的，妈妈。”弗兰茜又重复了一遍。

“虽然是别无选择，”凯蒂说，“但我还是会内疚。现在几点了？”

“快七点半了。”

“弗兰茜，再拿毛巾给我擦擦。”凯蒂若有所思，“难道一篇都没留下吗？一篇能读的都没有？”

弗兰茜想到那四篇关于爸爸的作文，以及加德纳老师对它们的评论，回答说：“没有。”

“那就读莎士比亚作品集吧。”

弗兰茜把书拿来。

“读‘在这样的夜晚’那段吧。我希望宝宝出生之前，心里有点美好的东西。”

字太小了，弗兰茜只好点上煤气灯来读。灯一亮，她仔细看了看妈妈的脸。

那是一张苍白、扭曲的脸，看起来跟平时的妈妈判若两人，更像是玛丽·罗梅利外婆难受时的模样。凯蒂极力避开光线，弗兰茜赶紧把灯灭了。

“妈妈，这些剧本我读过好多遍，都能背下来了。用不着灯，也用不着书，妈妈。听好了！”她开始背诵：

在这样的夜晚，月光多么明亮！
温柔的风轻轻拂过树梢，树梢寂静无声。
在这样的夜晚，特洛伊罗斯……

“现在几点了？”

“七点四十分。”

……我仿佛登上了特洛伊城墙，
叹息着走向希腊人的营帐，
今夜，克瑞西达就躺在那里。

“你知道特洛伊罗斯是谁了吗，弗兰茜？还有克瑞西达？”

“知道了，妈妈。”

“哪天有时间，你得给我好好讲讲。”

“没问题，妈妈。”

凯蒂呻吟起来。弗兰茜再次给她擦了擦汗。凯蒂伸出双手，就像那天在大厅里那样。弗兰茜握住她的手，用力站稳，撑住身子。凯蒂使劲儿一拉，弗兰茜觉得自己的胳膊差点被拽断。然后妈妈放松下来，松开手。

接下来就这样过了一个钟头。弗兰茜背诵着她早就烂熟于心的段落——波西亚的演讲，马克·安东尼的葬礼演说，“明日复明日”——这些无疑是莎士比亚作品中广为流传的段落。有时凯蒂会问个问题，有时她用手捂着脸呻吟，她不知道自己在做什么，也不在意对方给出的答案。她一直不停地问时间，弗兰茜不时帮她擦擦脸。那一个钟头里，凯蒂伸手拽了弗兰茜三四次。

八点半，艾薇赶到，弗兰茜总算卸下了重担。“茜茜半小时后到。”艾薇一边冲进卧室，一边宣布。她看了凯蒂一眼，扯下弗兰茜床上的床单，一头系在凯蒂的床柱上，一头塞进凯蒂手里。“拉着这个试试。”她建议。

“几点了？”凯蒂使劲拉着床单小声问道，额头上又挤满了汗珠。

“管它呢，”艾薇乐呵呵地说，“你又不去别的地方。”凯蒂刚想笑，一阵疼痛的痉挛湮没了她的笑容。

“得把屋里弄得亮一点。”艾薇说。

“可是煤气灯太刺眼了。”弗兰茜说。

艾薇把客厅灯架上的玻璃罩取下来，在外面涂上一层肥皂，然后装在卧室的灯架上。她点燃煤气灯，光线柔和，一点都不刺眼。虽然这是一个温暖的五月的夜晚，艾薇还是在炉子里生了火。她迅速指挥弗兰茜做好准备。弗兰茜跑来跑去，把水壶装满水，放在火上；把搪瓷洗脸盆擦洗干净，往里面倒了一瓶油，放在炉子后面；把脏衣服从洗衣篮里倒出来，在篮子里铺上一块破旧但干净的毯子，放在炉子旁边的两把椅子上。艾薇把所有的晚餐盘放进烤箱加热，并指示弗兰茜把热盘子放进篮子里，等它们冷却后取出，再换上其他热盘子。

“你妈妈有没有准备婴儿衣服？”艾薇问。

“你以为我们是什么人？”弗兰茜轻蔑地问，与此同时，拿出了一套简朴的婴儿用品，包括四件手工缝制的法兰绒和尚服、四条带子、一打手工缝边的尿布，还有四件她和尼利小时候轮流穿过的旧衬衫。“除了衬衫，其他都是我自己做的。”弗兰茜自豪地说。

“嗯，看来你妈妈想要个男孩。”艾薇看着和尚服上的蓝色羽状针脚说，“好吧，我们拭目以待。”

茜茜到了之后，两姐妹进了卧室，让弗兰茜在外面等着。弗兰茜能听见她们说话。

“该去找接生婆了，”茜茜说，“弗兰茜知道她住哪儿吗？”

“我没打算请，”凯蒂说，“家里实在拿不出五美元请接生婆。”

“好吧，也许我和茜茜可以筹到钱，”艾薇说，“如果……”

“听着，”茜茜说，“我生过十个——不，十一个孩子。你生过三个，凯蒂生过两个。我们三个加起来一共生过十六个孩子，经验足够丰富，完全可以接生。”

“好，那我们就自己接生。”艾薇决定。

然后她们关上了卧室门。现在弗兰茜虽然能听到她们说话的声音，但听不清具体在说什么。她有点不高兴，因为姨妈来之前，她一直忙前忙后。她从篮子里拿出冷盘子，放进烤箱，又拿出两个热盘子。她觉得自己好像被世界遗忘了。她真希望尼利在家，这样他们还可以聊聊过去的事。

弗兰茜突然睁大了眼睛。她不可能是打盹了，她想。不可能。她摸了摸篮子里的盘子，已经凉了。她赶紧换上热盘子。篮子得保持温暖，这样才能给婴儿用。她听着卧室里的动静。从她打完盹儿，声音就变了。不再有悠闲的走动声，不再有轻松的谈话声。两个姨妈好像在迈着小碎步来回跑，说话声也变成了急促的短句。她看了看钟，已经九点半了。艾薇从卧室走出来，关上门。

“这是五十美分，弗兰茜。出去买四分之一磅甜黄油，一盒苏打饼干和两个脐橙。告诉那个人，你要买脐橙，说是给一位生病的女士买的。”

“但是所有商店都关门了。”

“去犹太区，它们总是开门营业。”

“我明天一早去。”

“按我说的去做。”艾薇严厉地说。

弗兰茜不情愿地去了。当她走下最后一节楼梯时，听到了一声撕心裂肺的尖叫。她停下来，犹豫是跑回去还是往前走。她想起了艾薇严厉的命令，继续走下楼梯。她走到门口，又传来了一声更加撕心裂肺的尖叫。她庆幸自己来到了大街上。

在这栋楼里的某间公寓里，那个猿猴一样的马车夫命令他不情愿的妻子准备上床。听到凯蒂的第一声尖叫，他惊呼：“上帝啊！”第二声尖叫传来，他说：“上帝啊，希望她别让我整夜睡不着。”他那孩子气的妻子哭着解开衣服。

弗洛西·加迪斯和她的母亲坐在厨房里。弗洛西正在缝制另一套白缎礼服，打算婚礼上穿——她和弗兰克的婚礼推迟了。加迪斯太太正在给亨利织灰袜子。亨利当然已经去世了，但他的妈妈给他织了一辈子袜子，这个习惯一时改不了。第一声尖叫传来时，加迪斯太太漏了一针。

弗洛西说："男人们寻欢作乐，女人却要受苦。"加迪斯太太没搭腔。凯蒂哭喊的声音传来，她也跟着哆嗦了一下。"真有意思，"弗洛西说，"做件衣服得缝两个袖子。"

两个人默默地忙活了一会儿，弗洛西再次开口："我在想，这值得吗？我说的是生孩子。"

加迪斯太太想到她那去世的儿子，还有女儿那残疾的手臂，没有开口，只一味低头织毛衣。她发现自己漏了一针，就集中精神去补。

廷莫尔家两个未婚姐妹躺在硬邦邦的床上，牵着彼此的手。"你听见了吗，姐姐？"玛吉小姐问。

"她要生了。"莉齐小姐说。

"这就是我没答应哈维求婚的原因——很久以前他向我求过婚。我怕的就是这个，怕得不得了。"

"我不知道。"莉齐小姐说，"有时候我觉得，与其这么……平淡如水，倒不如去经历痛苦和不幸，去勇敢地斗争，去大声尖叫，甚至忍受那种可怕的痛苦。"下一声尖叫消失，她补充道，"最起码她知道自己还活着。"

玛吉小姐没说话。

诺兰家对面的公寓空着。剩下的公寓里住着一个波兰裔码头工人及其老婆和四个孩子。凯蒂的尖叫传来时，他正拿着一罐啤酒往杯子里倒。

"女人！"他轻蔑地嘟囔着。

"你闭嘴。"他老婆吼道。

凯蒂每哭喊一次，楼里的女人就紧张一次，她们和她一起承受痛苦。分娩之苦，是天下女人唯一的共同点。

弗兰茜走了很远的路，才找到一家还在营业的犹太乳制品店。她找到另一家店买好饼干，又找到一个水果摊买了脐橙。回家时，她瞥了一眼克尼普药店的大钟，发现快十点半了。她不在乎时间，但对她妈妈来说，时间似乎很重要。

她走进厨房，感觉有点异常。屋里有种不一样的宁静，还有一种清新的香味。茜茜背对着篮子站着，说："你觉得怎么样，你有妹妹了。"

“妈妈怎么样？”

“你妈妈很好。”

“这就是派我去商店的原因吧。”

“我们觉得你才十四岁，已经懂得太多了。”艾薇从卧室里走出来说。

“我只想知道一件事，”弗兰西激动地说，“是妈妈让我去的吗？”

“没错，弗兰西，是她说的。”茜茜轻声细语地说，“她还说，不想让心爱的人跟着受罪。”

“好吧。”弗兰西的声音柔和了。

“你不想看一看小宝宝吗？”

茜茜闪开来。弗兰西掀开盖在婴儿头上的毯子。小宝宝很可爱，皮肤白白的，头发软软的、黑黑的、卷卷的，翘在额头上，跟妈妈一模一样。小宝宝睁了一会儿眼，弗兰西注意到，小宝宝的眼睛是淡淡的蓝色。茜茜解释说，所有新生儿的眼睛都是蓝色的，越长大颜色越深，最后变成咖啡豆那种颜色。

“她长得跟妈妈真像。”弗兰西总结道。

“我们也这么觉得。”茜茜说。

“一切都顺利吗？”

“简直完美。”艾薇说。

“没有什么缺陷吧？”

“当然没有。你怎么会这么问？”

弗兰西没有告诉艾薇，她担心婴儿会因为妈妈直到最后一刻还在跪着干活导致出生时有缺陷。

“我能进去看看妈妈吗？”她小声问，在自己家里，倒像个客人。

“你可以把盘子端给她。”

弗兰西端着放着两块黄油饼干的盘子走了进去。

“你好，妈妈。”

“你好，弗兰西。”

妈妈看上去跟以前一样了，只是非常疲惫。她抬不起头，弗兰西拿着饼干喂她吃。妈妈吃完饼干，弗兰西拿着空盘子站在一边。妈妈没有说话。弗兰西觉得她和妈妈又变陌生了。前几天的亲近感消失了。

“你取的是男孩名，妈妈。”

“嗯，但我不介意生的是女孩，真的。”

“她很漂亮。”

“她是黑色鬈发，尼利是金色鬈发，可怜的弗兰茜是棕色直发。”

“我喜欢棕色直发。”弗兰茜有点不服气地说。她非常想知道宝宝叫什么，但现在妈妈跟个陌生人一样，她不想直接问，于是就说：“用不用我把出生信息写下来报给卫生局？”

“不用。等她受洗后，牧师会报上去的。”

“哦！”

凯蒂察觉到了弗兰茜语气中的失望。“但是你得把墨水和书拿进来，写下她的名字。”

弗兰茜从壁炉架上拿起将近十五年前茜茜顺回来的那本基甸《圣经》。扉页上有四行字，前三行是乔尼写的，又工整又秀气：

1901 年 1 月 1 日，凯蒂·罗梅利和乔尼·诺兰结婚。

1901 年 12 月 15 日，弗兰茜斯·诺兰出生。

1902 年 12 月 23 日，科尼利厄斯·诺兰出生。

第四行是凯蒂苍劲有力的斜体字：

1915 年 12 月 25 日，乔尼·诺兰辞世，享年 34 岁。

茜茜和艾薇跟着弗兰茜进了卧室，她们都想知道凯蒂会给小宝宝取什么名字。是萨拉？伊娃？还是露丝？伊丽莎白？

“写下来。”凯蒂说，“1916 年 5 月 28 日，安妮·劳丽·诺兰出生。”

“安妮？这名字太普通了吧。”茜茜有点不高兴地说。

“凯蒂，为什么叫这个名？”艾薇好奇地问。

“因为这是乔尼唱过的一首歌。”凯蒂解释道。

弗兰茜写名字时，好像听到了爸爸的歌声，“就是在那里，安妮·劳丽对我许下诺言……”

爸爸……爸爸……

“他说，那是一首属于更美好的世界的歌，”凯蒂接着说，“他希望能有个孩子，用他唱的歌取名。”

“劳丽这个名字很好听。”弗兰茜说。

就这样，小宝宝的名字定了下来，就叫安妮·劳丽。

41

劳丽是个听话的小家伙，她大部分时间都在美美地睡觉。醒来后，她会安安静静地躺着，用她那双棕色的眼睛认真地盯着自己的小拳头看。

凯蒂给小宝贝喂母乳，不光因为这是天性，还因为家里没钱买鲜牛奶。小宝宝不能一个人待着，所以凯蒂从早上五点就开始忙活，先是打扫另外两栋房子，一直干到将近九点，那时候弗兰茜和尼利就该去学校了。然后，她再打扫自己家这栋楼，她把房门留条缝，万一劳丽哭了，她就能听见。凯蒂每天晚上吃完饭就赶紧上床睡觉，弗兰茜很少见到妈妈，感觉妈妈好像不在家一样。

麦加里蒂没有像他之前打算的那样，在小宝宝出生后解雇姐弟俩。现在他反而更需要他们了，因为他的生意在 1916 年春天突然红火起来，酒吧里总是人满为患。这个国家正在经历巨变，他的顾客和美国其他地方的人一样，都要聚在一起讨论国家大事。街角的酒吧是穷人的俱乐部，也是他们唯一的聚集地。

弗兰茜在酒吧上面的公寓里帮忙，透过薄薄的地板，能听到楼下的聊天声。她经常在干活的时候停下来听他们说话。是的，世界正在快速变化。这一次她明白了，变化的是世界，而不是她自己。她听着那些对话，感到世界正在变化。

没错，他们要停止酿酒了，几年后国家会全面禁酒。

一个辛苦工作的人有权利喝点啤酒。

你去跟总统说，看看有什么后果。

这是人民的国家。如果我们不想禁酒，就不该禁酒。

这当然是人民的国家，但他们会强制你接受禁酒令的。

天哪，那我就自己酿葡萄酒。我老爸在老家就做过。弄一蒲式耳葡萄……

不可能！他们永远不会给女人投票权。

那可没准。

如果那样的话，我老婆必须跟我保持一致，不然我就教训她。我老婆才不会去投票站和一群醉鬼混在一起。

……一个女总统。

也不是没可能。

他们永远不会让一个女人管理政府。现在的政府不就是一个女人在管。

见鬼！

威尔逊不经过夫人的同意，连厕所都不敢去！

威尔逊自己就是个老娘们儿。

他让我们远离战争。

但他是个大学教授！

白宫需要的是一个有经验的政治家，而不是老师。

汽车啊，以后估计用不上马匹了！底特律那边造车造得越来越便宜，说不定哪天，每个工人都能开上自己的车呢。

工人开车上班！想想都觉得不可思议！

飞机？那玩意儿也就是一阵风，火不了多久。

电影才是王道。你看布鲁克林的剧院，一家接一家地关门。就说我吧，宁愿天天看查理·卓别林的电影，也不想看老婆喜欢的科赛特·佩顿。

说到无线电，那可是有史以来最牛的发明。声音能通过空气传来，听好了，根本不用电线。你得有个机器来接收，还得用耳机听。

他们管那个叫“半麻醉”，女人生孩子的时候一点儿都不疼。我有个朋友跟我老婆说的，她听了以后说，终于有这种好东西了。

你在开玩笑吧！煤气灯早过时了。现在连最破的出租屋都装上电灯了。

现在的小年轻都怎么了，整天就知道跳舞。跳啊……跳啊……跳啊……

所以我把名字从舒尔茨改成了斯科特。法官问我为什么要改？舒尔茨这名字多好啊。他自己也是德国人，你懂的。听着，老兄……我跟法官就是这么说的。管他是法官还是普通人。我要跟祖国彻底拜拜了，我说。知道他们对比利时婴儿做的那些事后，我就不想再和德国扯上关系了。我现在是美国人，我说，我想要个美国名字。

我们这是奔着参战去的。哥们儿，我能感觉到，很快就要打起来了。

我们唯一能做的就是今年秋天再选威尔逊当总统。他能让我们远离战争。

别信那些竞选承诺。有了民主党总统，就等于有了战争总统。

林肯是共和党人。

但南方的总统是民主党人，内战可是他们挑起来的。

我问你，我们还得忍多久？那些坏蛋又击沉了我们一艘船。他们击沉多少艘，我们才有勇气去狠狠教训他们？

我们得保持中立。这个国家现在挺好的。让他们自己去打仗吧，别把我们拖下水。

我们不想打仗。

一旦宣布开战，我第二天就去参军。

你说得轻松，你都五十多岁了，他们不会要你的。

我宁愿坐牢也不去打仗。

人得为心中正义而战，我很乐意去。

我没什么好担心的，我有双侧疝气。

来吧，战争！到时候他们就得靠我们这些工人来造船造炮，得靠农民种粮食。等着瞧吧，他们会来讨好我们的。我们这些劳动者会扼住那些讨厌的资本家的喉咙的！到时候，不用他们来告诉我们该怎么做，有话语权的是我们！老天爷，我巴不得战争早点来。

就像我跟你说的，一切都是机器来干。我前几天听到一个笑话：一对夫妻衣食住行都靠机器解决。他们走到一个婴儿机前，男人放了些钱进去，机器里就吐出了一个婴儿。男人转过身来说，能不能把美好的旧时光买回来。

美好的旧时光！是啊。我想它们已经一去不复返了。吉姆，再来一杯。

弗兰茜一边扫地一边听他们闲聊，努力把事情拼凑起来，努力理解这个混乱的世界。在她看来，从劳丽出生到她自己毕业，世界经历了巨变。

42

弗兰茜还没适应有劳丽的生活，毕业典礼就来了。凯蒂只能参加一个毕业典礼，她选择了尼利。这决定没什么问题，毕竟当初执意转学的是弗兰茜，所以妈妈理应参加尼利的毕业典礼。弗兰茜心里明白，但还是有点难过。她想，如果爸爸还在，肯定会来参加她的毕业典礼的。茜茜姨妈和弗兰茜一起去学校，艾薇留下来照顾劳丽。

1916 年 6 月的最后一晚，弗兰茜最后一次走向她深爱的学校。茜茜自从有了孩子，变得安静了许多，她优雅地走在弗兰茜身边。两个消防员走过，茜茜都没多看一眼，要知道，茜茜以前可是对穿制服的人毫无抵抗力。弗兰茜真希望茜茜没变，这样她就不会感到孤单了。她去拉茜茜姨妈的手，茜茜姨妈紧紧握住了她的手。弗兰茜感到了一丝安慰，茜茜姨妈骨子里没变。

毕业生们坐在礼堂前排，家长们坐在后排。校长发表了一番严肃讲话，说他们将进入一个复杂的世界，美国即将卷入战争，并在战后建立一个新世界。他鼓励孩子们接受更高的教育，为建设新世界做好准备。弗兰茜听得很认真，心里暗暗发誓，一定要把校长的精神发扬光大。

接下来是毕业剧。弗兰茜的眼里满是泪水，但她忍住了。剧里的对话在耳畔嗡嗡作响时，她想："明明我的剧本更好。我可以删掉垃圾桶那部分，要是老师让我写剧本，我一定遵照她的要求写。"

表演结束后，大家走上前领取毕业证书，正式毕业。对着国旗宣誓，合唱《星条旗之歌》，毕业典礼结束了。

现在，弗兰茜要面临最严峻的时刻了。

按照传统，要给女毕业生送花。礼堂不让放花，所以花只能送进教室，由老师摆在收花人的书桌上。

弗兰茜得回她的教室拿成绩单、铅笔盒和签名簿。她忐忑不安地站在教室门外，为自己即将面对的考验鼓劲儿——她知道，整个教室，肯定只有她的书桌上没有花。她确信，因为她没告诉妈妈这个传统，而且她知道家里没钱买花。

她下定决心直面现实，鼓起勇气走进教室，径直朝讲台走去，不敢往自己的座位上看。教室里飘着淡淡的花香，女孩子们叽叽喳喳地讨论着手里的花束，互相夸赞着。

她拿到了成绩单：四门功课得了"A"，一门得了"C-"。那个"C-"是她的英语成绩。她以前可是学校里写作最好的学生，现在却只能勉强及格。突然，她对这所学校和所有老师都感到厌烦，尤其是加德纳老师。有没有收到花，已经无所谓了，她不在乎了。反正这不过是个愚蠢的传统。"我要去我的座位拿我的东西，"她想，"如果有人跟我说话，我就让他们闭嘴。然后我就会离开这所学校，不跟任何人说再见。"她抬起头："没有花的桌子是我的。"但是，每张书桌上都有花！

弗兰茜走向自己的座位，心想可能是哪个女孩暂时把花放在了她的桌子上。弗兰茜打算拿起花束，冷静地还给主人，说："不好意思，我得从桌子里拿点东西。"

她拿起花——两打深红色的玫瑰，点缀着一束蕨类植物。她像其他女孩一样把花束抱在怀里，假装是自己的。她在卡片上寻找主人的名字。但卡片上写的居然是她的名字！她的名字！卡片上写着：

给弗兰茜，毕业快乐！爱你的爸爸。

爸爸！

字迹工整秀气，确实是爸爸的笔迹，而且是用家里橱柜里的黑墨水写的。

难道一切都是一场梦，一个漫长而混乱的梦？劳丽是一场梦，在麦加里蒂干活、毕业剧、糟糕的英语成绩——都是梦？现在她醒了，一切都会好起来的。爸爸肯定在走廊等她。

但走廊里只有茜茜。

"爸爸真的去世了。"她说。

"嗯，"茜茜说，"六个月了。"

"但不可能啊，茜茜姨妈，爸爸给我送了花。"

"弗兰茜，大约一年前，他把那张写好的卡片交给我，还给了我两美元。他说：'弗兰茜毕业时，替我给她送束花——我怕忘了。'"

弗兰茜哭了。她哭是因为她现在确信，之前发生的一切都是真的：她辛苦操持，担心妈妈，心都快碎了；没能写毕业剧的遗憾；英语成绩得 C-的委屈；认为自己收不到花的焦虑……

茜茜拉着她去了女卫生间，把她推进一个隔间。"哭出来吧！得快点儿，"她说，"回去晚了，你妈妈会担心的。"

弗兰茜站在隔间里，紧紧抱着她的玫瑰花，哭得停不下来。每次门一开，女孩们叽叽喳喳地走进来，她就赶紧冲马桶，让水声盖过自己的哭声。过了一会儿，她逐渐平静下来。她出来时，茜茜递给她一块用冷水浸湿的手帕。弗兰茜擦擦眼，茜茜问她有没有觉得好点。弗兰茜点点头，让姨妈等一下，容她去告个别。

她走进校长办公室，和校长握握手。"别忘了母校，弗兰茜斯。有空记得回来看看我们。"校长说。

“我会的。”弗兰茜答应着。然后去和班主任告别。

“我们会想你的，弗兰茜斯。”老师说。

弗兰茜从桌斗里拿出铅笔盒和签名簿，开始和女孩们告别。她们围了过来，一个抱了抱她，另外两个亲了亲她的脸颊，大声告别。

“来我家玩，弗兰茜斯。”

“给我写信，弗兰茜斯，告诉我你过得怎么样。”

“弗兰茜斯，我们现在有电话了，有空给我打电话，明天就打给我。”

“在我的签名簿上写点什么吧，弗兰茜斯？这样等你出了名我可以把它卖掉。”

“我要去夏令营了，这是我的地址。给我写信。听见了吗，弗兰茜斯？”

“我九月要去女子中学读书。你也来女子中学吧，弗兰茜斯。”

“别，和我一起去东区中学。”

“女子中学！”

“东区中学！”

“埃拉斯谟霍尔中学最好。你和我一起去那儿念书吧，弗兰茜斯，咱俩一直做同学。如果你愿意，我永远只交你这一个朋友。”

“弗兰茜斯，你还没让我在你签名簿上留言呢。”

“我也没有。”

“给我，给我。”

她们在弗兰茜几乎空白的签名簿上写了起来。

“她们很好，”弗兰茜想，“我早就可以和她们做朋友的，我还以为她们不想和我玩，肯定是我误会了。”

她们在签名簿上写着：有的字写得密密麻麻，挤在一起；有的字写得松松散散，好像要飞起来。但这些字都是孩子们的真心话。弗兰茜一边看一边念：

愿你好运，愿你开心。
愿你先生个小男孩，
等他头发开始卷起来，

再生个小女孩。
——弗洛伦斯·菲茨杰拉德

等你结婚了，
要是你老公发脾气，
就拿拨火棍揍他，
然后离婚。
——珍妮·莱

当夜幕降临，
星星像图钉嵌在上面，
记住我永远是你的朋友，
哪怕你走得再远。
——诺琳·奥莱利

比阿特丽斯·威廉姆斯翻到最后一页，写道：

在这遥远的最后，
在看不见的地方，
我签上我的名字，
只为开个玩笑。
——你的作家同行比阿特丽斯·威廉姆斯

“她说作家同行，”弗兰茜想，“她还是介意毕业剧本的事。”

弗兰茜终于离开了。在走廊上，她对茜茜说：“还有一个人，最后一个。”

“你的毕业时间最长。”茜茜友好地打趣道。

加德纳老师坐在她明亮的办公室里的办公桌旁。她独自一人，没人来告别。弗兰茜进来时，她急切地抬起了头。

“你来跟昔日的英语老师告别了。”她高兴地说。

“是的，老师。”

加德纳小姐不想就这样结束——她得有个老师样。“关于你的成绩，这学期你没交作业，我本不应该让你及格。但在最后一刻，我决定让你通过，这样你就可以和同学们一起毕业了。”她等着。弗兰西什么也没说。“嗯？你不打算谢谢我吗？”

“谢谢你，加德纳老师。”

“还记得我们那次谈话吗？”

“老师，我记得。”

“那你为什么这么固执，连作业都不交了呢？”

弗兰西不知如何回答，她没法跟加德纳老师解释。所以，她伸出手，说：“再见，加德纳老师。”

加德纳老师很惊讶。“那就再见吧，”她们握了握手。“将来你会明白我是对的，弗兰西。”弗兰西什么也没说。“不对吗？”加德纳老师尖锐地问。

“对，老师。”

弗兰西走出办公室。她不讨厌加德纳老师了，但也不喜欢她，只为她感到难过。在这个世界上，加德纳老师除了对自己正确性的坚信之外，什么都没有。

詹森先生站在学校门口的台阶上，他和孩子们一一握手，笑着说：“再见啦，孩子们，愿上帝保佑你。”他还特别对弗兰西说：“好好听话，好好努力，为母校争光。”弗兰西点点头，答应一定做到。

回家路上，茜茜小声对弗兰西说：“这样好不好，咱们别跟你妈妈说这花是谁送的。不然她又会想起过去的事，劳丽出生到现在，她才刚缓过来点。”她们决定说花是茜茜买的。弗兰西小心翼翼地把卡片取下来，放进了铅笔盒。

她们把花束的事告诉凯蒂，凯蒂说：“茜茜，你不该破费。”但弗兰西看得出，妈妈心里其实很高兴。

大家看着两张毕业证夸个不停，都说弗兰西的那张更好看，因为詹森先生的字写得特别好看。

“诺兰家的第一批毕业证！”凯蒂骄傲地说。

“希望这不是最后一批。”茜茜说。

“我家每个孩子都要拿到三张毕业证，”艾薇说，“小学、中学和大学。”

“二十五年后，”茜茜笑着说，“我们家会有这么高一摞毕业证。”她踮起脚，在六尺高的地方用手比画着。

最后，凯蒂拿起成绩单来看。尼利的品德和体育都得了“B”，其余科目都是“C”。凯蒂说：“儿子，成绩不错。”她跳过弗兰茜的“A”，盯着“C”看。

“弗兰茜！我很惊讶。这是怎么回事？”

“妈妈，我不想说这个。”

“而且这是英语，你一向最拿手的科目。”

弗兰茜再次开口，声音有点大：“妈妈，我不想说这个。”

“她的作文总是全校写得最好的。”凯蒂向姐妹们解释。

“妈妈！”弗兰茜几乎喊了起来。

“凯蒂！别说了！”茜茜厉声道。

“好吧。”凯蒂耸耸肩，意识到自己有点强势，很是不好意思。

艾薇赶紧换了个话题，“我们要不要去参加派对？”

“等我去把帽子戴上。”凯蒂说。

茜茜留在家里照顾劳丽，艾薇、凯蒂和两位毕业生去了谢夫利冰激凌店参加派对。店里都是庆祝毕业的孩子，他们手里拿着文凭，女孩们捧着花束。每桌都有家长。诺兰家在大厅后面找到了一张空桌子。

店里热闹极了，充斥着孩子们的欢声笑语，他们的父母全部面带笑容，服务生全都忙得团团转。有的孩子十三岁，有的孩子十五岁，但大多数都和弗兰茜一样大——十四岁。大多数男孩都是尼利的同学，他四处跟人打招呼，玩得特别开心。弗兰茜虽然不太认识那些女孩，但还是向大家挥手打招呼，就像老朋友一样。

弗兰茜特别自豪，因为她的妈妈看起来比别的妈妈年轻多了。别的妈妈头发都开始白了，而且很多都胖得屁股挤出椅子了。可她的妈妈身材苗条，看起来一点也不像快三十三岁的人。她皮肤光滑，头发乌黑卷曲。弗兰茜心想：“如果妈妈穿上白色连衣裙，手里抱一束玫瑰花，看起来跟十四岁的毕业生也差不多。只是，爸爸去世后，妈妈眉头的皱纹更深了。”

她们开始点餐。弗兰茜脑子里有一张清单，上面有冰激凌汽水的全部口味。她想按照清单逐一点下去，这样就能尝遍世界上的所有的冰激凌汽水了。她按照清单，选了菠萝味的。尼利选了他最爱的巧克力冰激凌汽水，凯蒂和艾薇选了普通的香草冰激凌。

艾薇根据对店里人的观察，编了几个小故事，逗得弗兰茜和尼利笑个不停。

弗兰茜时不时看妈妈一眼，妈妈没有笑，只是慢慢吃着冰激凌。弗兰茜注意到妈妈眉头的皱纹更深了，她知道妈妈有心事。

“我的孩子们，”凯蒂想，“他们十三四岁的时候，学到的东西就比我三十二岁的时候还多。但这远远不够。想想我在他们这个年纪多么无知啊。是的，就算我结了婚，有了孩子，也还是无知得很！我居然相信巫婆的咒语，相信接生婆跟我说的关于鱼市女人的鬼话。他们比我强得多。他们绝不会这么无知。”

“我只能供他们读完小学，再也不能为他们做更多了。我所有的打算……尼利，成为一名医生，弗兰茜上大学……都实现不了了。还有那个小宝宝……他们有足够的能力出去闯荡吗？我不知道。莎士比亚……《圣经》……他们会弹钢琴，但现在已经不练了。我教育他们，要干净、要诚实，不要接受施舍。但这够吗？”

“他们得学着讨好老板，学着和新同事搞好关系。他们得适应新生活。是好还是坏？他们如果整天忙工作，晚上就不能在家陪我了。尼利大概会和朋友们出去玩。弗兰茜呢？她大概会看书……泡图书馆……看演出……听免费讲座或音乐会。当然了，我得照顾小宝宝。小宝宝，她有一个好的开始。等她毕业的时候，哥哥姐姐没准能帮她完成中学学业。我得为劳丽做得更好，比哥哥姐姐更好。哥哥姐姐总是缺衣少食，虽然我竭尽全力，但还是远远不够。现在他们还小，就不得不出去工作。唉，要是今年秋天能让他们去上中学就好了！求求你了，上帝！我愿意用我二十年的寿命来换，我愿意没日没夜地干活。但我根本做不到，我得留在家里，不然谁照顾小宝宝呢。”

她的思绪被一阵歌声打断，歌声在店里回荡。有人唱起了一首反战流行歌曲，其他人也跟着唱了起来：

我生儿子，不是要他去当兵。
我把他养大，是想为他自豪，为他欢喜……

凯蒂继续思绪纷飞：“谁都帮不了我们。谁都帮不了。”麦克沙恩警官闪过她的脑海。劳丽出生时，他送了一个大果篮。她知道他将在九月从警局退休，准备竞选皇后区的议员。大家都说他肯定能当选。她听说他的妻子病得很重，可能看不到她丈夫当选了。

“他会再婚的，”凯蒂想，“当然。擅长社交的女人……可以帮他……政客的妻子，都有那种能耐。”她久久盯着自己粗糙的双手，然后把它们放到桌子下面，好像为它们感到羞愧。

弗兰茜注意到了妈妈的动作。“她在想麦克沙恩警官。”她猜。记得很久以前的那次郊游，麦克沙恩警官看着妈妈时，她立马就戴上了棉手套。“他喜欢妈妈，”弗兰茜想，“妈妈知不知道？她一定知道。她似乎什么都知道。我敢打赌，如果妈妈愿意，肯定可以嫁给他。但他别以为我会叫他爸爸。我的父亲已经死了，不管妈妈嫁给谁，他对我来说只是某某先生。”

歌马上就唱完了。

如果所有的母亲都说，
我的儿子不要当兵，
那么这个世界上，
就不会再有战争和死亡……

“……尼利，”凯蒂想，“十三岁。如果战争真的来了，他还不到入伍年龄，感谢上帝。”

艾薇姨妈正轻声哼着歌，编了一段搞笑的歌词：

谁敢在他肩膀上画胡子

“艾薇姨妈，你太坏了。”弗兰茜边说边和尼利笑得前仰后合。凯蒂从沉思中回过神来，抬头笑了笑。接着服务生递上账单，大家都安静了，全都看着凯蒂。

“希望她别傻到给小费。”艾薇想。

“妈妈知道应该给五美分小费吗？”尼利心里嘀咕，“希望她知道。”

“不管妈妈怎么做，”弗兰茜想，“都是对的。”

在冰激凌店，一般不给小费，只有特殊聚会，才会给五美分。凯蒂见账单是三十美分，她那旧钱包里只有一枚五十美分的硬币，她拿出硬币，放在账单上。服务生拿走了，然后拿来四个排成一排的五分硬币，等在一旁。凯蒂看着那四枚硬币。“能买四块面包。”她想。四双眼睛都盯着凯蒂的手。凯蒂的手一碰到钱，就毫不犹豫地把硬币推给了服务生。

“不用找了，”她大方地说。

弗兰茜差点跳起来欢呼。“妈妈真厉害。”她心里不停地说。服务生高兴地抓起硬币，匆匆离开了。

“两杯苏打水没了。”尼利叹了口气。

“凯蒂啊凯蒂，你太傻了！”艾薇抱怨道，“我敢说，这是你最后一点钱。”

“对，但这也可能是我们最后一次毕业派对。”

“明天麦加里蒂会给我们四美元薪水。”弗兰茜为妈妈辩解。

“他明天会解雇我们的。”尼利补充道。

“也就是说，在他俩找到工作之前，家里只有这四美元。”艾薇总结道。

“无所谓，”凯蒂说，“至少这一次，我想让我们体验一把百万富翁的感觉。如果二十美分就能让我们体验一下富有的感觉，那真是太值了。”

艾薇想起以前凯蒂容许弗兰茜把咖啡倒掉的情形，没再说什么。妹妹的不少举动都超出了她的理解范围。

派对快结束了。阿尔比·西德莫尔，一个有钱的杂货商的长腿儿子，走到他们桌旁。

“明天能和我一起去看电影吗，弗兰茜？”他一口气说完，“我请客。”他又急忙补充道。

（有家电影院周六午场给毕业生打折，只要他们带上毕业证，就可以花五美分买两张票。）

弗兰茜看了看妈妈。凯蒂点了点头表示同意。

“没问题，阿尔比。”弗兰茜爽快地答应了。

“明天见，下午两点。”阿尔比说完蹦蹦跳跳地跑开了。

“这是你的第一次约会哦，”艾薇说，“来，许个愿吧。”她伸出小拇指，轻轻弯了一下。弗兰茜也伸出自己的小拇指，和艾薇姨妈拉钩许愿。

“我希望能一直穿着白裙子，拿着红玫瑰，像今晚这样，随便花多少钱都行。”弗兰茜闭上眼，许下了心愿。

第四部

43

“你已经上手了，”领班对弗兰茜说，“用不了多久，你就能成为一名优秀的卷线工了。”领班走开了，弗兰茜开始靠自己干活。这是她第一天上班的第一小时。

弗兰茜按照领班教的，左手拿起一根一尺长、亮闪闪的铁丝。右手拿起一条窄窄的深绿色薄纸。她把纸的一头轻轻沾湿，然后，用双手的大拇指、食指和中指像卷轴机一样，把纸卷在铁丝上。卷好的铁丝放一边，就是一根花枝。

满脸痘痘的杂工马克每隔一会儿就会把花枝分给花瓣工，她们把纸质玫瑰花瓣粘在花枝上。另一个女孩会把花萼串在玫瑰下面，然后交给叶子工。叶子工从叶子堆上掰下一个分枝，三个深色的亮叶子连着短茎，并将其固定在花枝上，然后交给收尾工。收尾工会在花萼和花枝上缠一层厚一点、带纹路的绿纸。至此，花枝、花萼、玫瑰花瓣和叶子合在一起，看起来就像真的一样。

弗兰茜的背有点疼，肩膀也有点酸。她觉得自己至少卷了一千根花枝，肯定到午饭时间了。她转过头去看钟，却发现才干了一个钟头！

“看钟等下班啊。”一个女孩讥讽道。弗兰茜抬起头，有点吃惊，但什么也没说。

她找到了工作的节奏，活儿好像变简单了。第一步，她把卷好的铁丝放一边，拿起一根新铁丝和一条纸。第二步，把纸弄湿。第三、第四、第五、第六、第七、第八、第九、第十步，铁丝卷好了。很快，节奏变得自然，她不必再数数，也不必专心致志。她的背放松下来，肩膀也不酸了。脑子一闲下来，她开始想其他事。

“或许这就是一辈子，”她想，“每天忙忙碌碌，就为了挣点钱买吃的、付房租，勉强维生，然后继续干活。有些人好像生来就是过这种日子的。当然了，这些女孩里头，有的会嫁人，嫁给那些也过着同样日子的男人。她们能得到什么呢？无非就是在工作结束后、开始睡觉前，有人陪自己说说话。”但她知道，这种陪伴不会长久。她见过太多这样的夫妻，生孩子以后，账单像山一样堆起来，夫妻间除了吵架，几乎没话说。“这些人被困住了，”她想，“为什么呢？因为……”（想起了她外婆常挂在嘴边的话），“他们没受过什么教育。”一种恐惧感在弗兰茜心里蔓延。也许她永远也上不了中学了，也许她永远也不能接受更高的教育了，也许她的一生都要这样干活……干活……第一步，第二、第三、第四、第五、第六、第七、第八、第九、第十步。十一岁那年，在洛舍面包店看到那个脚上有伤的老人时，那种莫名的恐惧又涌上心头。在恐慌中，她加快了干活速度，这样就必须全神贯注地工作，没时间胡思乱想。

“新手干活很卖力嘛。”一个工人讽刺道。

“想在老板面前表现呗。”另一个工人挑剔地评论道。

不一会儿，加快速度干活也变成了本能，弗兰茜的思绪又自由了。她偷偷观察着长桌旁的十几个女工。这里边有波兰人，也有意大利人；最年轻的看起来十六岁，最老的三十岁，皮肤都挺黑的。不知为什么，她们都穿黑色连衣裙，好像没意识到黑色衣服和她们的肤色多不搭。弗兰茜是唯一一个穿格子布裙的人，她觉得自己像个傻乎乎的孩子。那些目光犀利的工人注意到她在偷瞄，以她们特有的方式给了她个教训。桌子尽头的女孩最先开口。“这张桌子上有人脸脏了，”她大声说，“不是我。”其他人一个接一个地重复着女孩的话。轮到弗兰茜时，她们停下手中的活，等着她。弗兰茜不知该怎么回答，就没有说话。“新来的女孩不说话，”领头的女孩总结道，“所以是她的脸脏了。”弗兰茜的脸红了，干活速度更快了，希望她们能见好就收。

“有人脖子脏了。”她们又开始了。“不是我，”女孩们一个接一个地说。轮到弗兰茜时，她也说：“不是我。”但这并没能让她们消停下来，反而更激发了她们的“斗志”。

“新来的说她脖子不脏。”

“她就是这么说的！”

“她怎么知道？她能看见自己的脖子吗？”

“如果脖子脏了，她会承认吗？”

“她们想让我做什么，”弗兰茜心里犯嘀咕，“她们是想激怒我，让我骂她们吗？她们是想让我放弃这份工作？还是想看我哭，就像很久以前那个拍打黑板擦的女孩那样？不管她们想要什么，我都不会如她们的愿！”她低下头，手指在铁丝上飞速移动。

这个无聊的游戏持续了整整一上午。只有那个杂工小伙儿马克进来时，游戏才会暂停。因为她们会暂时放过弗兰茜，转而去捉弄他。

“新来的女孩，小心马克，”她们警告她，“他因为强奸被逮捕过两回，因为拐卖妇女被逮捕过一次。”

考虑到马克明显的女性化特征，这些指控显得粗俗而讽刺。弗兰茜每每看到那个可怜的小伙儿被嘲笑得满脸通红，就会深感同情。

煎熬的上午，无聊的游戏仿佛永远不会结束。铃声突然响起，午餐时间到了。女工们放下手里的活，拿出午餐纸袋，撕开袋子当作桌布，拿出她们的洋葱三明治，开始吃饭。弗兰茜的手又热又黏，她想在吃饭之前洗洗手，于是问旁边的女工洗手间在哪里。

“我不会说英语。”那个女工用夸张的新手英语回答。

“听不懂。”另一个一上午都在用地道英语嘲笑她的女工说。

“洗手间是什么？”一个胖女工问。

“大概是洗手的地方吧。”一个自作聪明的女工说。

马克正在收纸盒。他站在门口，怀里全是纸盒，喉结上下动了两下，弗兰茜第一次听到他说话。

“耶稣就是因为你们这样的人才被钉死在十字架上的，”他大声说，“现在你们甚至不愿意告诉新来的女工厕所在哪里。”

弗兰茜一脸惊讶地盯着他。然后她实在没忍住，哈哈大笑起来——他的样子实在太滑稽了。马克吞了口唾沫，转身消失在走廊尽头。一切都变了。桌子周围的人窃窃私语着。

“她笑了！”

“嘿！新来的女工笑了！”

“真笑了！”

一个年轻的意大利女孩挽起弗兰茜的胳膊说：“来吧，新来的。我带你去洗手间。”

在洗手间，她帮弗兰茜拧开水龙头，从玻璃碗里拍了点洗手液出来，殷勤地等着弗兰茜洗手。弗兰茜洗完手，正准备用那条看起来从来没用过、白得像雪一样的毛巾擦手，这位向导赶紧把她拉开。

“别用那条毛巾，新来的。”

“为啥？看起来挺干净的。”

“危险。有人有淋病，你要是用了毛巾，会被传染的。”

“那怎么办？”弗兰茜甩了甩湿着的手。

“跟我们一样，用裙子擦。”

弗兰茜用裙子擦干手，看着那条危险的毛巾，心里有点害怕。

回到车间，她发现她们已经把她的纸袋压平铺好，拿出了妈妈给她准备的两个香肠三明治，上面还放着一颗漂亮的红番茄。女孩们笑着欢迎她回来。那个一上午都在带头笑话她的女孩，举起酒瓶喝了一大口威士忌，然后递给弗兰茜。

“喝点吧，新来的，”她命令道，“干吃三明治太噎人了。”弗兰茜往后退了退，赶紧摇头。“喝吧！里边装的是凉茶。”弗兰茜想到了洗手间的毛巾，坚决地摇了摇头。“啊！”女孩叫道，“我知道你为什么不用我的瓶子喝水。肯定是安娜斯塔西娅在厕所把你吓着了。别信她，新来的。那个故事是老板自己编的，为的就是不让我们用那条毛巾。这样他每周能省下几美元的清洗费。”

“真的吗？”安娜斯塔西娅说，“我没见你们谁用过那条毛巾。”

“见鬼，我们午饭只有半小时。谁愿意浪费时间去洗手？喝吧，新来的。”弗兰茜拿起瓶子喝了一大口。凉茶味道很浓，让人精神一振。她谢过那个女孩，然后想谢谢那个送番茄的人。但女工们都说不是自己给的。

“你在说什么？”

“什么番茄？”

“番茄？没看见。”

“新来的带了番茄当午餐，自己都忘了。”

她们就这么逗她，但现在这种逗弄是温暖友好的。弗兰茜享受了午餐时光，终于明白了女工们想要什么。她们只想要她笑一笑——这么简单的事情，却这么大费周章。

那天下午过得很轻松。女孩们提醒她别太卖力——这是季节性的活儿，等秋天订单一完成，大家都得卷铺盖走人。订单完成得越快，她们被炒鱿鱼就越早。弗兰茜很开心这些经验丰富的老工友把她当自己人，于是她不紧不慢地跟着大家的节奏干活。她们整个下午都在讲笑话，弗兰茜也跟着笑，不管是真好笑，还是只是俗气的段子。当她和其他人一起捉弄马克那个倒霉蛋时，她的良心只是稍微有点不安。马克不知道，只要他笑一下，他在车间里的麻烦就会减少。

星期六中午刚过，弗兰茜站在百老汇电车轨道的弗拉兴大道站等着尼利。她手里攥着一个信封，里面有五美元——她第一周的工资。尼利也会带五美元回家。他们约好一起回家，把这笔钱交给妈妈，搞个小仪式。

尼利在纽约市中心的一家经纪公司打杂。工作是茜茜的约翰通过一个在那儿工作的朋友帮他找的。弗兰茜很羡慕尼利。他每天要穿过壮观的威廉斯堡大桥，进入那个陌生的大城市，而弗兰茜则是步行去布鲁克林北边干活。尼利的午餐是在餐馆解决。其实，他和弗兰茜一样，第一天也带了午饭，但其他小伙子嘲笑他，叫他布鲁克林来的土包子。从那以后，妈妈每天给他十五美分买午饭。他告诉弗兰茜，他在自动餐馆吃饭，往投币口里塞一个五分硬币，咖啡和奶油就会一起流出来——不多不少，正好一杯。弗兰茜希望自己也能过桥去上班，在自动餐馆吃饭，而不是从家里带三明治。

尼利跑下电车轨道的台阶，胳膊下夹着一个扁平的包裹。弗兰茜注意到他下台阶时，脚是斜着放的，整个脚掌都踩在台阶上，而不是只有脚跟部分，这样走得更稳。爸爸以前就是这么下楼梯的。尼利不肯告诉弗兰茜包裹里是什么，说那样会破坏惊喜。他们进了一家即将关门的社区银行，请求出纳员把旧钞票换成新钞票。

“你们要新钞票干什么？”出纳员问。

“这是我们第一次领工资，我们想带新钞票回家。”弗兰茜解释道。

“第一次领工资？”出纳员问。“这让我想起了以前的事，真的让我想起了以前的事，我第一次拿到工资带回家的情形。当时我还小……在长岛曼哈塞特的一个农场干活。嗯，先生……”他滔滔不绝地讲起了自己的经历，排队的人开始不耐烦地踮脚。他最后说：“当我把第一份工资交给我妈妈的时候，眼泪在她的眼睛里打转。真的，先生，眼泪在她的眼睛里打转。”

他把一沓新钞票上的包装纸撕下来，换了他们的旧钞票，然后说：“这是给你们的礼物。”他从现金抽屉里拿出两枚新铸造出来的、闪闪发着金光的一美分硬币，递给姐弟俩，“这是1916年新铸的，”他解释说，“是咱们这一带的第一批。别把它们花了，一定保管好。”他从口袋里拿出两枚旧铜币放进抽屉，补上差价。弗兰茜向他道了谢。姐弟俩离开的时候，她听到排在后面的一个男人靠在柜台上说：

“我记得我第一次把工资带回家给我妈妈……”

姐弟俩走出去时，弗兰茜好奇地想，是不是队伍里的每个人都会讲一讲自己第一次领工资的故事。“每个上班的人，”弗兰茜说，“都有一个共同点：忘不了自己第一次把工资带回家的情形。”

“没错！”尼利说。

姐弟俩转过一个街角的时候，弗兰茜若有所思道：“‘眼泪在她的眼睛里打转。’”她以前从没听过这种说法，这让她很好奇。

“怎么会呢？”尼利疑惑道，“眼泪又没有腿，怎么打转。”

“他不是那个意思。他的意思是，就像人们说，“我整天都在床上打转。”

“但是‘打转’这个词不是这么用的。”

“就是这么用的，”弗兰茜反驳道，“在布鲁克林，‘打转’就像是‘停留’的过去式。”

“可能吧，”尼利认输了，“咱们走曼哈顿大道，别走格雷厄姆大道了。”“尼利，我有个主意。咱们做个存钱罐，不告诉妈妈，把它钉在你的衣柜里。我们先把这些新硬币放进去，妈妈要是给咱们零花钱，咱们每人每周放十美分进去。等到了圣诞节，咱们用里边的钱给妈妈和劳丽买礼物。”

“也给我们自己买。”尼利补充道。

“对。我给你买一个，你也给我买一个。到时候我把我想要的东西告诉你。”

姐弟俩达成一致。

他们快步向前走，超过了从垃圾回收站出来闲逛的孩子们。经过斯科尔斯街时，姐弟俩看向卡尼回收站的方向，注意到查理便利店外的人群。

“小屁孩。”尼利轻蔑地说，把口袋里的硬币晃得叮当作响。

“你还记得吗，尼利，咱们以前也经常一起卖废品？”

“那都是老黄历了。”

“确实。”弗兰茜点点头。实际上，距他们上一次拖着废品去卡尼那儿才过去两个星期。

尼利递给妈妈一个扁平的包裹，说：“这是给你和弗兰茜的。”妈妈打开一看，里面是一袋一磅重的洛夫特花生脆糖。“而且，这可不是用工资买的。”尼利神秘地解释道。他们让妈妈先回卧室待一会儿，把十张崭新的钞票摆在桌子上，然后叫妈妈出来。

“给你的，妈妈。”弗兰茜一挥手说。

“天哪！”妈妈惊叹道，“我真不敢相信。”

“还有呢，”尼利说完，从口袋里掏出八十美分的零钱放在桌子上，“这是别人给我的小费，攒了一个礼拜。本来能攒更多的，但我拿去买糖果了。”

妈妈把零钱推回给尼利，“你挣的小费，自己留着花。”她说。

跟爸爸一个待遇，弗兰茜心想。

“哇！那我就分给弗兰茜二十美分。”

“不用了。”妈妈从裂开的杯子里拿出一枚五十美分的硬币，递给弗兰茜，“这是你的零花钱。每周五十美分。”弗兰茜很高兴。她没想到会有这么多零用钱。孩子们对妈妈的感激之情溢于言表。

凯蒂看了看糖果，看了看新钞票，又看了看她的两个孩子。她咬了咬嘴唇，突然转身走进卧室，关上了门。

“她是不是生气了？”尼利小声问。

“没有，”弗兰茜说，“她没生气。她只是不想让我们看见她流泪。”

“你怎么知道她会哭？”

“因为，我看到眼泪在她眼里打转。”

44

弗兰茜才上了两周班，就面临失业危机。老板说只是暂时停工几天。女孩们互相使了个眼色，安娜斯塔西娅悄悄告诉弗兰茜：“几天？说不定得等上半年呢。”

她们打算去格林点的一家工厂，那里正忙着做冬天的订单，生产圣诞红花和仿真冬青花环。等那儿的订单完工，她们就再找下一家。她们就像布鲁克林的候鸟一样，随着季节的变化，四处打零工。

她们叫弗兰茜一起去，但弗兰茜想试试别的工作。她觉得，既然都要工作，不如多换换工种，这样就能说自己什么都干过了。

凯蒂在《世界报》上看到一则广告，招文件管理员，新手也行，只要年满十六、信奉国教。弗兰茜花一美分买了信纸和信封，一丝不苟地写了一封申请信，寄到了广告上的地址。虽然她才十四岁，但她和妈妈都觉得，她装成十六岁没问题，所以她在信里说自己十六岁了。

两天后，弗兰茜收到了纽约运河街模范新闻剪报局的回信，邀请她去面试。信头很有创意，一把剪刀放在一沓报纸上，旁边是一罐胶水。

茜茜陪弗兰茜去买衣服，帮她挑了一条成熟的连衣裙和人生第一双高跟鞋。她试穿新衣服时，妈妈和茜茜都说她看起来像十六岁，就是头发不太行。

“妈妈，让我剪个短发吧。”弗兰茜央求道。

“这头发你留了十四年了，”妈妈说，“我不会让你剪的。”

“哎呀，妈妈，你太老土了。”

“你干吗要剪成假小子那样？”

“那样好打理啊。”

“打理头发是女人的享受。”

“可是现在的女孩都剪短发。”茜茜也帮腔。

“那她们就是笨蛋，女人的神秘感就体现在头发上。白天，把头发扎起来；晚上和男人在一起时，发卡一摘，头发就散下来，像件闪亮的斗篷。这样的女人在男人眼里显得特别神秘。”

“晚上关了灯，所有猫都是灰色的。”茜茜调皮地说。

“别打岔。”凯蒂严厉地说。

“我要是剪了短发，看起来就像艾琳·卡斯尔了。”弗兰茜坚持说。

“犹太姑娘结婚时为啥会被要求剪头发呢？因为这样一来，其他男人就不会再看她们了。修女剪头发是为了证明她们跟男人一刀两断。一个小姑娘，又没结婚，为啥要剪短头发呢？”弗兰茜正想回答，妈妈却说：“别争了。”

“行吧，”弗兰茜说，“不过等我到了十八岁，就自己做主。到时候你就知道了。”

“到了十八岁，你就是把头发全剃光我也不管。但在那之前……”她把弗兰茜两条沉甸甸的辫子盘在头上，摘下她自己的发卡固定住。“好了！”她退后几步，打量着女儿，“看起来就像一顶闪亮的皇冠。”她夸张地说。

“这样看起来确实有十八岁了。”茜茜说。

弗兰茜照了照镜子。妈妈给她弄的头发让她看起来成熟了不少，她心里很受用，但嘴上却不认输。

“我这辈子都得顶着这么一大堆头发，真头疼。”她嘟囔着。

“你要是这辈子就为这点事头疼，那可真是撞大运了。”凯蒂说。

第二天早上，尼利陪着姐姐去了纽约。电车一离开马西大道站，上了威廉斯堡大桥，弗兰茜就发现车厢里好多人好像约好了似的，都站起来，然后又坐下。

“他们这是在干什么，尼利？”

“刚上桥那儿有家银行有个大钟，大家站起来看时间，这样就能知道自己是否会迟到了。我猜，每天得有一百万人看那个钟。”尼利说。

弗兰茜本来挺期待第一次过桥的。但过桥的感觉，并没有第一次穿成人衣服那么让她兴奋。

面试很快结束了，她被录取了。工作时间是上午九点到下午五点半，中午休息半小时，起薪每周七美元。老板先带她参观了剪报局。

十来个读报工坐在一张斜面长桌前，阅读来自全国各地的报纸。每天、每小时报纸从联邦各个城市的各个州送到这里。女孩们把要找的东西标出来，装箱，在首页上写上总数和她们的编号。

报纸做好标记后，就被送到印刷师傅那里。印刷师傅手里拿着一台手摇印刷机，上面有可以调日期的装置，还有好多排铅字。印刷师傅调好日期，把报纸名、城市名和州名的铅字放进去排好，再根据标好的数量，印出字条。

然后，这些字条和报纸就被送到了裁剪师傅那里。裁剪师傅站在一个大斜面的台子前，用一把很锋利的弯刀，把标记过的部分切下来（虽然报社信纸的抬头有剪刀图案，但这里却没有剪刀）。裁剪师傅一边切，一边把没用的纸扔到地上，每过十五分钟，切下来的报纸就能堆到齐腰高。有个工人会把这些废纸收走，打包好。

切下来的内容和字条交给贴工，贴工把剪下来的报纸贴在字条上。然后有人负责将这些字条归档、收好、装进信封、寄出去。

弗兰茜很快就学会了怎么归档。只用两个星期，她就记住了档案盒上的两千来个标签。之后，她开始做实习阅读员。接下来的两个星期，她只做一件事，专心研究比档案盒标签更详细的客户卡片。她通过了一次非正式考试，证明自己记住了全部订单信息，就被分配去读俄克拉荷马州的报纸了。老板会在报纸送去裁剪前检查她的工作，指出她的错误。当她做得足够好，不再需要老板检查的时候，又增加了宾夕法尼亚州的报纸。不久之后，她又被分配了纽约州的报纸，现在她要负责读三个州的报纸了。到了八月底，她读的报纸数量和标记的内容超过了局里的所有阅读员。她刚入职，迫切想得到认可，她有一双看得很清楚的眼睛（她是唯一不戴眼镜的阅读员），而且很快就练出了一种像照相机一样的视觉记忆。一篇文章，她只要扫过一眼，立刻就知道是否需要标记。她每天要读一百八十份到两百份报纸，排名第二的阅读员平均每天只能读一百份到一百一十份报纸。

是的，弗兰茜是局里读报读得最快的人，也是工资最低的。虽然她开始读报后，工资提高到了每周十美元，但亚军每周能拿到二十五美元，其他阅读员能拿到二十美元。因为弗兰茜从没和其他女孩亲近到能被她们信任的程度，所以她并不知道自己的薪水有多低。

虽然弗兰茜爱看报纸，也为自己每周能挣十美元感到骄傲，但她心里其实挺不是滋味的。她曾经对去纽约工作充满期待。她觉得，图书馆里一个小小的棕色碗里的一朵小花都能让她兴奋不已，那么纽约这座大城市肯定能让她激动万分。可是，现实却让她失望了。

最先让她失望的是那座大桥。从她家屋顶上望去，她以为过桥会让她感觉自己像是个轻盈的仙女在空中飘舞。因为过桥的感觉和在布鲁克林的街道上坐车没什么两样，就连大桥的人行道和车行道都跟百老汇的街道一样，铁轨也没什么两样。电车过桥的时候，也没什么特别的感觉。纽约也让她失望了，除了楼更高，人更多，和布鲁克林没什么区别。她开始怀疑，以后遇到的新鲜事会不会都让她失望。

她经常盯着美国地图看，想象着自己穿越平原、山川、沙漠和河流。那感觉一定很棒！但现在，她担心自己会对这些失望。她想，如果她真要穿越这个伟大的国家，可能得早上七点出发，一路向西。她会一步步走，努力前进，但当她向西走的时候，她可能会专注于自己的脚步，想着自己的每一步都是从布鲁克林开始的，以至于她可能根本不会注意她遇到的山川、河流、平原和沙漠。她会注意到一些很奇怪的东西，因为它们和布鲁克林不一样，或者让她想起了布鲁克林。“我想，世界上可能没有什么新鲜事，”弗兰茜失落地想，“如果有什么新鲜事，那也一定在布鲁克林。我已经习以为常了，就算遇到，也不会注意到。”她就像亚历山大大帝一样，因为确信没有新世界可以征服而怅然若失。

她已经习惯了纽约人那种争分夺秒的上下班节奏。每天到办公室都像是一场紧张的赛跑。如果她能在九点前一分钟赶到，就能松一口气；要是迟到了，哪怕只是一分钟，她都担心得要命，因为她可能会成为老板心情不好时的出气筒。所以，她学会了争分夺秒。电车还没停稳，她就已经挤到门口，只等车门一开就第一个冲出去。下了车，她就像小鹿一样飞奔，穿梭在人群中，第一个冲上通往街道的台阶。去办公室的路上，她总是贴着墙根走，这样能节约转弯时间。她还会斜穿马路，就为了省下上下人行道的时间。进了大楼，哪怕电梯操作员喊“满了”，她也会硬挤进去。所有这些动作，都是为了能在九点前赶到，而不是迟到！

有一次，她提前十分钟出门。实际上根本没必要那么赶，但她还是照样挤出电车，飞奔上台阶，快速穿过街道，挤进满员的电梯。结果，她提前十五分钟到岗。大厅空无一人，她感到孤单又失落。当其他同事在九点前几秒冲进来时，弗兰茜觉得自己像个叛徒。第二天早上，她又多睡了十分钟，恢复了原来的上岗时间。

她是办公室里唯一一个布鲁克林女孩。其他人分别来自曼哈顿、霍博肯、布朗克斯，还有一个来自新泽西州的贝永。办公室里年纪最大的两位阅读员是姐妹俩，来自俄亥俄州。弗兰茜来办公室的第一天，两姐妹中的一位对她说："你有布鲁克林口音。"这话听起来像是指责，于是，弗兰茜对自己的发音变得很不自信。她开始小心翼翼地咬字，生怕自己会把"girl"说成"goil"，把"appointment"说成"apperntment"。

在这里，她只能和两个人自然地聊天。一个是老板，他毕业于哈佛大学，虽然说话时总是把"a"音拖得很长，但他说话通俗易懂，也不会像阅读员那样堆砌辞藻。另一个人是阿姆斯特朗小姐，她是员工中唯一一位大学生。

阿姆斯特朗小姐是这里的特别阅读员，她的办公桌是单独的，在最好的位置，北边和东边有窗户，光线好得不得了，特别适合阅读。她只读那些大城市的报纸，比如芝加哥、波士顿、费城和纽约。每次纽约的报纸一印出来，就有专人给她送过来。她读完报纸后，不用像其他阅读员那样去帮助那些进步慢的人，而是可以织毛衣或修指甲，等着下一批报纸送来。她的工资也是最高的，每周能赚三十美元。阿姆斯特朗小姐人很好，对弗兰茜特别关心，怕她一个人孤单，总是找时间跟她聊天。

有一次，弗兰茜在洗手间无意中听到有人说阿姆斯特朗小姐是老板的情人。弗兰茜听说过个词，但从没见过这样的人。她开始仔细打量阿姆斯特朗小姐，想看看她有什么特别之处。她发现阿姆斯特朗小姐长得并不漂亮，脸有点像猴子，嘴巴宽，鼻孔扁，身材也很普通。但是，弗兰茜注意到她的腿，又长又细，线条很美。她穿着最薄的丝袜，脚上是很贵的高跟鞋，衬得脚型特别好看。弗兰茜想："也许美腿就是成为老板情妇的秘诀。"她低头看着自己麻秆儿一样的腿，叹了口气，觉得自己可能永远也做不了情妇。

在这里的裁剪工、印刷工、贴工、打包工和送货工，虽然受教育程度不高，但是很聪明，他们聚在一起自称“俱乐部”，搞帮派对立，觉得那些受过更好教育的阅读员看不起他们。为了报复，他们总是想办法挑拨阅读员之间的关系。

弗兰茜的处境有点尴尬。从家庭背景和受教育程度来看，她应该归属于“俱乐部”，但从能力和智力来看，她又归属于阅读员。“俱乐部”的人很机敏，他们感觉到了弗兰茜的这种矛盾，想利用她当传声筒，来传播谣言，制造矛盾。但是弗兰茜和阅读员的关系并不好，不会跟她们分享八卦，所以那些谣言也就到弗兰茜这里为止了。

有一天，裁剪师傅跟弗兰茜说，阿姆斯特朗小姐九月就要离职了，弗兰茜可能会被提拔为城市阅读员。弗兰茜一开始还以为这是谁编的谎话，想挑拨阅读员之间的关系，因为大家都盼着阿姆斯特朗小姐离职后，自己能顶上那个位置。她觉得这事儿太离谱了，自己才十四岁，小学刚毕业，怎么可能去接替一个三十岁、大学毕业的阿姆斯特朗小姐的工作呢。

眼看就到八月底了，弗兰茜心里有点慌，因为她妈妈一直没提让她上中学的事。她太想上学了。这些年，她从妈妈、外婆还有姨妈那儿听到的关于大学的事儿，让她渴望继续深造，也让她觉得自己的学历有点拿不出手。她怀念那些在她签名簿上留言的女同学，想回到她们身边。她们也都是普通人家的孩子，也没比她强多少。她觉得自己应该和她们一起求学，而不是和这些成年女性抢工作。

她不喜欢在纽约工作。每天挤来挤去的人群让她心里发毛。她觉得自己还没准备好，就被推进了生活的旋涡里。在纽约工作，她最怕的就是人挤得满满的地铁。

有一次在地铁上，她抓着吊环，被挤得动弹不得，连胳膊都放不下来。她感觉到有只手在摸她，她怎么扭怎么挣都甩不掉那只手。车一晃，那只手就抓得更紧。她想回头看看是谁，但根本转不过身。她只能站在那儿，无助又绝望地忍受着这种侮辱。她本可以大声呼救，但她太害羞了，不敢让人注意到她的困境。

直到人少了，她才好不容易挪到车厢另一边，那感觉好像过了一辈子。打那以后，挤地铁就成了她的噩梦。

有个周末，她和妈妈带着妹妹劳里去看外婆，弗兰茜就把地铁上的事儿告诉了茜茜姨妈，原以为她能安慰自己一下。可茜茜姨妈却把这事儿当成了一个笑谈。

“也就是说，有男人在地铁上摸了你一下，”她说，“这有什么好苦恼的。这说明你长得好看，有些男人就是控制不住对美女的喜欢。哎呀！我肯定是老了！已经好几年没人在地铁上碰我了。以前我挤在人堆里，回家之后总是这儿青一块那儿紫一块的。”

“这有什么好炫耀的？”凯蒂问。

茜茜没搭理她。“总有一天，弗兰茜，”她说，“等你四十五岁了，身材像打了结的麻袋一样，你会想念那些被摸的日子。”

“如果她真想念，”凯蒂说，“那也是因为你把这种想法塞进了她的脑袋，而不是因为那是什么值得回忆的好事。”她转向弗兰茜：“至于你，学着在地铁上不抓扶手站着。把手放下来，口袋里放根长针。要是感觉有人把手放在你身上，就用针狠狠地扎他。”

弗兰茜照妈妈说的做了。她学会了不抓扶手也能站得稳。她的手紧紧握着口袋里的长针，希望有人再碰她一下。然后她就能狠狠地扎他了。“茜茜说身材好才有男人摸，但我不喜欢有人在背后偷偷摸我。等我四十五岁的时候，我当然希望回忆起的是比这更美好的事。茜茜应该感到羞愧……我这是怎么了？茜茜对我多好啊，我却站在这里批判她。我的工作这么有趣，我本该感到幸运，但却感到不满意。想想看，我原本就喜欢读书，现在居然有人花钱让我读书。大家都觉得纽约是世界上最棒的城市，我却对纽约喜欢不起来。我好像是全世界最不知足的人。哦，我真希望能回到童年，那时候一切都那么美好！”

就在劳动节前一天，老板把弗兰茜叫进他的私人办公室，告诉她阿姆斯特朗小姐要辞职结婚了。他清了清嗓子，补充说，实际上，阿姆斯特朗小姐要嫁给他。

弗兰茜对情妇的看法破灭了。她一直以为男人永远不会娶情妇——只会像扔旧手套一样把她们丢掉。所以阿姆斯特朗小姐即将成为老板名正言顺的妻子，根本不是什么旧手套。好吧！

老板说：“咱们得找个新人来干她的活儿。那个，阿姆斯特朗小姐推荐了你，诺兰小姐。”

弗兰茜心里一惊，心想：“我？都市报阅读员？这可是大家梦寐以求的工作啊！”她之前一直以为那些谣言全是捏造的，现在看来，有些是真的。

老板打算每周给她十五美元的工资，他觉得付一半工资就能搞定一个像自己未婚妻一样优秀的人。他想，那个年轻女孩应该会很高兴——像她这样的小女孩……每周能挣十五美元。她说她已经十六岁了，但看起来也就十三岁。不过，只要她能干好，年龄就不是问题。法律也不能因为他雇用未成年人而找他麻烦，他可以说是她骗了他，隐瞒了真实年龄。

老板和蔼地说：“除了工资，还有点额外的奖金。”弗兰茜开心地笑了，老板有点后悔，心想：“我是不是多此一举了？”然后赶紧补充说：“看你工作表现，会有一点小奖金。”

弗兰茜犹豫地说：“我不知道……”

老板断定：“等她真到了十六岁，肯定会要求大幅涨薪。”为了遏止她的念头，老板说：“我们每周给你十五美元，从……”他犹豫了一下，不想表现得太大方，“从十月一号开始。”他靠在椅子上，觉得自己很仁慈。

弗兰茜说：“我的意思是，我不打算在这里干太久。”

老板心想：“她在跟我要更多工资。”他大声问：“为什么？”

弗兰茜说：“我想在劳动节后回去上学。我本打算计划确定后给您说的。”老板问：“大学？”

弗兰茜说：“中学。”

老板心想：“那我得让平斯基来顶这个岗了，她现在每周薪水二十五美元，她会要价三十美元，这不跟原先一样？这个诺兰比平斯基强多了。该死的艾尔玛！她怎么想的，说女人结婚后不应该工作？她完全可以继续……给家里省点钱……攒钱买房。”他对弗兰茜说：“哦！真遗憾。不是我对高等教育有偏见，但我认为读报纸是一种非常好的教育方式，一种生动的、不断发展的当代教育方式。在学校……只不过是读书，读死书。”他轻蔑地说。

弗兰茜说：“我……我得和我妈妈商量一下。”

“没问题。告诉她你的老板对教育的看法。再告诉她，就说我说的，”

他闭上眼，好像下了很大的决心，“从十一月一号开始，我每周给你二十美元。”他故意推后了一个月。

“真是一笔可观的收入”她真心实意地说。

“我们坚信，给员工好的待遇，才能让他们安心工作。还有……那个……诺兰小姐，不要向其他人透露你的薪资，因为你的工资是最高的，”他撒谎说，“如果别人知道了……”他摊开双手，做了一个无能为力的手势：“你懂的吧？别在洗手间闲聊。”

弗兰茜请老板放心，她保证，绝不在洗手间说闲话。老板开始签字，表示面试结束了。

“就这样，诺兰小姐。请最晚在劳动节后的第二天给我答复。”

“好的，先生。”

每周二十美元！弗兰茜惊呆了。两个月前，每周赚五美元都能让她心花怒放。威利姨夫四十岁了，每周才赚十八美元；茜茜的约翰特别聪明，每周也只赚二十二美元零五毛。街坊家的男人，每周能赚二十美元的都少之又少，况且他们还拖家带口的。

“有了这笔工资，我们就能高枕无忧了，”弗兰茜想，“我们可以找个地方，租套三居室的公寓，妈妈就不用出去干活了，劳丽也不用被一个人留在家里了。我想，这样一来，我就成家里的顶梁柱了。”

“但我还是想上学！”

她回想起受教育的重要性，都是家人灌输给她的。

外婆：受教育能让你出人头地。

艾薇：我的三个孩子每人都会拿到三张毕业证。

茜茜：等妈妈百年之后——上帝，我没有要咒她老人家的意思——宝宝大到可以上幼儿园时，我就出去干活。我会把我的工资存起来，等小茜茜长大了，送她去最好的大学。

妈妈：我不想让我的孩子和我一样辛苦一辈子，上大学能让他们过上轻松、宽裕的生活。

“不过，这确实是一份好工作，”弗兰茜想，“我的意思是，最起码现在很好。只是，干的时间长了，难免损伤眼睛，所有年长的阅读员都得戴眼镜。阿姆斯特朗小姐说，一个阅读员只要眼睛没问题，就不会失业。其他阅读员刚上岗时也跟我一样眼明手快。但现在，他们的眼睛……我必须保护好我的眼睛……下班以后，绝不看书。”

如果妈妈知道我每周能挣二十美元，可能就不会让我回去上学了，我不怪她。家里穷了这么久。妈妈向来公正，但这些钱可能会让她从其他角度分析问题，不过，这不是她的错。在她决定我能否继续读书之前，我先不告诉她加薪的事。

弗兰茜和妈妈说起了上学的事，妈妈说要跟她好好谈谈。当天吃完晚饭，他们就聊起了这件事。

喝完晚饭后的咖啡，凯蒂宣布（其实没必要，因为大家都知道）下周就要开学了。“我希望你们俩都去读中学，但现在看来，今年秋天，你们俩只有一个能返校。我会尽我所能把你们的工资存起来，这样明年你俩就都能去上学了。”她等待着，等了很久。两个孩子都没有吭声。“嗯？你们不想上学吗？”

弗兰茜僵住了。妈妈拥有决定权，她希望自己的话能给妈妈留下一个好印象：“不是的，妈妈。我想回学校上学，这是我这辈子最大的心愿。”

“我不想上学，”尼利说，“别逼我回学校，妈妈。我喜欢工作，而且明年初我的工资会涨两美元。”

“你不想当医生吗？”

“不。我想做一名经纪人，像我的老板们一样赚很多钱。我要进股市掘金，总有一天我会赚到一百万美元。”

“我的儿子会成为一名伟大的医生。”

“你怎么知道？没准我会像莫杰街上的胡勒医生那样，在地下室给人看病，身上总是穿着脏衬衫。反正，我已经考虑好了，我不要回学校。”

“尼利不想回学校读书，”凯蒂用央求的口吻对弗兰茜说：“你知道那意味着什么吗，弗兰茜？”弗兰茜咬了咬嘴唇，眼泪解决不了问题，她必须保持冷静，保持头脑清醒。“这意味着，”妈妈说，“尼利必须回去上学。”

“我不去！”尼利喊道，“不管你说什么，我都不会回去上学！我喜欢工作赚钱，我想这么过！我现在和那帮兄弟在一起，多少算个人物。要是回去上学，我就又成小屁孩了。再说，你需要我去赚钱，妈妈，我们不能再穷回去了。”

“你回学校读书，”凯蒂平静地宣布，“弗兰茜的薪水够我们生活。”

“他不想上学，你非逼着他去，”弗兰茜喊道，“我想上学，你又偏不让我去，为什么？”

“就是。”尼利很赞同。

“我要是不逼他，他永远都不会再去上学了。”妈妈叹了口气，“但你，弗兰茜，你会想各种办法回去上学的。”

“你怎么这么肯定呢？”弗兰茜不服气地说，“我明年就太大了，上不了学了。尼利才十三岁，他明年上也不晚。”

“瞎说。你明年秋天才十五岁。”

“十七岁，”弗兰茜纠正道，“快十八了，太大了，没法回学校了。”

“这是什么傻话？”

“这不是傻话。我是装成十六岁去上班的！明年我虽然才十五岁，但按我的言行举止，会比实际年龄大两岁。就是年纪太大了，做不成学生了。”

“尼利下周就去上学，”凯蒂十分坚决，“弗兰茜明年也会上学的。”

“我讨厌你们俩，”尼利大叫，“要是你们逼我去上学，我就离家出走。我没吓唬你们，我一定会！”他砰的一声摔门而去。

凯蒂的脸上满是痛苦，弗兰茜看着心里也不好受。“别担心，妈妈。他不会离家出走的，他就是那么一说。”凯蒂脸上立刻露出了轻松的表情，这让弗兰茜有点生气。“要是我想离家出走，才不会说那么多。等你们不需要我挣钱了，我就走。”

“我的孩子们这是怎么了？他们以前明明那么懂事。”凯蒂痛苦地问。“都是时间的错。”凯蒂一脸疑惑。弗兰茜解释说：“我们没拿到工作证，却在工作。”

“那东西很难办。就算是办洗礼证书，神父都要收一美元，更何况，我还得带你去市政厅办。那时我每隔两小时就得喂劳丽一次，根本去不了。大家都觉得，让你俩谎称年满十六，更省事，也更简单。”

“这都没问题。但既然让我们谎称十六，我们就得表现得像十六，而你又把我们当十三岁的孩子对待。”

“真希望你们的父亲还在。他能理解你们，而我理解不了。”凯蒂说。弗兰茜心痛万分，痛苦过后，她告诉母亲，她的工资将在十一月一号翻倍。

“二十美元！”凯蒂惊讶地张大了嘴。“哦，我的天哪！”她对任何令她惊讶的事情都是这个反应。“你什么时候知道的？”

“周六。”

“你到现在才告诉我。”

“嗯。”

“你担心我知道了，会让你继续上班。”

“是。”

“虽然记不清是什么时候说的，但我的确说过得让尼利回去上学。你知道的，我只是觉得这么做是对的，跟挣钱多少无关。”她带着恳求的语气说。

“不，我不知道。我只知道你偏心尼利，什么都给他安排好了，却让我自己想办法。总有一天，我会跟你耍心眼的，妈妈。我会做我觉得对的事，哪怕在你眼里不是对的。”

“我不担心这个，因为我信得过我的女儿。”凯蒂说话时，语气里带着一种朴素的骄傲，这让弗兰茜有点自惭形秽。“我也信得过我的儿子，他现在发脾气，是因为我逼他做他不想做的事。但他会想通的，会在学校好好学习的。尼利是个好孩子。”

“没错，他是个好孩子，”弗兰茜说，“但就算他不好，你也不会发现的。但换成是我……”她抽泣着，声音沙哑。

凯蒂深深叹了口气，但什么也没说。她站起来开始收拾桌子。她的手伸向杯子时，弗兰茜第一次看到妈妈手抖。她的手抖得厉害，连杯子都拿不稳。弗兰茜把杯子递到妈妈手里，看见杯子上有个很大的裂缝。

“我们家以前就像一个结实的杯子，”弗兰茜心想，“完好无损，能装很多东西。爸爸去世时，出现了第一条裂缝；今晚的争吵又添了一道。裂缝会越来越多，杯子用不了多久就会碎掉，我们都会碎成片。我不想这样，可我却在故意弄出一道深深的裂缝。”她那尖锐的叹息，跟凯蒂一模一样。

凯蒂走到摇篮边，小宝宝虽然听到了争吵，但还是安静地睡着。弗兰茜看着妈妈用她那还在颤抖的双手，把熟睡的小宝宝从摇篮里抱出来，坐在窗边的摇椅上，紧紧抱着小宝宝，轻轻地摇着。

弗兰茜心生怜悯，甚至有点迷茫，心想："我不该对她这么刻薄，除了辛苦和烦恼，她还有什么？现在她只能靠小宝宝来安慰自己。也许她在想，现在她这么疼爱劳丽，劳丽也这么依赖她，劳丽长大后会不会也像我这样跟她对着干？"

她笨拙地把手放在妈妈的脸颊上。"没事的，妈妈。我不是故意的。你是对的，我听你的。尼利得去上学，我跟你一起劝他，保证他完成学业。"

凯蒂把手放在弗兰茜的手上。"这才是我的好孩子。"她说。

"妈妈，我刚跟你吵架了，你别生我的气。是你告诉我，自己认为对的事，要努力争取，我……我认为我是对的。"

"我知道，你能为自己争取，其实我挺高兴的。不管遇到什么事，你总能挺过去。这点你随我。"

"这就是问题所在，"弗兰茜想，"我们太像了，以至于根本不了解对方，因为我们连自己都不了解。爸爸和我不一样，我们却能了解彼此。妈妈了解尼利，因为他们不一样。我要是能像尼利那样就好了。"

"那我们现在是不是和好了？"凯蒂笑着问。

"当然啦。"弗兰茜也笑了，亲了亲妈妈的脸颊。

但母女俩都清楚，她们之间的关系并没有真正好起来，而且以后也不会和好如初了。

45

圣诞节又来了。今年家里可不一样，他们手头宽裕，冰箱里塞满了好吃的，家里总是暖烘烘的。弗兰茜从寒风凛冽的街上走进家门，感觉家里的热气就像一个大大的拥抱，把她紧紧环绕。她心里好奇，情人的拥抱会是什么感觉呢？

弗兰茜对于不能返校上学的事心存芥蒂，但想到自己挣的钱让家里的日子轻松了不少，就释然了。妈妈一直很公道，弗兰茜的工资涨到每周二十美元后，妈妈每周给她五美元零花钱，用来坐车、吃饭、买衣服。另外，凯蒂以弗兰茜的名义在威廉斯堡的储蓄银行存五美元，以备她将来读大学之用——妈妈是这么说的。凯蒂用余下的十美元和尼利给的一美元，把家里打理得井井有条。虽然算不上大富大贵，但 1916 年，物价便宜，诺兰家的日子还算过得去。

尼利发现他的好多老朋友都去了东区中学，他也高高兴兴地去上学了。放学后，他继续去麦加里蒂酒吧打零工，每周工钱两美元，妈妈给他一美元零花。他在学校小有名气，零花钱比大多数男孩都多，而且把《尤利乌斯·恺撒》背得滚瓜烂熟。

姐弟俩打开存钱罐一看，里面有将近四美元。尼利又添了一美元，弗兰茜添了五美元，这样他们就有十美元可以买圣诞礼物了。圣诞节前一天的下午，母子三人带着劳丽一起去购物。

首先，他们打算给妈妈买一顶新帽子。在帽子店，妈妈抱着小宝宝坐在椅子上试帽子，姐弟俩站在椅子后边。弗兰茜希望妈妈买一顶翡翠绿的天鹅绒帽子，可是在威廉斯堡找不到那种颜色的帽子。妈妈觉得应该买一顶黑帽子。

“是我们在给你买帽子，不是你给我们买，”弗兰茜对妈妈说，“我们决定，不买丧帽了。”

“妈妈，试试这顶红的。”尼利建议。

“不，我想试试摆在橱窗里的那顶深绿色的。”

“这是最新款式，”老板娘说着，从橱窗里拿出帽子，“我们叫它苔藓绿。”

她把帽子轻轻扣在凯蒂的额头上。凯蒂不耐烦地用手一拨，帽子斜盖着一只眼睛。

“就这顶了！”尼利大声说。

“妈妈，你戴这顶帽子真好看。”弗兰茜也说。

“我喜欢这顶，”妈妈决定了，“多少钱？”她问老板娘。见老板娘深吸了一口气，诺兰一家做好了讨价还价的准备。

“是这样的……”那个女人开始说。

“多少钱？”凯蒂语气坚决地又问了一遍。

“在纽约，你买同样的帽子得花十美元。但是……”

“我要是愿意花十美元，我就去纽约买了。”

“这话说的，在瓦纳梅克百货，一模一样的帽子要卖七美元零五十美分呢！”她停顿片刻，“一样的帽子，我只要五美元。”

“我打算花两美元买顶帽子。”

“那就别在我的店里买了！”老板娘夸张地大叫道。

“好吧。”凯蒂抱起孩子，站了起来。

“你就这么急着走？”老板娘把她按回椅子上，把帽子塞进纸袋里，“四美元零五十美分给你了，相信我，就算我自己的婆婆来，这个价都拿不走！”

“我相信你，”凯蒂心里想，“尤其是如果你的婆婆跟我的婆婆一样的话。”

她故意大声说：“这帽子不错，但我最多只能出两美元。帽子店多得很，我花两美元肯定能买到一顶——就算不如这顶好，挡风用也足够了。”

“你听我说，”老板娘的声音听起来低沉而真诚，“都说犹太人把钱看得比什么都重要，我不这么认为。一顶漂亮的帽子遇到适合的漂亮顾客时，我愿意成人之美。”她把手放在胸口。“我觉得……挣不挣钱无所谓。我免费送你了。”她把袋子塞进凯蒂手里。“四美元给你了！成本价。”她叹了口气，“相信我，我不是生意人，应该做个画家。”

讨价还价还在继续。价格降到两美元零五十美分时，凯蒂知道老板娘不会再降价了。她假装离开，试探老板娘，这次老板娘没有阻止她。弗兰茜向尼利点了点头。他给了老板娘两美元零五十美分。

“这么便宜的价，你可千万别告诉任何人。”老板娘说。

“我们谁也不告诉，”弗兰茜保证，“把帽子装盒子里。”

“盒子要额外收十美分——也是我的成本价。”

“袋子就行了。”凯蒂抗议道。

“这是你的圣诞礼物，”弗兰茜说，“得装在盒子里。”

尼利又拿出十美分。帽子先用薄纸包好，再放进盒子。“我这么便宜卖给你，下次你买帽子时记得来找我，但下次别指望这么便宜了。”凯蒂笑了。一家人离开时，老板娘说：“戴着我的帽子，保你身体健康。”

“谢谢。”

门在他们身后关上，老板娘没好气地低声说了句：“外邦人！”还朝他们吐了口唾沫。

在街上，尼利嘟囔着：“难怪妈妈五年才买一顶新帽子，原来买帽子这么麻烦。”

“麻烦？”弗兰茜眼睛一亮，“哪里麻烦了，多好玩啊！”

然后一家人去了塞格勒的店，打算给劳丽买一套毛衣。塞格勒一看到弗兰茜，就开始喋喋不休地抱怨。

“哈！你终于来我这儿了！是不是在别的地方买不到，才来找我的？还是别人家的东西虽然便宜，但质量不行？”他转过头跟凯蒂说：“这么多年了，这个小姑娘一直在我这儿给她爸爸买假衬衣和纸领子。最近整整一年，她都没来过。”

“她爸爸一年前去世了。”凯蒂解释道。

塞格勒先生用手重重地拍了一下自己的额头。“哦！我嘴真大，总是胡说八道。”他连忙道歉。

“没事的。”凯蒂安慰他说。

“是这样的，没人跟我说过，我刚知道。”

“事情总是这样。”凯蒂说。

“那么，”他精神一振，开始做买卖，“想买点什么？”

“一套适合七个月大的孩子穿的毛衣。”

“我这儿正好有这个尺码。”

他从一个盒子里拿出一套蓝色的羊毛套装。但当他们把衣服放在劳丽身上比画时，毛衣只到她的肚脐，裤子只到膝盖下面。他们又比了其他尺码，发现两岁孩子的尺寸正好合适。塞格勒先生激动不已。

“我干这行二十年了，在格兰德街干了十五年，在格雷厄姆街干了五年，从没见过哪个孩子七个月就长这么大的。”诺兰一家深感自豪。

塞格勒的店是一口价，所以不用讨价还价。尼利数出三美元结了账。他们当场给劳丽换上了新衣服，她戴着帽子，帽檐拉到耳朵边，看起来特别可爱。鲜亮的蓝色衬托得她皮肤白皙红润。她好像知道自己换了新衣服，高兴地笑着，露出两颗小牙齿。

“啊，小宝贝，”塞格勒双手合十，像祈祷一样低声说，“愿她穿着我的衣服健康成长。”他不像之前那个老板那样口出恶言，也没有吐口水说脏话，把祝福抵消掉。

妈妈带着劳丽和新帽子回家了，尼利和弗兰茜继续他们的圣诞购物之旅。姐弟俩给艾薇姨妈家的孩子和茜茜姨妈家的孩子都买了礼物。然后开始给彼此买礼物。

“我告诉你我想要什么，你可以买给我。”尼利说。

“没问题，你想要什么呢？”

“鞋罩。”

“鞋罩？”弗兰茜的声音提高了。

“珍珠灰的。”尼利直截了当地说。

“你要是想要的话……”弗兰茜的语气略带怀疑。

“中码的。”

“你咋知道尺码的？”

“我昨天进去试过了。”

他给了弗兰茜一美元零五十美分，她买下了那双鞋罩，让店员用礼品盒装好。在街上，她把盒子递给尼利，两个人都一本正经地看着对方。

“送你的，圣诞快乐。”弗兰茜说。

“谢谢，”他回答得很正式，“那你想要什么礼物？”

“联合大道那边商店的橱窗里挂着一套黑色蕾丝舞会套装。”

“那是女孩子的东西吧？”尼利有点担心地问。

“嗯。腰围二十四英寸，胸围三十二英寸。两美元。”

“你去买吧，我可不想去买那种东西。”

她买了那套梦寐以求的舞会套装——内裤和胸罩是用黑色蕾丝做的，用细细的黑色缎带连在一起。尼利不赞成买这种东西，所以弗兰茜向他致谢时，他不情愿地嘟囔了一句“不用谢”。

他们经过了圣诞树市场。“记得那次吗？”尼利说，“我们让小贩把最大的树扔给我们。”

“永生难忘！我每次头痛，都是树撞到我的位置。”

“还有爸爸帮我们把树搬上楼梯时唱歌的样子。”尼利回忆道。

那天，他们提到了爸爸好几次。每次提及，弗兰西都感到一丝温柔，而不是往日的痛苦。“我是不是在遗忘他？”她想，“将来，会不会更难记住关于爸爸的事？就像外婆说的：‘随着时间的流逝，一切都会成为过去。’第一年很难忘记，因为我们可以说去年选举他投票了、去年感恩节他和我们一起吃饭了。但明年他就离开两年了……随着时间的推移，会越来越难记起和他有关的事。”

“看！”尼利抓住她的胳膊，指着一棵种在木桶里的、两英尺高的冷杉树。

“它长着呢！”她大声喊道。

“你以为呢？一开始树就都是长着的呀。”

“我知道。人们总是看到它们被砍掉，就以为它们生来就是要被砍下来的。我们把它买下来吧，尼利。”

“也太小了吧。”

“但它有根。”

姐弟俩把树带回家时，凯蒂上下打量着，她眉头紧皱，似乎在想什么。“那个，”她说，“过完圣诞节，我们可以把它放到消防楼梯上，确保它照得见阳光，吸得到水，而且每个月都要施马粪。”

“不，妈妈，”弗兰西抗议道，“你可别把捡马粪的差事派给我们。”

捡马粪是他们小时候最怕的差事。玛丽·罗梅利外婆的窗台上种着一排红彤彤的天竺葵，长得可壮实了，颜色也特别鲜艳，因为每个月，弗兰西和尼利都得拿着雪茄盒去街上，捡回来满满两排光滑的粪球。外婆每次都会给他们两美分辛苦钱。弗兰西觉得捡马粪丢人。有一次，她跟外婆抱怨，外婆跟她说：“唉，真是一代不如一代，到了第三代，更是不中用。在奥地利，我的好兄弟们都是用大车装马粪，他们都是结实直爽的男人。”

“肯定的啊，”弗兰西心里想，“不结实直爽怎么干那种活啊。”

凯蒂说：“既然这是我们的树，就得好好照顾它，让它好好长大。你要是抹不开面儿，可以晚上去捡。”

“现在马车很少，大部分都是汽车。很难捡到马粪。”尼利争辩说。

“去那些汽车到不了的鹅卵石小路，要是没有马粪，就等马过来，跟着它，总会有的。”

"天哪，"尼利抗议道，"我真后悔买了那棵树。"

"咱俩真笨，"弗兰茜说，"现在不是以前了，我们有钱了。我们只需要给街上哪个小孩五美分，让他帮我们捡就好了。"

"对啊。"尼利松了一口气，表示同意。

"我想，"妈妈说，"你们应该用自己的双手来照顾你们的树。"

"富人和穷人的区别就在于，"弗兰茜说，"穷人什么都得亲手去做，富人则可以雇人来做。我们不穷了，完全可以花钱让别人为我们做事。"

"那我觉得还是穷点好，"凯蒂说，"因为我喜欢自己动手。"

妈妈和姐姐拌嘴时，尼利总会觉得特别无趣。为了转移话题，他说："我敢打赌，劳丽和那棵树一样高。"他们把劳丽从摇篮里抱出来，跟树比了比。

"一样高。"弗兰茜模仿塞格勒先生的口吻说。

"就是不知道哪个长得更快？"尼利说。

"尼利，咱们从来没有养过小猫小狗，咱们不如把它当宠物养吧。"

"哎呀，树怎么能当宠物呢。"

"为什么不能？树也会长大，也会呼吸，不是吗？给它起个名字，就叫安妮吧！树叫安妮，宝宝叫劳丽，合在一起，就是那首歌。"

"你知道吗？"尼利问。

"什么？"

"你总是疯疯癫癫的，没个正经样。"

"哈哈，这样不是挺好的嘛！今天，我好像变回了那个无忧无虑的小女孩，不再是十七岁的诺兰小姐，也不是模范剪报局的首席阅读员。感觉就像是回到了小时候，我拉着你去卖废品挣零花钱。我觉得自己就像个小孩子。"

"你就是小孩呀，"凯蒂笑着说，"一个刚满十五岁的小丫头。"

"真的吗？等你看到尼利给我买的圣诞节礼物，就不会这么说了。"

"是你让我买的。"尼利立马纠正道。

"小机灵鬼，有本事让妈妈看看你让我给你买的圣诞节礼物啊。快给妈妈看啊。"弗兰茜催促道。

凯蒂看到礼物，嗓音也像弗兰茜一样提高了八度，说："鞋罩？"

"就是为了让脚踝暖和点。"尼利解释说。

弗兰茜展示了她的舞蹈套装，妈妈大吃一惊，说“哦，我的天哪！”

“你觉得那些时髦的女士会穿这个吗？”弗兰茜满怀期待地问。

“她们要是真这么穿，我敢打赌她们都会感冒。现在让我们看看晚上吃什么吧。”

“你不反对？”弗兰茜有点失望，因为妈妈并没有大惊小怪。

“不反对。每个女人都会经历喜欢穿黑色蕾丝内裤的阶段，只是你比大多数人开始得早，当然，也会结束得早。我想我们把汤热一下，喝点汤，吃点里面的肉，还有土豆……”

“妈妈总觉得自己什么都懂。”弗兰茜心里有点不服气。

他们一起参加了圣诞节早晨的弥撒。凯蒂做了祷告，祈祷乔尼的灵魂安息。

她戴着新帽子，看起来特别漂亮。宝宝穿着新衣服，也很可爱。尼利穿着新鞋罩，坚持要抱劳丽。一家人走过斯塔格街时，一些在糖果店前闲逛的男孩对着尼利指指点点。他的脸红了。弗兰茜知道他们在笑他的鞋罩。为了缓和气氛，她想接过劳丽，好让他以为那些人是因为他抱着孩子才笑他的。但尼利拒绝了。他心里明白，他们在笑他的鞋罩，他对威廉斯堡人的狭隘思想感到愤怒。他决定回家后把鞋罩收起来，再也不穿了，除非他们搬到一个更体面的社区。

弗兰茜穿着她的蕾丝套装，冻得直打哆嗦。每当冷风吹进她的外套，穿过她薄薄的裙子，她觉得自己跟没穿内衣似的。“我要是……唉，我要是穿上我的法兰绒灯笼裤，该有多好啊。”她叹了口气，“妈妈是对的，大冬天穿这个，非感冒不可。但我不能告诉她，不然她就更得意了。我想我得把蕾丝套装收起来，等夏天再穿。”

在教堂里，他们早早地占了前排的长椅，把劳丽横放在座位上。几个人来晚了，看到有空位，就准备进来。他们一瞧见婴儿占了两个座位，就瞪了凯蒂一眼，凯蒂不甘示弱地瞪了回去。

弗兰茜觉得这是布鲁克林最漂亮的教堂。古老的灰色石头建成的教堂，有两个尖尖的穹顶，比最高的公寓还要高。教堂麻雀虽小五脏俱全，有高高的拱顶、彩色的玻璃窗和精美的祭坛。最让弗兰茜自豪的是，祭坛左侧是她外公罗梅利雕刻的。他刚从奥地利来美国，还是个小伙子，虽然不太情愿，但还是为教会贡献了自己的手艺。

外公很节俭，他把雕刻时剩下的木屑收起来带回家，把这些碎木头拼起来，用胶水粘好，用这些神圣的木头刻出了三个小十字架。玛丽外婆在女儿们结婚时，给她们每人一个，嘱咐女儿要把十字架一代一代传下去。

凯蒂的十字架就挂在家里的壁炉架上，等弗兰茜结婚时，这个十字架会传给她。弗兰茜一想到这个十字架来自那个精美的祭坛，就无比骄傲。

今天，祭坛上摆满了红色的圣诞红和冷杉枝条，金色的烛光在叶子间闪烁。耶稣马厩诞生像就摆在祭坛的栏杆里面。弗兰茜知道，那些小小的手雕人物——马利亚、约瑟夫、国王和牧羊人——全都围着马槽里的圣婴，就像一百年前被从欧洲带来时一样。

神父进来了，辅祭跟在后面。他穿着一件白色缎面罩袍，前后各有一个金色十字架。弗兰茜知道，这件罩袍象征着耶稣的无缝长袍，据说是马利亚亲手织的。他们把耶稣钉在十字架上之前，把罩袍从他身上扒了下来。据说在加略山，耶稣临死之际，士兵们不想撕碎这件长袍，就掷骰子决定长袍的保管人。

弗兰茜想得入了神，错过了弥撒开始的部分。她赶忙收回思绪，仔细聆听翻译过来的经文：

“嘿，上帝，我要用竖琴赞美您。我的灵魂为何如此悲伤，又为何要让我心烦？”神父用他那低沉又动听的声音吟诵道。

“相信上帝吧，因为我还会赞美他。”祭坛上的辅祭应和道。

“愿荣耀永远属于圣父、圣子和圣灵。”

“过去、现在和未来，世界永存，阿门。”众人回应道。

“我要走到上帝的祭坛前。”神父吟诵道。

“感谢上帝赐予我年轻时的欢乐时光。”众人回应道。

“我们得到的帮助，都是以主之名。主创造了天地。”神父躬身，背起了《悔罪经》。

弗兰茜完全相信祭坛就是耶稣受难的地方，耶稣又一次被当作祭品献上。她听着圣餐的祝圣，看着象征圣体的面包和象征圣血的葡萄酒，觉得神父的话就像一把神秘的宝剑，把圣血和圣体分开来。她知道，虽然不知道怎么解释，但耶稣的圣体、圣血、灵魂和神性，似乎真的融进了装在金色圣杯的葡萄酒里，融进了放在金色盘子上的面包里。

“真是一个美好的信仰，”她想着，“真希望我能更多地了解它。不，我不想完全了解它。它之所以美好，是因为它就像一个谜，就像上帝是一个谜一样。有时候我说我不相信上帝，但我只有在生气时才这么说……我真的相信！我真的相信！我相信上帝、耶稣和圣母马利亚。我不是一个虔诚的天主教徒，因为我有时会缺席弥撒，当我为一时犯错而忏悔时，还会有怨言。但不管怎样，我是一个天主教徒，这是改变不了的。”

“当然，我并没有选择成为天主教徒，就像我没有选择成为美国人一样。但我很荣幸，我既是天主教徒，也是美国人。”

神父走上弧形台阶，站上讲坛。“请大家为约翰·诺兰祈祷，愿他的灵魂安息，”他用响亮的声音宣布，“请大家为他祈祷。”

“诺兰……诺兰……”声音在穹顶回荡。

将近一千人跪下，为一个只有十几个人认识的人的灵魂做简短的祈祷，祈祷声宛若轻轻的叹息。

弗兰茜为炼狱中的灵魂祈祷：

“仁慈的耶稣，您大爱无疆，总是为别人的悲伤而忧心。求您可怜可怜我们在炼狱中的亲人的灵魂吧！哦，您也爱您的亲人，请您听听我为求得您的怜悯而诚心的祷告吧……”

46

“还有十分钟，咱们就跨进 1917 年了。”弗兰茜兴奋地说。弗兰茜和尼利肩并肩挤在厨房的火炉边，穿着袜子踩着灶檐。妈妈回屋休息之前特别叮嘱过，要在午夜前五分钟叫醒她，一家人一起迎接新年。

“我有一种感觉，”弗兰茜接着说，“1917 年会是我们有生以来最重要的一年。”

“你年年这么说，”尼利不以为然地反驳道，“先是 1915 年，再是 1916

年，现在又轮到1917年了。”

“今年真的不一样。首先，1917年我就真的十六岁了，不用再冒充大人上班了。而且，还有好几件大事呢。房东正在装电线，再过几周，咱们家就能用上电了，不用煤气了。”

“那可太好了。”

“然后他还要把这些老炉子拆了，换成暖气。”

“哇，我会想念这个老炉子的。你还记得吗？我以前（也就是两年前）总爱坐在炉子上。”

“我那时候还担心你会不小心烧着自己呢。”

“我现在就想坐回去。”

“去吧。”尼利挪到火口远端。那里暖和又舒服，一点也不烫。“你还记得吗？”弗兰茜继续说，“我们以前就在炉边石上做作业，爸爸还给我们买了一块真正的黑板擦，这块石头就像学校的黑板一样，只不过是平躺着的。”

“当然记得。那是很久以前的事了。但是你看！你不能因为咱们家要用电和暖气就说1917年重要。别的公寓几年前就有了，这算不得什么重大事件。”

“今年我们可能会参战，够重大了吧。”

“什么时候？”

“很快。下周……下个月。”

“你怎么知道？”

“我每天都读报，弟弟——每天两百份。”

“哦，天哪！希望它能持续到我够年龄加入海军。”

“谁要加入海军？”姐弟俩惊讶地四处张望。妈妈正站在卧室门口。“我们只是在闲聊，妈妈。”弗兰茜解释道。

“你们忘了叫我，”妈妈责备道，“我好像听到了哨声。现在应该是新的一年了。”

弗兰茜推开窗户。这是一个霜冻的夜晚，没有风，四周一片寂静。在院子的另一边，房屋的背面有点阴森。他们站在窗边，听到了教堂的钟声，一声未平，一声又起。紧接着是一阵哨声，黑乎乎的窗户哐当打开，锡喇叭也加入了进来。有人放了一枪空弹，叫喊声、口哨声此起彼伏。

1917年来了！

喧闹声渐渐变小，大家似乎在等着什么。有人哼起了歌：

> 怎能忘记旧日朋友，
> 心中能不怀念……

诺兰家的人也跟着唱了起来。邻居们一个接一个地加入了大合唱，大家一起唱着。可是唱着唱着，就出现了不同的声音。一群德国人用德语唱了起来，德语歌词混进了《友谊地久天长》的旋律。

> 喔，这是一个花园小屋，
> 花园小屋，
> 花园小屋。
> 啊，真好看啊，真好看，
> 啊，美丽的花园小屋。

有人大声喊："闭嘴，你们这些烦人的德国佬！"德国人的歌声反而更响亮了，把《友谊地久天长》的声音都盖过去了。

爱尔兰人不甘示弱，在漆黑的后院里用讽刺的歌词唱了起来：

> 喔，这是一首讨厌的歌，
> 讨厌的歌，
> 讨厌的歌。
> 哦，你真烦人啊，真烦人，
> 哦，烦人的德国歌。

接着，是窗户关上的声音，犹太人和意大利人都退出了，把这场"战斗"留给了德国人和爱尔兰人。德国人唱得更起劲了，声音越来越大，直到打败了恶搞版的《友谊地久天长》。德国人赢了，在欢呼声中结束了这场没完没了的轮唱比赛。

弗兰茜打了个冷战。“我不喜欢德国人，”她说，“他们想要什么的时候总是那么……那么执着，而且他们总想赢。”

夜晚再度恢复平静。弗兰茜拉住妈妈和弟弟的手，“咱们一起喊一声吧。”她说完，一家三口靠在窗边，大喊：

“祝大家新年快乐！”

片刻沉默过后，黑暗中传来一个浓重的爱尔兰口音：“诺兰一家，新年快乐。”

“这是谁呀？”凯蒂好奇地问。

“新年快乐，臭爱尔兰佬！”尼利大声回应。

妈妈赶紧捂住他的嘴，把他拉到一边，弗兰茜砰的一声关上窗户。母子三人笑得前仰后合。

“你惹麻烦了！”弗兰茜笑得上气不接下气，眼泪都出来了。

“他知道我们是谁，肯定会来……来……找我们打架的。”凯蒂笑得不行，不得不扶着桌子，“是谁……是谁……”

“奥布莱恩那个老头。上周他在我院子里把我骂了一顿，这个臭爱尔兰佬……”

“嘘！”凯蒂说，“你知道，新的一年刚刚开始，你现在做什么，就会一整年做什么。

“而且你也不想像坏了的唱片一样到处播放‘臭爱尔兰佬’，对吧？”弗兰茜说，“再说，你自己也是个爱尔兰人。”

“你也是。”尼利指责道。

“我们都是爱尔兰人，除了妈妈。”

“我嫁给了爱尔兰人。”凯蒂说。

“咱们几个爱尔兰人跨年夜不举杯庆祝一下吗？”弗兰茜问妈妈。

“当然要庆祝啦，”凯蒂笑着说，“我来调酒。”

圣诞节，麦加里蒂送给诺兰家一瓶上好的白兰地。现在，凯蒂往三个高脚杯里各倒了一点，然后加了鸡蛋液、牛奶和糖，最后，还磨了些肉豆蔻撒在上面。

凯蒂知道，今晚这点酒很重要，她倒酒的手很稳，但还是担心孩子们会像诺兰家的人那样爱喝酒。她想给两个孩子树立一种正确的喝酒态度。她觉得，如果她严禁他们喝酒，可能会激起这俩孩子的叛逆心，让他们觉得喝酒很神秘，并因此更想尝试。但如果她表现得太随意，又担心孩子们会觉得喝醉是不值一提的小事。所以她决定既不小题大做，也不过分强调，而是把酒当成过节时的普通饮料。对，新年就该举杯欢饮。她把杯子递给两个孩子，密切关注着孩子们的反应，这对她来说至关重要。

“我们为什么要喝酒呢？”弗兰茜问。

“为了一个愿望，”凯蒂说，“希望我们一家人能像今晚这样永远在一起。”

“等等！”弗兰茜突然说，“把劳丽也抱来，一家人应该一起分享喜悦。”

凯蒂轻轻地把小劳丽从婴儿床里抱起来，抱到温暖的厨房。劳丽睁开眼，抬起头，懵懂地笑了，露出两颗小牙齿。然后她的小脑袋又靠在凯蒂的肩膀上，安心地睡着了。

“举杯吧！”弗兰茜兴奋地举起杯子，“为了我们能永远在一起。”他们碰了碰杯，喝起了酒。

尼利尝了一口，皱着眉头说他更喜欢喝纯牛奶。他把酒倒进下水道，给自己倒了一杯冷牛奶。凯蒂看着弗兰茜喝完了她的酒，不由得有些担忧。

“味道不错，”弗兰茜说，“不过，还是没有香草冰激凌苏打水好喝。”

“我这不是瞎操心吗？”凯蒂想，“毕竟，孩子们虽是诺兰家的人，但也是罗梅利家的人啊，罗梅利家的人可不酗酒。”

“尼利，咱们去屋顶看看吧，”弗兰茜突然心血来潮，“看看新的一年开始时，世界是什么样子。”

“好主意。”尼利同意了。

“把鞋子和外套穿上，”凯蒂提醒他们，“外面冷。”

弗兰茜和尼利爬上了摇摇晃晃的木梯，尼利推开屋顶的门，姐弟俩爬上屋顶。

晚风冷飕飕的，空气像冰一样，安静清冷。天上的星星亮晶晶的，好像伸手就能摸到。星星多得数不清，星光把夜空映成了深蓝色。今晚没有月亮，但星星的光芒更胜月光。

弗兰茜踮起脚，张开双臂，大声说："哇，我想把这一切都抱在怀里！"她喊道，"我想紧紧抱住这没有风的冷夜，还有那些又近又亮的星星。我想抱得紧紧的，直到它们大喊'放开我！放开我！'"

"别站得太靠边，"尼利有点担心地说，"小心从屋顶掉下去。"

"我需要一个人，"弗兰茜略显绝望地想，"我需要有人和我紧紧相拥。我需要的不仅仅是拥抱，还需要他能理解我此时此刻的心情。而且这种理解，是拥抱的一部分。

"我爱妈妈，我爱尼利，也爱劳丽。但我需要用一种与爱他们全然不同的方式，去爱一个人。

"如果我把这些告诉妈妈，她可能会说，'真的吗？嗯，当你有那种感觉的时候，别在黑漆漆的走廊里和男孩子久待。'她还会担心我走上茜茜姨妈的老路。但这跟茜茜姨妈的事不一样，因为我想要这种理解，比想要拥抱更甚。如果我告诉茜茜姨妈或者艾薇姨妈，她们说的话估计也跟妈妈说的话差不多，尽管茜茜十四岁就嫁人了，艾薇是十六岁，妈妈嫁人时，还是个小姑娘，但她们都忘了……她们会告诉我，我还小，不该有这种想法。我只有十五岁，的确还年轻，但在某些方面，我比那些年纪大的人还要成熟。但现在没有人能给我拥抱，也没人能理解我。也许有一天……有一天……

"尼利，如果人终有一死，现在死不是很棒吗？一切都是那么完美，就如今晚的夜色一般。"

"你知不知道……"尼利问。

"什么？"

"你醉了，因为那杯酒。"

她握紧拳头，逼近他："不许这么说！永远不许这么说！"

他被她的凶相吓了一跳，"那……那……没什么的，"他结结巴巴地说，"我也醉过一次。"

好奇心将怒火湮灭了。"真的吗，尼利？你真的醉过？"

"嗯。有个家伙带了点啤酒，我们到地下室去喝。我喝了两瓶就醉了。"

“什么感觉？”

“哎，一开始，感觉整个世界都乱套了。然后，就像小时候玩过的那种十美分的万花筒似的，你从上面看，它转啊转，彩色的纸片飘啊飘，但每次飘下来的样子都不一样。不过，主要还是觉得头晕。后来，我就吐了。”

“这样啊，那我也醉过。”弗兰茜说。

“也是喝啤酒喝醉的？”

“不是。去年春天，在麦克卡伦公园，我这辈子第一次看到郁金香。”

“既然是第一次，你怎么知道是郁金香呢？”

“我在书上看过图片。我看到它们，看它们茁壮成长，看它们的叶子，看它们纯净的红色花瓣，黄色花蕊，整个世界都在转，一切都像万花筒里的颜色一样转啊转——就像你说的那样。我晕得不行，只能坐在公园的长椅上休息。”

“你也吐了吗？”

“没有，”她说，“而且我今晚在屋顶上也有那种感觉，我知道不是因为那杯酒。”

“哇塞！”她突然明白了什么，“妈妈让我们喝酒，其实是在考验我们，我敢肯定。”

“可怜的妈妈，”尼利说，“但她不用担心我，我再也不会喝醉了，因为我不喜欢吐。”

“她也不用担心我，因为我不喝酒也能醉。郁金香，还有今晚的夜色，都让我陶醉。”

“我觉得这确实是个美妙的夜晚。”尼利表示赞同。

“它这么安静，这么明亮……而且……有些神圣。”她等着，如果爸爸能在她身旁……

尼利唱起了歌：

平安夜，圣洁的夜。
一切都是平静的，一切都是明亮的。

“他跟爸爸一样。”弗兰茜幸福地想。

她望向布鲁克林。星光下，整个城市若隐若现，高低错落的平屋顶，偶尔被一座老房子的斜屋顶打破。屋顶上的烟囱……有些屋顶上，隐约能看到鸽子笼……有时，能依稀听到鸽子昏昏欲睡的咕咕声……教堂的双尖塔，耸立在黑黢黢的公寓之上……在街道尽头，大桥宛若一声叹息横跨东河，然后……消失在对岸。桥下的东河漆黑一片，远处，纽约朦胧的灰色天际线，看起来像是一座从纸板上剪下的城市。

“没有一个地方能和这里同日而语。”弗兰茜说，“你说什么地方？”

“布鲁克林。这是一座奇妙的城市，一点都不真实。”

“它跟其他地方没什么区别。”

“才不是呢！我每天都去纽约，纽约和这里不一样。有一次我去贝永探望生病的同事，贝永也和这里不一样。布鲁克林太神秘了，就像……对，就像梦一样。这里的房子和街道看起来都不真实，人也是。”

“这里的人很真实——看看他们打架、叫骂、又穷又脏的样子。”

“但这里就像是一场梦境，它们在梦里争斗不断，过着穷困的生活。但在现实生活中，他们并不这么觉得，一切都像是发生在梦里一样。”

“布鲁克林和其他地方没什么两样，”尼利坚定地说，“让它变得不同的只不过是你的想象力。但无所谓，”他慷慨地补充道，“只要你开心就好。”

尼利这么像妈妈，还这么像爸爸，他身上集合了他们俩的优点。弗兰茜爱她的弟弟。她想抱住他，亲吻他。但他跟妈妈一样，不喜欢过于亲昵的行为。要是她真去亲他，他肯定会生气地推开她。所以，她只是伸出了手。

“新年快乐，尼利。”

“你也一样。”

姐弟俩煞有介事地握了握手。

47

圣诞假期那几天，诺兰家好像又找回了以前的快乐。可是新年一过，家里又回到了乔尼离世后的状态。

首先，家里不再有钢琴声了。弗兰西已经好久没练琴了。尼利晚上在附近的冰激凌店弹钢琴，他弹得可好了，尤其擅长拉格泰姆音乐，现在爵士乐也弹得越来越棒。大家都说他能让钢琴说话，特别喜欢他。他弹琴不收钱，有时候周六晚上，谢夫利会给他一美元，让他弹一整晚。弗兰西觉得这样不好，还就此跟妈妈聊过。

“我不会让他这么下去的，凯蒂。”她说。

“这有什么不好呢？”凯蒂问。

“你不希望他养成习惯，就像……”她顿了一下，凯蒂接过话：“像你爸爸那样，为了免费喝酒弹琴？不会的，他跟你爸爸不一样。你爸爸从不弹他喜欢的歌，比如《安妮·劳丽》或者《夏日的最后一朵玫瑰》。他弹的都是大家想听的，比如《甜蜜的阿德琳》和《老磨坊旁》。尼利不一样，他总是弹自己喜欢的音乐，不在乎别人喜不喜欢。”

“你的意思是，爸爸只是个卖艺人，尼利是个艺术家。”

“嗯……对。”凯蒂肯定地说。

“我觉得您这样有点母爱泛滥。”弗兰西说。

凯蒂皱了皱眉，弗兰西没再说什么。

自从尼利上了高中，他们就不读《圣经》和莎士比亚的书了。尼利说班上正在读《尤利乌斯·恺撒》，校长每次集会都会读《圣经》，对他来说这就够了。弗兰西晚上也不看书了，因为她整天读报，眼睛都累坏了。凯蒂也没强求，她觉得孩子长大了，可以自己决定要不要读书。

晚上，弗兰西总觉得孤单。诺兰家的人只有在吃晚饭时才聚在一起，连劳丽也会坐在她的小椅子上。吃完饭，尼利就出门了，要么去找朋友，要么去冰激凌店弹琴。凯蒂看完报纸，八点就和劳丽上床睡觉了。（凯蒂还是每天早上五点起床，趁着弗兰西和尼利在家看宝宝的时间，完成大部分工作。）

弗兰西不太爱去电影院，因为画面总是晃来晃去，她眼睛受不了。而且，现在也没什么好戏可看，不少剧团都散伙了。她记得在百老汇看过巴里摩尔演的《正义》，打那以后，对其他剧团的戏就没兴趣了。去年秋天，她看了一部自己挺喜欢的电影《战争新娘》，主演是娜兹莫娃。她还想再看一遍，但报纸上说，因为要打仗，这部电影禁止放映了。她还想起自己去过布鲁克林一个陌生的地方，看大名鼎鼎的莎拉·伯恩哈特在一个剧场演独幕剧。这位年逾七十的大明星，看上去特别年轻。弗兰茜听不懂法语，但她猜那戏是讲女演员截肢的。伯恩哈特演的是个在战争中失去一条腿的法国兵。她时不时听到“德国鬼子”一词。她永远忘不了伯恩哈特那火红的头发和金嗓子。她把节目单珍藏在自己的剪贴本里。

但那只是漫长的时日里少有的几个不同寻常的晚上。

那年春天来得早，温暖甜蜜的夜晚让她有点心神不宁。她在街上溜达，穿过公园。不管走到哪儿，都能看见一对对的男女，有的手拉手散步，有的坐在公园长椅上抱在一起，或者在门廊里不说话紧紧靠在一起。好像全世界除了弗兰茜，都有伴儿，她觉得自己是布鲁克林最孤单的人。

1917 年 3 月，整个社区的人都知道，战争是无可避免的，大家讨论的也都是这个话题。公寓里有个寡妇，就一个儿子。她怕儿子被迫入伍上战场会被打死，于是就给他买了个小号，让他学，想着他能进军乐队，只在游行和检阅的时候吹吹，离前线远远的。公寓里的人都快被他没完没了的小号练习声烦死了。有个被逼急了的男人跟这位妈妈说，他有内部消息，军乐队带着士兵冲锋在前，是最先死的。这位妈妈一听吓坏了，立马把小号当了，还把当票撕了。此后，再也没有那烦人的小号练习声了。

每天晚上吃饭，凯蒂都会问弗兰茜：“开打了吗？”

“还没呢。不过随时都可能打起来。”

“嗯，我倒希望它早点打。”

“你真想打仗啊？”

“不，我当然不希望打仗。但如果一定得打，那就越早越好。毕竟越早开始，就越早结束。”

然后茜茜成了大新闻，连战争话题都暂时被大家抛在了脑后。

茜茜已经结束她那疯狂的过去，本该好好享受一下中年的平静生活，可她却疯狂地爱上了已经结婚五年多的约翰，搞得家里一团糟。更夸张的是，她在短短十天里经历了丧偶、离婚、再婚和怀孕。

《标准联盟报》，威廉斯堡最受欢迎的报纸，像往常一样，在一个下午送到了弗兰茜的办公桌上。弗兰茜照例把它带回家，供凯蒂晚饭后阅读。第二天早上，弗兰茜会把它带回办公室，自行阅读、做标记。弗兰茜从不在工作之外的时间读报纸，所以她并不知道那一期报纸上有什么内容。

晚饭后，凯蒂坐在窗边翻报纸。当她翻到第三页时，突然惊叫起来："天哪！"弗兰茜和尼利赶紧跑过去，从她肩膀上方看过去。凯蒂指着一个标题：

英雄消防员在沃尔百特市场大火中牺牲

下面用小字写着副标题："原计划下个月退休。"

弗兰茜读完这篇报道，发现那位英勇的消防员竟然是茜茜的第一任丈夫。

报纸上还刊登了一张茜茜二十年前的照片——茜茜梳着高马尾，一头鬈发，穿着大大的羊腿袖上衣——当时茜茜才十六岁。照片下面有一行小字："英雄消防员的遗孀。"

"天哪！"凯蒂惊呼道，"他后来没再结婚。他一定一直留着茜茜的照片。他牺牲后，一定是有人在他的遗物中发现了茜茜的照片！"

"我得赶紧去茜茜那儿一趟。"凯蒂一边说一边脱下围裙去拿帽子，还说，"茜茜的约翰要是读了报纸，知道她没离婚，肯定会气疯的，至少会把她赶出去。"她又补充道："她带着孩子和妈妈，根本没地方去。"

"他看起来挺和善的，"弗兰茜说，"我觉得他不会那么做。"

"我们不知道他会怎么做。我们对他一无所知。他跟这个家的人没有血缘关系，但愿我能及时赶到。"

弗兰茜坚持要跟凯蒂一起去，尼利同意留在家里照顾孩子，但他要求她们把事情全部经过讲给他听。

母女俩来到茜茜家，发现她激动得满脸通红。玛丽·罗梅利外婆已经带着宝宝躲到前屋去了，她坐在黑漆漆的屋子里，默默祈祷一切顺利。

茜茜的丈夫约翰给他们讲了事情的经过。

"我正在上班呢，知道吧？几个人突然闯进家里，跟茜茜说，'你老公死了，你知不知道？'茜茜以为说的是我。"他突然转头问茜茜，"你当时哭了没？”

“我哭得隔壁街都能听见。”她向他保证。他好像对此十分满意。

“他们问茜茜如何处理遗体。茜茜就问人家有没有保险，知道吧？结果还真有，五百美元的保险，十年前就交清了，而且保险单上写的还是茜茜的名字。茜茜是怎么做的呢？她让人家把遗体送到斯佩克特殡仪馆，知道吧？然后安排了一场耗资五百美元的葬礼。”

“我肯定得安排后事啊，”茜茜解释说，“我是他唯一的亲人。”

“这还不算完，”他接着说，“现在他们还要给茜茜发抚恤金，我可不答应。”

他突然大吼起来，“我娶她的时候，”他稍稍平复一下心情，继续说，“她告诉我她离婚了，我现在才知道，她压根没离婚。”

“天主教是不能离婚的。”茜茜振振有词。

“你又不是在天主教堂结的婚。”

“我知道。所以我从不觉得自己结过婚，当然也就没必要离婚呀。”

他举起双手，绝望地叹气：“我投降！”茜茜当初坚持说孩子是她生的，他也曾发出过同样无奈绝望的呼喊。“我真心实意地和她结婚，知道吗？她又做了什么？”他反问，“她让我俩成了通奸犯！”

“别这么说！”茜茜厉声道，“我们没有通奸，最多只能算重婚。”

“必须立刻停止，懂吗？你第一任老公死了，你得跟第二任离婚，然后再嫁给我，懂吗？”

“我懂，约翰。”她温顺地说。

“我不叫约翰！”他大吼，“我的名字叫史蒂夫！史蒂夫！史蒂夫！”他每重复一次自己的名字，就重重地敲一下桌子，弄得桌上的蓝色玻璃糖罐和里边的勺子叮当作响。他用手指着弗兰茜的脸。

“还有你！从现在开始，叫我史蒂夫姨夫，懂吗？”

弗兰茜瞠目结舌地盯着这个性情大变的男人。

“嗯？你该说什么？”他吼道。

“你……你好，史蒂夫姨夫。”

“这还差不多。”他的心情略显平静了些，从门后的挂钩上拿下帽子，用力往头上一扣。

“你要去哪儿，约翰……我是说，史蒂夫？”凯蒂有点担心地问。

“听着！我小时候，家里一来客人，我爸就会去买冰激凌。嗯，这是我家，对吧？现在家里有客人，所以我得出去买一桶草莓冰激凌，懂吗？”他说完就走了。

“他多好啊，”茜茜赞叹道，“女人很容易就会喜欢上这样的男人。”

“看来罗梅利家终于有个男人了。”凯蒂语气平淡地说。

弗兰茜走进黑漆漆的前厅，借着路灯的光，看到外婆坐在窗边，怀里抱着茜茜那熟睡的孩子，颤抖的手指间挂着琥珀色的念珠。

“外婆，不用祈祷了，”她说，“没事了，他出去买冰激凌去了。”

“愿荣耀归于圣父、圣子和圣灵。”玛丽·罗梅利颂扬道。

史蒂夫以茜茜的名义给她的第二任老公写信，寄到了茜茜知道的最后一个地址，并在信封上标明“请转寄”。茜茜请求他同意离婚，这样她就能再婚了。一周后，她收到了第二任老公从威斯康星州寄来的一封厚厚的信。信上说，他现在过得很好，七年前就在威斯康星州离了婚，没多久就再婚了，在威斯康星州生活，工作不错，有三个孩子。他在信中说，他过得很幸福，而且打算就这么幸福地生活下去，还挑衅性地加粗了这些字句。他附上了一张旧报纸，证明已经公告离婚；还附上了一份影印的离婚判决书，离婚原因是遗弃；还附了一张三个孩子的合照。

离婚这么顺利，茜茜非常高兴，还寄给前夫一个镀银的泡菜盘当作结婚礼物——虽然这礼物有点迟。她觉得还应该写一封祝贺信，但史蒂夫不肯帮她写，所以她只得向弗兰茜求助。

“写上我祝他生活幸福。”茜茜说。

“但是茜茜姨妈，他已经再婚七年了，不管是否幸福，都改变不了了。”

“第一次听说别人结婚，祝人家生活幸福是最基本的礼貌。就这么写吧。”

“好吧。”弗兰茜写了下来，“还写什么？”

“写点夸孩子的话……比如，他们真可爱啊……之类的话……”她的声音突然哽住了。她明白他发照片是想证明茜茜的死胎问题不在他身上，这让茜茜心里很不是滋味。“就写我生了个女儿，很健康，很漂亮，记得在

‘健康’下边画条线。”

“但史蒂夫姨夫在信上说的是你正计划结婚。要是这么快就有了孩子，对方会不会觉得奇怪呢。”

“就按我说的写，”茜茜坚定地说，“再写上，下周我还会再生一个。”

“茜茜！不是吧！”

“当然不是真的，但就得这么写。”

弗兰茜写完，问：“还写别的吗？”

“再写上，感谢他寄来的离婚文件。跟他说，我比他早一年就拿到离婚证了，只是忘了。”她无中生有地补充道。

“可这是撒谎。”

“我确实比他先离婚。在我心里，早就跟他离婚了。”

“好吧，好吧。”弗兰茜甘拜下风。

“写我过得很好，打算一直这样生活下去。记得在下面画条线，就像他那样。”

“天哪，茜茜，有必要这么争强好胜吗？”

“当然，你妈妈、艾薇，还有你，都会这么做的。”弗兰茜没再反对。史蒂夫拿到了结婚证，和茜茜又办了一次婚礼，主持人是一位卫理公会的牧师。这是茜茜第一次在教堂结婚，她觉得自己这次是真的结婚了，只有死亡能将他们分开。史蒂夫非常高兴，他爱茜茜，一直害怕失去她。她离开前两任丈夫时都很随意，从没后悔过。他一直担心她也会离开他，并且把他深爱的孩子也带走。他知道茜茜信教……天主教、新教，什么教都信，所以她永远不会背叛在教堂缔结的婚姻。他和茜茜在一起这么久，这是他第一次感到快乐和安全，感到生活由自己掌控。茜茜发现自己也疯狂地爱上了史蒂夫。

一天晚上，凯蒂已经上床睡觉了，茜茜来家里找她。茜茜不让她起床，说要去卧室跟她说几句体己话。弗兰茜正坐在厨房的桌子旁，把剪下来的诗贴在旧笔记本上。她在办公室放了个刀片，把喜欢的诗和故事裁下来，贴在剪贴本上。她有好几个剪贴本，一本是《诺兰古典诗集》，一本是《诺兰当代诗集》，还有一本是《安妮·劳丽之书》，里面是弗兰茜收集的童谣和动物故事，准备等劳丽长到能理解的时候读给她听。

谈话声从黑漆漆的卧室传出来，节奏舒缓，像是在打拍子。弗兰茜一边贴东西，一边听妈妈和茜茜说体己话。只听茜茜说：

“史蒂夫，他真的很好，很正派。当我意识到这点的时候，我真为自己之前跟别的男人好过而感到内疚——我是说，除了前任老公之外的男人。”

“你没告诉过他其他男人的事吧？”凯蒂担心地问。

“我看起来像傻瓜吗？但我真心希望他是我的第一个，也是最后一个。”

“女人这么说，”凯蒂说，“意味着她就快更年期了。”

“你是怎么得出这个结论的？”

“她要是从来没有过情人，那么在更年期，她就会喜怒无常，想着她本可以享受却没有享受过的乐趣，以后再也不能享受了。她要是有过很多情人，就会努力说服自己以前做错了，现在后悔了。她有这样的想法，是因为她知道自己的女性特质很快就会全部消失……消失。如果她从一开始就觉得跟男人在一起不是什么好事，那么更年期的到来倒是能带给她些许慰藉。”

“我才不会经历什么更年期呢，”茜茜姨妈愤慨地说，“首先，我还年轻，其次，我接受不了。”

“总有一天，我们所有人都会经历的。”凯蒂叹息道。

茜茜姨妈的声音里充满了恐惧：“再也不能生孩子……变得不男不女……

长胖……下巴长毛。我还不如去死呢！”她激动地喊道。“反正，”她略显得意地补充道，“我才不会这么快更年期呢，因为我又有了。”

房间里传来一阵沙沙声。弗兰茜可以想象她的母亲正撑起胳膊。

“不，茜茜！不！你不能再经历那种事了。已经十次了，十个孩子都是死胎。这次只会更困难，因为你快三十七岁了。”

“那也不算老啊，完全可以生孩子。”

“不，如果再有意外，想恢复，太难了。”

“不用担心，凯蒂。这个孩子会活下来的。”

“你每次都这么说。”

“这次我敢打包票，因为我感觉上帝站在我这边。”她平静而自信地说。过了一会儿，她说："我告诉史蒂夫小茜茜的身世了。"

"他怎么说？"

"他一直知道孩子不是我生的，但我说得那么坚决，把他弄蒙了。他说只要不是我和别的男人生的，他就不在乎。更何况，孩子一出生就抱回来了，他真是把她当成亲生孩子对待的。说来有趣，这孩子长得跟他特别像。黑色的眼睛像他，圆圆的下巴像他，耳朵紧贴着脑袋也像他。"

"她那双黑眼睛是遗传自露西亚的，世界上有成千上万的人都是圆下巴、小耳朵。但既然史蒂夫觉得孩子跟他长得像，并为此高兴，那也挺好的。"凯蒂沉默了好一会儿才又开口："茜茜，那个意大利家庭也没说起过和孩子爸爸有关的信息吗？"

"没有。"茜茜等了许久才又开始说话，"你知道是谁跟我说那个女孩有麻烦，还有她住在哪里的吗？"

"谁呀？"

"史蒂夫。"

"哦，我的天哪！"

两个人都许久没说话。凯蒂打破了沉默："巧合而已。"

"当然，"茜茜表示同意，"他店里的同事跟他说的，那人跟露西亚住一个社区。"

"当然，"凯蒂模仿着茜茜的语气说，"你知道的，在布鲁克林总会发生一些莫名其妙的趣事。比如，有时候我在街上走着，突然想起一个五年都没见过面的人。结果，刚转个弯，就看到那个人朝我走来。"

"我知道，"茜茜说，"有时候我正做一件我此生从未做过的事，突然之间就会觉得，好像以前做过同样的事情——也许是上辈子……"她的声音越来越小。过了一会儿，她说："史蒂夫老说，他绝不养别的男人的孩子。"

"是个男人都会这么说。生活真有趣，"凯蒂继续说，"几个偶然事件碰巧凑在一起，就会出现让人意料不到的结果。你碰巧得知了那个女孩的情况。那个家伙在店里说的时候，至少得有十几个人听到。史蒂夫只是碰巧提到了这件事。你碰巧掺和进了那家的事，那孩子碰巧长了圆下巴而不是方下巴。这甚至比碰巧还要巧，这就叫……"凯蒂停下来，想找个贴切的词。

弗兰茜在厨房里听得入了迷，以至于忘了自己不该偷听。此时，她不假思索地说出了妈妈想说的词。

“你想说，这就叫‘缘分’，是不是，妈妈？”她大声喊道。

卧室里的人在震惊中陷入了沉默。然后对话继续，但换成了耳语。

48

弗兰茜的桌上摊着一张报纸，是一份新鲜出炉的“号外”，墨香还没散，墨迹还没干。报纸已经搁那儿五分钟了，可她还没提笔做标记，一直盯着日期看。

1917 年 4 月 6 日。

新闻头条就一个单词，六英寸高，三个字母有点糊，但“战争（war）”两个字好像在颤抖。

弗兰茜眼前闪过一个画面：五十年后，她给孙子孙女们讲，她是怎么来到办公室，坐在办公桌前，怎样像往常一样工作，怎样读到战争爆发的消息。她时常听外婆忆往昔，很明白人老之后，都喜欢追忆起年轻时的事。

但她不想只是追忆，她想亲身经历，或者，退一步说，重新体验，而不仅仅是追忆。

她决定要把这一刻牢牢记住，就像现在这样。也许这样，她就能把这种活生生的感受牢牢抓住，而不是让它变成回忆。

她凑近桌子，仔细看木头的纹理。她用手指摸了摸放铅笔的凹槽，把这感觉记在心里。她用削笔刀削好铅笔，然后翻开报纸。她把纸线放在手心，用食指摸了摸，仔细感受着它的螺旋纹。她把它扔进金属垃圾桶，数着它下落的时间。

她全神贯注地听着，生怕错过它碰到桶底时那几乎听不见的声响。她用手指按了按墨迹未干的头条标题，看了看沾了墨迹的指尖，然后在白纸上按了个手印。

她没在意报纸第一、二页上可能提到的客户，把报纸头版裁下来，仔细折成个长方形，用拇指压出折痕，塞进邮局用来寄剪报的那种结实的马尼拉信封里。

弗兰茜拉开书桌抽屉，拿出钱包，这好像是她第一次注意拉开抽屉的声响以及钱包扣子的"咔哒"声。她摸了摸钱包的皮革，闻了闻它的味道，仔细看了看钱包的黑色绸缎内衬。她从钱包里拿出了一枚1917年的一美分币值的硬币，放进了信封。

她旋开口红，在墨迹指纹下面画了一条线，那口红的颜色、质地和香味都让她十分开心。她又看了看粉盒里的粉，指甲锉上的纹路，梳子的硬度，还有手帕上的线头。钱包里还有一张旧剪报，是她从俄克拉荷马州的报纸上剪下来的一首诗，诗人曾在布鲁克林生活过。她已经读了这首诗二十遍，细细品味着诗里的每一个字：

我时而年老，时而年轻，
我时而愚蠢，时而智慧，
我时而目空一切，时而胸怀天下，
我时而散发母性光辉，时而充满父亲气概，
我时而是孩童，时而是成人，我的皮囊充斥着粗俗，
我的骨子填满着精致。

她把那首诗的剪报也放进了信封。然后，她用粉盒的镜子看着自己的发型，注意到自己的睫毛长短不一。她又看了看自己的鞋子，摸了摸长筒袜，发现丝绸的质感有点粗糙。裙子布料是由细绳编制而成，她翻起裙摆，看到衬裙的窄蕾丝边是菱形的。

"如果我能把这一刻的每一个细节都记在脑子里，就能永远记住这一刻了。"她想。

她用刀片割下一绺头发，用那张摁着指纹和口红印的纸包起来，放进信封，封好。在信封外面写道：

1917年4月6日，弗兰茜·诺兰，15岁零4个月。

她想："如果我五十年后打开这个信封，就能找回此刻的感觉，那样我

就不会变老了。五十年真的好长啊，有几十万个小时。但从我坐在这儿开始，已经过去一个小时了……我的生命又少了一个小时……此生，一个小时又离我而去了。”

“上帝啊，”她小声地祈祷，“让我生活的每一刻都丰富多彩吧：让我欢喜，也让我哭泣；让我冻得瑟瑟发抖，也让我温暖舒适；让我忍饥挨饿，也让我酒足饭饱；让我穿得破破烂烂，也让我穿得漂漂亮亮；让我真诚，也让我要点小聪明；让我诚实，也让我撒个小谎；让我做个好人，也让我偶尔犯点小错……只要让我每时每刻都过得有滋有味，让我睡觉时一直做梦，这样每分每秒都不会白白溜走。”

送报纸的小哥走过来，将一份城市报随手放在她的桌子上。报纸头条只有两个字：

宣战！

她只觉得天旋地转、目眩神迷，她低下头，把脸埋在墨迹未干的报纸上，默默地哭了起来。一位年纪略大的阅读员从洗手间回来，停在弗兰茜桌边。看到新闻头条和哭泣的弗兰茜，她觉得自己明白了。

“唉，宣战了！”她叹了口气。“我猜你不是有男朋友，就是有兄弟，对吗？”她用阅读员特有的夸张语气问。

“我有个弟弟。”弗兰茜回答得很真诚。

“诺兰小姐，我对你深表同情。”她回到了自己的工位。

“我又醉了，”弗兰茜心想，“这次是因为报纸上的坏消息。我怎么动不动就哭？真是太糟糕了。”

战争像一只无形的铁手，只是轻轻一碰，就让模范新闻剪报局的业务大规模缩水，那个支撑着生意的大客户——每年花好多钱订购巴拿马运河新闻剪报的客户——在宣战的第二天来了，说他暂时确定不了收件地址，只能每天亲自来取剪报。

几天后，两个走路缓慢、脚步沉重的男人来到老板办公室。其中一个人把手伸到老板鼻子底下，老板看到那人手里的东西，不由得脸色大变。他从最重要的客户的文件盒里拿出一叠厚厚的剪报。那两个人检查完，把剪报还给了老板，老板把剪报装进信封，把信封塞进桌子里。这两个人走进老板的洗手间，故意留了一道门缝。他们一整天都待在里面，到了中午，派一个小男孩出去买了一袋三明治和一盒咖啡，在洗手间吃了午饭。

下午四点半，订购巴拿马运河剪报的客户走了进来。老板慢悠悠地递给他一个厚厚的信封，他刚把信封塞进口袋，两个男人就从洗手间走了出来，分别用手摁住了他的一个肩膀，他叹了口气，从口袋里拿出信封，乖乖交给对方。只见他双脚并拢，僵硬地鞠了一躬，然后就被两个男人架了出去。老板回家后，肚子突然疼得厉害。

那天晚上，弗兰茜跟妈妈和尼利说，剪报局抓了一个德国间谍。

第二天，一个精明强干的男人带着公文包走了进来。老板不得不回答一堆问题，那个男人将老板的回答一一写在了一张打印好的表格的空白处。然后，是让人揪心的一幕：老板不得不开出一张将近四百美元的支票——客户被破取消订单，老板需要支付订单余额。那个精明强干的男人离开后，老板急忙出去借钱，以确保支票能够兑现。

从那以后，公司的生意江河日下。老板吃一堑长一智，不敢接受新用户，不管他们看起来多么无辜。戏剧季即将结束，演员客户显著减少。春季出版的书籍会带来数百名花五美元订阅临时文摘的季节性作者客户以及数十名花数百美元订购剪报的出版商客户，而今，潮水般的订单，变成了涓涓细流。出版社都在等待形势稳定再推出重要出版物。许多研究人员因为担心会被应征入伍而取消了账户。不过，即使业务正常，公司也没法经营下去了，因为工作人员开始离职了。

政府预计会出现人手短缺，于是在第三十四街的邮局公开招募女性工作人员，不少阅读员报名参加考试并顺利通过，立即投入了新工作。干体力活的俱乐部成员，几乎全体离职，去了战时工厂工作。他们不仅时薪翻了三倍，而且因为无私的爱国主义精神受到了诸多称赞。老板的妻子重新回来工作，老板把除了弗兰茜之外的所有阅读员都解雇了。

偌大的办公室空荡荡的，他们三个人试图撑起全部业务。弗兰茜和老板娘负责读报、归档和办公室日常工作。老板无精打采地裁着报纸，打印的地址条模糊不清，剪报也贴得歪歪扭扭。

六月中旬，老板决定放弃。他变卖了办公设备，解除了租约，至于客户的退款问题，他只是轻描淡写地说了句："让他们告我吧。"

弗兰茜给纽约另一家剪报局打电话，问他们招不招阅读员。对方告诉她，他们不招新人，并声称："我们对阅读员特别好。"弗兰茜祝他们："永远不要换人！"她觉得针锋相对的感觉不错，就挂了电话。

在剪报局上班的最后一个上午，她忙着标记招聘广告。她没看办公室工作，因为那样还得从档案员做起。除非你是速记员或者打字员，否则在办公室几乎没有出头的机会。其实她更喜欢去工厂干活，她喜欢工厂的人，也喜欢一边干活一边放空大脑。当然了，妈妈肯定不会让她再去工厂干活了。

她看到一则招聘广告，像是工厂和办公室的完美结合——在办公室里操作机器。一家通讯公司招聘女学徒工，学习操作电传打字机，带薪培训，每周十二美元零五十美分，工作时间是下午五点到凌晨一点。要是能拿下这份工作，至少她晚上就有事做了。

她去跟老板告别时，老板告诉她，最后一周工资暂时结不了。还说他有她的地址，会寄给她的。弗兰茜跟老板、老板娘以及最后一周的工资说了再见。

通讯公司在纽约市中心东河边的高楼大厦里。弗兰茜和其他十来个女孩一样，递上前老板热情满满的推荐信后填了申请表。她参加了一个能力测试，答了一些看起来挺傻的问题——比如一磅铅和一磅羽毛哪个重。毫无意外，她通过了测试，拿到了一个编号，一把需要交 25 美分押金的储物柜钥匙，被告知第二天下午五点前来报到。

弗兰茜不到四点就回家了，凯蒂正在打扫卫生，见她上楼，不由得有点担忧。

"妈妈，别担心嘛，我又没生病。"

"哦，"凯蒂松了口气，"我还以为你丢了工作呢。"

"确实丢了。"

"我连最后一周的工资都拿不到了。不过我又找到新工作了……明天就上岗……一周能挣十二美元零五十美分。我想过不了多久，就会涨工资的。"凯蒂开始问东问西。"妈妈，我好累，不想说话了，咱们明天再说吧。晚饭我也不想吃，就想睡觉。"说完，她上楼去了。

凯蒂坐在楼梯上，心里犯起了嘀咕。打从开战，吃的喝的什么都涨价。这个月，凯蒂都没能往弗兰茜的银行账户里存钱。每周十美元已经不够花了。劳丽每天得喝一夸脱新鲜牛奶，可牛奶的价格越来越高，还得买橙汁呢。现在每周只有十二美元零五十美分了，扣掉弗兰茜的零花钱，剩下的就更少了。就快放暑假了，尼利可以打工。但秋天怎么办？尼利秋天得回学校上课。弗兰茜秋天也得上中学了。这可怎么办？怎么办呀？她坐在那儿，越想越愁。

弗兰茜看了一眼熟睡的小宝宝，脱了衣服，钻进被窝。她双手交叉，枕在脑袋下边，盯着那扇灰蒙蒙的通风窗。

“我已经十五岁了，”她心想，“还在四处打零工，工作不到一年，已经换了三份工作。我以前觉得，从一个工作跳槽到另一个工作还挺好玩的。但现在，我怕了。我根本没犯错，却被炒了两次鱿鱼。我尽心尽力地去做每份工作，付出了我能付出的一切，现在又要重新开始了。只是现在我怕了。要是新老板让我‘跳一下’，我肯定跳两下，因为我害怕被炒鱿鱼。我害怕丢了工作，因为家里都指望我挣钱呢。我以前没工作的时候，家里是怎么过日子的？嗯，那时候还没有劳丽。我和尼利还小，花销不大，当然，爸爸也帮了不少忙。”

“好吧……再见了，大学；再见了，我的梦想。”她转过头，躲开那灰暗的光线，闭上双眼。

弗兰茜坐在一间宽敞的屋子里，面前摆着一台打字机。打字机上有一块金属板，挡住键盘不让她看上面的字母。屋子前面贴着一张大大的键盘图，弗兰茜照着图上的字母，摸索着它们在键盘上的位置。这是第一天的培训内容。第二天，她拿到了一摞旧电报，要她打出来。她一边看电报，一边看图示，手指一边在键盘上摸索。第二天培训结束，她已经记住了键盘上的字母位置，不用再看图示了。一个星期后，那块挡板被取了下来。现在，弗兰茜已经可以熟练地盲打了。

有个讲师给弗兰茜讲解了电传打字机的工作原理。弗兰茜练习了一天，学习怎么发送和接收模拟信息。然后，她就被安排到纽约到克利夫兰的线路上工作了。

弗兰茜觉得这真是太神奇了，她坐在机器前打字，打出的字就能出现在相距几百英里的俄亥俄州克利夫兰市的一台机器打印纸上。同样让人惊讶的是，克利夫兰那边的打字员也能让弗兰茜的机器打出字来。

这份工作挺轻松的。弗兰茜发报一小时，收报一小时，中间有两次十五分钟的休息时间，九点有半小时的吃饭时间。正式开始接收电报后，她的薪水涨到了每周十五美元。总的来说，这份工作还不错。

家人也适应了弗兰茜的新作息。她下午一过四点就出门，凌晨两点前回家。到了走廊门口，她会按三次门铃，这样能把妈妈叫醒，不给走廊里的坏人可乘之机。

弗兰茜上午十一点才起床。妈妈也不用那么早起床了，因为家里有弗兰茜陪着劳丽。妈妈先打扫自家这栋楼，等她去打扫另外两栋楼时，弗兰茜已经起床照顾劳丽了。弗兰茜星期天晚上也要上班，但星期三晚上可以休息。

弗兰茜很喜欢这样的安排。这样她晚上就不孤单了，既能帮妈妈分担家务，每天还能有几小时陪劳丽在公园里坐坐。温暖的阳光对她们两个都有好处。

凯蒂心里有个打算，就来和弗兰茜商量。

“他们会一直让你上夜班吗？”凯蒂问。

“他们肯定愿意！求之不得呢！没有女孩愿意上夜班，所以才会安排新来的女孩去上。”

“我在想，也许到了秋天，你可以晚上上班，白天上学。我知道这很难，但总归是个办法。”

“妈妈，不管你怎么说，我都不会去上中学的。”

“但你去年不是还非要去上学不可吗？”

“那是去年的事了。那时候是去上学，时机正合适，现在太晚了。”

“不晚，别固执了。”

“但现在我去上中学还能学到什么呢？不是我自大或什么的，但毕竟，我几乎读了一年的报，每天八小时，学到了不少东西。我对历史、政治、地理、写作、诗歌都有自己的看法。我读了很多跟人有关的书——知道人们在做什么以及如何生活。我知道什么是犯罪，也读过英雄事迹。妈妈，我什么都见识过了。我已经不可能和一群小孩一起坐在教室，听一个女老师喋喋不休地讲这讲那了。我会不停地站起来纠正她，否则，我就得默默地把一切对错都咽下去，但这样我会后悔的……嗯……后悔自己没有勇气反抗。所以我不会去上中学了，但总有一天我会去上大学的。”

“但得读完中学才能上大学呀。”

“四年中学……不对，是五年。没准还会有突发事件耽搁，然后是四年大学。等我完成学业，都二十五岁了，早成了干瘪的老处女了。”

“不管你愿不愿意，迟早会到二十五岁，还不如在此之前去上学呢！”

“妈妈，我再说一遍，我不会去上中学的。”

“咱们走着瞧。”凯蒂愤愤地说。

弗兰茜没再开口，但她愤愤的样子和母亲如出一辙。

说起来，这次谈话启发了弗兰茜。如果妈妈认为她可以晚上工作，白天读中学，那她为什么不能以这种方式读大学呢？她认真研究了一则报纸广告：布鲁克林最古老、最有声望的大学正在开设暑期课程，招生对象是有意愿进修高级课程或者补课的大学生，以及希望提前获得大学学分的中学生。弗兰茜把自己归于中学生一类，尽管她没有上过中学，但她觉得以自己的知识水平去听课完全没问题。于是，她要了一份课程表。

她从课程表里挑了三门下午的课。这样她就能像平常一样睡到自然醒，然后去上课，下课后直接去打工。她选了《初级法语》《基础化学》，还有一门听起来挺有意思的课，叫作《文艺复兴时期的戏剧》。她算了算，学费加实验费用，一共六十多美元，她存折里有一百零五美元。她去找妈妈。

“妈妈，能给我从攒的大学费用里拿六十五美元吗？”

“要钱干吗？”

“当然是上大学啊。”她故意说得很轻松，想增加点戏剧效果。效果还真不错，因为妈妈提高声调反问道：“上大学？”

“嗯，暑期大学。”

“可……可……可是……”妈妈说话都不利索了。

“我知道，你想说我没上过中学。但要是我跟他们说我不要文凭，也不要成绩，只是去听课，没准能行。”凯蒂从架子上拿下她绿色的帽子。“妈妈，你去干啥？”

“去银行取钱。”

弗兰茜见妈妈这么心急，不由得笑了：“银行已经下班了，再说也不急，还有一周才注册呢。”

大学位于布鲁克林高地，这是弗兰茜从未涉足的一处新地方。填注册表时，她在“受教育程度”那一栏犹豫了许久，三个选项分别是小学、中学和大学。她想了一会儿，把选项画掉，在空白处写上“私人教育”。

“这的确不算撒谎。”她对自己说。

让她感到高兴和意外的是，对方并未多问。收银员收了学费，递给她一张收据。她拿到了一个注册号码、一张图书馆借阅证、一张课程表，还有所需的教材清单。

她跟着大家来到街上的大学书店，对照清单，说要一本《初级法语》和一本《基础化学》。

“要新的还是二手的？”店员问。

“那个，我也不知道，应该买哪种呢？”

“新的。”店员说。

有人拍了拍她的肩膀。她回头一看，是个穿着考究的帅小伙。他说，“买二手的就行，跟新的没什么区别，但能便宜一半。”

“谢谢。”她转向店员，“要二手的。”态度很坚决。

她开始找戏剧课的两本教材。男孩又拍了拍她的肩膀。“别买，没必要，”男孩劝说道，“图书馆有，你大可以课前、课后，或者有空的时候去图书馆看。”

“真是太谢谢你了。”她感激地说。

“不客气。”他笑着说，然后慢悠悠地走开了。

她的眼睛一直看着他，直到他走出书店。“哇，他真高，长得真帅，”她心想，“大学真是太棒了。”

她坐在去公司的电车上，紧紧抱着两本教材。电车在铁轨上咔嚓咔嚓地响，那声音好像在说“大学……大学……大学”。弗兰茜突然觉得有点不舒服。她觉得有点头晕恶心，只好在下一站下车，虽然她知道这样会迟到。她靠在一台投币体重秤上，心里琢磨自己是怎么了。不可能是吃坏了肚子，因为她压根没吃午饭。然后，一个让她震惊的想法突然冒了出来。

"我的爷爷奶奶都没上过学，他们那一辈人都不识字，妈妈的姐姐也不识字，爸爸妈妈连小学都没毕业，我连中学都没上过。但是我，M. 弗兰茜·K. 诺兰，现在上大学了。弗兰茜，你听见了吗？你上大学了！"

"哦，天哪，我头好晕。"

49

弗兰茜下了化学课，脸上挂着灿烂的笑容。她刚刚学到，世界上所有的物质都是由不停运动的小原子组成的。她知道了，世间万物不会真正消失或毁灭。就算东西烧了或者烂了，它们也不会从地球上消失，只是变成了其他形态——比如气体、液体或者粉末。听完这堂课，弗兰茜觉得，万事万物都有生命，而且化学里没有死亡这回事。她想不通，为什么那些有学问的人不把化学当作一种信仰呢？

弗兰茜觉得《文艺复兴时期的戏剧》这门课除了需要大量时间阅读之外，简单易学，毕竟她从小就读莎士比亚的作品。她对这两门课都挺有信心的。但是，一提到《法语入门》，她就头疼。这门课其实不是真正的入门课，老师好像觉得大家都有基础，要么是考试不及格来重修的，要么是中学时学过法语，所以她直接跳过了基础部分，直接讲起了翻译。对英语都还没学扎实的弗兰茜来说，学法语简直难如登天，她觉得自己肯定过不了这门课。她唯一能做的就是每天背单词，尽量跟上进度。不管是在地铁上，还是休息、吃饭，她都会拿出书来看。她在通讯公司的办公室里，用打字机打出作业。她从不迟到，也不缺课，只希望自己至少通过两门课程。

书店结识的那位男孩成了她的好朋友，像天使一样守护着她。他叫本·布莱克，特别优秀。他在马斯佩斯中学读四年级，是校刊主编、班长、橄榄球队的半后卫，还是优秀学生代表。过去三个暑假，他一直在提前学习大学课程。等到高中毕业，他就提前修完一年的大学课程了。

除此之外，他下午还会去一家律师事务所帮忙。他负责写诉状，送传票，检查合同和卷宗，以及查阅判例。他对本州的法律条文了如指掌，完全有能力在法庭上处理案件。他在学校成绩突出，每周还能挣二十五美元。事务所希望他毕业后能全职加入，跟他们学法律，然后考律师资格证。但本对没有大学学位的律师不感兴趣。他已经选好了一所中西部的大学，打算先拿到文学学士学位，再去读法学院。

尽管只有十九岁，但他的人生规划得清清楚楚。他打算通过律师资格考试后，接手一家乡村律师事务所。他觉得年轻律师在小镇上工作，有更多的机会参与政治。他甚至已经选好了律师事务所，他有一位上了年纪的远亲，是一位乡村律师，经营着一家很稳定的律师事务所。他和这位亲戚保持着密切联系，每周都能收到他长长的指导信。

本计划接手这家律师事务所，等着成为县检察官的机会。（按照惯例，这一职位由县里的律师轮流担任。）这将是他政治生涯的起点。他会努力工作，提高知名度，赢得大家的信任，当选众议院议员，然后努力成为他所在州的州长。这就是他的人生规划。

最让人惊讶的是，了解本·布莱克的人都知道，他的规划会按部就班地成为现实。

在 1917 年的夏天，他准备大显身手的那个地方，那个辽阔的中西部州，正在烈日炎炎的大草原上沉睡，在广阔的麦田和无尽的苹果园中沉睡。

它在沉睡，丝毫没有觉察到，此时此刻，一个布鲁克林男孩正计划着入主州府，成为这片土地上最年轻的州长。

这就是本·布莱克，穿着得体、长相帅气、性格开朗、聪明自信，男孩们都喜欢他，女孩们都为他着迷，弗兰西·诺兰默默地爱上了他。

她每天都能见到他。他的笔尖在她的法语作业上舞动，他为她检查化学作业，为她解答戏剧课上的疑问，帮她做好暑期课程计划，甚至帮她规划好了未来的人生。

暑期就要结束了，弗兰茜心里有两个小烦恼。一是她很快就不能天天见到本了，二是她觉得自己的法语课可能要挂科。她跟本说了心中的烦恼。

“别犯傻了，”他直截了当地说，“你交了学费，整个假期都在上课，你又不笨，肯定能过。这是明摆着的事。”

“不是的，”她笑着说，“我可能很快就要不及格了。”

"那得给你来个考前突击。我们需要一整天，能去哪儿呢？"

"我家？"弗兰茜羞答答地提议道。"不行。有人，会被打扰。"

他想了一会儿，说："我知道一个好去处。周日早上九点，盖茨和百老汇街角见。"

她从电车上下来，他已经在等她了。她好奇地想，在这个街区，他会带她去什么地方。他带她来到一家剧院的后台门，这家剧院是百老汇巡演的第一站。他对斜坐在门边椅子上晒太阳的白发男人说了句："老伯，早上好。"就走进了那扇神奇的门。弗兰茜后来才知道，每周六晚，这个了不起的男孩都会在这家剧院做引座员。

她从未去过剧场后台，兴奋得浑身发热。舞台看起来特别大，屋顶特别高，跟没有顶一样。她走过舞台时，改变了步伐，模仿着记忆中哈罗德·克拉伦斯走路的样子，缓慢、笔挺地走着。本说话时，她慢慢转过身，用戏剧腔的沙哑声音说："你（略略停顿，然后意味深长地）说话了？"

"想看看别的吗？"他问。

他拉开幕布，她看到巨人窗帘般的石棉幕布缓缓卷起。他打开脚灯，她走到台前，俯视着下面一千个黑漆漆、空荡荡的座位。她仰起头，对着最后一排喊道：

"喂，你们好！"在黑暗的寂静中，她的声音似乎被放大了一百倍。

"那么，"他友好地问，"你对哪个更感兴趣，剧场还是法语？"

"那当然是剧院了。"她说的是真心话。就在此刻，她放下了所有野心，找回了最初的爱——舞台。

本笑着关掉脚灯，放下幕布，拉来两把椅子，面对面摆好。他想办法弄来了过去五年的法语考试试卷，从里面挑了一些常考和不常考的题目，编成了一套模拟试卷。这天，他大部分时间都在教弗兰茜怎么回答这些问题。然后，他还让她背了莫里哀《伪君子》中的一页，还有它的英文翻译。他对弗兰茜说："明天考试的时候，可能会有一道题你完全看不懂。别担心，你就如实说你答不上来，但想默写一段莫里哀的作品和译文。你把背的那段写下来，肯定能通过考试。"

"但万一考的刚好是我背的那一段呢？"

"不会的。我挑的那段特别难懂。"

结果她真的通过了法语考试，虽然分数不高，但她想，过了就好。她的化学和戏剧考试，成绩都很好。

按照本的计划，一周后她去拿成绩单，然后和他见面。他带她去哈伊勒的店，点了巧克力苏打水。

“弗兰茜，你多大？”他一边喝苏打水一边问。

她飞快地盘算了一下：在家里她十五岁，在公司她十七岁。本十九岁。要是他知道她才十五岁，可能就再也不理她了。他见她有点迟疑，就说：“你说的话，会被当作呈堂证供。

她鼓起勇气，小声说：“我……十五岁了。”说完，不好意思地低下了头。“嗯。我喜欢你，弗兰茜。”

“我也喜欢你。”她心里想。

“我喜欢你，我认识的女孩中，我最喜欢你。但你知道的，我没空陪女孩。”

“哪怕周末抽出一小时都不行吗？”她试探着问。

“我那点空闲时间都属于我妈。我是她的一切。”

这是弗兰茜第一次听本说起布莱克太太。但她不喜欢她，因为她抢占了本仅有的空余时间，这点时间，本可以让弗兰茜开心万分。

“但我会想你的，”他接着说，“如果我有时间，就给你写信。(他俩只相距半小时路程。)但如果你需要我——当然，那种鸡毛蒜皮的事除外——就给我写信，我会想办法来见你的。”他给了她一张名片，上面写着他的全名，本杰明·富兰克林·布莱克。

他们在店门口热情地挥手告别。他边走边回头喊：“明年暑期见！”

弗兰茜目送他消失在街角。明年暑期！现在才九月，明年暑期仿佛远在一千年以后。

她太喜欢暑期学校了，想在秋天进入这所大学就读，可是三百美元的学费让她望而却步。某天上午，她在纽约图书馆第42街分馆翻看目录时，发现了一所纽约居民可以免费就读的女校。

她拿着成绩单去报名，却被告知没有中学毕业证不能报名。她解释说自己已经上过暑期学校了。哦！那不一样，暑期学校的课只给学分，不给学位。她问能不能只听课，不拿学位。回答是不行。如果她的年龄超过二十五岁，可以以不拿学位的特殊学生的身份上课。弗兰茜遗憾地说她还没到二十五岁。不过，还有一条路子：如果她能通过入学考试，那么无论是否拿到了中学毕业证，都能报名上学。

弗兰茜去考了，除了化学，其他科目都没过。

“唉，我早该知道的，”她跟妈妈说，“要是上大学那么容易，谁还上中学啊。不过别担心，妈妈，我已经知道入学考试的题型了，我会借书学习，明年再考。明年我肯定能考上，等着瞧吧。”

就算她能考上，也未必能正常入学，因为她被安排在了白班。她已经是个又快又熟练的操作员了，他们需要她在最忙碌的白天工作。他们保证，要是她愿意，夏天可以让她继续上夜班。她又涨了一次工资，现在每周能赚十七美元零五十美分。

又是一个孤独的夜晚。弗兰茜在美好的秋夜走在布鲁克林的街上，想起了本。（“如果你需要我，就给我写信，我会想办法来见你的。”）

是的，她需要他，但她很明白，如果他看到信里写的是：“我很孤单，你能来陪陪我，和我说说话吗？”本是肯定不会来的。在他的日程表上，压根儿没有“孤单”这个词。

街区看起来还是老样子，但又有些不同。一些出租公寓的窗户上多了金色的星星，说明这家有人阵亡。晚上，男孩们还是跟往常一样，聚在街角或者廉价糖果店门口。但现在，总能看见身穿卡其布军装的小伙子。

男孩们围在一起，齐声歌唱。他们唱《老棚屋》《当你戴着郁金香》《亲爱的老姑娘》《让你流泪很抱歉》之类的歌。

有时候，穿军装的小伙会带头唱战争歌曲，比如《在那边》《凯蒂》《无人之地的玫瑰》。

但不管他们唱什么，最后总是以布鲁克林的本地民谣收尾：《慈母颂》《当爱尔兰的眼睛微笑时》《让我唤你一声甜心》或者《曲未了》。

晚上，弗兰茜从他们身边走过，不由得想，为什么这些歌听起来都那么忧伤。

50

茜茜快要生宝宝了，预产期在十一月底。凯蒂和艾薇尽量不提这件事，她们觉得茜茜的宝宝很有可能还是保不住，所以一致认为少说为妙，这样茜茜就不会记得太深刻。但是茜茜做了个决定，让她们不得不讨论这件事。茜茜说，她生孩子的时候要去医院，还要请医生。

茜茜的妈妈和两个妹妹都惊呆了，因为罗梅利家的女人生孩子时从没请过医生。她们觉得生孩子是女人的事，应该找个接生婆或者家里的女性长辈帮忙。而且这事应该关着门，在屋里悄悄进行，不该让男人参与。至于医院，大家都觉得，那是将死之人才会去的地方。

茜茜告诉她们，现在时代变了，接生婆已经过时了。而且，她很自豪地说，这次生孩子她自己说了不算，她的丈夫史蒂夫坚持要请医生、去医院。茜茜还说，她要请的是一位犹太医生。

“茜茜，为什么呀？”两个妹妹都很惊讶。

“因为犹太医生在那种时候更有同情心。”茜茜说。

“我对犹太人没什么成见，”凯蒂说，“可是……”

“听我说，”茜茜打断她，“亚伦斯坦医生的医术如何和他的信仰根本没关系。”

“可是我觉得，”凯蒂本来想说“快死的时候”，但及时改口，“生孩子的时候，还是应该找一个和你信仰相同的医生。”

“亲爱的，你想多了！”茜茜不以为然地说。

“人以群分嘛，”艾薇觉得自己说得很有道理，“你看见有哪个犹太人请基督教医生吗？”

“人家为什么要请基督教医生呢？”茜茜反驳道，“谁都知道犹太医生更聪明。”

生产过程和以前一样顺利。茜茜生孩子向来轻松，更何况这次还有医生助阵。宝宝出生后，茜茜紧张地闭上了眼，根本不敢看。她坚信这个宝宝能活下来，但真到了关键时刻，还是觉得害怕。终于，她鼓起勇气睁开眼。宝宝静静地躺在旁边的桌子上，一动不动，浑身发青。茜茜别过头去，不敢再看。

“还是这样。”她想，“一次又一次，一次又一次，都十一次了！老天爷，您就不能给我一个活生生的孩子吗？十一个里面活一个都不行吗？再过几年，我就不能生孩子了。一个女人最后就这样走了……却从来没当过妈妈。老天爷，您为什么要这样对我？”

然后，她听到了一个词，一个她以前从没听过的词——“氧气”。

“快！氧气！”她听到医生说。

她看着医生抢救她的孩子。她看到了一个比妈妈讲的那些圣人故事还要神奇的奇迹。她看到那孩子原本发青的脸变成了生机勃勃的白色，她看到几乎窒息的孩子吸了一口气。她第一次听到了自己孩子的哭声。

“孩子……孩子……孩子还活着吗？”她简直不敢相信自己的眼睛。

“不然呢？”医生耸了耸肩，笃定地说，“这是我见过的最健康的男婴。”

“您确定他能活下来吗？”

“不然呢？”医生又耸了耸肩，“除非你把他从三楼窗户扔下去。”

茜茜紧紧抓住医生的手，不停地亲吻。亚伦斯坦医生并没有因为她的举动感到不自在。

茜茜给孩子起名叫斯蒂夫·亚伦。

“这种事百试百灵，”凯蒂说，“让一个生不了孩子的女人领养一个孩子，然后，就好了！一两年后，她肯定能自己生个孩子。就好像老天爷终于看到了她的善良。对茜茜来说，带两个孩子比带一个孩子有意思多了。”

“小茜茜和斯蒂夫只差两岁，”弗兰茜说，“就像我和尼利一样。”

“嗯，他们两个可以一起长大。”

茜茜的儿子活了下来，家里把这事当成大新闻，天天说来说去，直到威利·弗利特曼姨夫给大家带来了新话题。威利想参军，但是被拒了；于是他辞掉了牛奶公司的工作，回到家里宣称自己是个失败者，然后就上床睡觉去了。第二天早上他没起床，第三天早上他也没起床。他说他活一天就躺一天，再也不起来了。他说他这辈子都是失败者，现在他要以失败者的身份去死，还说什么早死早超生。

艾薇叫来了她的姐妹们。

艾薇、茜茜、凯蒂和弗兰茜站在那张大铜床旁边，失败者就躺在上面。

威利看了一眼这群坚强的罗梅利家的女人，哭喊道："我是个失败者。"说完，他拉着被子蒙住了脑袋。

艾薇把重任交给了茜茜，弗兰茜看着茜茜开始施展魔法。茜茜伸开双臂紧紧抱住他，好像要把这个没出息的小矮个抱进心里。她不停地跟威利说，勇士不只在战场上，还有很多人每天在军工厂里冒着生命危险为国家出力。她一直说啊说，直到威利兴奋得跳下床，指使艾薇姨妈给他找裤子和鞋子。

史蒂夫现在是摩根大道上一家军工厂的工头。他给威利在那儿找了份工作，薪水不错，加班另有加班费。

罗梅利家有个规矩，男人们挣的小费或者加班费可以自己留着花。威利拿到第一笔加班费后，给自己买了一面鼓和一对铙钹。只要不加班，他就整晚在客厅练习打鼓和敲铙钹。圣诞节，弗兰茜送给他一个口琴。他把口琴绑在一根棍子上，再把棍子系在腰上，这样他就能一边吹口琴一边做其他事了，就像骑自行车不用手扶那样。他试着同时弹吉他、吹口琴、打鼓和敲铙钹，想搞一个单人乐队。

所以，他晚上就坐在客厅里，吹口琴、弹吉他、打大鼓、敲铙钹。但他心里有点难过，因为他还是觉得自己是个失败者。

51

天气冷得让人不想出门散步，弗兰茜在社区中心报了两个夜校兴趣班——缝纫和跳舞。

她学会了怎么看图样，怎么使用缝纫机，梦想着将来能给自己做衣服穿。

她学的是"交际舞"，但她和她的舞伴们从没妄想过去舞厅。有时候，她的舞伴是头发油亮的邻家帅哥，他们跳得飞快，弗兰茜得努力跟上他们的节奏；有时候，她的舞伴是穿短裤的十四岁小男孩，她就教他怎么跳。她特别喜欢跳舞，所以学得特别快。

这一年眼看就要过去了。

“你看的是什么书，弗兰茜？”

“尼利的几何书。”

“什么是几何？”

“妈妈，是考大学的必考科目。”

“噢，别熬得太晚了。”

“我姐姐她们怎么样？”凯蒂问保险代理人。

“那个，我刚给你姐的孩子——萨拉和斯蒂夫，办了保险。”

“可他们一出生，她不就给他们买保险了吗？每周五美分那种。”

“现在买的是另一种保险，理财保险。”

“什么意思？”

“意思就是他们不用等到去世就能拿到钱。等他们年满十八，每人能拿到一千美元，可以保障他们顺利读完大学。”

“哦，我的天哪！先是生孩子去医院找医生，然后是大学保险。接下来还会是什么呢？”

“妈妈，有来信吗？”弗兰茜照例一下班回家就这么问。“没有。只有艾薇寄来的一张明信片。”

“说什么？”

“没啥事，就是他们又得搬家了，因为威利的鼓声扰民。”

“这次他们要搬去什么地方？”

“艾薇在柏树山找了个独栋住宅。那地方到底属不属于布鲁克林呀？”

“在纽约东边，布鲁克林和皇后区交界的地方，离新月街不远，是百老汇电车的最后一站。我的意思是，在线路延伸到牙买加之前，那里是最后一站。”

玛丽·罗梅利躺在她那张小小的白床上，床头的墙上挂着一个十字架。她的三个女儿和大外孙女弗兰茜，都站在床边。

“哎呀，我今年都八十五了，感觉这场病是挺不过去了。我带着从生活中攒下的勇气，等着和死神握手。我不会假惺惺地跟你们说：‘我走后，你们别难过。’我爱我的孩子们，努力当个好妈妈，孩子们为我难过也在情理之中。但我希望你们的难过别持续太久，然后逐渐接受这个事实。要知道，我挺开心的，因为我终于能亲眼见到我尊崇了一辈子的那些圣人了。”

弗兰茜在活动室给一群女孩看照片。

“看，这是我小妹安妮·劳丽，才一岁半，已经能到处跑了。你们要是听过她说话，就知道有多好玩了！”

“她好可爱啊。”

“这是我弟，科尼利厄斯。他将来要当医生。”

“他也好可爱啊。”

“这是我妈妈。”

“你妈妈真年轻，真漂亮。”

“这是我在屋顶的照片。”

“屋顶也好可爱啊。”

“我也很可爱。”弗兰茜佯装生气道。

“我们都很可爱。”女孩们笑了，“我们主管——那个老家伙也可爱。我真希望她早日上西天。”

她们笑个不停。

“我们到底在笑什么？”弗兰茜问。

“没什么。”她们笑得更欢了。

“让弗兰茜去。上次我去买德国酸菜，被他从店里赶出来了。”尼利抱怨道。

“你现在得说买自由卷心菜，你这个笨蛋。”弗兰茜说。（美德开战，说话不能带德国二字。）

“别互相叫外号。”凯蒂心不在焉地提醒道。

“你们知道汉堡大道改叫威尔逊大道了吗？”弗兰茜问。

“战争总能让人失去理智。”凯蒂叹了口气。

“你会告诉妈妈吗？”尼利担心地问。

“不会。可你还小，不适合跟那种女孩约会。他们说她很野。”弗兰茜说。

“可谁愿意找个乖乖女呢？”

“我无所谓，可你压根不懂……那个……性。”

“我最起码比你懂。”他双手叉腰，用尖细的假声说：“哦，妈妈！要是一个男人只亲了亲我，我会不会怀孕呀？会吗，妈妈？会吗？”

“尼利！你偷听！”

“有什么奇怪的，我就在外边，听得一清二楚。”

“你这个小人……”

“你也偷听，我发现了好几次。妈妈和茜茜姨妈或艾薇姨妈说话时，你本该在床上睡觉。”

“那不一样。我是为了找出真相。”

“得了吧！”

“弗兰茜！弗兰茜！七点了，快起床！”

“起床干吗？”

“你八点半得上班。”

“妈妈，说点新鲜的吧。”

“今天是你十六岁生日。”

“说点新鲜的吧，我两年前就十六岁了。”

“今年你还是十六岁，然后……”

“我或许一辈子都是十六岁。”

“那我也不会感到惊讶。”

“我不是偷翻你的钱包，”凯蒂气鼓鼓地说，“我得再找五美分给煤气工，我以为你不会介意，你不是也经常从我的钱包里翻零钱嘛。”

“那不一样。”弗兰茜说。

凯蒂手里拿着一个小巧的紫盒子，里面装着香喷喷的金色烟嘴的香烟，满满一盒烟少了一支。

“好吧，如你所见，”弗兰茜说，“我抽了一支米洛香烟。”

“该说不说，闻起来确实很香。”凯蒂说。

“开始吧，妈妈，把我臭骂一顿，然后翻篇。”

“有那么多士兵战死法国，世界不会因为你偶尔抽一支烟就毁灭的。”

“天哪，妈妈，你真够扫兴的！去年我穿黑色蕾丝套装，你也一点都不在意。算了，我把烟都扔了吧。”

“干吗要扔？把它们放进我的抽屉里，肯定能把睡衣熏香。”

“我在想，”凯蒂说，“咱们今年还是别互送圣诞礼物了，不如把钱都凑在一起，买一只烤鸡、一个大蛋糕、一磅好咖啡……”

“我们有足够的钱买吃的，”弗兰茜抗议道，“不必动用买圣诞礼物的钱。”

“我想给廷莫尔家两姐妹送点东西，现在没人找她俩上课，都说她俩没落了。她俩根本吃不饱饭，从前莉齐小姐对我们多好啊。”

“好吧。”弗兰茜勉强同意了。

“天哪！”尼利狠狠地踢了桌腿一脚。

“别不高兴，尼利，”弗兰茜笑着说，“你会收到礼物的。今年我送你一双浅棕色鞋罩。”

“闭嘴吧。”

“不要跟对方说‘闭嘴’。”凯蒂心不在焉地责备道。

“妈妈，我有件事想问问你的意见。我在暑期学校遇到了一个男孩，他说可能会给我写信，但他从来没写过。我想问，我要是给他寄一张圣诞贺卡，会不会显得太唐突？”

“唐突？纯属胡说八道！你想寄就寄。我不喜欢女人编出来的所谓矜持的把戏。人生苦短啊。要是碰到了你爱的男人，千万别浪费时间，也别害羞，直接走到他跟前，跟他说：‘我爱你。我们结婚怎么样？’当然，”她急忙补充道，带着一丝忧虑看着女儿，“那得等你足够成熟，明白自己心意的时候。”

“我会寄贺卡的。”弗兰茜下定了决心。

“妈妈，我和尼利想喝咖啡，不想喝酒。”

“好的，没问题。”凯蒂把白兰地酒瓶放回柜子里。

“咖啡要煮得又浓又热，热咖啡、热牛奶各一半。咱们用牛奶咖啡庆祝 1918 年的到来吧！”

“s' ilvousplait.(请。)”尼利用法语抢着说。

“Wee-wee-wee.(好，好，好。)”妈妈笑了，“我也会几句法语。”

凯蒂一手拿着咖啡壶，一手拿着热牛奶锅，把咖啡和牛奶同时倒进杯子。

“我还记得，”她说，“以前家里没有牛奶，你爸就在咖啡里放一块黄油——要是家里有黄油的话。他说黄油本来就是奶油，放在咖啡里很好喝。”

爸爸！……

52

弗兰茜十六岁那年的春天，一个晴朗的日子，五点她一下班，走出大门，就看见安妮塔——跟她同排机器的一个女孩，站在通讯大楼门口，身旁还有两个士兵。矮胖的士兵满脸堆笑，紧紧搂着安妮塔的胳膊，高瘦的士兵，尴尬地手足无措，站在一旁。安妮塔见弗兰茜出来，赶紧挣开矮胖士兵的手，把她拉到一边。

“弗兰茜，帮帮我。这是乔伊出国驻防前最后一个假期，我们已经订婚了。”安妮塔急匆匆地说。

“你们都订婚了，想干什么就干什么，还需要我帮什么忙？”弗兰茜打趣道。“我是说帮我搞定另外那个家伙。乔伊非要带他来，真是的。他们俩是好哥们儿，天天形影不离的。这个家伙的家在宾夕法尼亚州的一个乡下小镇，在纽约谁也不认识，肯定会一直跟着我们，我根本没法和乔伊单独约会。你帮帮我，弗兰茜，已经有三个女孩拒绝我了。”

弗兰茜瞅了瞅十英尺外那个宾夕法尼亚州来的家伙。他看起来很普通，难怪那三个女孩不愿意帮忙。然后，他的目光和弗兰茜相遇，他露出了一个腼腆的微笑。说来也怪，虽然他长相普通，但他的微笑却让人如沐春风。那个腼腆的微笑让弗兰茜做出了决定。

“听我说，”她对安妮塔说，“如果我能在我弟上班的地方找到他，我就让他给我妈妈捎个信儿。他要是走了，我就得回家，我不回家吃晚饭，我妈妈会担心的。”

“那你快去呀，给他打个电话，”安妮塔催促道，“给！”她从手提包里掏出一枚五美分的硬币，“电话费。”

弗兰茜在街角的雪茄店打了电话。尼利还在麦加里蒂酒吧，她让他给妈妈捎个信。她打完电话回来，发现安妮塔和她的乔伊已经走了，只剩下那个面带腼腆微笑的士兵。

“安妮塔呢？”她问。

“我想她大概是把你丢下了——她和乔伊一起走了。”

弗兰茜有点失望，她本来以为是四人约会。现在她要怎么面对这个高个子陌生人呢？

“他们没错，”他说，“他们只是想单独在一起。我也订婚了，很理解那种感觉。最后一个假期，唯一的女孩。”

“订婚了啊？”弗兰茜想，“最起码不会跟我玩暧昧。”

“其实，你不用非得陪着我，”他接着说，“你只要告诉我怎么坐地铁回第三十四街，我就回酒店去——我对这个城市不太熟。我觉得，要是闲得无聊，可以写写信。”他又露出了那种腼腆又孤独的微笑。

“我已经跟家里说过了，今晚不回去吃饭。所以，如果你愿意……”

“如果我愿意？哇塞！我真是太荣幸了。那个，多谢，小姐……”

“诺兰。我叫弗兰茜·诺兰。”

“我叫李·莱因诺。其实我叫利奥，但大家都叫我‘李’。很高兴认识你，诺兰小姐。”他伸出了手。

“我也很高兴认识你，莱因诺下士。”他们握了握手。

“哦，你注意到了我的军衔。”他开心地笑了，“你忙了一天，我想你肯定饿了。有没有什么想去的地方，吃晚餐……”

“说晚饭就行，不用这么正式。我没有什么想去的地方，你呢？”

“我想尝尝这儿的炒杂碎，听说挺有名的。”

“第四十二街那边有家店不错，还有音乐听。”

“那咱们走吧！”去地铁站的路上，他说：“诺兰小姐，我能叫你弗兰茜吗？”

“当然，大家都这么叫我。”

“弗兰茜！”他重复了一遍，“弗兰茜，还有，今晚能假装是我女朋友吗？”

“好家伙，”弗兰茜心想，“这进度也太快了。”

他好像看穿了她的心思，“我猜你大概觉得我有点心急，但情况是，我已经几乎一年没跟女孩约会了，再过几天我就要坐船去法国了，之后会发生什么，谁都不知道。所以，就这几小时而已——如果你不介意的话，我会万分感激的。”

“我不介意。”

“多谢，”他伸出手臂，“女朋友，挽着我吧。”正要进地铁站时，他突然停了下来，以命令的口吻说：“叫我‘李’。”

“李。”她说。

“说：‘你好，李。亲爱的，真高兴能再次见到你。’”

“你好，李，真高兴能再次见到你……”她羞答答地说。他紧了紧手臂。

在红宝石餐厅，服务生端来两碗炒杂碎和一壶浓茶放在他们中间。

“你来倒茶，这样更有家的感觉。”李说。

“加多少糖？”

“我不加糖。”

“我也不加糖。”

“嘿！咱俩的口味完全一样，不是吗？”他说。

两个人都饿坏了，他们没再说话，专心吃起了那些滑溜溜的食物。每次弗兰茜抬头看他，他都会微笑以对。每次他低头看她，她都会开心地咧嘴笑。填饱肚子之后，他靠在椅背上，拿出了一包烟。

“你抽烟吗？”

她摇了摇头，“我试过一次，但不太喜欢。”

“不错，我不喜欢女孩抽烟。”

然后他就打开了话匣子，把自己从小到大的经历都告诉了她。他讲了自己在宾夕法尼亚州某小镇度过的童年。（她对那个小镇有印象，之前在剪报局工作时见过小镇的名字。）他聊到了自己的爸爸妈妈和兄弟姐妹。他说起了自己的学校生活——参加过的派对，打过的零工，他说他今年二十二岁，是在二十一岁那年参军的。他跟她讲了军营生活，以及是如何当上下士的。他把自己的事情全都告诉了她，就是没提那个跟他订婚的女孩。

弗兰茜也给他讲了自己的经历，不过，她只挑开心的事情讲——爸爸多帅气，妈妈多聪慧，弟弟多棒，小妹妹多可爱。她还跟他说起了图书馆桌子上的棕碗，还有跨年夜她和尼利在屋顶聊天。她没提本·布莱克，因为她压根没有想起他。听她说完，他再次开了口：

“我这辈子挺孤独的，在热闹的派对上我很孤独，亲吻女孩时我很孤独，在数百人的营地还是孤独，但现在我不孤独了。”他露出了他那标志性的微笑。

“我也一样，”弗兰茜很坦诚，“不过我从没亲过任何男孩。现在，我也是生平第一次不觉得孤独了。”

服务生给他们几乎满的杯子里又添了点水。弗兰茜知道这是在提醒他们坐太久了，有人在等位。她问李现在几点了。快十点了！他俩已经聊了将近四个钟头了！

“我得回家了。”她恋恋不舍地说。

“我送你。你是住在布鲁克林大桥一带吗？”

“不是。我住威廉斯堡。”

“真希望你住布鲁克林大桥一带。我一直想，如果有机会来纽约，一定要去布鲁克林大桥上走一走。”

“现在就去，怎么样？”弗兰茜提议，“我可以在布鲁克林桥头坐电车，直接坐到我家附近。”

他们乘地铁来到布鲁克林大桥，出了地铁，开始过桥。走到桥中央，他们停下脚步俯瞰东河。两人站得很近，他握着她的手，抬头看着曼哈顿方向的天际线。

“哇，纽约！我早就想目睹你的风采了，现在总算梦想成真了。他们说的对，纽约是世界上最棒的城市。”

“布鲁克林更棒。”

“布鲁克林没有纽约那种直插云霄的大楼吧？”

“确实没有。但布鲁克林给人的感觉很不一样，哎呀，我也说不清楚。

你得在布鲁克林生活才能体会到。”

“总有一天，我们会在布鲁克林安家的。”他轻声说。她的心怦怦直跳。

她注意到一个巡逻警察朝他们走来。

“咱们还是赶紧走吧，”她有点紧张地说，“那边就是布鲁克林海军造船厂，那艘停着的伪装船其实是运输船。警察总是时刻提防间谍。”

警察靠近后，李说：“我们不是搞破坏的，只是想欣赏一下东河的美景。”

“当然，当然，”警察说。“我难道不懂美好的五月夜晚会发生什么吗？我也年轻过，但那是很久之前的事，你们大概很难想象已经多久了。”

警察对他们微笑，李回以微笑，弗兰茜则咧嘴一笑。警察瞥了一眼李的袖子。

“好吧，再见了，将军，”警察说，“到了那边，给他们点颜色瞧瞧。”

“一定。”李承诺道。

警察继续巡逻去了。

“他是个好人。”李评论道。

“每个人都很好。”弗兰茜高兴地说。

李和弗兰茜两个人走到布鲁克林这边，弗兰茜说她可以自己回家，她解释说，她下夜班后是深夜，总是独自一人回家。还说，从她所在的社区回纽约，他肯定会迷路。“布鲁克林的路就是这样，你得在那里生活才能找到路。”她说。

其实，她只是不想让他看到她住的地方。她爱她的社区，并不为在那儿生活感到耻辱。但她觉得，对于一个不了解它的人来说，可能会觉得那地方破旧不堪。

她先告诉了他如何乘电车返回纽约，然后两人一起往她的乘车车站走。他们经过一家只有一扇窗户的文身店，里面坐着一个年轻的水手，袖子卷起。文身师坐在凳子上，旁边是墨水盘。他正给水手的胳膊刺一个被箭穿透的心。弗兰茜和李停下来，站在窗边往里看。水手用另一只手臂向他俩挥手，他俩也挥手回应。文身师抬头示意他们可以进来，弗兰茜皱皱眉，摇头拒绝了。

离开文身店时，李用充满惊奇的语气说：“天哪！那个家伙真的在文身！”

“可别让我看到你去文身哦。”她半开玩笑半认真地说。

“放心吧，妈妈，我不会的。”他乖巧地回答。两人都笑了。

他们站在街角等电车，尴尬地沉默着。他俩站得略远，他不断点烟，不等烟抽到一半，就将其扔掉。终于，一辆电车缓缓驶来。

“我的车来了，”弗兰茜说完，伸出右手，“晚安，李。”

他丢掉刚点着的香烟。

“弗兰茜？”他张开双臂。

她走向他，他轻轻地吻了她。

第二天早上，弗兰茜穿上崭新的海军蓝绉纱套装，内搭白色乔其纱绉布衬衫，还有周日才穿的漆皮高跟鞋。她和李没有约会，也没有说好下次见面，但她知道他会等她下班。她正要出门，尼利从床上爬起来。她让他转告妈妈，她不在家吃晚饭。

“弗兰茜总算有男朋友了！弗兰茜总算有男朋友了！”尼利念叨着。

他走到坐在窗边高脚椅上的劳丽身边，看见桌上的托盘里放着一碗燕麦粥。劳丽正忙着用勺子舀出燕麦粥，然后倒在地板上。尼利轻轻捏了捏她的下巴。

“嘿！小傻瓜！弗兰茜总算有男朋友了。”两岁大的孩子右眉内侧出现了一条淡淡的纹路（凯蒂称之为罗梅利纹），努力理解着哥哥的话。

“弗兰——茜？”劳丽有点疑惑。

“听着，尼利，我照顾她起床穿衣，给她煮了燕麦粥。现在该你喂她吃饭了。还有，别叫她傻瓜。”

她穿过走廊走到街上，听到有人叫她的名字。她循声抬头，看见尼利穿着睡衣从窗户里探出身子。他扯着嗓子唱道：

迎面走来一个女孩，
步履匆匆，神色慌张，
她穿着节日盛装，
去见她的情郎……

"尼利，你真烦人！太烦人了！"她朝窗户喊道。他假装听不懂。

"你是说他很烦人吗？他是留大胡子，还是秃头呀？"

"你最好去喂小宝宝吃饭。"她反击道。

"你是说你要生小宝宝了吗，弗兰茜？你是说你要生小宝宝了吗？"

街上路过的一个男人冲弗兰茜眨了眨眼，两个手挽手路过的女孩突然大笑起来。

"你这个臭小子！真该死！"弗兰茜愤怒地尖叫道。

"你说脏话！我要告诉妈妈，我要告诉妈妈，我要告诉妈妈你说脏话。"尼利念叨着。

她听到电车来了，不得不跑去赶车。

他果然在等她下班。她一出来就看到了他那标志性的笑脸。

"嗨，亲爱的。"他把她的手挽进自己的臂弯。

"嗨，李。真高兴再次和你见面。"

"……亲爱的。"他提醒道。

"亲爱的。"她跟着说。

他们去了一家自助餐厅吃饭——那是他一直想见识一下的地方。自助餐厅禁止抽烟，李不抽烟就坐不住，所以他们吃完甜点喝完咖啡，就走了。他们决定去跳舞，于是在百老汇一带找了一家舞厅，军人能享受半价优惠。他花一美元买了二十首曲子的舞票，两人跳起舞来。

他们还没跳到舞池中间，弗兰茜就发现他那笨手笨脚的样子其实都是装的。他动作流畅，舞技高超。他们紧紧抱在一起，不停地跳着，根本无须言语。

乐队演奏的是弗兰茜最喜欢的《周日清晨》。

> 某个周日清晨，
> 天气多么晴朗。

她跟着歌手哼唱起来。

穿上格子布裙，
我将成为美丽的新娘。

她感到李的手臂把她搂得更紧了。

我知道我的闺密们，
一定会羡慕我。

弗兰茜觉得非常幸福。跳完一圈，歌手又唱起了歌，这次稍微改了改歌词，向在场的士兵致敬。

穿上卡其色军装，
你将成为英俊的新郎。

她的手臂紧紧搂住他的肩膀，把脸颊靠在他的军装上。此时此刻，她和凯蒂十七年前与乔尼跳舞时的想法一模一样——只要能永远和这个男人在一起，她愿意吃任何苦、受任何累、做任何牺牲。和凯蒂一样，弗兰茜压根没考虑到自己的孩子也要跟着吃苦受罪。

一群士兵要离开舞厅，乐队按照惯例暂停了正在演奏的歌曲，转而演奏起了《再到重逢时》。所有人都停下了舞步，向士兵们唱起了这首告别的歌。弗兰茜和李手牵手唱着，虽然两人都不太确定歌词。

……当云彩飘过，
我会回到你身边，
那时天空将更加蔚蓝……

"再见，士兵们！""祝你们好运，士兵！""士兵，再到重逢时。"然后，即将离场的士兵们站在一起，唱起了这首歌。李拉着弗兰茜向门口走去。

"我们现在就走，"他说，"这样这一刻就会成为完美的回忆。"

他们缓缓走下楼梯，歌声一路相随。两人走到街上，停下脚步，直到歌声渐渐消失。

……每晚为我祈祷，
再到重逢时。

“让它成为我们的歌，”他轻声说，“每次听到这首歌，就想想我。”

他们走着走着，突然下起了雨，他们只好跑起来，在一家空商店门口躲雨。

他们站在这个昏暗的、有遮棚的门口，手牵着手，看着雨滴落下。

“人们总觉得幸福很遥远，”弗兰西想，“觉得它复杂且难以企及。其实，一些小事就能让人幸福不已：比如下雨时有地方躲雨，不开心时有一杯热腾腾的咖啡。对男人来说，一支烟就能让他幸福感满满；独处时，有本书可读；还有，和心爱的人在一起……这些小事都是幸福。”

“我明天一早就要走了。”

“不是去法国吗？”她突然从幸福的感觉中惊醒。

“不是去法国，是回家。我妈妈想让我回家待一两天再……”

“哦！”

“我爱你，弗兰西。”

“但你已经订婚了。这是你跟我说的第一件事。”

“订婚，”他痛苦地说，“大家都订婚了。小镇上的人不是订婚就是结婚，不然就会麻烦缠身。小镇上没其他事可做。”

“你去上学，放学后和一个女孩一起走路回家——可能没有别的原因，只是因为顺路。你们长大后，她邀请你去她家参加派对。等你再去别的派对，大家都觉得你应该带她一起去，并在派对结束后送她回家。很快，其他人就不会约她出去了，大家都觉得她是你的女朋友，然后……嗯，如果你不带她出去，你就会觉得自己是个坏人。然后，因为小镇上没别的事可做，你们就结婚了。如果她是个好女孩（大多数情况下是），你也是个不错的男人，那么你们就会这么过下去。没有轰轰烈烈的爱情，但有一种温馨的满足感。然后孩子出生，你们把深情都给了孩子。长远来看，最终受益的是孩子。

“是的，我确实订婚了。但我和她之间的关系跟你我之间的关系不一样。”

“但你会和她结婚，对吗？”

他沉默良久，说：“不。”

她又觉得幸福了。

“说出来，弗兰茜，”他轻声说，“说出来。”

她说：“我爱你，李。”

“弗兰茜……”他的声音里充满了渴望，“去了那边，我可能回不来了，我害怕……害怕。我可能会死……死，我还什么都没经历过……从来没有……弗兰茜，我们就不能在一起待一会儿吗？”

“咱们这不是在一起吗？”弗兰茜天真地说。

“我是说，在一个房间里……就咱俩……直到早上我走！”

“我……做不到。”

“你不想吗？”

“想。”她很坦诚。

“那为什么……”

“我才十六岁，”她勇敢地说，“从来没跟……别人单独待过。我不知道该怎么做。”

“没关系的。”

“我从不会夜不归宿，我妈妈会担心的。”

“你可以跟她说是跟一个女性朋友在一起。”

“我没有女性朋友，她知道的。”

“你可以找个借口……明天。”

“我不用找借口。我会跟她实话实说。”

“是吗？”他惊讶地问。

“我爱你。要是跟你在一起，我事后不会后悔……我会很开心，很骄傲，我不想在这件事上撒谎。”

“没想到，真是没想到。”他喃喃自语道。

“我想你也不愿意……偷偷摸摸的，对吧？”

“弗兰茜，抱歉。我不该跟你提这种要求，我没想到。”

“没想到什么？”弗兰茜困惑地问。

他紧紧抱住她。她看到他在流泪。

“弗兰茜，我怕……非常怕。我怕如果我走了，就会失去你……再也见不到你。要是你让我别回家，我就留下来。我们有明天、后天两天时间，可以一起吃饭，到处走走，在公园里坐坐，或者坐在公共汽车的顶层，聊聊天，互相陪伴。跟我说别走。”

“我觉得你得回去。我觉得在你……出发之前，再见妈妈一面是对的。我也不确定，但我觉得这样是对的。”

“弗兰茜，战争结束后，要是我能回来，你愿意嫁给我吗？”

“等你回来，我就嫁给你。”

“你愿意吗，弗兰茜？……你愿意嫁给我吗？”

“愿意。”

“再说一遍。”

“李，我答应你，等你回来我就嫁给你。”

“还有，弗兰茜，我们把家安在布鲁克林。”

“你想在哪里安家，我们就在哪里安家。”

“那我们就在布鲁克林安家吧。”

“只要你愿意，李。”

“你会每天都给我写信吗？每天！”

“每天都写。”她保证。

“你今晚回家后就给我写信，告诉我你有多爱我，这样我一回家，就能看到信在等着我了。”她答应了。

“你能不能保证不让任何人亲你，不跟任何人约会，等着我……不管多久。就算我回不来，也永远不想嫁给别人！”

她答应了。

他让她许下终身，就像邀请她约会一样草率。而她真的答应了，就像伸手打招呼一样简单。

不一会儿，雨停了，星星出来了。

53

当晚，她如约写了一封长长的信，把心里满满的爱都写了进去，还重申了之前许下的承诺。为了能赶在第三十四街邮局关门前把信寄出，她特意提早出门去上班。邮局办事员向她保证，信肯定能在当天下午送到。那天是周三。

到了周四晚上，她期待着他的来信，又不敢抱太大希望。时间太紧了，除非他也在分开后立马动笔。但他还得打包行李，一大早就得赶车。（她从没想过，自己写信的时间也是挤出来的。）结果，周四晚上，弗兰茜没收到信。

周五，她连轴转地工作了整整十六小时——公司里好多人都感冒了，人手不够。她忙到凌晨两点才回到家，发现厨房桌子上的糖罐旁边放着一封信。

她迫不及待地撕开了信封。

亲爱的诺兰小姐：

她心里的喜悦一下子就消失殆尽了。这肯定不是他写的，因为他会写，“亲爱的弗兰茜。”她翻到下一页，看了看签名：“伊丽莎白·莱诺太太”。啊！是他妈妈，或者嫂子。或许他病了，写不了信。或许军队有规定，去国外驻防的士兵不能写信，所以他只能请人代笔。肯定是这样的。她开始读信。

李把关于你的一切都告诉我了。我想感谢你在纽约对他的关心和照顾。他周三下午到家，但周四晚上就得去营地，只在家待了一天半。我们举办了一场非常简单的婚礼，只邀请了家人和几个朋友……

弗兰茜放下信，心想：“我连着上了十六小时的班，太累了。我今天看了太多东西，现在看什么都看不进去。再说，我在公司养成了坏习惯——

一眼扫过去一篇文章只能看到一个词。我先洗把脸，喝点咖啡，清醒清醒，再把信好好看一遍。这次我一定要认真看。”

趁着煮咖啡的间隙，她用冷水拍了拍脸，心里想着，这回读到信里“婚礼”那部分，后边写的肯定是：“李是伴郎。我嫁给了他的兄弟。”

凯蒂躺在床上，听见弗兰茜在厨房里走来走去。她紧张地躺在床上……默默等待着。她也不知道自己在等什么。

弗兰茜又读了一遍信。

……简单的婚礼，只邀请了家人和几个朋友。李让我写信告诉你，他为什么没回你的信。谢谢你对他的热情款待。

真诚的伊丽莎白·莱诺太太

信的最后，她还加了一句：

我看了你写给李的信。他假装喜欢你，这很不好，我已经说过他了。他让我向你转达他的歉意。

E.R（伊丽莎白·莱诺的简写）

弗兰茜浑身发抖，牙齿直打架。

“妈妈，”她呻吟道，“妈妈！”

凯蒂听完女儿的讲述，心想，“该来的终归要来，你不可能永远为孩子遮风挡雨。家里吃的不够，你假装自己不饿，好让他们多吃点；冬天寒夜里，你起来把自己的被子盖在他们身上，好让他们暖和点；你拼命保护他们，不让他们受伤害，就像上次拼尽全力对付走廊里那个男人一样。可总有一天，或许是一个阳光灿烂的日子，他们无忧无虑地走出家门，却一头撞进了让他们避之不及的苦难。”

弗兰茜把信递给妈妈。妈妈慢慢读完，觉得自己弄清了全貌。对方是一个二十二岁的男人，显然是茜茜口中的情场高手。弗兰茜是一个十六岁的姑娘，比他小了整整六岁。就算她涂着鲜红的口红，穿着成熟的衣裳，就算她见多识广，但仍然是个纯真的小姑娘。尽管她遭遇过世界上的一些丑恶和大部分艰难，但仍然出淤泥而不染地保持着赤子之心。是的，她能理解弗兰茜对那个男人的吸引力。

那么，她该说什么呢？说他是个坏人，或者最多是个容易被别人左右的软弱男人？不，她不能这么说，这么说太残忍，而且弗兰茜也不会相信。

“说点什么吧，”弗兰茜央求道，“你怎么不吭声？”

“我能说什么？”

“说我还小，未来的路还很长，我会忘了的。说吧，骗骗我。”

“我知道人们都会这么说，说你会忘了的。我也会这么说，但我知道这不是真的。哦，你以后还会遇到幸福的，不用担心。但你不会忘记的。你每次恋爱，都会因为恋人身上的某些东西想起他。”

“母亲……”

母亲！凯蒂突然意识到，她以前总是叫玛丽“妈妈”，直到那一天，她告诉玛丽：“母亲，我要嫁给……”从那以后，她再也没叫过“妈妈”。从此之后，她觉得自己真的长大了。现在，弗兰茜也改口了……

“母亲，他约我晚上一起出去。我该答应吗？”

凯蒂的脑子飞速运转，考虑该怎么开口。

“别骗我，母亲，告诉我实话。”

凯蒂不知道该怎么回答。

“我保证，我结婚前不会和男生单独在一起，要是我以后结婚的话。如果我非得在没结婚的情况下跟对方在一起，我会先告诉你。我发誓。你可以放心告诉我实话了，不用担心我会走错路。”

“有两个事实，”凯蒂总算开口了，“作为母亲，我得告诉你，对一个女孩子来说，和一个刚认识不到两天的男人过夜，是很危险的。可能会发生很可怕的事，或许会毁了你的一生。作为母亲，我得告诉你实话。”

“但作为女人……”她顿了顿，“作为女人，我得告诉你真心话。那是一段非常美好的经历，因为那样的爱，一生只有一次。”

弗兰茜心想：“我当时应该答应他的，我再也不会像爱他那样爱别人了。我当时想去，但没去，现在我不能再想他了，因为他已经把心交给别人了。我当时想去，却没去，现在太晚了。”她把头埋在桌子上哭了起来。

过了一会儿，凯蒂说：“我也收到了一封信。”

她的信是几天前收到的，但她一直在等合适的机会。她觉得现在时机到了。

“我也收到了一封信。”她又说了一遍。“谁……谁写的？”弗兰茜哭着问。“麦克沙恩先生。”

弗兰茜哭得更厉害了。

“你不好奇吗？”

弗兰茜努力忍住不哭，有气无力地问：“那么，他说什么了？”

“没什么特别的，说他下周要来看我们。”她等着。弗兰茜没有表现出太大的兴趣。“让麦克沙恩先生做你们的爸爸，你觉得行吗？”

弗兰茜猛地抬起头来：“母亲！一个男人只是写信说要来家里，你就开始胡乱联想了。你怎么总以为自己能洞察一切呢？”

“不是的，我真没有，只是凭感觉罢了。感觉特别强烈的时候，我就说我知道了，但实际上我并不能确定。总之，你觉得他做你的爸爸怎么样？”

“我自己的生活都乱成一锅粥了，”弗兰茜苦笑道（凯蒂没有笑），“我还有什么资格给别人出主意啊。”

“我不是让你出主意，只是想知道我的孩子对他有什么看法，然后才能决定接下来怎么做。”

弗兰茜觉得妈妈之所以提起麦克沙恩，是想转移话题，她差点就上当了，所以心里有点生气。

“母亲，我不知道，我什么都不知道。我不想谈这些。你走吧，走吧，让我一个人待会儿。”

凯蒂只好回到床上。

唉，一个人不可能一直哭，哭完了，总要做点别的事。现在五点了，弗兰茜觉得，现在上床睡觉没意义，反正七点还得起。她发现自己有点饿，从昨天中午到现在，除了在白班和夜班之间吃了个三明治，她几乎没吃什么东西。她煮了一壶咖啡，烤了几片面包，煎了两个鸡蛋。她惊讶地发现，这些东西吃起来竟然这么香。可是，她吃东西时，目光落在那封信上，眼泪又止不住地流了出来。她把信放在水池里，划了根火柴，点燃了那封信，然后打开水龙头，看着黑色的灰烬流进下水道。然后，继续吃早餐。

吃完后，她从柜子里拿出信纸，坐下来写信。她写道：

亲爱的本：

你说过，如果我需要你，就给你写信。所以我在写信……

她把信纸撕成两半。

“不！我不想依赖别人。我想成为被需要的人……被需要的人。”

她又哭了，但这次没那么伤心了。

54

这是弗兰茜第一次见到不穿警服的麦克沙恩，她觉得他穿这套高级定制的灰色双排扣西装，看起来特别有派头。虽然他没有爸爸那么帅气，头发也已泛白，但他个子高，身材壮，也有他的帅气之处。不过，于妈妈而言，他的年纪确实大了点。妈妈快三十五岁了，虽然不算年轻，但比五十岁的人年轻多了。不过话说回来，任谁嫁给麦克沙恩，都不会觉得没面子的。他是那种精明的政客，但说起话来却很儒雅。

他们正在享受咖啡和蛋糕。弗兰茜心里有点不是滋味，因为麦克沙恩坐在了爸爸以前常坐的位置上。凯蒂刚刚给他讲完乔尼去世后家里是怎么过的。麦克沙恩对他们的进步感到惊讶，他看着弗兰茜：“这个小姑娘去年夏天就上大学了！”

“她今年夏天还要去。”凯蒂自豪地说。

“真是太棒了！”

“她还努力工作呢，现在每周能挣二十美元。”

“这么厉害，身体还这么健康？”他真诚地问，语气很惊讶。

“儿子读中学，已经读到一半了。”

“真的?!”

“他利用下午和晚上的时间打点零工，有时候一周能挣五美元。”

“真是个了不起的小伙子，真是太棒了！看看他，多健康啊。”

弗兰茜很奇怪，他为什么对他们一直觉得理所当然的健康这么看重。然后她想起了他的几个孩子大多都是一出生就有病，不多久就夭折。难怪他会认为健康是件了不起的事。

“小宝宝呢？”他问。

“弗兰茜，去把她抱过来。”凯蒂说。

小宝宝在前屋的婴儿床里躺着。那本是弗兰茜的房间，但大家都觉得这个房间空气好，应该让小宝宝在这个屋。弗兰茜把熟睡的劳丽抱起来，她睁开眼，随时准备出去玩。

“弗兰茜？去公园？公园？”她问。

“不去公园，宝贝，带你去见一个人。”

“人？”劳丽疑惑地问。

“是呀，一个大高个。”

“大高个！”劳丽兴奋地重复道。

弗兰茜把劳丽抱到厨房，她实在是太可爱了，穿着粉色法兰绒睡衣，看起来干净又清爽，一头柔软的黑色卷发，两只眼睛离得略远，乌溜溜、亮晶晶的，脸蛋上还泛着淡淡的红晕。

“啊，小宝贝，小宝贝，”麦克沙恩轻声道，“她就像一朵玫瑰，一朵野玫瑰。”

“要是爸爸还在，”弗兰茜想，“他肯定会唱‘我的爱尔兰野玫瑰。’”她听见妈妈叹了口气，不知道她是不是也想起了……

麦克沙恩把劳丽抱起来，放在膝盖上。劳丽上身僵直，满脸疑惑地看着他。凯蒂不希望她哭，对她说：“劳丽，这是麦克沙恩先生，叫‘麦克沙恩先生。’”

小宝宝低下头，透过眼睫毛偷看，露出一抹笑意，摇摇头，说：“不。”

“不，大……大……，”她坚定地说，“大高个！”她得意地大喊，“大高个！”她对麦克沙恩笑了笑，用央求的口吻说，“公园？带劳丽去公园？”然后把脸贴在他的外套上，闭上了眼睛。

“乖宝贝，睡觉觉。”麦克沙恩轻轻唱道。

劳丽在他怀里睡着了。

“诺兰太太，你肯定在想我今晚来有什么事吧？那我也就不藏着掖着了，我来是想问你一个私人问题。”弗兰茜和尼利站起来要走。“别走，孩子们，这个问题不仅关系到你们的妈妈，也关系到你们。”姐弟俩又坐了下来。他清了清嗓子："诺兰太太，你丈夫去世……愿他的灵魂安息……"

"嗯，两年半了。愿他的灵魂安息。"

"愿爸爸的灵魂安息。"弗兰茜和尼利跟着说。

"我的妻子，也已经去世一年了，愿她的灵魂安息。"

"愿她的灵魂安息。"诺兰一家跟着说。

"我已经等了好几年了，现在表明心迹，也不算对死者不敬。"

"凯蒂·诺兰，我想和你相伴终生，如果你愿意，咱们秋天就结婚。"

凯蒂迅速看了一眼弗兰茜，皱起了眉头，只见弗兰茜一脸严肃。

"我完全有能力照顾好你和三个孩子。我的工资、退休金和地产收益加起来，每年有一万多美元，我还有保险。我愿意供孩子们读大学。我从前是个忠诚的丈夫，以后也会是，我发誓。"

"你考虑清楚了吗，麦克沙恩先生？"

"我不用再考虑了。五年前那次郊游上第一次见到你，我就下定决心了。当时我还问弗兰茜，你是不是她妈妈。"

"我只是一个没读过书的清洁工。"她只是陈述事实，态度不卑不亢。

"读书！这是什么话。谁教会我读书认字了？没人教我，都是自学的。"

"你这样的公众人物，需要一个擅长社交的太太，可以帮你招待那些有头有脸的生意伙伴。我显然不是那种人。"

"办公室是谈生意的地方，家是过日子的地方。我的意思不是说你不能给我增光添彩，你是个好女人，但我不需要女人帮我处理生意上的事，我自己能搞定，谢谢你的好意。我想说，我爱你……"他顿了顿，"……凯蒂，你还需要再考虑考虑吗？"

"不需要，不用考虑了。我愿意嫁给你，麦克沙恩先生。但我不是图你的钱，当然，谁都无法否认钱的确很重要。一年一万美元是一笔很大的收入，对我们来说，一千美元就是大数目了。我们一直没什么钱，但我们的日子也过得不错。我也不是图你能供孩子们上大学，当然，有你的助益，他们上学可以更轻松。但就算不靠别人，我们也会排除万难好好生活。我也不是图你的地位，当然，有个让人骄傲的丈夫，我又何乐而不为呢？我愿意嫁给你，因为你是个好人，我想让你成为我的丈夫。"

这是实话。凯蒂早就想好了，如果他求婚，就嫁给他，因为在她看来，没有人爱的生活是不完整的。这和她对乔尼的爱没关系，她会永远爱他。她对麦克沙恩的感情更平和，她敬佩他、尊重他，知道自己肯定能做个好妻子。

“谢谢你，凯蒂。我真幸运，能有一个年轻漂亮的太太和三个健健康康的孩子。”他态度真诚且谦逊。

他转向弗兰茜：“作为长女，你同意吗？”

弗兰茜看向妈妈，妈妈好像在等她表态；她看向弟弟，只见弟弟点了点头。

“我想我和我弟弟很高兴让你成为我们的……”她想到爸爸，眼泪涌了出来，下面的话再也说不出口了。

“好了，好了，”麦克沙恩安慰道，“我不会让你为难的。”他转向凯蒂。“我不奢求这两个大孩子叫我‘爸爸’。他们有爸爸，他唱歌那么好听，一定是上帝的恩赐。”

弗兰茜觉得嗓子眼儿有点堵。

“我也不会要求他们改姓，诺兰是个很棒的姓氏。不过，我怀里的小宝贝，她连爸爸长什么样都没见过，能不能让她叫我爸爸，让我正式抚养她，让她随我的姓？”

凯蒂看向弗兰茜和尼利。让他们的小妹妹从姓诺兰改姓麦克沙恩，他们会怎么想？弗兰茜点了点头，表示没意见；尼利也点了点头，表示同意。

“这孩子随你姓。”凯蒂说。

“我们不能叫你‘爸爸’，”尼利突然冒出一句，“但我们或许可以叫你‘爹地’。”

“谢谢你们，”麦克沙恩言简意赅。他松了口气，对着他们笑了笑，“那我现在能不能抽烟斗？”

“哎呀，你随时都可以抽，不用问。”凯蒂惊讶地说。

“我不想在没被认可之前就享受特权。”他解释道。

弗兰茜从他手里接过熟睡的小宝宝，好让他抽烟。

“帮我把她放到床上，尼利。”

“为啥？”尼利很喜欢这种感觉，不想离开。

“你得铺毯子啊，我抱着她弄不了。”尼利真的什么都不懂吗？他难道不知道麦克沙恩和妈妈可能想独处一会儿吗？

在昏暗的前屋，弗兰西小声问尼利说：“你觉得麦克沙恩怎么样？”

“对妈妈来说，这确实是个好消息。但他不是爸爸……”

“对，没人能代替……爸爸。但他是个好人，真的。”

“劳丽的日子会好过很多。”

“安妮·劳丽·麦克沙恩！她再也不会像我们那样吃苦了，对吧？”

“嗯，但她也享受不到我们那种快乐了。”

“天哪！我们确实享受过很多快乐，是吧，尼利？”

“当然！”

“可怜的劳丽。”弗兰西同情地说。

第五部

55

突然，有人拍了弗兰茜的肩膀，吓得她一激灵，但她很快就放松下来，脸上露出了笑容。没错！现在是凌晨一点，她终于忙完了手头的工作，她的同事来接班了。

"让我再发最后一条信息吧。"弗兰茜请求道。

"有些人真是热爱自己的工作啊！"接班的同事笑着说。

弗兰茜饱含深情、稳稳当当地敲出了最后一条信息。她很高兴，这是一条新生儿的喜报，而不是什么坏消息。这条信息就是她的告别信。她没有告诉任何人她要离开，她害怕如果挨个告别，自己会忍不住哭出来。她和妈妈一样，不喜欢在人前流露感情。

她没有直接去储物柜，而是来到了大休息室，有几个女孩正在抓紧时间享受她们的十五分钟休息时间。她们围坐在钢琴旁，唱："你好，总机，帮我连无人区。"

弗兰茜一进来，钢琴手看见她穿着灰色秋装和灰色麂皮鞋，立马灵机一动，换了一首歌，女孩们跟着音乐唱起了《贵格镇的贵格女孩》。一个女孩搂住弗兰茜，把她拉进人群。弗兰茜也跟着唱了起来：

> 我知道她其实没那么笨……

"弗兰茜，你怎么想到穿一身灰的？"

"哦，我也不知道，小时候见某个女演员这么穿过，但我不记得她的名字了，只记得那出戏叫《牧师的甜心》。”

“真可爱！”

贵格镇上的贵格女孩，
她的眼睛仿佛会说话，
我们待会儿再见吧……

女孩们完美地唱完了这首歌。

接下来她们唱起了《在法国你会找到老迪克西兰》。弗兰茜走到大窗户前，望着二十层楼下的东河。这是她最后一次从这个窗户看这条河了。任何事情的最后一次都有死亡的意味。她想，我现在看到的这一切，以后再也不会这样看到了。哦，最后一次，一切都看得那么清楚，仿佛有放大灯照在上面。你感到悲伤，因为你没有在曾经拥有的时候牢牢把握。

玛丽·罗梅利外婆是怎么说的来着？“对待所有事，都要有第一次的好奇和最后一次的留恋，这样，你人生在世就会充满荣光。”

玛丽·罗梅利外婆！

她生命的最后几个月是拖着病体度过的。史蒂夫在黎明赶来报丧。

“我会想念她的，”他说，“她是个伟大的太太。”

“你是想说她是个伟大的女人吧。”凯蒂说。

威利姨夫为什么偏偏挑了这么个时候离家出走，弗兰茜百思不得其解。她看见一艘船从桥下缓缓滑过，然后继续琢磨起来。是不是因为家里少了一个罗梅利家的女人，让他多了一点追求自由的心？还是外婆的去世让他觉得自己可以通过逃避获得解脱？还是像艾薇说的那样，他趁着外婆葬礼的混乱，不负责任地溜之大吉？不管出于什么原因，威利都已经走了。

威利·弗利特曼！

离家前，他练得特别卖力，直到能同时演奏所有乐器。然后，他成了一个单人乐队，在电影院的业余组表演上和其他乐队一较高下。他拿了第一名和十美元奖金。他没回家，带着奖金和乐器走了。从此，家人再没见过他。

家人偶尔会听到他的消息，听说他在布鲁克林街头，以单人乐队的形式四处游荡，靠路人给的硬币维生。艾薇说，等天飘起了雪，他就会回家，但弗兰茜不太相信。

艾薇在威利以前工作的工厂找到了份工作。她每周能挣三十美元，日子过得还算不错。到了晚上，和所有罗梅利家的女人一样，她觉得身边没有男人，的确有点难熬。

弗兰茜站在窗边，俯瞰河流，回想起威利姨夫身上那种不真实的、有点梦幻的特质。那天走廊里那个男人，也像是一场梦！麦克沙恩等了妈妈好多年，也像是一场梦。有段时间，爸爸的离世就像是一场噩梦，但现在爸爸就像从没存在过一样。爸爸去世后五个月劳丽出生，也像是一场梦。布鲁克林本就是个梦工厂，那里发生的一切似乎都不是真的。一切都像是梦一样，还是说，这一切都是真实发生的，只是她在做梦？

好吧，等她去了密歇根，就能弄清楚了。如果密歇根也有那种不真实的梦幻感，那就说明，她的确一直在做梦。

安阿伯！密歇根大学就在那儿。过两天，她就要坐电车去安阿伯了。暑期学校的课上完了，她选的四门课都顺利通过了。在本的帮助下，她还通过了大学入学考试。现在，十六岁半的她，可以进入大学学习了，而且还提前修了半年的大学学分。

她原本想报考纽约的哥伦比亚大学或者布鲁克林的阿德尔菲大学，但本说，适应新环境本身就是学习的一部分，妈妈和麦克沙恩都赞成。尼利也说，去远一点的地方上大学挺好的，这样就能改掉布鲁克林口音了。但弗兰茜不愿意改口音，就像她不想丢掉自己的名字一样，这种口音能给她带来归属感。她是布鲁克林姑娘，取了布鲁克林的名字，还有布鲁克林口音。她不想变成四不像。

本帮她选了密歇根大学。他说这所学校很自由，英语系很棒，学费也低。

弗兰茜有点纳闷，既然学校这么好，他自己怎么不去，反而去了另一所中西部大学。他解释说，他将来要在那个州工作，在那个州参政，所以最好结交那个州的同学，因为他们的未来不可限量。

本今年二十岁，是大学后备军官训练队队员，穿制服的样子帅极了。

本！

她看着左手无名指上的戒指，是本的高中戒指，外边刻着“M.H.S.1918”

里面刻着“B.B. 赠 F.N.”。他对弗兰茜说，他明白自己的心意，但她太年轻，还不知道自己想要什么。戒指是他们之间的一种约定。他说，五年后他们才能结婚。到那时，她就成熟了，能明白自己的心意了。如果他们彼此还愿意信守约定，他会送给她另一种戒指。弗兰茜有五年时间考虑要不要嫁给本，所以并不觉得有什么压力。

了不起的本！

1918 年 1 月本高中毕业，立刻就上了大学，选修了一大堆课程，又回到布鲁克林的暑期学校继续学习。暑期学期结束时，他坦言自己回来是为了再次见到弗兰茜。1918 年 9 月，他要回大学开始他的大三生活了！

优秀的本！

他正直、高尚、聪明，知道自己想要什么。他绝对不会今天向一个女孩求完婚，第二天就娶另一个女孩。他不会让她写下饱含爱意的情书，然后让别人去读。本不会这么做……本不会。是的，本太棒了。她为有他这样的朋友感到骄傲。但她想到了李。

李！

李现在在哪儿？

他坐运输船去了法国，就像她现在看到的那艘正缓缓驶出港口的船一样。一艘长长的船，船身涂着迷彩，船上是成千上万沉默士兵的白色面孔。从她站的地方望去，就像一个个白色大头针插在一个又丑又长的针垫上。

（“弗兰茜，我怕……非常怕。我怕如果我走了，就会失去你……再也见不到你。跟我说别走。”）

（“我想你是对的……再见妈妈一面是对的，我不确定……”）

他被分到了彩虹师，该师现在正向阿尔贡森林推进。他现在是不是已经死在法国了，身下是一块普通的白色十字架？如果他死了，谁会告诉她？宾夕法尼亚州的那个女人肯定不会。

（伊丽莎白·莱诺尔太太）

安妮塔几个月前就辞职了，去了别的地方工作，没有留地址。无人可问……没人能告诉她。

她恨不得他真的死了，这样宾夕法尼亚州那个女人就永远得不到他了。紧接着她又祈祷："哦，上帝，别让他死，不管谁得到他，我都没有怨言。拜托……拜托……"

哦，时间……时间，快过去吧，让我忘了吧！

（"你会再次遇到幸福，不用担心。但你永远不会忘记。"）

妈妈弄错了，一定是她弄错了。弗兰西想要忘记。从与他相识到现在已经四个月了，但她还是忘不了。

（"再次遇到幸福……但你永远不会忘记。"）

如果忘不了，她怎么可能再次遇到幸福？

哦，时间，伟大的疗愈大师，快从我身上流过，让我忘记吧。

（"你每次恋爱，都会因为恋人身上的某些东西想起他。"）

本笑起来也是慢悠悠的。她觉得自己去年就爱上本了——远在她遇见李之前。但她还是忘不了李。

李，李！

休息时间结束了，又来了一群女孩，现在轮到她们休息了。她们围着钢琴，唱起了微笑系列歌曲。弗兰西知道接下来会发生什么。

> 快跑，快跑，你这个傻瓜，
> 在潮水般的痛苦席卷之前。

但她动弹不得。

她们唱起了泰德·刘易斯的歌《当我的宝贝对我微笑》，随后她们会唱《微笑能让你快乐》。

果然。

吻别虽悲伤，
但请微笑吧……

（“……每次听到这首歌，就想想我……”）

她跑出房间，从储物柜里抓起她的灰帽子、崭新的灰钱包和手套，跑向电梯。

她在街上四处张望，街道昏暗又荒凉。一个高大的穿制服的男人站在隔壁大楼昏暗的门廊里。他从昏暗中走出来，带着腼腆而孤独的微笑走向她。

她闭上眼。外婆曾说，罗梅利家的女人有看到她们所爱之人的鬼魂的能力。弗兰西以前不信，因为她从未见过爸爸显灵。但现在……现在……

“你好，弗兰西。”她睁开眼。

不，他不是鬼魂。

“今晚是你最后一天上班，我怕你难过，所以来接你回家。意外吗？”

“不，我知道你会来。”她说。

“饿不饿？”

“饿死了！”

“想吃什么？去自动贩卖机那儿喝点咖啡，还是去吃炒杂碎？”

“不！不！”

“那去蔡尔德餐厅？”

“好，去蔡尔德餐厅吃点奶油蛋糕，喝点咖啡吧。”

他握住她的手，把她的手挽进他的臂弯。

“弗兰西，你今晚看起来有点怪。你没生我的气吧？”

“没有。”

“我来接你，你高兴吗？”

“当然啦，”她轻声说，“见到你真好，本。”

56

周六！这是在老房子的最后一天。明天，凯蒂就要结婚了，婚礼一结束，一家人直接搬去新家。搬家公司会在周一早上来帮忙搬东西，他们打算把大部分家具留给新来的保洁员，只带走私人物品和前厅的家具。弗兰茜想要那块印着粉色玫瑰图案的绿地毯，还有奶油色的蕾丝窗帘，以及那架小巧可爱的钢琴。这些东西都会搬到新家，放在弗兰茜的专属房间里。

凯蒂坚持在周六早上像平常一样工作。她拿着扫帚和水桶出门时，大家都笑了。麦克沙恩给她开了一个账户作为结婚礼物，里面有一千美元。按照诺兰家的收入水平，凯蒂现在已经是个小富婆了，根本不用工作。但她还是坚持站好最后一班岗。弗兰茜猜，妈妈可能是对这些房子有感情，想在离开前再认真打扫一遍。

弗兰茜偷偷翻了妈妈的钱包，找到了支票簿，在那个神奇的簿子上，她看到了唯一一张存根：

编号：1
日期：1918 年 9 月 20 日
收款人：艾薇·弗利特曼
事由：她是我妹妹
支付总额：1000.00
本次支付金额：200.00
余额：800.00

弗兰茜很好奇，这个数额是怎么来的？为什么不是五十美元或者五百美元，偏偏是两百美元呢？后来她明白了，两百美元是威利姨夫的保险金；如果威利姨夫去世，艾薇姨妈就会收到这笔钱。看来，凯蒂只当威利姨夫已经死了。至于买婚纱，凯蒂没有动用支票。她说，她不想在出嫁之前就花对方送的钱。为了买婚纱，她借了弗兰茜的存款，并承诺婚礼一结束就给她开支票。

在最后那个周六早晨，弗兰茜把劳丽放进双轮婴儿车里，带她下楼来到街上。她在街角站了很久，看着孩子们拖着他们的废品去曼哈顿大道上的卡尼废品站。她也朝那个方向走去，趁着查理的便利店生意不忙走了进去。她把一枚五十美分的硬币放在柜台上，说她想买下全部抽奖券。

“哦，弗兰茜！天哪，弗兰茜！”查理说。

“我不挑，把板上所有抽奖券都给我。”

“那个，你听我说！”

“盒子里压根没有中奖号码，是不是，查理？”

“哎哟，弗兰茜，人总得养家糊口，是不是？买卖不好做，只能一点点攒。”

“我早想到那些奖品是骗人的。你真该觉得羞愧，居然这样骗小孩子。”

“别说得这么难听嘛。他们花一美分，我就给他们一美分的糖果。搞抽奖就是图个乐。”

“他们盼着能中奖，所以就会一直来。”

“他们不来我这儿，就会去对面金皮那儿，懂吗？肯定是来我这儿好，因为我结婚了，”他一脸严肃地说，“不会带女孩子去后屋，懂吗？”

“哦，好吧。我觉得你说得在理。那，你这儿有没有五十美分的娃娃？”他从柜台下面拿出一个不怎么好看的娃娃，“卖六十九美分的，但卖给你只要五十美分。”

“如果你把它挂起来当奖品，让孩子们去赢，我就付钱。”

“但是，弗兰茜，要是一个孩子赢走了，所有孩子都会盼着赢的，懂吗？这种头可不好开。”

“哦，看在上帝的分上，”她语气虔诚，丝毫没有不敬之意，“就让哪个孩子赢一次吧！”

“好，好，好，你别激动。”

“我就是希望哪个小孩能免费得到点什么。”

“我会把它挂起来的，就算你走了我也不会把中奖号码从盒子里拿出来，行了吧？”

“查理，谢谢你。”

“我还会告诉赢家，娃娃的名字叫弗兰茜，行吗？”

“哦不，千万别！那娃娃的样子太丑了。”

“你知道吗，弗兰茜？”

“什么？”

“你越来越像个大姑娘了。你今年多大？”

“再过几个月就十七岁了。”

“我记得你以前是个瘦瘦的小姑娘。嗯，我觉得你将来会是个气质美女，就算不漂亮，也一定很有内涵。”

“得了吧，这话说的。”她笑了。

“你妹妹？”他朝劳丽点了点头。

“嗯。”

“用不了多久，她就会拿着卖废品挣来的硬币到我店里来了。现在是婴儿车里的小不点，转眼就能来抽奖了。咱们这儿的孩子长得快。”

“她才不会捡废品呢。她也不会来这儿。”

“对，我听说你们要搬家了。”

“是的，我们要搬家了。”

“好吧，愿好运常伴你左右，弗兰茜。”

弗兰茜带劳丽去公园玩，把她从婴儿车里抱出来，让她在草地上跑。这时候，一个卖椒盐卷饼的小男孩路过，弗兰茜花一美分买了一个。她把卷饼掰成小块，撒在草地上。一群黑乎乎的麻雀不知从什么地方飞了过来，争先恐后地吃了起来。劳丽摇摇晃晃地想去捉住它们，那些调皮的鸟儿总是在她快要抓到的时候扑棱棱地飞走。每次麻雀飞起来，劳丽都会兴奋地尖叫，笑得特别开心。

弗兰茜推着婴儿车里的劳丽，最后一次去看她的母校。学校离她每天去的公园只有几个街区，但不知道为什么，自从毕业那晚之后，弗兰茜再也没回去过。

她惊讶地发现，学校现在看起来好小啊。她想，学校可能还是那么大，只是她的见识多了，眼界宽了。

“这就是姐姐以前上学的地方。”她对劳丽说。

“姐姐……上学……”劳丽跟着说。

“爸爸跟我一起来过，还唱了一首歌。”

“爸爸？”劳丽有点疑惑。

“我忘了，你没见过爸爸。”

“劳丽见过爸爸。高个。大高个。”她以为弗兰茜说的是麦克沙恩。

“嗯。”弗兰茜点点头。

离校两年，弗兰茜已经从小女孩长成大姑娘了。

回家路上，她们经过了她借用过地址的那栋房子。那房子如今看起来又小又旧，但她还是很喜欢。

她路过麦加里蒂酒吧，只是那儿已经不属于麦加里蒂了。刚入夏，他就搬走了。他跟尼利说，他，麦加里蒂，有顺风耳，所以能提前听到禁酒令要来，他已经做好准备了。他在长岛的亨普斯特德大道买了一块地，有计划地在酒窖里存了好多酒。等禁酒令一实行，他就开一个俱乐部，名字都想好了，就叫梅玛丽俱乐部。他老婆会穿上晚礼服，当女招待，她肯定求之不得，麦加里蒂说。弗兰茜相信麦加里蒂太太肯定很乐意做女招待。她希望麦加里蒂先生也能找到他的幸福。

午饭后，她去了图书馆，最后一次还书。图书管理员在她的借书卡上盖了章，然后像往常一样，把卡推给她，连头都没抬。

“您好，能给我推荐一本适合女孩子读的书吗？”弗兰茜问。

“几岁？”

“十一岁。”

图书管理员从桌子下面抽出一本书。弗兰茜瞥见封面《如果我是国王》。

“其实我不是真想借书，”弗兰茜说，“而且我也不是十一岁。”

图书管理员这才抬头看了弗兰茜一眼。

“我从小就来这儿，”弗兰茜接着说，“这是你第一次正眼看我。”

“孩子太多了，”图书管理员有些不耐烦地说，“我哪顾得过来。还有别的事吗？”

“我就是想问一下那个棕碗……它对我来说很重要……里面总是插着

花。”图书管理员看了看那个棕碗，里面插着一束粉红色的野紫菀。弗兰茜觉得图书管理员也是第一次真正注意到那个碗。

“哦，那个啊！是清洁工插的花，也可能是别人插的。还有别的事吗？”她不耐烦地问。

“我要还借书证。”弗兰茜把那张皱巴巴、折了角、盖满章的借书证推过去。

图书管理员拿起来，正要撕成两半，弗兰茜又从她手里夺了回来。

“我还是自己留着吧。”她说。

她走了出去，最后看了一眼那个破旧的小图书馆。她知道自己再也不会回来了。见识过新事物后，眼界会变。如果将来她再回来，她也会用新的眼光重新审视现在看到的一切，或许一切就不同了。她想要记住的就是现在的样子。

不，她再也不会回这片老街区了。

再说，将来，或许就没有这片老街区了。战后，政府打算拆除贫民区和那所女校长鞭打小男孩的丑恶的学校，在那片地上建造一个示范住宅项目。那片住宅包括阳光和空气在内的一切都会被精准测量、核算，然后平等地分配给所有居民。

凯蒂砰的一声把扫帚和水桶扔进角落，这动静说明她打扫完了。然后她又拿起扫帚和水桶，把它们轻轻放回原位。

她准备出门再试穿一次她选的翡翠绿天鹅绒婚纱，可是，九月底的天气还没有转凉的迹象，让她很是气恼。她担心穿天鹅绒婚纱太热。那年秋天来得晚，她深感愤怒。所以，在弗兰茜坚持说秋天已到时，她和弗兰茜争论了起来。

秋天已经悄悄来到了布鲁克林，虽然白天的风还是暖暖的，但弗兰茜知道，秋天真的来了。她是怎么知道的呢？因为每当夜幕降临，街灯亮起，那个卖炒栗子的小贩就会出现在街角。小贩在炭火上架起平底锅，手里拿着栗子，用刀在上面划出十字，然后放进锅里炒。

没错，只要卖炒栗子的小贩一出现，弗兰茜就知道秋天来了，不管天气如何反常。

劳丽在婴儿床上睡着了，弗兰茜开始收拾东西。她从壁炉架上把十字架拿下来，还有她和尼利在坚信礼那天拍的照片，用第一次吃圣餐的面纱包好，放进木箱子里。她把爸爸的两条侍者围裙叠好，也放了进去。她还用一件白衬衣把爸爸那个印着烫金名字的剃须杯包起来，也放进了木箱子。弗兰茜这件衬衣的领子洗坏了，妈妈把它扔进了篮子，打算丢掉。还有那个叫玛丽的娃娃，和那个装过十个镀金硬币的漂亮小盒子，也都放进了木箱子。她的书也放了进去，一本《圣经》、一本《威廉·莎士比亚全集》、一本破旧的《草叶集》、三本剪贴簿——《诺兰当代诗集》《诺兰古典诗集》《安妮·劳丽之书》。

她走进卧室，翻开床垫，从下面拿出一本笔记本，那是她十三岁那年写的日记，还有一个方形的马尼拉信封。她跪在木箱子前，打开日记，随手翻开一页，日期是三年前的9月24日。

今晚洗澡时，我发现自己变成了一个真正的女人。是时候了！

她一边笑一边把日记放进木箱里，又看了看信封上的字：

内有：
一封密信，1967年打开。
一张毕业证。
四个故事。

四个故事，就是加德纳小姐让她烧掉的故事。好吧，弗兰茜记得她跟上帝发过誓，只要上帝不让妈妈走，她就再也不写东西了。她做到了。不过，她现在对上帝有了更深的认识。她相信，就算她再开始写东西，上帝也不会生气。说不定哪天她还会再试试。她把借阅证塞进信封，在信封上加了一条，然后把信封塞进木箱。打包完毕。除衣服外的全部私人物品都在那个箱子里。

尼利哼着《在黑人区的游行舞会上》的调子跑上楼，冲进厨房，脱掉外套。

“我赶时间，弗兰茜。有干净衬衫吗？”

“有一件洗好的，但还没熨，我这就给你熨。”

她把熨斗放在炉子上加热，往衣服上洒了一点水，把熨衣板搭在两把椅子上。尼利从柜子里拿出擦鞋工具，开始擦他那双已经锃亮的鞋。

“你要出去？”她问。

“嗯，刚好能赶上演出。范和申克来了，天哪，他唱歌真好听！他往钢琴前那么一坐……”尼利坐在厨房的桌子旁模仿起来，“侧着身子，跷着二郎腿，看着观众。然后左胳膊肘撑在乐谱架上，右手弹旋律，边弹边唱。”尼利模仿偶像的样子，唱起了《当你离家很远很远》。

“是啊，他确实很棒。唱歌的样子跟爸爸有点像……一点点。”

爸爸！

弗兰茜找到尼利衬衫上的工会标签，从这个地方开始熨。

（“那个标签就像个装饰品……就像你戴着一朵玫瑰。”）

诺兰家买东西，都会优先选择带工会标签的。这是他们纪念乔尼的一种方式。

尼利对着挂在水槽上方的镜子照了照。

“你觉得我需要刮胡子吗？”他问。

“再过五年吧。”

“唉，闭嘴吧！”

“不要跟对方说‘闭嘴’。”弗兰茜学着妈妈的样子说。

尼利笑了，开始洗脸、洗脖子、洗胳膊、洗手，而且边洗边唱：

你梦幻般的眼睛里有埃及，
你的举动里有一点点开罗的气息……

弗兰茜颇为享受地熨着衣服。

尼利总算换好了衣服。他穿着深蓝色的双排扣西装，崭新的白衬衫，柔软的翻领下系着波点领结，站在她面前。他干净清爽，卷曲的金发闪闪发光。

“我看起来怎么样，歌后？”他帅气地扣上外套扣子，弗兰茜注意到他手上戴着爸爸的图章戒指。

外婆说的果然没错：罗梅利家的女人有看见心爱之人灵魂的本领。弗兰茜看到了爸爸的影子。

“尼利，还记得《莫莉·马龙》这首歌吗？”

他把手插进口袋，转身唱了起来：

> 在美丽的都柏林，
> 女孩们如此迷人，
> 在那里我第一次遇见了……

爸爸……爸爸！

尼利的声音清脆又真实，相貌帅气得让人难以置信！尽管他还不满十六岁，但走在街上，已经能让女人们纷纷回头了。他太帅气了，在他身边，弗兰茜甚至觉得自己就像一个灰头土脸的丑小鸭。

“尼利，你觉得我好看吗？”

“看！你怎么不向圣特蕾莎祈祷呢？说不定会有奇迹，你就能变美了。”

“别这样，我是认真的。”

“你怎么非得把头发盘头上啊？为什么不剪短，像其他女孩那样烫个卷呢？”

“得等到十八岁才行，妈妈说的。我问你，你觉得我好看吗？”

“等你长点肉再来问我吧。”

“我让你现在就告诉我。”

他认认真真地打量了她一番，开口道：“你会越来越好看的。”她除了接受他的说法，也没别的办法。

他刚才还说有急事，但现在好像又不想走了。

“弗兰茜！麦克沙恩……我是说爹地，今晚会来家里吃饭。吃完饭我得去打工。明天举办婚礼，明晚在新家有个派对。周一，我得去上学，你就要坐车去密歇根了。我可能没机会单独跟你告别了，所以现在就当是告别吧。”

“圣诞节我会回来的，尼利。”

“那不一样。”

“我知道。”

他默默等待着。弗兰茜伸出右手，他推开她的手，伸出双臂抱住她，亲吻她的脸颊。弗兰茜紧紧抱住他，流下泪来。他把她推开：“天哪，我真是受不了你们这些女孩子，”他说，“总是这么爱哭。”但他的声音有点沙哑，似乎也要哭了。

他转身跑出公寓。弗兰茜跟到走廊，看着他跑下楼梯。他停在楼梯底下的阴影里，回头看了看她。虽然光线很暗，但他站的地方却有光。

真像爸爸……真像爸爸……她想，只是他的脸上比爸爸多了几分坚毅。他向她挥挥手，离开了。

四点了。

弗兰茜打算先换好衣服再准备晚餐，这样等本来接她的时候，就不用着急了。本买了票，他们打算去看亨利·赫尔主演的《英雄归来》。本明天就要去上大学了，这是他们圣诞节前的最后一次约会。弗兰茜喜欢本，真的特别喜欢，她多希望自己能爱上他啊。要是他不那么完美无缺就好了，哪怕就一次，哪怕他只犯一点小小的错误。只要他也需要她就好。唉，她还有五年时间去考虑这个问题。

她穿着白衬裙站在镜子前，举起手臂梳洗时，她想起了小时候坐在消防梯上，看着对面公寓里的姑娘们为约会做准备的情景。此时此刻，会不会也有人像她当年一样在看她呢？

她朝窗外望去。是的，隔着两个院子，她看见一个小女孩坐在消防梯上，腿上放着一本书，手边放着一袋糖果，正透过栏杆注视着她。弗兰茜认识那个小女孩，她叫弗洛丽·温迪，瘦瘦小小的，今年才十岁。

弗兰茜梳理着她的长发，把它编成辫子，再将辫子盘在脑袋上。她穿上新长袜和白色高跟鞋。她在一块棉布上撒了些紫罗兰香粉，把棉布塞进胸罩里，然后才将崭新的粉红色亚麻裙穿在身上。

她只当是听到了弗拉伯的马车进来的声音。她把身子探出窗外看了看，的确有辆车进来了。但却不是马车，而是一辆栗色小汽车，车身两侧用金色字母写着名字。准备洗车的男人不再是那个脸颊红润的小伙弗兰克，而是一个有点罗圈腿的不用服兵役的家伙。

她朝院子远端望去，看到弗洛丽还在透过消防梯的栏杆注视着她。弗兰茜挥挥手，喊道："你好，弗兰茜。"

"我不叫弗兰茜，"小女孩大声回应，"你知道的，我叫弗洛丽"。

"我知道。"弗兰茜说。

她低头看着院子。那棵曾经弯弯曲曲地环绕在消防梯周围的天堂树被砍掉了，因为院里的主妇们抱怨说，晾衣服的绳子总会被树枝缠住。于是，房东派了两个人，把它砍掉了。

但那棵树并没有死……它没有死。

一棵新树从树桩上长了出来，新树干沿着地面生长，一直长到了没有晾衣绳的高度，然后继续向天空生长。

安妮，诺兰一家精心照料的那棵冷杉树，却早已枯萎死去。但院子里的这棵树——这棵被人砍掉的树……这棵人们点燃篝火试图将其树桩烧掉的树——还活着！

它还活着！没有什么能将它摧毁。

她又看了一眼在消防梯上读书的弗洛丽·温迪。

"再见，弗兰茜。"她低声说。

她关上了窗户。